HAFFMANS KRIMINALROMANE
BEI HEYNE

GEORGE BAXT

Mordfall für Dorothy Parker

KRIMINALROMAN

AUS DEM AMERIKANISCHEN
VON
RUTH KEEN

WILHELM HEYNE VERLAG
MÜNCHEN

HAFFMANS KRIMINALROMANE BEI HEYNE
Herausgegeben von Gerd Haffmans und Bernhard Matt
Nr. 05/42. Im Mai 1993.

Die Originalausgabe
»The Dorothy Parker Murder Case«
erschien 1985 bei William Collins Sons & Co. Ltd

Anmerkungen der Übersetzerin
am Schluß des Bandes

Für die Brickels –
Gail, Steve, Elsie und Matthew

Einzig berechtigte Taschenbuchausgabe
Wilhelm Heyne Verlag GmbH & Co. KG, München
Printed in Germany 1993
Konzeption und Gestaltung: Urs Jakob
Umschlagillustration: Michael Sowa
Umschlaggestaltung: Atelier Ingrid Schütz, München
Gesamtherstellung: Ebner Ulm

ISBN 3-453-06678-2

Erstes Kapitel

Nachdem sie sich die Pulsadern aufgeschnitten hatte, blieb Dorothy Parker in ihrem Badezimmer sitzen und wartete geduldig auf Rettung. Ihre zarten Hände ruhten im Waschbecken, das fast bis zum Rand mit warmem Wasser gefüllt war. Frühere Versuche, sich die Pulsadern aufzuschneiden, waren unsauber und schmerzhaft gewesen, und eine hilfsbereite Krankenschwester in St. Luke's hatte ihr für zukünftige Anlässe geraten, es mit Eintauchen in warmem Wasser zu probieren. Sie hatte Selbstmord bei Mrs. Parker als chronisch diagnostiziert. Einer von Mrs. Parkers wachsender Berühmtheit beeindruckten Schwesternschülerin hatte sie anvertraut: »Diese halbherzigen Selbstmörder sind alle gleich. Wollen nur Mitleid, ein freundliches Wort. Oder sie machen's, um das arme Schwein zu erpressen, das sie hat sitzenlassen. Der ganze Sinn und Zweck ist, dem Scheißkerl Schuldgefühle zu verpassen, wenn er hört, daß sie sich mit einer scharfen Rasierklinge verabschieden wollten. Diese hier hat zum Beispiel nicht tief genug geschnitten. Nur ein paar Kratzer auf der Haut. Wenn sie's ernst gemeint hätte, wäre sie vom Dach gesprungen.«

»Ich habe Höhenangst«, erklärte Mrs. Parker der Krankenschwester. Die wurde rot. Sie hatte angenommen, die Patientin sei nicht bei Bewußtsein.

»Ganz ruhig, meine Liebe«, sagte die Schwester, die sich schnell wieder faßte. » Mr. Woollcott sitzt im Wartezimmer.«

»Und worauf wartet er?«

»Er will Sie nach Hause bringen.«

Diese Szene hatte sich vor zwei Jahren abgespielt. Wer hätte gedacht, daß sie nun bei der Wiederaufnahme des Stückes abermals die Hauptrolle spielte. Wieder saß sie hier und wartete darauf, von Alexander Woollcott gerettet zu werden, der sie vor fünfzehn Minuten zum Lunch im Algonquin hätte abholen sollen. Sie starrte auf ihre Armbanduhr, die auf dem Waschbecken an der Wand lehnte, unterm Spiegel, vor dem sich Mrs. Parker soeben schamhaft abwandte, nachdem sie sich dort gesehen hatte. Alec hatte sich verspätet, und das Wasser im Becken verfärbte sich allmählich zu einem bedrohlich leuchtenden Rot. Ich verliere eine Menge Blut, dachte Mrs. Parker, wiewohl noch nicht sehr beunruhigt. Die Sache könnte tödlich enden. Mrs. Parker seufzte. Das Blut einer Dichterin. Tot, bevor ihre Zeit gekommen war. Nur ein dünnes Konvolut von Werken, das als Beleg ihrer dreißig und ein paar Jahre auf dieser Erde herhalten mußte. Sie dachte an *Enough Rope,* ihre erste Gedichtsammlung, die demnächst bei Boni & Liveright erscheinen sollte, und an den Pulitzer-Preis, den man ihr postum verleihen würde. Sie dachte an Harold Ross, Herausgeber und Verleger des *New Yorker,* und an die Kolumne mit ihren Buchbesprechungen, die schon zwei Tage überfällig war. Zum Teufel mit Ross, zum Teufel mit allen Buchbesprechungen und zum Teufel mit der ganzen kreativen Schreiberei. Ich will verliebt sein.

Sie spürte, daß sie langsam eindämmerte, und richtete sich auf. Sie unterdrückte ein Gähnen. Sie sah auf die Armbanduhr. Woollcott war schon zwanzig Minuten überfällig. Dieser fette Esel. Wenn sie sich mal einen Augenblick nichts vormachte, mußte sie sich eingestehen, daß sie den Kritiker eigentlich gar nicht mochte. Androgyne Leute widerten sie an, und Alec war in ihren Augen zum Kotzen. Als Kritiker hatte er schauderhafte Vorlieben und ekelhafte Vorurteile. Was seine Schreiberei im allgemeinen anging, hätte sie sich oft gewünscht, das Alphabet sei nie erfunden worden. Wenn sie sich gegenseitig Spitzfindigkeiten an den Kopf warfen, so bezichtigte sie ihn regelmäßig, aus der Hüfte zu kalauern. Andererseits hatte er auch seine onkelhafte Seite. Ihr Blick wurde weich bei dem Gedanken daran. Er konnte freundlich und aufmerksam sein. Er konnte warm und herzlich sein. Ja – aber nicht oft. So wie jetzt. Ich sterbe hier, du Hund, und wo steckst du? Sie unterdrückte ein weiteres Gähnen, schüttelte den Kopf, um sich wach zu halten, und überlegte, ob sie frisches Wasser ins Becken einlassen sollte.

Ihr Kopf fiel nach hinten. Sie starrte die Decke an. Dort sah sie das Gesicht ihres letzten Liebhabers, Richman Seward Collins. Verschwinde bloß, Richman, verschwinde. Du bist aus meinem Leben gegangen, also halt dich raus aus meinem Leben. Warte nur, bis du erfährst, daß ich versucht habe, Selbstmord zu machen. Du egoistischer Schafskopf. Du wirst in ganz Europa damit herumprahlen, daß du es warst, der mich da reingetrieben hat.

»Wie kann man sich nur so oft verlieben?«

Sara Murphys Gesicht trat an die Stelle des letzten Liebhabers. Es war die Sara aus der Erinnerung an jenen warmen Nachmittag vor nur ein paar Monaten, als sie ihr auf der Außenterrasse eines Cafés in Cap d'Antibes gegenübersaß. Sie war Gast im Hause von Sara und deren Mann Gerald; damals, als die Geschichte mit Richman Collins noch sehr intensiv war. »Also bitte, Dottie, verrat mir mal: Wie kann man sich nur *so* oft verlieben?«

»Ich habe eben keinen Geschmack.« Mrs. Parker nippte an ihrem Apéritif und wartete auf Saras Protest. Es kam keiner. Mrs. Parker versuchte ihre Verärgerung zu überspielen, indem sie sich in ihrem Korbstuhl zurücklehnte und die Arme verschränkte. »Übrigens ist Richman klasse. Es gibt genug Puppen, die ihn für das Gelbe vom Ei halten.«

»Sicher, attraktiv ist er«, lenkte Sara ein. »Aber aus euch wird nichts. Ihr paßt vom Naturell her nicht zusammen. Dieser ewige Streit!«

»Haben wir sehr viel Krach gemacht?« Sie sah aus wie ein unartiges Kind, und Sara mußte dem Drang widerstehen, ihre Freundin über den Tisch hinweg in den Arm zu nehmen.

»Liebe ist nie ganz einfach für dich, nicht wahr, Dottie?«

»Für wen ist sie das schon, wenn die erste Leidenschaft abflaut?«

»Gerald und ich lieben einander noch immer.«

»Ja, ich weiß. Wie haltet ihr das nur aus?« Die Murphys hatten obendrein noch drei Kinder und waren fürchterlich reich. Aber das war Richman auch. »Ich frage mich, ob sein Nomen ein Omen ist.«

»Wessen Name?« fragte Sara, von dem Gedankensprung leicht verdutzt.

»Richmans. Reicher Mann - kapiert?«

»Kapiert. Zurück an Absender.«

»Er ist so fürchterlich reich. All die Tabakläden, die seiner Familie gehören.« Sie faltete die Hände in ihrem Schoß. »Er gibt mir Geld. Er hat alle meine Schulden bezahlt. Gut, aber heißt das, daß er mich aushält?«

»Nein, das heißt nur, daß er dich abhält.«

»Wovon?«

»Vom Schreiben.«

»Ich schreibe nicht gern.«

»Was kannst du denn sonst?«

»Ich habe schon oft daran gedacht, für die Polizei zu arbeiten«, sagte Mrs. Parker. Sara rutschte unbehaglich auf ihrem Stuhl herum. »Na schön, sag's ruhig, warum nicht?«

»Wenn du dich schon als Detektivin betätigen willst, könntest du gleich mal untersuchen, warum du dich immer wieder in diese Mistkerle verliebst. Nimm zum Beispiel deinen Mann . . .«

»Nimm du ihn, ich kann ihn nicht ausstehen. Ich habe ihn seit sechs Jahren nicht mehr gesehen.«

»Er ist ein Alkoholiker. Wußtest du nicht, daß er Alkoholiker ist, als du ihn geheiratet hast?«

»Dafür war keine Zeit. Er ging vom Altar direkt zur Armee. Von dort kam er als Morphiumsüchtiger nach Hause. Armer Ed.«

»Warum läßt du dich nicht von ihm scheiden?«

»Ja, ja, das erledige ich auch noch eines Jahres.«

»Und was war mit Charley MacArthur?«

»Was soll mit ihm gewesen sein?« Mrs. Parker wirkte unangenehm berührt.

»Er hat dich so weit gebracht, daß du einen Selbstmordversuch unternommen hast.«

Angestrengt betrachtete Mrs. Parker die Segelboote auf dem Mittelmeer. »Charley war etwas Besonderes.«

»Ja, noch so ein Säufer.«

»Alle Zeitungsleute sind Trinker. In der ganzen Algonquin-Meute gibt's doch keinen, der nicht dauernd eine Fahne hat, ausgenommen die halbe Stunde morgens nach dem Aufstehen.«

»George S. Kaufman trinkt nicht.«

»Wir werden ihn schon rumkriegen.«

»Und dann gab's da noch Ring Lardner.«

Mrs. Parker richtete plötzlich empört die Stacheln auf. »Wer hat dir von Ring und mir erzählt?«

»Du. Den ganzen Winter lang, damals.«

Mrs. Parker nestelte am Saum ihres Kleides herum. »Mein Leben ist ein offenes Buch. Aber es ist kein Bestseller. Bestellen wir noch einen Drink.«

Die Luft im Bad war zum Ersticken. Nur so eine blöde Kuh wie ich kommt auf die Idee, an einem der heißesten Tage im August einen Selbstmordversuch zu machen, dachte Mrs. Parker. Auf ihrer Stirn stand Schweiß, und die Augen wurden feucht, als sie an MacArthur und Lardner und ihre unerwiderte Liebe zu Bob Benchley dachte. Sie dachte an Edwin Parker und mußte sich eingestehen, daß sie nie in ihn verliebt gewesen war, sondern ihn geheiratet hatte, weil sie es leid war, Miss Rothschild zu sein. Sie wollte Mrs. Irgendwer sein und ihrer verhaßten Stiefmutter beweisen, daß sie sehr wohl in der Lage war, die Aufmerksamkeit eines Mannes auf sich zu lenken und ihn zu erobern. Schöner Gewinn. Wieder begann der Schlaf sie zu übermannen. Sie ließ den Kopf hängen und döste vor sich hin.

Es war am vergangenen Freitag im Algonquin. Einige der Stammgäste saßen mit Mrs. Parker am Round Table im Rose Room. Franklin P. Adams, der aussah wie eine Taschenratte mit Schnurrbart, betrat den Raum und bemerkte: »Es muß ein

Leben auf dem Mars geben. Hier gibt es jedenfalls keines.« Als er sich setzte, nahm er Mrs. Parker zur Kenntnis. »Wann bist du aus Europa zurückgekommen?«

»Gestern abend.«

»Und darf man fragen, was aus Mr. Collins geworden ist?«

»Schau hinter mich. Ich habe ihn abgeschüttelt.«

»Schade um das viele Geld.« Er warf Robert Benchley, der neben Mrs. Parker saß, einen fragenden Blick zu. Benchley zuckte die Achseln. George S. Kaufman, der die Speisekarte studierte, fragte Mrs. Parker, was sie essen wolle.

»Meine Jungen.«

»Sind nur wir vier zum Lunch versammelt?« fragte F.P.A., während er einem Kellner ein Handzeichen machte, ihm einen Drink zu bringen.

»Wenn wir Glück haben«, sagte Kaufman. Dann sah er, wie Alexander Woollcott eintraf. »Wir haben kein Glück.«

Woollcott erspähte Mrs. Parker und hielt abrupt im Gehen inne. »Mein Gott!« rief er mit einer lautstarken Stimme, die die Aufmerksamkeit des ganzen Raumes auf sich lenkte. »Da sitzt ja das Waisenkind des Sturms! Meine Liebe, meine Liebe, willkommen daheim.« Mrs. Parker machte sich steif, als er zu ihr trat und ihre Wange küßte.

»Wo ist der Liebhaber?«

»Ich habe ihn im Karteikasten meiner Lebensgeschichte abgelegt.« Mrs. Parker hob ihre Teetasse und nippte an ihrem Gin. F.P.A.s Drink kam, und er hob seinerseits die Tasse, um Mrs. Parker zuzuprosten. Woollcott ließ seinen massigen Körper auf einen Stuhl neben Mrs. Parker sinken. Liebevoll tätschelte er ihre Hand.

»Schön, daß du wieder da bist. Wenn du Zeit hast, kannst du mich zu einem der Sommerkonzerte in der Aolian Hall begleiten.«

»Dirigiert Toscanini?«

»Dafür würde ich nicht meinen Taktstock ins Feuer legen«, erwiderte Woollcott prompt.

Mrs. Parker stöhnte. Sie hörte, wie Woollcott laut nach ihr

rief. Die Wohnungstür öffnete sich, und der Hausmeister stand im Türrahmen, wurde jedoch sogleich von Woollcott beiseite geschoben, der jetzt in ihr kleines Apartment stürzte. »Dottie. *Dottie!* Wo steckst du zum Teufel?«

»Der Telefonhörer liegt neben der Gabel«, sagte der Hausmeister ungefragt, während er die abgestandene Luft des Zimmers schnüffelnd einzog. Woollcott hatte Mrs. Parker gefunden.

»Herrgott noch mal, nicht schon wieder!« Er griff sich ein paar Handtücher, trat rasch zu Mrs. Parker und versorgte ihre blutenden Handgelenke mit einer Geschicklichkeit, die er schon als Krankenpfleger während des vergangenen Weltkrieges unter Beweis gestellt hatte.

»Ich wußte, daß du mich retten würdest«, sagte Mrs. Parker. Ihr theatralischer Unterton erinnerte Woollcott an Maude Adams in *Peter Pan,* die allabendlich ihr Publikum aufforderte, an Feen zu glauben.

»Natürlich wußtest du es«, entgegnete Woollcott barsch, »wir waren schließlich zum Lunch verabredet.« Überall im Bad waren Blutspritzer zu sehen. Der Hausmeister stand in der Tür und schnalzte abfällig. Der klägliche Zustand der Wohnung und die Schweinerei im Bad waren für ihn Beweis genug, daß Mrs. Parker eine genauso große Schlampe war wie seine Frau. Woollcott wandte sich dem Mann zu und warf ihn kurz entschlossen aus der Wohnung. »Danke, daß Sie mich mit dem Generalschlüssel hereingelassen haben. Wie Sie sehen, hat sich Mrs. Parker beim Maniküren verletzt.« Der Hausmeister schüttelte angewidert sein Haupt und ging schnalzend hinaus. Woollcott musterte Mrs. Parker strengen Blickes, während er eines ihrer Handgelenke mit einer Rolle Verbandmull umwickelte, die er im Medizinschränkchen gefunden hatte. »Warum schaffst du dir nicht gleich Reißverschlüsse für die Handgelenke an?«

»Sei nicht so gemein.« Ihre Stimme klang so weich, daß er sich anstrengen mußte, sie zu hören. »Dieses Mal habe ich es ernst gemeint. Ich will wirklich sterben.«

Woollcotts Eulengesicht verformte sich zu einem Ausdruck des Mitgefühls. »Kein Mann ist das wert. Und außerdem hast du dir noch gar nicht genug Zeit gelassen, über Collins hinwegzukommen.« Nachdem das linke Handgelenk bandagiert war, konzentrierte er sich auf das rechte. »Das sieht ziemlich übel aus.«

»So übel wie unser letzter Streit in Paris. Ich wurde so wütend, daß ich die Armbanduhr, die er mir geschenkt hat, aus dem Fenster geworfen habe. Und weißt du, was der Mistkerl da macht? Er rennt auf die Straße raus, um sie zurückzuholen. Stell dir das mal vor! Ohne sich auch nur mit einem Wort zu entschuldigen oder abzumelden, läßt er mich mitten im Zimmer stehen und rennt irgendeiner teuren Scheißuhr hinterher. Er könnte sich Dutzende von den verdammten Dingern kaufen und würde nicht mal merken, daß seine Geldberge kleiner werden!«

»Ich kann mir vorstellen, daß es einen schmerzt, wenn man an zweiter Stelle hinter einem Schmuckstück rangiert, aber wir setzen nun mal alle unsere Prioritäten anders. Ich sollte dich eigentlich zu einem Arzt bringen, aber dazu haben wir jetzt keine Zeit.«

»Wozu die Eile? Appetit habe ich jetzt ganz bestimmt nicht.«

Er half ihr aus dem Badezimmer heraus. Angeekelt blickte sich Woollcott in der Wohnung um. »Wie kann man nur in einem solchen Dreckloch hausen! Wann hast du zum letztenmal dieses Zimmer saubermachen lassen?«

»An Neujahr, glaub ich.« Sie ließ sich in einen Sessel fallen und betrachtete nachdenklich ihre verbundenen Handgelenke. »Alec, sei ein Schatz und schau in die oberste Schublade vom Toilettentisch. Da sind ein Paar wunderschöne Samtarmbänder, die ich extra für diese Anlässe habe entwerfen lassen.« Woollcott schleppte sich schwerfällig durch den Raum, fand die Armbänder und sah dann zu, wie sie ihre Bandagen darunter verbarg. »Na bitte!« rief sie und stellte stolz ihr Werk zur Schau. »Sind sie nicht hinreißend?« Woollcott schaute auf seine Armbanduhr und setzte sich dann Mrs. Parker gegenüber.

»Kaufman steckt in der Klemme.« Er sah zu, wie sie sich mit einem Streichholz eine Zigarette anzündete.

»Ist Bea hinter ein neues Herzchen gekommen?« Sie wußte nur zu gut, daß Beatrice Kaufman die Affären ihres Mannes kalt ließen. Sex hatten sie im gegenseitigen Einverständnis aus ihrer Ehe ausgeklammert, und jetzt konzentrierten sich ihre geballten Energien auf das Wohlergehen ihrer unlängst adoptierten Tochter Anne. Kaufman unterhielt ein eigenes kleines Apartment in einem Gebäude nahe der Zweiundsiebzigsten Straße West, das er für seine regelmäßigen Rendezvous - meistens mit Prostituierten - nutzte.

»Es ist etwas passiert, was Beatrice niemals erfahren darf.« Der ernste Tonfall seiner Stimme nahm Mrs. Parkers Aufmerksamkeit vollständig in Anspruch. Sie war sogar so freundlich, den Rauch nicht in sein Gesicht zu blasen. »In Kaufmans Absteige liegt eine Leiche.«

Mrs. Parkers Mund stand vor Schreck weit offen. »Du willst mir doch nicht erzählen, er hat sie umgebracht?«

»Er fand die Leiche kurz vor Mittag. Zu dem Zeitpunkt hätte sie schon längst weg sein sollen.«

»Falls diese Geschichte einen Anfang haben sollte, wäre es mir lieb, wenn du damit beginnst.« Sie drückte die Zigarette aus und beugte sich, die Hände zwischen ihren wohlgeformten Beinen gefaltet, nach vorn.

»Gestern abend hat George sein Apartment an Ilona Mercury verliehen.« Mrs. Parker verzog nachdenklich das Gesicht. Der Name sagte ihr nichts. »Ilona Mercury ist diese exotische Schönheit, die Flo Ziegfeld für seine *Follies*-Aufführung letztes Jahr aus Ungarn importiert hat.«

»Ach ja - die. Ihr Gesicht ging durch alle Zeitungen.«

»Ihr Körper übrigens auch.«

»Hat George mit ihr geschlafen?«

»Letzte Nacht nicht.«

»Hat sie denn kein eigenes Apartment?«

»Sie wohnt in einem Hotel in der Nähe der Dreißigsten Straße West.«

»Wieso mußte sie sich dann Georges Bude leihen?«

»Es gibt eine Reihe von Herren, die Schlüssel zu ihrem Hotelzimmer haben.«

»Ich verstehe. Sie hatte Angst vor einem Verkehrsstau.«

»Einer dieser Herren ist ein berüchtigter Gangster mit einer tödlichen rechten Faust.«

»Ich verstehe. Diesmal hatte also Ilona jemand Besonderes an der Angel, da brauchte sie einen neutralen Treffpunkt für den großen Augenblick. Und da zaubert der gute alte George seinen privaten Sexsalon aus dem Hut. Und jetzt ist Ilona tot, und George kommt als erster in Verdacht.«

»Wer erzählt hier eigentlich die Geschichte?«

»Wo ist George im Augenblick?«

»Bei der Leiche, und wartet drauf, daß wir uns zu ihm begeben.«

Mrs. Parker hatte sich von ihrem Stuhl erhoben und starrte aus dem offenen Fenster. »Weiß George, wie der große Augenblick von gestern nacht heißt?«

»Er schwört, daß er den Namen nicht kennt. Er mochte Ilona schon immer sehr gern, darum gab er ihr einfach einen Schlüsselbund für die Wohnung, und sie versprach, sich bis heute mittag zu verkrümeln.«

»Da hat sie ganze Arbeit geleistet. Glaubst du Kaufmans Geschichte?«

»Warum sollte er lügen?«

»Um sich zu schützen.«

»Willst du damit andeuten, daß Kaufman sie umgebracht hat und uns anlügt? Ich dachte immer, du magst George!«

»Ich bete George an. Ich verstehe nicht, warum ich nie eine Affäre mit ihm hatte.« Sie saß inzwischen an ihrem Frisiertisch und machte sich das Haar zurecht. Ihr konzentrierter Gesichtausdruck erinnerte Woollcott daran, wie er als Kind einmal versucht hatte, seinem verletzten Teddybär ein Auge anzunähen.

»Dottie, ich wünschte, du würdest dich ein bißchen beeilen. Es ist bestimmt nicht angenehm für George, mit einer Leiche herumzusitzen.«

»Vor allem bei diesem Wetter. Hoffentlich war er schlau genug, die Fenster zu öffnen.«

Fünf Minuten später saßen sie in einem Taxi der Firma Chekker Cab, das sich langsam von Dorothys Mietshaus in der Siebenundfünfzigsten Straße West fortschlängelte. »Weißt du, ob noch andere Algonquin-Jungs etwas von Miss Mercurys Gunst abbekommen haben?« Woollcott versank in tiefes Nachdenken. »Marc Connelly? Bobby Sherwood?«

»Bobby auf keinen Fall. Er ist dieser Langweilerin, mit der er verheiratet ist, sehr treu.«

Mrs. Parker ging laut die Liste durch. F.P.A.? Donald Ogden Stewart? Harold Ross? Benchley? Harpo Marx? Heywood Broun? Woollcotts Züge hellten sich auf. »Broun vielleicht.« Mrs. Parker hatte eine kurze Vision von dem bärenhaften Broun, wie er mit der ungarischen Schönheit einen Ringkampf im Bett veranstaltete, doch dann verscheuchte sie die Szene aus ihren Gedanken, weil sie ihr höchst unwahrscheinlich vorkam.

»Sie hätte ein idealer Zeitvertreib für Charley MacArthur sein können«, sagte er.

»Er ist nicht in der Stadt.«

»Und Ben Hecht?«

»Er ist nicht in Reichweite.«

»Und du kommst auch nicht in Frage.«

»Ganz bestimmt nicht, und jetzt dürfte kaum die Zeit für deine kleinen Spitzen sein. Fahrer, was ist denn das für ein schrecklicher Stau da vorn?« Sie waren rechts in den Broadway Richtung Uptown eingebogen, und der Verkehr war nach beiden Richtungen ins Stocken geraten. Aus den Fenstern vollgestopfter Straßenbahnen lehnten Passagiere, die die Insassen festgefahrener Autos anpöbelten. Ein Pferdefuhrwerk, das Bier geladen hatte, stand neben einem eleganten, aus Belgien importierten Minerva Landauer, und der Fahrer der Bierkutsche machte den Damen auf dem Rücksitz des Personenwagens unzüchtige Angebote. Berittene und Streifenpolizisten bemühten sich vergeblich, das Verkehrschaos in geordnete Bahnen zu lenken.

»Ist das eine Parade?« fragte Mrs. Parker.

»Lady, das ist eine Beerdigung«, teilte ihr der Fahrer mit. »Wußtense nich, daß Rudolph Valentino gestern gestorben is?«

Mein Lebenswille auch, dachte Dorothy. »Nein, das habe ich nicht gewußt. Wußtest du es, Alec?«

»Natürlich wußte ich das. Es stand auf der Titelseite sämtlicher Zeitungen. Das arme Schwein. Und erst einunddreißig Jahre alt.«

Der Fahrer malträtierte eine Weile seine Hupe, bis Woollcott ihm befahl, damit aufzuhören. »Ihr gräßliches Hupen wird unsere Lage schwerlich verbessern. Schau dir bloß diese Menge an, Dottie, das ist ja unglaublich. Ach du Schreck, fast alle Frauen sind schwarz gekleidet. Das ist ja *unglaublich.*«

Der Fahrer lachte. »Irgendeine dumme Gans hat heute früh Selbstmord gemacht. Sie hat eine Nachricht hinterlassen, daß sie Rudy Gesellschaft leisten will. Haben Sie schon mal so was Bescheuertes gehört? Sogar meine Alte hat die Wäsche auf Halbmast gehängt. Wissense, das Gerücht geht rum, daß er vergiftet wurde.« Er sprach das Wort »vajiftet« aus.

Woollcott machte sich auf einem kleinen Block Notizen. »Was haben wir heute für ein Datum?«

»Vierundzwanzigster August, Neunzehnhundertsechsundzwanzig«, meldete Mrs. Parker.

»Wie gescheit du bist.«

»Am zweiundzwanzigsten August hatte ich Geburtstag.«

»Aha«, sagte Woollcott, »das hat wohl die unglückliche Entscheidung von heute früh heraufbeschworen, sich derart zu verstümmeln.«

»Die Entscheidung fiel vor zwei Tagen. So lange dauerte es, sie in die Tat umzusetzen. Sollten wir nicht lieber aussteigen und laufen?«

»Es ist zu heiß zum Laufen.«

»Die Luft in diesem Taxi ist zum Ersticken.«

»Wir sind erst in der Sechsundsechzigsten Straße West. Das sind noch sechs Blocks.« Sie starrten durch das Fenster auf Frank Campbells Bestattungsinstitut, wo Valentinos Leiche zur Schau gestellt war. Eine endlose Menschenschlange stand wartend davor, um die sterblichen Überreste zu besichtigen. Zeitungsfotografen schwärmten wie brünstige Heuschrecken wild umher, und Woollcott und Mrs. Parker erkannten mehrere Reporter, die sich vor dem Eingang gegenseitig auf die Füße traten.

Woollcott schrieb eifrig seine Beobachtungen nieder. »Wie kommt man darauf, daß er vielleicht ermordet wurde?«

»Es stand in allen Zeitungen«, sagte der Fahrer. »Er war auf einer von diesen komischen Privatparties, die so ein reicher Fritze, irgendein Van Weber, am Abend des vierzehnten August veranstaltet hat.«

»Lacey Van Weber«, wußte Mrs. Parker beizusteuern.

Woollcott blinzelte mit seinen Eulenaugen. *»Lacey Van Weber?* Klingt wie ein Name, wie ihn eigentlich nur Edna für einen ihrer Romane erfinden kann. Gaylord Ravenal. Magnolia Hawkes.« Mrs. Parker rümpfte die Nase. Sie war keine Bewunderin von Edna Ferber und duldete nur zähneknirschend deren Anwesenheit am Tisch der Algonquin-Runde. Sie wußte, daß Woollcotts Augen fest auf ihr Gesicht geheftet waren.

»Wo hast denn *du* jemals was von Lacey Van Weber gehört?« fragte er.

»Am Montag stand ein Artikel über ihn im *Daily Graphic.*«

»Ich hatte keine Ahnung, daß du dieses miese Klatschblatt liest.«

»Tu ich auch nicht. Aber Neysa.« Die Malerin Neysa McMein und deren Mann John Baragwanath waren Mrs. Parkers Nachbarn. »Ich fand eine Ausgabe bei Neysa vor der Tür, da habe ich sie mitgehen lassen. Mr. Van Weber klingt absolut hinreißend. Und er sieht fantastisch aus.«

»Offensichtlich war der Artikel illustriert.«

»Offensichtlich.«

»Also?«

»Also was?«

»Also was ist nun mit Lacey Van Weber?«

»Was willst du über ihn wissen? Und wieso interessiert dich das?«

»Weil Mr. Valentino auf Van Webers Party krank wurde.«

»Ja und?«

»Seine Begleiterin auf der Party war Ilona Mercury.«

Mrs. Parker drehte sich zu Woollcott, um ihm ins Gesicht zu sehen. »Woher zum Teufel *weißt* du das?«

»Kaufman hat es mir vorhin erzählt. Glotz nicht so. Ich habe dir noch nicht alles erzählen können, was George passiert ist, weil wir keine Zeit hatten. Die kleine Mercury war fürchterlich aufgeregt, als sie George bat, sein Apartment benutzen zu dürfen. Was sie unter anderem so aufgeregt hatte, war Valentinos Tod. Bei der Gelegenheit hat sie George auch erzählt, daß sie mit Valentino auf der Party war.«

»Weiter. Spann mich nicht auf die Folter.«

»Das ist so ziemlich alles, was ich weiß. Wir hatten auch nicht besonders viel Zeit, uns länger am Telefon auszulassen. George war völlig außer Fassung und brauchte sofort Hilfe. Es war unmöglich, dich telefonisch zu erreichen, weil du den Hörer abgenommen hattest. Und wenn das hier so weitergeht und wir noch eine Ewigkeit brauchen, um zu seiner Rettung zu eilen, dann hat er sich wahrscheinlich schon der Polizei gestellt, und den letzten beißen die Hunde.«

»Wir haben's geschafft«, jubelte der Taxifahrer. »Sie sind sich wohl im klaren, daß wir gerade Zeugen eines historischen Ereignisses waren.«

»Junger Mann. Ich habe den Weltkrieg mitgemacht. *Das* war ein historisches Ereignis.«

Der Fahrer starrte Woollcott durch seinen Rückspiegel an. »Hören Sie mal, Mister. Kriege wirds noch 'n Haufen geben. Aber 'n Valentino nur einmal.«

Mrs. Parker lehnte sich mit schadenfrohem Lächeln in ihren Sitz zurück. »Und Henry Mencken wagt es, solche Leute als Blödoisie zu schmähen.«

»Wo zum Teufel wart ihr solange?« George S. Kaufman hielt die Tür einen Spalt breit geöffnet. Seine Freunde konnten sehen, daß er unter großer Anspannung stand. Wie sich Mrs. Parker später ausdrückte, war in den Tränensäcken unter seinen Augen Platz für die Wäsche einer ganzen Woche. Sein Haar, das schon im gut frisierten Zustand einem überdimensionalen Vogelnest glich, verlieh ihm jetzt das Aussehen eines Zulukriegers, der gegen steifen Wind ankämpft.

»Du mußt die Tür schon ein bißchen weiter aufmachen«, meckerte Woollcott. »Durch den Spalt paß ich nicht.« Kaufman ging von der Tür weg, und Woollcott stieß sie auf. Mrs. Parker folgte ihm in die Wohnung und schloß die Tür sanft hinter sich. Das Wohnzimmer war einfach eingerichtet. Die Fenster standen weit offen; sie gingen zur Straße heraus. »Wo ist die Mumie?« fragte Woollcott.

»Im Schlafzimmer natürlich«, meinte Kaufman mürrisch. »wo sie sich am besten auskennt.« Mrs. Parker entschied, daß die gegenüberliegende Tür direkt ins Schlafzimmer führen mußte, und die Männer folgten ihr. Kaufman erkannte die Samtarmbänder, die Mrs. Parkers bandagierte Armgelenke verbargen. »Herrgott noch mal, Dottie, du hast es doch nicht etwa schon wieder versucht?«

»Nur weil es nichts Schrecklicheres zu tun gab.« Sie stieß die Schlafzimmertür auf und war froh, daß Kaufman daran gedacht hatte, die Fenster zu öffnen. »Sie beginnt schon zu verwesen.«

Kaufman war im Türeingang stehengeblieben, die Hände in die Hüften gestemmt. »Ich wünschte, die Leute hätten den Anstand, in ihrem eigenen Apartment zu verwesen.«

Tot sah Ilona Mercury nicht halb so verführerisch aus, wie sie sich Mrs. Parker im lebendigen Zustand vorstellte. Ihr Gesicht war aufgedunsen. Die Zunge preßte sich zwischen aufgequollenen Lippen hervor. Ihre Haut war bläulich-grau. Ihr honigfarbenes, aufgestecktes Haar befand sich in wilder Unordnung, Strähnen fielen ihr in die Stirn und verdeckten fast ganz die halboffenen Augen. Ein ärmelloser blauer Fetzen war bis über ihre Knie hochgewandert, so daß Mrs. Parker einen Moment lang aus Gründen der Schicklichkeit erwog, das Kleid zurechtzurücken, doch mußte sie feststellen, daß der Saum ohnehin kurz über den Knien endete.

»Ich glaube, sie ist erwürgt worden.«

»Laß mich mal ran«, sagte Woollcott.

»Alec der große Draufgänger - immer, wenn sie tot sind.« Woollcott funkelte böse zu Kaufman hinüber.

»Witzig, witzig. Könnten wir zur Abwechslung auf den klugscheißerischen Schlagabtausch verzichten? Das hier ist ernst.« Woollcott widmete sich der Leiche. Kaufman schlenderte in das Zimmer, bis er neben Mrs. Parker stehenblieb. »Natürlich ist sie erwürgt worden. Ich glaube, sie ist irgendwann letzte Nacht gestorben.«

»Ich habe sie zuletzt kurz nach zehn gesehen«, sagte Kaufman zu den beiden. »Ich war mit ihr gegen acht bei Gino's zum Abendessen verabredet, das ist so ein kleiner Laden drüben an der Dreiundsiebzigsten West, um ihr die Schlüssel zu übergeben. Da hat sie mir auch von der Party bei Van Weber erzählt.«

»Ich möchte alles darüber wissen«, sagte Mrs. Parker und führte die Männer ins Wohnzimmer zurück. Sie teilte sich mit Kaufman das Sofa, während Woollcott in einen gepolsterten Lehnstuhl sank. Nach drei Versuchen, die Beine übereinanderzuschlagen, gab er sich damit zufrieden, sie von sich zu strecken, wobei ein Knöchel den anderen bedeckte.

»Ich mochte Ilona«, sagte Kaufman.

»Offensichtlich.« Woollcott klang selbstgefällig. Immer wenn er sich so aufführte wie gerade jetzt, mußte Mrs. Parker sich beherrschen, ihm nicht bei lebendigem Leibe die Haut abzuziehen.

»Sie hatte einen herrlichen Sinn für Humor.«

»George, erzähl uns, was sie über die Party gesagt hat.«

»Ach, zum Teufel mit der Party!« Er sprang auf und raufte sich das Haar. »Was soll ich bloß machen? Ich kann mir keinen Skandal leisten. Wenn sie uns Anne wieder wegnehmen, würde das Bea umbringen. Wie komme ich nur raus aus diesem Schlamassel?«

»Ich helf dir da raus«, sagte Mrs. Parker zuversichtlich. »Mein Freund Jacob Singer wird uns beistehen. Er schuldet mir noch ein paar Gefälligkeiten.« Sowohl Woollcott als auch Kaufman kannten den legendären Polizisten aus Manhattan, Detective Jacob Singer. Big Jake mit den fleischigen Fäusten, Geißel der Unterwelt, Schrecken der Geheimbünde in Chinatown und der Schwarzen Hand in Little Italy. Er hatte sich sogar einmal mit einem bärbeißigen Rabbi angelegt, den er im Verdacht hatte, illegal Altarwein abzufüllen. Jacob Singer hatte nur einen bedauerlichen Fehler: Er war unbestechlich. Alles, was er machte, ging er ehrlich an, seine Karriere, sein Privatleben und sein Pokerspiel. Mrs. Parker hatte schon mehrmals gehofft, er würde ihr einen Antrag machen, aber für einen Mann wie Singer war eine Berühmtheit wie Mrs. Parker eine Unberührbare. »Und jetzt erzähl mir, was Miss Mercury über die Party gesagt hat.«

Kaufman setzte sich. »Ziegfeld hat sie Valentino vorgestellt, der sie dann eingeladen hat, ihn auf das Fest zu begleiten. Ilona kannte Van Weber und war anscheinend verärgert, weil sie keine eigene Einladung erhalten hatte. Sie war von Valentino nicht sonderlich begeistert, ebensowenig von der Aussicht, einen Abend mit ihm zu verbringen . . .«

». . . denn weißt du, Liebschen, ich hab gehört, daß er so ein *Langweiler* sein soll.« Ilona ignorierte den Teller mit Spaghetti, den man ihr serviert hatte, statt dessen nippte sie Rotwein aus der Kaffeetasse, in der man ihn anbot. Clevere Gastwirte ließen sich von der Prohibition nicht unterkriegen, sie wollten sich ihre Trinkkundschaft erhalten. Kaufman war ebenfalls wenig an seinem Huhn Cacciatore interessiert, das allmählich auf dem Teller vor ihm kalt wurde. Mit verschränkten Armen, die auf dem Tisch ruhten, genoß er den atemberaubenden Anblick seiner Begleiterin, wie auch einige andere Herren im Restaurant, die ab und zu zu ihr herüberschielten. »Und außerdem, wie kommt Lacey Van Weber dazu, mich nicht auf seine Party einzuladen? Wo ich ihm so viele von Ziegfelds dollsten Mädels vorgestellt habe!«

Kaufman lachte. »Willst du damit sagen, du hast dich nicht einmal darauf gefreut, daß er einen Annäherungsversuch macht?«

»*Valentino* einen *Annäherungsversuch* bei einer *Frau*? Bist du *verrückt*, Liebschen? Hast du gekokst, oder was?« Sie wußte genau, daß Kaufman weder Drogen nahm, noch Alkohol trank oder Zigaretten rauchte, aber es machte ihr Spaß, ihn zu ärgern.

»Du willst mir doch nicht erzählen, daß die Geschichte stimmt, er sei eine rosa Puderdose?«

»Ich weiß nicht, welche Farbe seine Dose hat, aber Frauen stehen jedenfalls nicht auf seinem Speiseplan.«

»Aber er war doch schon zweimal verheiratet.«

»Hu hahahaha.« Sie klatschte mit der Hand auf den Tisch, daß die Bestecke tanzten. »Frau Nummer eins: Jean Acker. Lesbisch.«

»Ach, geh.«

»Nee, ich geh sogar weiter: Frau Nummer zwei, die derzeitige: Natacha Rambova. Lesbisch.«

»Das glaube ich nicht.«

»Stimmt aber. Sogar an ihrem Namen ist was faul. Sie stammt aus der Kosmetikfamilie, den Hudnuts. Ihr richtiger Name ist Vinifred . . .«, was Winifred heißen sollte, ». . . Hudnut.«

»Mit einem Wort, sie ist eine Hard Nut, schwer zu knacken.«

»Rambova und Acker gehörten zu Nazimovas Harem in Hollywood.«

»Alla Nazimova?«

»Wie viele Nazimovas kennst du noch? Man munkelt außerdem, daß Valentinos wahre Liebe Ramon Navarro ist.«

»Jetzt hör auf mit dem Klatsch, und sprich um Himmels willen ein bißchen leiser, wir bilden bereits das Zentrum der allgemeinen Aufmerksamkeit.«

»Nur weil ich so betörend bin.«

»Weil du so laut bist.«

»Meinetwegen laut und betörend. Wo war ich stehengeblieben? Ach ja. Valentino bümst Navarro. Aber seitdem der in *Ben Hur* mitgespielt hat, ist es ja auch Mode, Ramon Navarro zu bümsen. Auf jeden Fall, die Party findet in Laceys Penthouse am Südlischen Central Park statt. *Jeder* ist da. Lacey begrüßt mich wie eine verlorengegangene alte Liebe.«

»Und bist du's?«

»Ich nenne ihn eine böse Arschloch, weil er mich nicht eingeladen hat, und er sagt ›aber jetzt bist du hier, oder, Liebschen?‹ Dann sieht er, daß ich mit Valentino da bin, und das findet er nicht gut.«

»Aha. Er ist eifersüchtig auf Valentino.«

»Is egal. Valentino ist ganz süß zu ihm. Vom ersten Augenblick an bekommt man den Eindruck, daß sie uralte Freunde sind, so wie Valentino sich aufführt. Doch dann wird Valentino von einem Haufen Leute umzingelt, und ich stehe mit so einem Fremden allein herum. Kennst du vielleicht einen Joseph Force Crater?«

»Richter Crater? Aber ja. Ich hab ihn ein paarmal getroffen.«

»Auf der Party hat er Vera DeLee dabei, eins von Polly Adlers Mädchen.«

»Ich kenne Vera. Ein süßes Ding.«

»Kannst du laut sagen. Richter Crater findet sie einen Hammer. Der Richter war übrigens nicht sehr glücklich auf der Party. Ich erinnere mich, wie er zu mir sagt: ›Eines Tages, liebe junge Frau, wird mich mein Leben einholen, und dann werde ich vielleicht einfach verschwinden müssen.‹ Merkwürdisch, was?«

»Sehr merkwürdig.«

»Dein Freund, der Stückeschreiber, war auch da.«

»Ich habe viele Freunde, die Stücke schreiben.«

»Der Kleine mit der Glatze.«

»Marc Connelly.«

»Genau! Flo Ziegfeld war natürlisch auch da, dem geht's zur Zeit mies wegen Geld und auch wegen seine Frau.«

»Billie Burke läßt sich eine ganze Menge von Flo gefallen. Er ist nicht gerade diskret, was seine Affären angeht.«

»Unter aller Sau im Bett, der Flo.«

»Mit wem war Connelly gekommen?«

Ilona starrte in ihren Wein, wo offenbar der Name von Connellys Begleiterin an jenem Abend Gestalt annahm. »Lily Robson.« Ilona konnte an Kaufmans ausdruckslosem Gesicht ablesen, daß ihm der Name nichts sagte.

»Lily ist eins von Texas Guinans Mädchen. Sie tanzt im Club Guinan. Knallrotes Haar. Sieht immer aus, als steht ihr Kopf in Flammen. Jedenfalls, Filmstars waren auch da, Nita Naldi zum Beispiel, die zusammen mit Valentino in *Blood and Sand* gespielt hat. Sie ist große Klasse, die Naldi. Erzählt mir, daß Mae Murray gern Kubaner bümst. Is niedlich, was? Und dann« – ihr Gesicht verfinsterte sich – »ist da noch ein Mann, den ich verabscheue.«

»Sag bloß, es gibt einen Mann, den du nicht magst.«

»Gibt viele, die ich nicht mag, aber nicht so wie ich Bela Horathy nicht mag.«

Diesen Namen kannte Kaufman. »Dr. Wonne. Daß der auf so einer Ausgeflippten-Party nicht fehlen darf, wundert keinen.«

»Dr. Wonne«, wiederholte Ilona höhnisch. »Er sollte lieber Dr. Caligari heißen. Ich sehe gleich, daß Valentino ihn nicht leiden kann. Sieht jeder. Er weiß, wir alle wissen, daß Bela Horathy mit Rauschgift handelt. Ich möcht gern wissen, wie viele Leben er auf dem Gewissen hat.«

»Die Bullen haben ihn nie festnageln können.«

»Sehr kluger Mann, der Horathy. Ich kann mich noch an Geschichten aus der alten Heimat erinnern.«

»Welcher alten Heimat?«

»Ungarn, du armes dummes Würstschen, welche andere alte Heimat könnte ich wohl *sonst* meinen? Da erinnern sie sich noch an ihn. Und Valentino erinnert sich noch von Hollywood her an ihn. Oh, wie wütend und grimmig er wird, als er Bela Horathy sieht. Er ist wie Vesuv, der ist auch italienisch. Wie Valentino explodiert! ›Mörder!‹ schreit er mit seinem scheußlischen Ittakerakzent, und zeigt dabei mit seine manikürte Finger auf Horathy. ›Du hast Wally Reid und Barbara La Marr und Mabel Normand vernichtet und die arme kleine Alma Rubens süchtig gemacht . . .‹ und er zählt alle diese Hollywood-Filmstars auf, die entweder durch Rauschgift umgekommen sind oder es bald werden, und macht eine fürschterliche Szene. Lacey versucht ihn zu beruhigen. ›Hör mal, alter Junge, laß uns auf die Terrasse rausgehen und ein bißchen frische Luft schnappen.‹« Ilona spielte jede Rolle in dem Melodrama, das sie gerade beschrieben hatte, und das ganze Restaurant hing gebannt an ihren Lippen. »Richter Crater sagt: ›Der braucht einen Drink‹, und holt ihm einen. Später dann hält sich Rudy den Bauch und schreit: ›O mein Gott! Diese Schmerzen! Diese Schmerzen!‹ «

»In der *Times* stand, daß er an Magengeschwüren litt.«

Ilona lehnte sich mit Verschwörermiene über den Tisch und senkte endlich ihre Stimme. »Ich glaube, er wurde *vergiftet.* Kann ich jetzt die Schlüssel haben? Ich will mich nicht verspäten.« Sie gewährte ihm die Gunst ihres atemberaubenden Lächelns. »Heute ist eine ganz besonders wischtige Nacht für Ilona.«

»Das war wirklich die allerletzte wichtige Nacht für Ilona«, fügte Kaufman mit einem verdrießlichen Seufzer hinzu. »Ich begleitete sie zu Fuß hierher und nahm mir ein Taxi nach Hause. Als ich kurz vor mittags hier ankam, um zu arbeiten, fand ich sie tot auf.«

Mrs. Parker sah ihn mit ihren braunen Rehaugen eindringlich an. »Du hast die Leiche nicht berührt? Du hast nichts berührt?«

»Nur das Telefon, um Alec anzurufen.«

Woollcott hatte sich während Kaufmans Bericht ständig Notizen gemacht. Einige seiner besten Artikel waren Abhandlungen über wahre Kriminalgeschichten. Hier witterte er eine neue Perle. »Dieser Mord gefällt mir. Dieser Mord gefällt mir sehr.« Mrs. Parker wartete nur noch darauf, daß er genüßlich mit der Zunge schnalzte, aber er enttäuschte sie. »Ich bleib am Ball. Mein Instinkt sagt mir, daß dies der Beginn einer der faszinierendsten Kriminalgeschichten unserer Zeit ist. Findest du nicht auch, Dottie?«

»Auf jeden Fall ist er faszinierender als ein gutes Blatt beim Mau-Mau. Ich würde zu gern wissen, wer Ilonas Todesengel war.«

Kaufman begann wieder zu toben. »Kannst du nicht um Himmels willen Jacob Singer erwischen und mich aus diesem Schlamassel rausholen?«

»Denk immer daran, George«, sagte Mrs. Parker, während sie das Zimmer durchquerte, um zum Telefon zu gelangen, »auch eine Niederlage kann sich zum Triumph wenden.«

Woollcott verzog erstaunt sein Gesicht und fragte: »Wer hat denn *das* gesagt?«

Worauf Mrs. Parker erwiderte: »Nun, ich. Gerade eben.«

Zweites Kapitel

Während Mrs. Parker damit beschäftigt war, Jacob Singer am Telefon aufzuspüren, studierte Woollcott die Aufzeichnungen, die er sich auf seinem Notizblock gemacht hatte, wobei er sich unentwegt Stirn und Hals mit einem riesigen blauen Taschentuch wischte. Kaufman war in einen Lehnstuhl gesackt, hatte die Hände gefaltet und starrte mit der Leidensmiene eines unter Verdauungsstörungen leidenden Bassethundes den Fußboden an. »Jake?« hörten sie Mrs. Parker trällern. »Ich habe Jake gefunden«, verkündete sie. Ihre Unterhaltung mit dem Kriminalbeamten war kurz und sachlich. In weniger als zwei Minuten hatte sie das Gespräch beendet und wieder auf dem Sofa Platz genommen. »Er ist unterwegs, und zwar in seinem eigenen Wagen. Es wird keine Polizeisirenen geben, kein großes Spektakel, keine neugierige Zuschauermenge. Es wird alles so diskret und privat zugehen wie beim Damenabend im Türkischen Bad. Ich wünschte, einer von euch würde versuchen, fröhlich dreinzuschauen.«

»Erzähl uns von Lacey Van Weber.« Woollcotts Kneifer fiel von seinem Nasenrücken und baumelte an der zugehörigen Kette unter seinem Doppelkinn herum. Er lehnte sich zurück und wischte sich mit seinem Taschentuch die Augen.

»Ich wußte gar nicht, daß du Lacey Van Weber kennst«, sagte Kaufman zu Mrs. Parker.

»Tu ich auch nicht. Ich habe nur zufällig einen Artikel über ihn im *Graphic* gelesen. Mit Bildern. Van Weber sieht ziemlich gut aus, ein bißchen wie ein Filmstar. Wartet mal ...« sagte sie, spitzte die Lippen und rückte ihre Samtarmbänder zurecht. »... er scheint unverheiratet und noch zu haben zu sein, besitzt anscheinend ziemlich viel Geld, kennt jeden, der was ist, und es gab den Hauch einer Andeutung, daß er Verbindungen zur Bande besitzen könnte.«

»Welcher Bande?«

»Ich habe nicht die leiseste Ahnung. Es gibt so viele. Sucht euch einfach eine aus. Zum Beispiel wissen wir, daß eins von Texas Guinans Mädchen auf seiner Party war, und jeder weiß, daß Larry Fay hinter Texas steckt.«

»Sie sind ein Liebespaar«, sagte Kaufman.

»Bitte sehr«, sagte Mrs. Parker liebenswürdig, »dann steckt er also mehr als nur hinter ihr. Und eins von Polly Adlers Mädchen war auf der Party, so daß derjenige, mit dem sie gemeinsame Sache macht ... ja macht sie überhaupt mit irgend jemandem gemeinsame Sache?«

»Polly behauptet beharrlich, daß sie keine Unterweltverbindungen hat. Sie betreibt ein gutgehendes Freudenhaus, und zwar ohne Einmischung von außen.« Kaufman stand vor einem Spiegel und versuchte, sein Haar zu bändigen.

»Was gibt's noch über Lacey Van Weber?« forschte Woollcott weiter. »Irgend etwas Saftiges, Skandalöses, wo kommt er her?«

»In dem Artikel wurde angedeutet, er käme aus einer britischen Adelsfamilie, obwohl mir Van Weber eher germanisch als englisch klingt.«

»Vielleicht ist es nicht sein richtiger Name«, sagte Kaufman.

»Das ist eine Idee. Notier dir das, Alec.« Alec machte sich pflichtschuldigst eine Notiz, während Mrs. Parker fortfuhr. »Neben seinem Penthouse am südlichen Central Park bewohnt er außerdem eine Villa in East Cove, draußen in Long Island. Er besitzt einen Swimming Pool, Tennisplätze, einen Golfplatz, eine Landebahn. Anscheinend hat er auch eine Pilotenlizenz ... dann noch ungefähr zwei Dutzend Angestellte, das für Partys zusätzlich engagierte Personal nicht mitgerechnet. Er unterhält ein Büro auf der Fifth Avenue auf der Höhe Mitte der Dreißiger Straßen, wo er vermutlich Geld wie Heu macht. Es scheint keine bestimmte große Liebe in seinem Leben zu geben, und bis vor ungefähr einem Jahr hat noch niemand etwas von ihm gehört.«

»Du machst wohl Witze«, sagte Kaufman.

»Nein, ganz und gar nicht. So stand es in dem Artikel, nicht das man dem groß trauen kann, was der *Graphic* druckt. Aber so wie ich es verstanden habe, ist Mr. Lacey Van Weber, genau wie Topsy aus Mrs. Stowes *Onkel Toms Hütte*, ›einfach gewachsen‹. Habt ihr nicht auch das Gefühl, daß er ein Fantasieprodukt ist, das wie durch ein Wunder zufällig menschliche Gestalt angenommen hat? Ich finde ihn faszinierend.«

»O Schreck«, sagte Woollcott, »Dottie läuft Gefahr, sich in Abwesenheit zu verlieben.«

»Ich würde ihn rasend gern kennenlernen. Ich würde jeden rasend gern kennenlernen, der sexy und geheimnisvoll ist. Kurz gesagt, ich würde rasend gern irgend jemanden kennenlernen. Ich halte es nicht aus, wenn meine Gefühle Staub ansetzen. Dieses Haus in East Cove hat zwanzig Schlafzimmer.«

»Ist das eine Feststellung oder eine Herausforderung?« erkundigte sich Woollcott. Kaufman stand verloren an einem der Fenster, wie ein treibendes Schiffswrack, das auf seine Bergung wartet.

»Stellt euch das nur vor«, beharrte Mrs. Parker. »Ein Mann taucht aus dem Nichts in der Stadt auf, und schon in einem Jahr hat er es so weit gebracht, daß die wildesten Theorien über ihn kursieren. Er hat nichts Großartiges geleistet, weder das Feuer entdeckt noch das Rad erfunden, er ist kein bewunderter Held . . .«

»Außer vielleicht für seinen Butler«, warf Woollcott ein.

». . . und trotzdem braucht er jetzt nur mit den Fingern zu schnipsen, und jeder, der Rang und Namen hat, springt.«

»Gangster, Huren, Revuegirls, bestechliche Richter, sind das die Leute von Rang und Namen?« Kaufman schüttelte traurig den Kopf und vergrub seine Hände in den Hosentaschen.

»Es könnte die Spitze eines Eisbergs sein.« Mrs. Parker strahlte. In nur einer Stunde hatte sie die emotionale Skala von abgrundtiefer Tragödie bis zu prickelndem Melodrama durchlebt. Sie amüsierte sich königlich. »Schließlich wohnt da draußen in East Cove die gesellschaftliche Elite. La Crème de la Crème. Ich wette, daß alle Damen und Dämchen der Gesellschaft, inklusive ihrer jungfräulichen Töchter in ihren teuersten deflorierten Blumenmusterkleidern, sich blutige Schlachten darum liefern, wer von ihnen Lacey Van Webers Namen in ihre Tanzeinladungen eintragen darf. East Cove ist nicht sehr weit von Great Neck entfernt, wie ihr wißt. Die Lardners haben ein Haus in Great Neck. Wir könnten uns an diesem Wochenende von den Lardners einladen lassen, Alec. Dann unter irgendeinem Vorwand nach East Cove hinüberfahren und in Van Webers Königreich einfallen.«

»Wovon *redest* du eigentlich?« schnaubte Woollcott.

»Wir müssen den Mann treffen, wenn wir den Mord an dem armen Ding aufklären wollen, das da gerade im Schlafzimmer verwest. Du hast doch offenbar auch Interesse an dem Fall – sonst würdest du dir nicht so ausführlich Notizen machen.«

»Natürlich bin ich interessiert. Aber sich gleich *physisch* beteiligen?«

»In unserer Lage können wir wesentlich mehr erreichen als die Polizei. Wir sind prominent. Van Weber verschlingt Prominenz. Da sonst nur Huren, Gangster und Pervers-Korrupte auf seinem Speiseplan stehen, bin ich überzeugt, daß er auch mal Appetit auf eine fette Portion Kultur hat. Sicher dürstet ihn danach, Leute wie uns kennenzulernen. Ich wette, er würde darin schwelgen, Witzchen mit Benchley und Broun auszutauschen, seine Meinung über die Barrymores in *The Jest* auszubreiten . . .«

»Es interessiert mich einen feuchten Dreck, was er über die Barrymores in *The Jest* zu sagen hat«, explodierte Woollcott.

»Ich finde, Dottie hat recht«, unterbrach Kaufman sanft, aber deutlich. »Ich glaube, der Kerl führt uns in direkter Linie zu Ilonas Mörder.«

»Und Valentino?« Mrs. Parker trällerte wieder.

»*Falls* er ermordet wurde«, antwortete Kaufman.

Es klopfte an der Tür. Mrs. Parker sprang auf und ließ Jacob Singer herein. »Jacob, Sie sind ein Schatz. Sind Sie allein?« Sie sah an ihm vorbei, konnte aber sonst niemanden im Flur erblikken.

»Ich habe noch ein paar Männer unten im Auto. Ich dachte,

am besten seh ich mal vor Ort, was getan werden muß. Haben Sie sich wieder mal die Handgelenke aufgeschnitten?«

»Nur um in Übung zu bleiben«, antwortete sie und schloß die Tür. »Woollcott und Kaufman kennen Sie ja.«

»Guten Tag, die Herren.« Eine leichte Färbung in der Stimme des Kriminalbeamten war so ungefähr das einzige, was noch von Brooklyn an ihm haftete. Nach zehn Jahren bei der Polizei von Manhattan (davon fünf in der Elitegruppe der »Detectives«), lag Singer daran, sich sowohl äußerlich wie intellektuell zu verbessern. Er gab sein Geld für Kleidung und eine gepflegte Erscheinung aus und zwang sich, Dickens, Henry James und einmal sogar, während einer kurzen depressiven Phase, Tolstoi zu lesen. Er ging so oft er konnte ins Theater und in Konzerte, in die Oper jedoch nur unter Androhung des Todes. Mrs. Parker bewunderte ihn aufrichtig und grenzenlos. »Okay, Mr. Kaufman, was ist das Problem?«

»Ich habe eine tote Frau im Schlafzimmer.«

»Von der Art hatte ich auch ne Menge, aber meistens ziehen sie sich dann an und gehen wieder nach Hause.«

Sie folgten ihm ins Schlafzimmer. »O Mannomann. Da haben wir aber eine häßliche Mumie.«

»Sie war mal ziemlich schön«, sagte Kaufman. »Ilona Mercury.«

Singers schriller Pfiff des Erstaunens durchschnitt die Luft. »Hätte ich nie gedacht. Was sagen Sie dazu – neulich abend habe ich sie noch in Ziegfelds Revue gesehen, *No Foolin'.«*

»Wir glauben Ihnen ja«, sagte Mrs. Parker.

Singer warf ihr einen Blick zu. *»No Foolin'* ist der Name der Show. Sie läuft im Globe.«

»Oh. Ich war verreist.«

»Gehen wir lieber wieder ins andere Zimmer. Das hier ist zu bedrückend. Unvorstellbar, daß sich eine so hübsche Biene in ein so widerliches Stück Fleisch verwandeln kann. So ist das Leben.«

»So ist der Tod«, korrigierte Mrs. Parker.

Im Wohnzimmer saßen sich die vier gegenüber, während Singer sich Kaufmans Geschichte anhörte. Nachdem Kaufman geendet hatte, lehnte sich der Kriminalbeamte zurück und schaute Mrs. Parker nachdenklich an. »Sie wollen, daß ich die Sache für Sie vertusche.«

»Nun ja, George hat sie ganz bestimmt nicht umgebracht. Die Leiche da drüben ist lediglich das bedauerliche Resultat von Georges unangebrachter Großzügigkeit.«

»Und wenn sich herausstellt, daß er sie doch getötet hat, was dann?«

»Dann wandert er natürlich auf den elektrischen Stuhl!« gab sie fröhlich zurück.

»Ich habe sie nicht getötet«, beharrte Kaufman. »Was ich Ihnen erzählt habe, Mr. Singer, ist die Wahrheit.«

Singer rieb sich das Kinn. »Sie glauben also, es könnte da eine Verbindung zu der Fete geben, auf der Valentino krank wurde. O Mann, Sie glauben gar nicht, wie wenig ich mich auf diese Untersuchung freue.«

Mrs. Parker setzte sich auf wie ein eifriges Schoßhündchen. »Wieso nicht?«

»Ach, schon jetzt heißt es doch, daß da einiges um Valentinos Tod vertuscht wird. Zum Beispiel, daß er vielleicht vergiftet wurde, wer weiß das schon, verdammt noch mal. Am Tag der Party wirkte er jedenfalls noch recht gesund.« Er lief jetzt im Zimmer auf und ab. »Mit Ilona war er also an dem Abend verabredet. Und Valentino geht auf Dr. Horathy los.«

»Und Van Weber trug jemandem auf, ihm einen Drink zu besorgen«, erinnerte ihn Mrs. Parker.

Singer starrte sie an: »Das war wohl Ihrer Meinung nach das Gift, was?«

»Warum nicht?« mischte sich Woollcott ein. »Bei einer so überfüllten Party tun sich doch unzählige Gelegenheiten auf, einen Mord zu begehen, ohne daß man dabei erwischt wird.«

Mrs. Parker schnipste mit den Fingern. »Ich hab's! Ilona Mercury hat denjenigen, wer immer es war, beobachtet, wie er Valentino den Gifttrunk untergeschoben hat, und ihn dann erpreßt!«

»Nicht schlecht für den Anfang, Mrs. Parker«, sagte Singer gnädig, »aber warum ihn hierher bringen? Sie hätte ihn ebensogut in ihrer eigenen Bude, in irgendeinem Restaurant, in einer billigen Kneipe oder auch auf einer Bank im Central Park ausnehmen können.«

»Jacob, dieses Apartment ist etwas ganz Besonderes«, sagte Mrs. Parker. »Auf jeden Fall für Mr. Kaufman.«

»Jetzt nicht mehr«, stöhnte Kaufman gequält.

»Unterbrich mich bitte nicht. Ilona kennt Mr. Kaufman gut und weiß daher, daß dieses Apartment etwas Besonderes ist. Wer auch immer es war, den sie gestern abend hierher mitbrachte, er spielte eine besondere Rolle in ihrem Leben. Allerdings war das Gefühl einseitig. Sie hatte dieser Person vielleicht früher etwas bedeutet, aber das war einmal. Aus Gründen, die wir noch herauszufinden haben, mußte sie umgebracht werden.«

»Es hätte auch ein Unfall sein können«, schlug Woollcott vor, »Mord auf der Höhe der Leidenschaft.«

»Auf der Höhe der Leidenschaft, mein Lieber«, sagte Mrs. Parker weise, »kommt es uns manchmal vor wie Mord, aber nur ganz selten geht es tödlich aus, es sei denn, einer der Partner leidet unter Herzschwäche. Nicht Miss Mercurys Herz versagte jedoch, sondern ihre Menschenkenntnis. Jacob, Sie haben sich mit diesem Fall ganz schön was eingebrockt.« Singer bestritt ihre Voraussage nicht. Er fuhr fort, sie mit unterschwelliger Bewunderung zu betrachten, und erwog, wenn auch nur für einen kurzen Augenblick, ob er ihr nicht irgendwann einmal ein kleines Schäferstündchen vorschlagen sollte. »Sie wissen doch, wie die großen Tiere vor der Polizei dichtmachen.«

»Die kleinen Tiere tun das auch«, sagte Singer.

»Nun, mein Lieber, diese Leute sind gegenüber Leuten wie Alec und mir aufgeschlossener. Wir haben die Absicht, der Sache nachzugehen, wissen Sie, wie Sonder-Botschafter. Selbstverständlich werden wir alles, was wir herausfinden, an Sie weitergeben.«

»Mrs. Parker«, sagte Singer, »wir kennen Ihren Todeswunsch

nur allzu gut. Ich glaube nicht, daß Sie aus dem Holz geschnitzt sind, um es mit den großen Jungs aufzunehmen.«

»Das Schlimme an Ihnen, Herr Kommissar, ist, daß Sie sich überschätzen und mich unterschätzen.«

»Schon möglich. Jedenfalls unterschätze ich nicht Leute wie Dr. Bela Horathy. Er ist nicht gerade dafür bekannt, der Gesundheit und einem langen Leben förderlich zu sein.«

»Wieso haben Sie ihn dann nicht aus dem Verkehr gezogen?« fragte Kaufman.

»Aufgrund welcher Anklage? Er ist Arzt. Er hat eine Approbation. Niemand hat ihn dabei erwischt, daß er sich außerhalb des Gesetzes bewegt hat. Und er hat Verbindungen höheren Ortes.«

»Valentino beschuldigte ihn, ein Drogenhändler zu sein«, sagte Woollcott.

»Kennen Sie einen Arzt, der keine Drogen verschreibt?« fragte Singer. »Eben. Darum sind wir völlig machtlos.«

»Horathy ist Ungar«, erinnerte sie Mrs. Parker.

»Sind Sie so sicher?« fragte Singer.

»Ach so, ich verstehe. Darüber gibt es also Zweifel.« Mrs. Parker lächelte die drei Männer an. »Hat denn die Einwanderungsbehörde keine Handhabe gegen ihn?«

»Natürlich. Doch auch solche Hindernisse können aus dem Weg geräumt werden. Mrs. Parker, wir leben in einer Welt und in einer Epoche, wo alle Hindernisse aus dem Weg geräumt werden können, mit einer unvermeidlichen Ausnahme, und das ist der Tod. Nun hören Sie mal zu. Wenn Sie und Mr. Woollcott Ihre Nasen in diesen Fall stecken wollen, dann kann ich Sie nicht daran hindern, es sei denn, Sie lassen sich bei einem Einbruch oder irgendeiner anderen unehrenhaften Handlung erwischen.« *Unehrenhaft,* dachte Mrs. Parker, wahrscheinlich liest er Victor Hugo. »Aber ich möchte, daß Sie mit äußerster Vorsicht ans Werk gehen. Im Ernst, sehen Sie sich wirklich vor.«

»Sie wissen mehr, als Sie uns erzählen«, sagte Woollcott etwas nervös.

»Nein, tu ich nicht. Ich vermute nur mehr, als ich Ihnen erzähle.« Er zeigte auf das Schlafzimmer. »Diese unglückselige Lady ist nicht die erste, die einen Abgang macht, bevor ihre Zeit gekommen ist, weil sie die falschen Leute kannte. Ich geb Ihnen einen Hinweis: Finden Sie heraus, wer sie war.«

»Sie war ein Ziegfeld-Mädchen«, wiederholte Kaufman.

»Aber außerdem, Mr. Kaufman, außerdem. Was war sie noch? Sie war doch auch noch Ungarin, nicht wahr? Sagt sie jedenfalls.«

»Ihr Akzent war so dick, daß man ihn mit einem Buttermesser schneiden konnte«, gab Kaufman zu bedenken.

»Na und? Jeder kann einen Akzent nachmachen. Es gab seinerzeit einen ziemlichen Rummel, als Ziegfeld sie aus Europa importierte. Ich werde mal sehen, was sich da herausfinden läßt.«

»Das arme Ding«, unterbrach Mrs. Parker, »sie muß doch irgendwo eine Familie haben.«

»Wahrscheinlich Bauern, die irgendwo hoch in den Karpaten Ziegen hüten«, schlug Woollcott vor.

»Oder kleine Farmer, die in der Wildnis von Idaho Kartoffeln anbauen«, sagte Singer mit dem Anflug eines Lächelns.

»Das reicht. Genug geplänkelt«, entschied Mrs. Parker. »Alec und ich werden wissen, wie wir uns zu verhalten haben. Und wie entledigen wir uns jetzt der Leiche von Miss Mercury?«

»Also, als erstes bringen meine Jungs einen Wäschekorb hoch, den wir auf dem Rücksitz des Autos liegen haben. Da schmeißen wir die Lady rein. Dann machen wir eine Spazierfahrt mit ihr, in die Wildnis von Canarsie. Zu Ihrer Aufklärung: Das ist ein kleines Dorf draußen in Brooklyn, an den Wassern der Jamaica Bay. Ich bin da in der Nähe geboren. Es ist nicht dicht besiedelt. Die Gangs laden dort meistens ihre Mumien ab, das ist sehr praktisch. Früher oder später wird ein unschuldiger Bewohner dieses Tatorts über die Leiche stolpern und hoffentlich nach den Bullen rufen. Dann durchlaufen wir den langwierigen Prozeß der Identifizierung, dann schreien die Boulevardblätter Zeter und Mordio, und dann beginnt die Untersuchung. Mrs. Parker, Mr. Woollcott, tun Sie mir den Gefallen und verschießen Sie nicht unser Pulver, indem Sie in der Gegend herumfragen, wer Miss Mercury ermordete, bevor man Miss Mercurys Leiche gefunden und identifiziert hat.«

»Oh, nicht mal im Traum würden wir irgendwelche voreiligen Schüsse loslassen«, versicherte Mrs. Parker.

»Ich ziehe es vor, überhaupt nichts mit Schießeisen zu tun zu haben«, fügte Woollcott hinzu.

»Na hör mal, Alec. Schießeisen haben dir im Krieg doch auch keine angst gemacht.«

»Ich hatte im Krieg nichts mit Schießeisen zu tun, meine liebe Mrs. Parker.« Woollcott blickte sie indigniert an.

»Schießeisen sind sowieso nur Phallussymbole«, belehrte Singer die Anwesenden mit einem leicht überlegenen Gesichtsausdruck.

»Darum hat ja auch Mr. Woollcott im Krieg nichts mit ihnen zu tun gehabt«, sagte Mrs. Parker.

»Mr. Singer, was soll ich jetzt machen?« fragte Kaufman.

»Mr. Kaufman, am besten gehen Sie nach Hause oder ins Kino, oder Sie tun, was Sie ohnehin vorhatten. Die Jungs und ich haben hier noch einen Haufen Arbeit, bevor wir die Leiche entfernen. Die Wohnung muß auf Fingerabdrücke untersucht werden, und es wäre mir lieb, wenn Sie nichts mitnehmen würden, sondern alles in seiner ursprünglichen Schönheit belassen könnten. Ich habe eine Damenhandtasche auf dem Toilettentisch im Schlafzimmer bemerkt. Ich nehme an, sie gehörte der Lady?«

»Muß wohl«, sagte Kaufman.

Singer holte die Handtasche aus dem Schlafzimmer und untersuchte in Gegenwart der anderen deren Inhalt. Er leerte die Tasche auf dem Eßzimmertisch aus. »Taschentuch.«

»Ein hübsches Muster«, sagte Mrs. Parker. »Sieht aus wie eine Borte aus Alençonspitzen. Teuer.«

»Schminkkästchen. Puder, Lippenstift, Rouge, Augenbrauenstift. Zwei Schlüsselbünde.«

»Eins davon gehört zu diesem Apartment«, sagte Kaufman zu ihm.

»Gut. Suchen Sie sich eins aus, ich brauch sie nicht.« Kaufman steckte die Schlüssel ein. »Portemonnaie, fünfundachtzig Cents Kleingeld. Scheine.« Er stieß einen Pfiff aus. »Das sind ja fast zwei Riesen.«

»Zweitausend Dollar?« fragte Kaufman ungläubig. »Und ich hab das Abendessen bezahlt!«

»Männer sind ja solche Idioten«, sagte Mrs. Parker, und niemand machte sich die Mühe, ihr zu widersprechen.

»Tatsache, zweitausend Piepen«, wiederholte Singer. »Na, wer weiß, vielleicht ist an Ihrer Erpressertheorie doch etwas dran, Mrs. Parker.« Sie versuchte, nicht selbstgefällig auszusehen. Er zählte die verbleibenden Gegenstände aus der Handtasche der Toten auf. »Puderdose.«

»Rosa.« Mrs. Parker blinzelte nachdenklich. »Hat nicht jemand Valentino so genannt? Die rosa Puderdose? Und hat nicht Valentino den Mann zum Duell gefordert?«

»Was hätten das für Waffen sein sollen?« fragte Woollcott. »Salatgabeln auf zwanzig Schritt?«

»Wißt ihr, Leute, ungefähr eine Woche vor seinem Tod wurde Valentino in der Polyklinik an Magengeschwüren und einem Blinddarmbruch operiert.«

»Er machte keine halben Sachen, was?«

»Ich werde Ihnen was sagen, Mrs. Parker, wenn er am Vorabend auf Van Webers Party vergiftet worden wäre, dann hätten die Ärzte bestimmt eine Spur davon entdeckt.«

»Vielleicht haben Sie's getan, und dann hat man sich ihr Schweigen erkauft.« Singer war fast hypnotisiert von ihren Augen, die sich so intensiv in ihn hineinbrannten. »Sie haben doch gerade selbst gesagt, daß so gut wie jeder in dieser Stadt käuflich ist. Ich bin sicher, daß auch Ärzte dazugehören. Bestimmt ist Bela Horathy ein Beispiel dafür. Ihr Hippokratischer Eid wäre dann natürlich nichts als eine inhaltslose Leier.«

»Ich gehe«, verkündete Kaufman.

»Wo finde ich Sie, wenn ich Sie brauche?« fragte Singer.

Kaufman gab ihm die Telefonnummer seiner Familie. »Dort

weiß man immer, wo ich bin. Aber was sage ich meiner Frau, wenn Sie sich wundert, daß die Polizei anruft?«

»Das gleiche, was du ihr bei deinen merkwürdigen Abwesenheiten sagst«, schlug Mrs. Parker vor.

»Danke«, sagte Kaufman, an alle drei gewandt, »ich weiß das sehr zu schätzen, was ihr für mich tut.«

Nachdem Kaufman gegangen war, sagte Singer, »Okay, Leute. Es besteht keine Veranlassung für Sie, hier weiter herumzuhängen. Lassen Sie uns runtergehen, damit meine Jungs anfangen können.«

»Das Hauspersonal wird keinen Verdacht schöpfen?«

»Nein, Mrs. Parker, wir kennen sie, und sie kennen uns. Kaufman ist nicht der einzige unglückliche Ehemann mit einem Liebesnest. Gehen wir.«

Mrs. Parker hakte sich bei Singer ein. »Sie sind ein guter Mann, Jacob Singer. Ich bin froh, daß wir Freunde sind.«

Halt dich weiter so bei mir fest, dachte Singer, und vielleicht bringen wir es ja zu mehr als bloßer Freundschaft.

Ein paar Minuten später führte Mrs. Parker Woollcott zu dem westlichen Teil des Central Park. Woollcott, der sein Mittagessen hatte auslassen müssen, fühlte sich gereizt und schlecht gelaunt. »Wohin gehen wir?« wollte er wissen.

»Ich dachte, wir könnten eben bei Marc Connelly vorbeischauen.«

»Er haßt es, wenn man bei ihm vorbeischaut, besonders wenn er gerade arbeitet.«

»Woher weißt du, daß er arbeitet?«

»Er hat gestern beim Lunch erwähnt, daß er mit einem neuen Theaterstück anfangen wollte. *The Wisdom Tooth* ist diese Saison gar nicht schlecht für ihn gelaufen, wenn man bedenkt, daß er es allein und ohne Kaufman geschrieben hat.« 1921 hatten Kaufman und Connelly gemeinsam das Stück *Dulcy* verfaßt, das mit Lynn Fontanne in der Titelrolle ein schlagender Erfolg geworden war und beiden Autoren den Durchbruch zu Ruhm und Wohlstand verschafft hatte. »Und da wir gerade von Lunch sprechen, ich möchte meinen, jetzt und sofort.« Er konsultierte seine Taschenuhr. »O Schreck, es ist schon fast drei Uhr. Ich muß völlig ausgehungert sein.«

»Connelly wird dir ein Sandwich machen.«

»Ich will kein Sandwich! Und wenn er nicht da ist?«

»Connelly lügt nie, wenn es um seine Arbeit geht. Er ist ein so eifriger Autor. Es macht mich ganz krank, wenn ich nur daran denke.« Mrs. Parkers Neigung, die eigene Arbeit um jeden Preis vor sich herzuschieben, war eine Schwäche, die ihren Freunden und Auftraggebern bestens vertraut war. »Ich verstehe diese disziplinierten Leute nicht, und auch nicht den Zwang, kreativ sein zu müssen. Ich fand es so angenehm, von Richman ausgehalten zu werden. Er war so großzügig, aber was für ein sturer Esel. Glaub mir, ich bin unendlich erleichtert, ihn los zu sein.« Wütend wandte sie sich Woollcott zu. »Wieso mußtest du eigentlich damit anfangen?«

»Warum zum Teufel bist du auf mich sauer? Du bist doch diejenige, die vom hundertsten ins tausendste kommt. Wie weit ist es überhaupt noch bis zu Connellys Wohnung? Ich komme um vor Hunger!«

Das Mietshaus, in dem Marc Connelly lebte, ging auf den Central Park hinaus. Der Portier kündigte die Eindringlinge über die Sprechanlage an, und beide überkam das Gefühl, mit einiger Zurückhaltung nach oben gebeten zu werden. Als ihnen Connelly die Tür öffnete, konnten sie an seinem Gesichtsausdruck feststellen, daß sie ihr erster Instinkt nicht getrogen hatte. »Wir waren gerade in der Nähe und dachten, es freut dich, wenn wir kurz bei dir hereinschauen«, sagte Woollcott zuvorkommend, während er den Weg in Connellys gemütliches Wohnzimmer anführte. Die bis zum Fußboden reichenden Flügelfenster standen weit offen, um selbst die kleinste Brise hereinzulassen. Connelly wischte sich die Glatze mit einem Taschentuch.

»Und was führt euch eigentlich in diese Gegend?«

»Wir wollten einen Blick auf Valentino werfen, aber alle Vorstellungen sind ausverkauft. Woollcott hat noch kein Mittagessen gehabt, Schatz; kannst du ihm irgend etwas Vernünftiges anbieten?«

»Also nichts, was mit deinem letzten Stück vergleichbar wäre«, fügte Woollcott hinzu.

»Ich kann dir einen Giftbecher anbieten«, sagte Connelly und vermied es krampfhaft, mit den Zähnen zu knirschen. »Zur Küche geht's hier entlang.« Sie folgten ihm in die Küche, wo sich hohe Berge ungespülten Geschirrs im Ausguß türmten.

»Hier sieht es ja genauso schlimm aus wie bei mir«, bemerkte Mrs. Parker. Dann fragte sie, als sie die Mengen schmutzigen Geschirrs bemerkte: »Was in Gottes Namen ist denn *das?*«

»Eine Herausforderung.« Connelly wühlte im Kühlschrank herum. »Hier ist ein bißchen kaltes Hühnchen.« Er kniff die Augen zusammen. »Jedenfalls sieht es aus wie kaltes Hühnchen.«

»Laß mich mal sehen.« Mrs. Parker schob Connelly sanft beiseite.

Connelly bemühte sich mannhaft, nicht aus der Haut zu fahren.

Woollcott blickte haßerfüllt auf Connelly, der dastand und mit geballten Fäusten immerzu Mrs. Parkers Rücken anstarrte. »Anstatt hier herumzustehen wie ein infizierter Niednagel, könntest du dich vielleicht sinnvollerweise mit einem Martinishaker beschäftigen.«

»Warum leckt ihr mich nicht beide am Arsch!« platzte es aus Connelly heraus, und er stürzte ins Wohnzimmer.

»Er muß noch lernen, sein Temperament zu zügeln«, sagte Mrs. Parker, während sie die Teller mit einem aus Essensresten improvisierten Mahl zu einem Tisch hinübertrug.

Zehn Minuten später, im Wohnzimmer, war die Atmosphäre freundlicher geworden; man stieß auf das gegenseitige Wohl an, und Connelly sank in einen überpolsterten Sessel und sah den anderen beiden zu, wie sie sich mit Hühnchen und Salat vollstopften. Noch kauend fragte Mrs. Parker den Stückeschreiber: »Wie gut kennst du Lacey Van Weber?«

»Van Weber? Kenn ich überhaupt nicht gut. Ich hab ihn einmal vor ungefähr zehn Tagen getroffen. Jemand hat mich auf eine Party in sein Penthouse im Südlichen Central Park mitgenommen.« Er rutschte auf seinem Sitz herum. »Übrigens war Valentino mit dieser ungarischen Ziegfeld-Schönheit da. Und es gab eine häßliche Szene. Valentino ärgerte sich über Dr. Horathy. Was ich auch verstehen kann. Schlüpfrige Type, dieser Horathy. Valentino warf ihm lauter schreckliche Dinge vor, die mit dem illegalen Verschreiben von Narkotika in Zusammenhang stehen. Und traurig genug, daß Valentino genau dort krank wurde.« Dann, mißtrauisch: »Woher dieses Interesse an Van Weber?«

»Nun ja«, sagte Mrs. Parker, »ich habe einen Artikel über ihn im *Graphic* gelesen.«

»Wie kannst du nur dieses Käseblatt lesen?«

»Eine läßliche Sünde. Außerdem interessiert er mich als Charakterstudie. Irgend etwas an der Art, wie der Reporter seinen Lebensstil beschreibt, kommt mir fürchterlich bekannt vor.«

»Parvenu und déjà vu.«

»Alec, das ist unwürdig.« Sie widmete ihre Aufmerksamkeit wieder Connelly. »Bekannt insofern, als ich glaube, sein Anwesen in East Cove in einem ähnlichen Zusammenhang beschrieben gesehen zu haben. Marc, mache ich mich verständlich?«

»Wie angewandte Algebra. Lily Robson hat mich auf die Party mitgenommen.«

Mrs. Parker markierte die Unschuldige. »Lily Robson?«

»Sie ist eins von Texas Guinans Mädchen.«

»Ich wußte nicht, daß du auf so etwas stehst.«

»Sie ist kein ›Etwas‹; sie ist eine rasend wunderbare, rasend charmante junge Frau. Sie hat einen köstlichen Sinn für Humor und lacht über alle meine Witze. Ja, auf so etwas stehe ich. Ich stehe auf allem, das mir nicht durch die Finger schlüpft und oft genug ja sagt. Seid ihr mit dem Essen fertig? Gut. Wenn ihr nichts dagegen habt, räumt euer Geschirr selber ab. Meine Haushälterin ist in Urlaub.«

»Ich bekomme langsam das Gefühl, du willst uns verabschieden«, meinte Woollcott verdrießlich.

»Ich wollte euch gar nicht erst begrüßen.«

Mrs. Parker trug das Tablett mit den schmutzigen Tellern und dem Besteck in die Küche.

Connelly fixierte Woollcott mit dem Blick eines Richters, der schnell mit dem Todesurteil zur Hand ist. »Was wollt ihr zwei eigentlich herausbekommen?«

»Warum bist du immer so mißtrauisch?«

»Warum beantwortest du eine Frage immer mit einer Gegenfrage?«

Mrs. Parker kam zurück. »Bei dir gibt's Küchenschaben.«

Connelly erhob sich und machte eine tiefe Verbeugung. »Guten Tag, gute Freunde. Ich habe eine Verabredung mit meinem Schreibtisch.« Mrs. Parker ging zu ihm hinüber, nahm seinen Kopf zwischen die Hände und küßte ihn sanft auf seinen kahlen Schädel.

»Danke dafür, daß du ein so todlangweiliger Gastgeber warst und für die neuen Martinis und das alte Hühnchen. Dafür müssen wir uns einmal revanchieren. Komm, Alec, wir haben genug gestört.« Woollcott folgte ihr aus der Wohnung.

Vor dem Fahrstuhl fragte er sie: »Und was hat uns das Ganze nun eingebracht, außer einem unbeschreiblich ekelhaften Mittagessen?«

»Er hat Ilona Mercurys Geschichte über Valentinos Auftritt bestätigt.«

»Dachtest du, sie könnte gelogen haben?«

»Diese Sorte Mädchen lügt immer. Sie müssen ja. Sie führen so viele Leben. Ihr eigenes und das der Männer, die hinter ihnen her sind. Immerhin wissen wir jetzt, daß Kaufman die Geschichte aus erster Nuttenhand hat.« Auf der Straße fragte sie Woollcott: »Ist es schwer, Karten für *No Foolin'* zu bekommen?«

»Im August ist es nicht schwer, Karten für irgend etwas zu bekommen. Und außerdem geht die Show nur so lala, seit der Premiere im Juni. Ich habe ihr einen Verriß besorgt, der sich gewaschen hat.«

»Vielleicht gefällt sie dir beim zweitenmal besser.«

»Ich habe nicht die leiseste Absicht, mir den Dreck noch

mal anzusehen. Der Volksmund nennt das Stück schon ›*Ziegfeld's Folly*‹.«

»Ilona Mercury hat in der Show mitgespielt. Sie hat sich eine Garderobe mit den anderen Mädchen geteilt. Und Revuegirls reden viel. Häufig über Dinge, die sie für sich behalten sollten.«

Woollcott hörte auf zu laufen, stemmte seine Hände in die Hüften und bombardierte Mrs. Parker mit verbalen Schrotladungen. »Hat uns nicht dieser Polizeifritze gesagt, wir sollten uns so lange zurückhalten, bis die Leiche gefunden und zweifelsfrei identifiziert ist?«

»Das hat er in der Tat gesagt, und wir haben uns ja zurückgehalten.«

»Connelly überrumpeln und nach der Party aushorchen, Karten für *No Foolin'*, das nennst du also ›sich zurückhalten‹?«

»Connelly ist ein guter alter Freund, und wir haben eine kleine Stippvisite bei ihm gemacht. Ich hatte eigentlich gehofft, daß er Van Weber persönlich kennt und uns zusammenbringen könnte. Aber funktioniert die Kriminalarbeit nicht genau so? Eine Sackgasse hier, eine falsche Spur dort. Und was die Show angeht, wir müssen sie uns ja nicht heute abend ansehen. Dafür aber morgen abend. Denn morgen, denke ich, wird Canarsie sein düsteres Geheimnis gelüftet haben und das arme Ding in den knalligen Schlagzeilen der Sensationspresse identifiziert worden sein. Ach Alec, mir macht die Sache soviel Freude, und Freude ist, was ich dringend brauche. Ich habe schon so viele freudlose Zeiten erlebt, und dabei bin ich erst dreiunddreißig. Und schau mal, wieviel Material du auf diese Weise für deinen Artikel zusammenbekommst. Was wird das für ein toller Artikel sein. Harold Ross wird dich anflehen, daß du ihn ihm für seinen *New Yorker* überläßt. Oder irgend so etwas.«

»Ich bin so ein weichherziger, sentimentaler alter Trottel«, schimpfte Woollcott. »Dir deinen Willen zu lassen, kommt einem Liebesakt mit einer Kobra gleich. Also gut. Morgen abend. *No Foolin'*.«

»Und bis dahin werden wir uns einen schlauen Vorwand ausgedacht haben, um hinter die Bühne zu gehen und die Revuegirls ins Kreuzverhör zu nehmen. Ach, und bevor ich es vergesse. Wie gut kennst du Polly Adler?«

Woollcotts Brust schwoll empört an. »Wie wagst du es, mir zu unterstellen, mit einer Puffoberin zu verkehren?«

»Ich habe gehört, daß sie klein und zierlich ist, genau wie ich. Übrigens trage ich mich schon seit langem mit der Idee, eine Studie über Prostituierte zu schreiben, und was wäre naheliegender, als in Pollys Bordell anzufangen. Sie könnte mich mit Vera DeLee bekanntmachen.«

»Mit wem?«

»Vera DeLee. Die Begleitung von Richter Crater auf Van Webers Party.«

»Du handelst übereilt«, warnte Woollcott.

»Ich erkunde nur das Terrain.«

»Nanu«, sagte Woollcott in einem anderen Tonfall. »Wir sind ja schon am Columbus Circle angelangt, praktisch vor deiner Türschwelle. Ich bin eine ganz schöne Strecke gelaufen, ohne es zu bemerken.«

»Da siehst du mal, wie sich manche Dinge bei einem einschleichen. Möchtest du auf einen Drink heraufkommen?«

»Nein, danke. Ich werde mir ein Taxi rufen und mich nach Haus in die Dreiundvierzigste Straße West begeben.« Woollcott teilte sich mit Harold Ross und dessen Frau Jane Grant ein Backsteinhaus. Sie waren ein unverträgliches Trio, aber Woollcott zog es vor, die unsanften Anspielungen, er möge sich eine andere Unterkunft suchen, so lange zu ignorieren, bis ihm ein Umzug gelegen kam. »Ich ruf dich später an. Wir sollten morgen nach dem Theater essen gehen.«

»Vielleicht überreden wir eines der Mädchen mitzugehen.«

»Und welches?«

»Dasjenige, das uns am meisten über Ilona Mercury erzählen kann.« Sie warf ihm eine Kußhand zu, eilte in Richtung Siebenundfünfzigste Straße davon, und ließ ihn verzweifelt nach einem Taxi winkend stehen.

Das Telefon fing an zu läuten, als sie den Schlüssel ins Schloß steckte. Das Läuten dauerte an, bis sie die Tür geöffnet, den

Schlüssel herausgezogen, die Tür zugestoßen hatte und fast über eine kleine Brücke gestolpert war, um den Apparat zu erreichen.

»Hallo?«

»Dorothy Parker!« wütete eine Stimme am anderen Ende. Sie erkannte Harold Ross.

»Du brauchst nicht zu brüllen, Harold. Ich weiß, wie ich heiße.«

»Dein Manuskript ist seit zwei Tagen überfällig. Du hast dich nicht mehr in der Nähe dieses Büros blicken lassen, seit du aus Europa zurückgekommen bist.«

»Das stimmt nicht. Gerade neulich früh war ich dort, aber leider war der einzige Stuhl schon besetzt.«

»Ich sperr dir dein Gehaltskonto!«

»Harold, macht es dir Spaß, deine Tage damit zu verbringen, Frauen zu schikanieren? Ich bin gerade eben nach Hause gekommen. Ich bin durchgeschwitzt und müde. Ich brauche ein Bad und einen Drink oder umgekehrt. Ich hatte einen sehr anstrengenden Tag, und wenn du mich jetzt bitte in Ruhe lassen würdest, schreibe ich heute abend das Manuskript fertig und bringe es morgen früh im Büro vorbei.«

»Das glaube ich dir nicht.«

»Das kann ich dir nachfühlen.« Sie hörte etwas Unflätiges aus dem anderen Ende der Leitung kommen, dann legten beide im selben Moment auf. Sie entfernte die erdrückende Glocke von ihrem Kopf und warf sie auf einen Tisch. Sie ging ins Badezimmer, um das Wasser einlaufen zu lassen. Als die Hähne geöffnet waren, starrte sie ihre geschmückten Handgelenke an, setzte sich auf den Toilettendeckel und brach in Tränen aus.

Eine Stunde später vernahm Horace Liveright vom Boni und Liveright Verlag, der eine Ausgabe von Dorothy Parkers Gedichtsammlung *Enough Rope* in Vorbereitung hatte, entzückt von seiner Sekretärin, Mrs. Parker sei im Büro und frage, ob er sie empfangen würde. Liveright begab sich persönlich in das Vorzimmer, um Mrs. Parker ins Allerheiligste zu führen. Er kam mit ausgestreckten Händen auf sie zu. »Liebe, liebe Dorothy, wie schön, dich zu sehen.«

»Mein Gott, siehst du aber gut aus, Horace!« rief Mrs. Parker, während sie sich eine der ausgebreiteten Hände aussuchte und sie sanft drückte. Sie ging vor ihm in das Büro, wo sie sich in den Sessel setzte, der seinem Schreibtisch gegenüberstand. Nachdem er sich ebenfalls niedergelassen hatte, fragte er sie, ob sie einen Drink wünschte. »Später.«

»Nun, welchem Umstand verdanke ich dieses Vergnügen?«

»Ich sag's dir, Horace. Als ich vor einer kleinen Weile in meiner Badewanne weichte und mir darüber den Kopf zerbrach, wie ich jemandem, der wahrscheinlich ein sehr begehrter Mann in dieser Stadt ist, vorgestellt werden könnte, da fiel es mir plötzlich ein ... Horace Liveright!«

»Aber du kennst mich doch schon.«

Humor, ermahnte sich Mrs. Parker, war nicht gerade Liverights Stärke. »Ich weiß, daß ich dich kenne, Horace, aber ich kenne Lacey Van Weber nicht, und das ist der Mann, den ich kennenlernen möchte.«

Sämtliche Spuren guter Laune wichen aus Liverights Gesicht. »Warum?«

»Warum was?«

»Warum willst du ihn kennenlernen?«

»Warum klingst du so finster?«

»Wie kommst du darauf, daß ich ihn kennen könnte?«

»Weil du jeden kennst. Du bewegst dich in den besten Kreisen. Du bist ein Sproß einer unserer besten Familien.«

»Van Weber ist es nicht.«

»Ach komm schon, Horace, hör auf, dich wie ein alter Brummbär aufzuführen.«

»Wieso interessierst du dich für ihn?«

Mrs. Parker tischte ihm ihre Geschichte vom Artikel im *Graphic* auf. »Die Geschichte faszinierte mich mehr wegen der Dinge, die verschwiegen wurden, als wegen der Dinge, die da gedruckt standen.«

»Und was glaubst du, welche Dinge verschwiegen wurden?«

»Das möchte ich herausfinden. Für meinen Geschmack fehlt zu viel zwischen den Zeilen. In diesem Mann steckt eine gute

Story, und ich habe Harold Ross überzeugt, im *New Yorker* einen Hintergrundbericht über ihn zu bringen. Schließlich soll ja die Zeitschrift genau davon handeln, von New York und den New Yorkern, und ein New Yorker ist er ja wohl, nicht wahr?« Sie wußte, daß Liveright und Ross sich nur flüchtig kannten, und die Chance, daß Liveright hinter ihre Lüge kommen würde, war gering. »Und offen gestanden, ich brauche das Geld.«

»Ich bin gern bereit, dir soviel zu leihen, wie du brauchst.«

»Auf keinen Fall, Horace, du warst mit deinem Vorschuß auf *Enough Rope* schon mehr als großzügig. Zur Abwechslung möchte ich mein Geld mal auf ehrliche Weise verdienen.«

»Ich mag Lacey Van Weber nicht.«

»Es gibt eine Menge Leute, die ich auch nicht mag, aber wenn meine Freunde sie kennenlernen wollen, dann tu ich ihnen eben den Gefallen.«

»Du bist wirklich ein überzeugendes Wesen.« Er machte seiner Sekretärin ein Zeichen. Als sie eintrat, trug er ihr auf, sich mit Lacey Van Weber in Verbindung zu setzen. Er blickte auf seine Armbanduhr. Es war fast fünf Uhr. »Sie werden ihn wahrscheinlich im Athletic Club antreffen.« Einige Minuten später sprach Liveright mit Lacey Van Weber am Telefon.

»Na, alter Junge«, sagte Van Weber, »was für eine Überraschung. Ich bin gerade auf eine Massage vorbeigekommen.«

Liveright kam sofort zur Sache. »Ich bin sicher, daß Sie schon von Dorothy Parker gehört haben. Sie sitzt in diesem Moment in meinem Büro. Sie hat über Sie im *Graphic* gelesen.«

»Sagen Sie ihr, daß ich überhaupt nicht so bin.«

»Genau das vermutet sie auch. Sie würde Sie schrecklich gern kennenlernen. Warten Sie einen Augenblick.« Er bedeckte die Sprechmuschel mit der Hand. »Drinks bei Jack & Charlie's, in einer halben Stunde?«

»Wunderbar. Ich liebe Jack & Charlie's.« Die Flüsterkneipe lag auf der Zweiundfünfzigsten Straße West, gleich an der Fifth Avenue.

Liveright sagte ins Telefon: »Sie werden sie ganz leicht erkennen.«

»Kommst du denn nicht mit?« fragte Mrs. Parker.

Liveright verneinte mit einem Kopfschütteln, während er Mrs. Parker und ihre Kleidung beschrieb.

»Und wenn das nicht genügt, sag ihm, ich klemme mir eine Rose zwischen die Zähne. Außerdem werde ich ihn erkennen. Ich habe sein Foto gesehen.«

Nachdem er aufgehängt hatte, sagte Liveright besorgt: »Sei vorsichtig, Dorothy. Du wandelst am Rande eines Abgrunds.«

Sie warf ihm ein betörendes Lächeln zu. »Ich bin deine Sklavin, Horace.«

Um halb sechs eilte sie die Fifth Avenue in Richtung auf die Zweiundfünfzigste Straße West und Jack & Charlie's entlang. Sie fühlte weder ihre Füße auf dem Asphalt noch litt sie unter der intensiven Schwüle, die diese Stadt zu ersticken drohte. Sie fühlte sich beschwingt und wie eine Achtzehnjährige. Es lag Monate zurück, seit sie zuletzt am Rande eines Abgrunds gewandelt war.

Drittes Kapitel

Während Mrs. Parker beschwingt die Fifth Avenue zu ihrer Verabredung mit Lacey Van Weber entlangschwebte, saß die berüchtigste Puffmutter New Yorks, die winzige Polly Adler, auf einem Klavierhocker in ihrem ebenso individuell wie geschmackvoll eingerichteten Apartment und sah ihrem Dienstmädchen Gloria zu, wie sie Blumen in einer teuren Kristallvase von Tiffany arrangierte. Der Flügel, vor dem Mrs. Adler saß, war speziell für sie von dem großen Musiker Leopold Godowski ausgesucht worden, der auch das Stimmen persönlich überwacht hatte. Das prächtige spanische Tuch, das kunstvoll das Klavier drapierte, war ein Geschenk des gefeierten Cellisten Pablo Casals. Ihre Finger glitten müßig über die Tastatur, während sie nachdenklich die Fotografie ihrer Eltern betrachtete, die auf dem Klavier ruhte. Den Platinrahmen hierfür hatte der berühmte Broadwaystar Holbrook Blinn gestiftet. Ein dutzendmal am Tage betrachtete sie das Ehepaar, ihren gut gekleideten Vater, der ein weißes Käppchen trug, ihre Mutter, klein und würdevoll unter einem prächtigen Spitzenschal, der ihren *Scheitel* bedeckte, eine Perücke, die alle orthodoxen jüdischen Ehefrauen zu tragen hatten. Wenn die wüßten, womit ich mein Geld verdiene, würden sie konvertieren, dachte Polly. Das Telefon klingelte. »Geh ran, Gloria«, befahl Polly in ihrer krächzenden Brummstimme, die dafür bekannt war, daß sie Wände zum Einsturz bringen konnte, vor allem – nach einer Razzia in ihren Geschäftsräumen – die Gemäuer diverser Polizeireviere.

»Es ist Mr. Liveright«, sagte Gloria. Gloria war noch nicht einmal ein Jahr bei Mrs. Adler. Man hatte sie als angehende Prostituierte eingestellt, aber ihr natürliches Talent als Putze stach bald ihre Qualitäten unter der Bettdecke aus. So kam es zu einem für beide Seiten zufriedenstellenden Kompromiß. Ein gutes Dienstmädchen war schwer zu finden. Gute Huren gab es in Hülle und Fülle.

»Was kann ich für Sie tun, Horace?« Sie mochte Liveright nicht besonders, aber er war ein regelmäßiger und lukrativer Kunde.

Liveright saß in seinem Büro, die Füße auf dem Schreibtisch, seinen Drehstuhl nach hinten zurückgekippt. In bequemer Reichweite stand ein Glas Scotch, nicht irgendein selbstgebrannter Fusel, sondern echter Stoff von einer Yacht, die kürzlich aus England eingetroffen war. »Ich könnte ein halbes Dutzend langstieliger Rosen gebrauchen. Ich hätte sie gern zu Mitternacht geliefert. Die übliche Adresse.«

Pollys Augen weiteteten sich ungläubig. »*Sechs?* Ich unterhalte ja nur vier für die Stammkunden, und heute wird eine betriebsame Nacht. Glauben Sie mir, ich habe schon über fünfzehn Voranmeldungen. Den Rest muß ich anmieten, und Sie geben mir nicht gerade viel Zeit, sie zusammenzutrommeln. Was denken Sie denn – einige meiner Mädchen sind ehrenhafte Ehefrauen und Mütter. Sie brauchen Zeit, um die Kinder zu füttern, sie ins Bett zu bringen und darauf zu warten, bis der Herr des Hauses von den Anstrengungen des täglichen Lebens erschöpft zusammengebrochen ist. Was glauben Sie, wer ich bin?«

»Eine sehr kluge Geschäftsfrau«, sagte Liveright. »Vielleicht können Sie sich ein paar Mädchen von Belle Livingston ausleihen.«

»Noch nicht gehört? Belle sitzt auf der Gefängnisinsel Rikers. Gestern abend haben sie eine Razzia bei ihr gemacht, und sie ist an einen neuen Richter geraten, der ein Idiot ist. Er nimmt keine Bestechungsgelder. Können Sie sich das vorstellen, ein von Jimmy Walker ernannter Beamter, der keine Bestechungsgelder nimmt?« Bürgermeister James J. Walker war einer von Pollys respektabelsten Kunden. »Lassen Sie mich sehen, was ich in den nächsten zwei Stunden für Sie tun kann. Wo kann ich Sie erreichen?« Sie notierte sich die Nummer, die er ihr gab, in ihrem Terminbuch auf dem Schreibtisch.

Mit einem Schwung entfernte Liveright seine Füße vom

Schreibtisch. »Besteht die Möglichkeit, daß Miss DeLee zur Verfügung steht?«

Polly studierte ihr Gesicht in einem Spiegel, den der Filmstar Wallace Beery dem Etablissement verehrt hatte. Was sie sah, fand sie immer noch gutaussehend. Prostitution hatte ihr nicht geschadet. Sie war noch immer unter vierzig, und wenn ihre Zeit gekommen war, würde sie schlau genug sein, sich aus dem Beruf zurückzuziehen. Polly hegte den stillen Wunsch, sich eine höhere Bildung anzueignen. Sie wollte das College besuchen. Die New York University bot Abendkurse an, die sie interessierten. Sie wollte Sprachen lernen und Wirtschaft studieren und sich um ihre Investitionen selbst kümmern, ohne sich ständig Sorgen machen zu müssen, daß irgendeine Schlange von einem Börsenmakler sie übers Ohr haute. Der Markt florierte, und Polly mit ihm.

»Polly?«

»Ich bin noch dran, Mr. Liveright, ich bin dran. Ich habe nur eben nachgedacht. Vera hat sich in letzter Zeit nicht besonders auf der Höhe gefühlt. Letzte Nacht ist sie in den Armen eines sehr wichtigen Kunden ohnmächtig geworden, stellen Sie sich das mal vor. Er hat sich vor Angst fast naß gemacht, und ich sage Ihnen, er hat eine Menge Kies übrig. Übrigens glaube ich, daß sie gerade in diesem Augenblick einen Termin bei ihrem Arzt hat. Wenn er es erlaubt, werde ich dafür sorgen, daß sie in Ihrem Verkaufspaket enthalten ist. Und Mr. Liveright« – er spürte, daß eine Ermahnung im Anmarsch war –, »die harten Sachen lassen wir mal schön bleiben, haben Sie mich verstanden? Wo ich herkomme, wissen Sie, sind Ketten für die Sklaven da. Steht dieser schräge Vogel Frank Tinney auch auf Ihrer Gästeliste?« Frank Tinney war ein gefeierter Komödiant, der für seine sadistischen Neigungen gegenüber Frauen bekannt war.

»Ja. Aber machen Sie sich keine Gedanken. Ich werde dafür sorgen, daß er nicht aus der Reihe tanzt.«

»Dazu kann ich Ihnen auch verdammt noch mal nur raten. Zigarrenbrandflecken auf ihren Titten halten meine Mädchen zu lange vom Geschäft fern. Und von Zigarren. Was ist mit Crater?«

»Ich hatte eigentlich nicht vor, den Richter einzuladen.«

»Naja, ich frage nur, weil Vera einer seiner Lieblinge ist. Also gut, Mr. Liveright. Oder sollte ich es ›Live Right‹ aussprechen? Sie verstehen jedenfalls was davon.«

»Hängen Sie noch nicht ein. Polly, wie gut kennen Sie Lacey Van Weber?«

Polly antwortete vorsichtig. »Wir pflegen keinen gesellschaftlichen Umgang.«

»Ihre Mädchen waren auf einigen seiner Parties. Vera DeLee war bei der Party dabei, auf der Valentino krank wurde.«

»Na und?«

»Nun, wissen Sie, meine Liebe, ich fürchte, daß jemand, der mir sehr viel bedeutet, drauf und dran ist, sich aufs Gefährlichste mit ihm einzulassen.«

»Mr. Liveright, Sie veröffentlichen zu viele Liebesgeschichten. So etwas wie ›sich gefährlich auf jemanden einlassen‹ gibt es gar nicht, es sei denn, man betritt ohne Peitsche und Pistole einen Löwenkäfig.«

»Offenbar sind Sie von Lacey Van Weber sehr angetan.«

»Es ist so, wie ich es Ihnen gesagt habe, Mr. Liveright, ich habe noch nie gesellschaftlichen Umgang mit ihm gehabt. Und nun lassen Sie mich die Mädchen zusammentrommeln.« Sie hängte ein und funkelte wütend das Telefon an.

»Kann ich Ihnen irgendwas besorgen?« fragte Gloria.

»Ja. Besorg mir einen neuen Kopf, einen neuen Magen und eine neue Vergangenheit.«

Mrs. Parker war zu früh gekommen. Wenn das den Mitgliedern ihres Lunchzirkels zu Ohren gekommen wäre, hätte einer von ihnen eine Fahne gehißt. Jack Kreindler führte sie an einen ruhigen Tisch im Hinterzimmer, wo sie sich vorstellte und ihm sagte, daß sie auf Lacey Van Weber wartete. »Das hier ist Mr. Van Webers Lieblingstisch«, erklärte Kreindler. »Kann ich Ihnen irgend etwas bringen, während Sie warten?«

Eine Sekunde lang erwog Mrs. Parker, ihn um eine Ausgabe von *Krieg und Frieden* zu bitten, beschloß dann aber, daß jetzt nicht der richtige Augenblick für kleine Scherze sei. Sie bestellte einen Jack Rose, und Kreindler gab den Auftrag an einen Kellner weiter, der eine kleine Schale gesalzener Nüsse auf den Tisch gestellt hatte. Als Kreindler und der Kellner gegangen waren, öffnete Mrs. Parker ihre Handtasche, fand einen Taschenspiegel und unterzog sich einer kritischen Prüfung. Das ist so ungefähr das Beste, was ich jemals zustande bringen kann, beschloß sie. Nachdem der Spiegel wieder verstaut und der Verschluß der Handtasche zugeschnappt war, lehnte Mrs. Parker ihre Ellbogen auf den Tisch, verkreuzte die Finger, und ließ das Kinn auf ihnen ruhen. Da sie ihre Brille nicht aufgesetzt hatte, war ihr Blickfeld eingeschränkt. Der Raum war mit Prominenten und Leuten, die einfach nur reich waren, vollgestopft, das Gedrängel an dem langen Tresen wogte in Fünfzigerreihen. Später verglich sie es mit einer Kolonie von Arbeiterameisen. Der Kellner brachte ihren Drink und ging dann wieder fort, nachdem er erfahren hatte, daß sie sonst nichts brauche. Sie wußte, daß der Drink vorzüglich sein würde, denn Jack Kreindler und sein Bruder Charlie waren berühmt dafür, daß sie einen 1a-Saloon unterhielten. Das hier war keine der üblichen Guckloch-in-der-Tür, Sägemehl-auf-dem-Boden-Kneipen mit ihren Ex-Preisboxer-Rüpeln von Rausschmeißern, die die potentielle Kundschaft vorher begutachteten. Jack & Charlie's war ein Unternehmen von Klasse, das klassische Summen an die korrupte Polizeidienststelle zahlte, damit es auch so blieb. Außerdem war es einer der beliebtesten Erholungsorte des Bürgermeisters in Midtown, und niemand, der in die höhere Beamtenschaft aufgerückt war, hatte es darauf abgesehen, den Bürgermeister zu verstimmen.

»Mrs. Parker?«

Die Stimme war wie erlesener Balsam, der auf eine Wunde aufgetragen wird. Sie schaute auf und unterdrückte mühsam ein Japsen sexueller Erregung. Er war gute Einsachtzig groß und besaß die Figur eines Athleten. Seine Augen waren kobaltblau, und sie wußte, daß in ihren Tiefen die Geheimnisse der Pharaonen schlummerten. Später einmal beschrieb sie gegenüber

Woollcott seine Nase als »unerträglich vollkommen«. Sie war sich sicher, daß er in seinen eleganten Palm Beach Anzug gegossen worden war. Nicht eine einzige Falte, kein Knitter war zu erkennen. Er hielt seinen Panamahut leger in der rechten Hand. Sein Lächeln erfüllte sie mit einer märchenhaften Verzauberung. Seine Zähne besaßen alle Eigenschaften eines Steinwayflügels, und die Beschaffenheit seiner Haut genügte, um ein sechs Monate altes Baby vor Neid aufbrüllen zu lassen. Er war zu perfekt, und er brachte ihren Stoffwechsel durcheinander.

»Ich hoffe doch sehr, daß ich Mrs. Parker bin«, sagte sie zart und mädchenhaft, wobei sie eine Hand vor die Brust gepreßt hielt, weil ihr das Atmen schwerfiel. Er setzte sich neben sie, mit einem Lächeln, das noch breiter wurde und sie noch mehr blendete, und sie fragte sich, ob es sich nicht genauso anfühlte, wenn man kurz vor dem Herzinfarkt stand.

»Das sieht wie Bourbon aus. Ist er gut?«

»Ich habe ihn noch nicht probiert.« Sie wußte, daß ihr Mund sich bewegt hatte. Sie hoffte, daß sie irgend etwas gesagt hatte. Sie konnte nur das Rauschen in ihren Ohren hören.

»Darf ich?« Ohne ihre Zustimmung abzuwarten, kostete er davon. »Er schmeckt herrlich.« Der Kellner kam, und Van Weber bestellte dasselbe für sich. »Ich bin ein großer Bewunderer Ihrer Werke, Mrs. Parker.«

»Das bin ich auch.« Sie fühlte, wie ihre Wangen erröteten. »So eingebildet sollte das gar nicht klingen.«

»Sie haben allen Anlaß, es zu sein.«

»Das glaube ich wirklich nicht. Was ich eigentlich sagen wollte, war, daß ich es bewundere, wenn man eine Arbeit fertigstellt. Ich finde Schreiben furchtbar schwierig. Ich meine, wenn man mich dafür bezahlen würde, einen von diesen Nancy-Drew-Kriminalromanen zu schreiben, wären wir alle ganz schön aufgeschmissen. Ich weiß, daß die Frauen, die sie schreiben, ungefähr einen pro Monat herunterreißen. Für einen einfachen Vierzeiler brauche ich manchmal eine Woche.« Sie schöpfte wieder Atem. »Wir sind aber nicht hier, um über mich zu sprechen. Wir sind hier, um über Sie zu sprechen.«

Er beugte sich verführerisch vor. »Haben wir es denn eilig?«

»Aber nein«, antwortete sie ergeben, »es sei denn, daß vor der Tür schon die Schinderkarren auf uns warten.«

»Wie ich gehört habe, will Liveright Ihre Gedichtsammlung herausbringen.«

Der Kellner servierte seinen Drink und entfernte sich wieder.

»Ja, er ist fürchterlich mutig. Man hat noch nie gehört, daß die Poesie irgend jemanden reich gemacht hätte.«

»Und ich hatte geglaubt, daß Sie einen Haufen Geld verdienen.«

»Um Himmels willen, nein. Ich bin freischaffende Schriftstellerin. Ein Freischaffender ist jemand, der auf eigene Verantwortung verhungert.«

»Aber Sie schreiben doch regelmäßig Beiträge für F.P.A.s Kolumne in der *World*.«

»Das ist für lau und fürs Ego. Frank bezahlt nicht. Aber er hat einen großen Leserkreis, und es ist gut, von ihm veröffentlicht zu werden.«

»Und was ist mit dem *New Yorker*?«

»Jeder Briefträger verdient mehr. Darf ich Sie was fragen? Sie haben einen so merkwürdigen Akzent. Sind Sie Engländer oder affektiert?«

Er lachte, und es prickelte ihre Wirbelsäule herunter. An diesem Mann stimmte alles. Er war absolut vollkommen. Ohnegleichen. Einer unter Millionen. Sie hielt ihre Hände unter dem Tisch, weil sie zitterten. »Es gibt jede Menge Gerüchte über meine Herkunft. Welches davon soll ich Ihnen wiederholen?«

»Mir gefällt die Version, wonach Sie einem britischen Adelsgeschlecht entstammen. Nur wie erklärt sich dann der Name Van Weber?«

»Es gibt eine Menge deutsches Blut im britischen Königshaus. Fanden Sie den Artikel im *Graphic* wirklich so faszinierend?«

»Ja, ich liebe mysteriöse Fälle.« Jetzt verkrampften sich ihre Hände oberhalb des Tisches. Er bedeckte sie, und sie zuckte zusammen.

»Entschuldigung. Ich wollte Ihnen nicht weh tun.«

»Ach, das sind nur meine Handgelenke. Ich hab mich beim Zwiebelschälen geschnitten.«

»Oha, Häuslichkeit als zweite Natur!«

»Nein, meine dritte. Erstens lebe ich nach dem Lustprinzip, zweitens bin ich schöpferisch tätig, und drittens, wenn ich ganz wahnsinnig hungrig bin, muß ich mich ernähren.« Sie nippte an ihrem Drink und fixierte ihn dann mit ihren bezaubernden Augen. »Wer sind Sie, Lacey Van Weber?«

Sein Gesicht verriet keine Gemütsregung. »Was meinen Sie?«

»Alles an Ihnen ist zu perfekt. Sie sind wie ein Gedeck bei einem Staatsessen. Alles genauestens arrangiert. Das Anwesen in East Cove. Das Penthouse in der Stadt. Ein Büro auf der Fifth Avenue. Anscheinend haben Sie die Fantasie und das Vertrauen der *Who is Who* dieser Stadt mit Beschlag belegt. In der Abteilung Aussehen sind Sie eine absolute Wucht.« Er lächelte, und sie fragte sich, ob er nun auch erwartete, nachdem sie ihm diesen verbalen Orden angeheftet hatte, auf beide Wangen geküßt zu werden. »Aber was tun Sie eigentlich genau? Sind Sie Börsenmakler? Ein internationaler Finanzier? Oder nur ein gewiefter Schwindler?«

»Ich bin alles, und ich bin nichts. Ich bin so, wie mich die Leute haben wollen. Ich bin biegsam. Jeder kann mich formen und wieder umformen und somit seine Fantasie befriedigen, wie ich bin oder wie ich zu sein habe.«

»Sie sind außerdem ein Meister der ausweichenden Rede. Ich bin sehr erstaunt, daß uns Marc Connelly so wenig über Sie zu erzählen hatte.«

»Marc Connelly?«

Mrs. Parker war ein wenig überrascht. »Sie kennen Marc Connelly nicht, den Bühnenautor? Er war auf Ihrer Party, an dem Abend, als Valentino krank wurde.«

»Mrs. Parker, es waren so viele Leute auf meiner Party. Es sind immer so viele Leute auf all meinen Parties. Manchmal glaube ich, daß es eine Geheimorganisation irgendwo in den Gedärmen dieser Stadt gibt, deren einzige Aufgabe darin besteht, die Nervtöter auszubrüten, die ungeladen in meine Parties hereinplatzen.«

»Marc ist nicht hereingeplatzt. Seine Verabredung hat ihn mitgenommen. Lily Robson.« Die flüchtige Veränderung seines Gesichtsausdrucks entging ihr nicht. »Ich glaube, sie arbeitet bei Guinan. Kennen Sie sie nicht?«

»O doch, selbstverständlich kenne ich Lily. Wer Lily einmal gesehen hat, vergißt sie nie wieder. Sie hat leuchtend rotes Haar.«

»Das habe ich auch gehört. Man hat sie mit einem in Flammen stehenden Haus verglichen.« Sie fügte mit spröder Koketterie hinzu: »Im Gegensatz zu dem grauen Mäuschen, wie ich eines bin.«

»Wenn es mehr Mäuse wie Sie gäbe, würde ich den flammenden Rotschöpfen weniger Aufmerksamkeit schenken. Sind Sie eine gute Freundin von Marc Connelly?«

»O ja. Alec Woollcott und ich haben heute bei ihm zu Mittag gegessen. Bei der Gelegenheit hat er uns auch von Ihrer Party erzählt. Ist das nicht traurig, die Sache mit Valentino? Erst einunddreißig Jahre. Kannten Sie ihn gut?«

»Hm ... eigentlich nicht so besonders gut.«

»Bestimmt sind Sie schon in Hollywood gewesen.«

»Ich kenne die ganze Welt wie meine Westentasche.«

Und sie machte sich langsam Gedanken, ob nicht auch die ganze Welt ihn wie ihre Westentasche kannte. Er war schon in der Tat ein komischer Vogel. Wunderschön, aber merkwürdig. Freundlich, aber auf der Hut. »Ich habe das Gefühl, Mr. Van Weber, daß Sie unter einer fürchterlichen Anspannung leben.«

»Wie kommen Sie darauf?«

»Es muß doch anstrengend sein, wenn man jedes seiner Worte so wählt, als müsse es unter der Lupe eines Juweliers untersucht und geschätzt werden.«

»Das macht meine Erziehung.«

»Und wie war die?«

»Sehr streng.«

Das klang sehr preußisch in ihren Ohren. »Sind Sie verheiratet?«

»Sehe ich aus wie die Sorte Mann, die heiratet?«

»Sie wären sicher von Marc Connelly begeistert.«

»Warum?«

»Er beantwortet immer eine Frage mit einer Gegenfrage.«

»Mrs. Parker« - er beugte sich vor, und seine Augen blendeten die ihren -, »wenn Sie mich näher kennenlernen, werden Sie mich kennen.«

Sie wußte, daß das Blut in ihren Adern brodelte. »Und steht es in Ihrem Plan, daß ich Sie näher kennenlernen könnte?«

»Wir können damit anfangen, indem wir morgen abend zusammen essen gehen.«

»Morgen abend? Oh.« Sie war niedergeschlagen.

»Morgen abend geht nicht?«

»Jedenfalls nicht zum Dinner. Mr. Woollcott hat mich zur *No Foolin'* Show von Flo Ziegfeld eingeladen.«

»Ach ja. Ich habe die Premiere gesehen.«

»Hat Ihnen das Stück gefallen?«

»Ich habe schon bessere, aber auch schlechtere gesehen.«

»Man sagt, daß die Mädchen, die dort mitmachen, die besten sind, die Flo zu bieten hat. Das ist Ihnen doch bestimmt nicht entgangen.«

»Sie sind ziemlich wunderbar.«

»Kennen Sie einige von ihnen?«

»Warum?«

»Ich dachte, sie könnten Ihnen dabei helfen, Ihre Parties auszuschmücken. Was ich sagen will: ihr gutes Aussehen könnte eine Zierde für Ihre Parties sein.«

Er spielte mit ihr, und er wußte, daß sie es wußte. Schlaue Lady. Sehr schlaue Lady. Die äußere Fassade ganz das kleine hilflose Mädchen. Und innen drin nichts als clever und berechnend. Sie verwirrte ihn. Aber sie machte ihm keine angst. »Ich habe Paulette Goddard und Claire Luce kennengelernt.«

»Ach, die spielen auch in der Show mit?«

»Ja, allerdings. Sie sind zwei hübsche Dinger. Im übrigen sind sie alle hübsche Dinger. Polly Walker, Peggy Frears, Greta Nissen . . .«

»Ilona Mercury . . .«

»Ja, natürlich. Die Dame aus Ungarn. All die anderen Namen haben Ihnen nichts gesagt, und doch kannten Sie Miss Mercury. Wie kommt das?«

Mrs. Parker fühlte sich mehr und mehr in ihrem Element. Sie wandelte am Rande eines Abgrunds. Liverights Warnung leuchtete vor ihren Augen auf. Detective Jacob Singers Ermahnung, keine Ermittlungen aufzunehmen, bevor die Leiche der Ermordeten gefunden und erkannt worden war, hatte sie vergessen. »Och, sie ist die Freundin eines Freundes. George S. Kaufman? Sie *müssen* doch von George S. Kaufman gehört haben.«

»Ja. Ja, ich habe von fast allen Leuten gehört, die sich regelmäßig im Algonquin treffen. Ich lese die Kolumne von Mr. Adams äußerst gewissenhaft. Und er berichtet äußerst gewissenhaft über Sie. Ich habe Sie auf den Arm genommen, als Sie mich nach Marc Connelly befragten. Wir hatten während meiner Party ein langes Gespräch.« Doch Connelly hatte ihr und Alec erzählt, daß er Van Weber kaum kenne. »Ich sollte häufiger im Algonquin zu Mittag essen. Wenn ich Glück habe, sitze ich am Nebentisch und kann mich an Ihrer geistreichen Unterhaltung weiden.«

»So geistreich geht es nicht immer zu. Wir sind ziemlich oft verkatert. Viel zu häufig kommt es vor, daß wir knurrig sind und nacheinander schnappen, dann handelt es sich weniger um ein Treffen zum Lunch als um einen heiligen Krieg. Manchmal, wenn wir alle guter Stimmung sind, was nicht sehr häufig vorkommt, sind wir sogar herzlich und liebevoll und haben noch ein gutes Wort für Frank Case übrig, den lustigen Gastwirt des Unternehmens. Ja, Sie müssen einmal vorbeikommen. Alle haben von Ihnen gehört und rätseln über Sie herum. Das wäre ein dicker Pluspunkt für mich.«

»Na, wen haben wir denn da, hallo, Lacey Van Weber!« Richter Crater tauchte mit ausgestreckter Hand aus dem Nichts vor ihnen auf.

»Hallo, Joe. Was für eine nette Überraschung.« Van Weber schüttelte ihm die Hand. »Kennen Sie Dorothy Parker?«

»Ich habe jedenfalls viel von ihr gehört.«

»Mrs. Parker, das ist Judge Crater.«

»Wie geht es Ihnen, Judge? Wie schön, einem Richter zur Abwechslung einmal rein gesellschaftlich zu begegnen.«

Crater interessierte sich mehr für Van Weber. »Sehe ich Sie heute noch später auf der ... äh ... Sitzung?«

»Ich wußte gar nicht, daß eine anberaumt war.«

»Doch, doch. Mitternacht, wie immer.«

Mrs. Parker faszinierte der geheimnisvolle Wortwechsel. Sie fragte sich, ob ihr das Schlüsselwort entgangen war, mit Hilfe dessen sie ihn hätte dechiffrieren können.

»Vielleicht wartet in meiner Wohnung eine Nachricht auf mich. Aber falls ich nicht kommen sollte, viel Spaß.«

Richter Crater verzog den Mund zu einem schiefen Lächeln. »Versuchen Sie, da zu sein. Es ist jedesmal so eine Freude, Sie auf den Sitzungen dabeizuhaben.« Sein Kopf machte Schwenk auf Mrs. Parker und fixierte sie. »Stella, meine Frau, ist eine große Bewunderin von Ihnen.«

»Oh, wie nett. Grüßen Sie Stella von mir. Wir sollten einmal zusammen Tee trinken.«

»Das würde ihr sicher gefallen. Nett, Sie beide getroffen zu haben.«

Nachdem er sich weit genug entfernt hatte, um sie nicht mehr hören zu können, sagte Mrs. Parker: »Das ist also Judge Crater. Über ihn kursieren auch jede Menge Gerüchte. Daß er Bestechungsgelder nimmt. Mit den Banden zusammenarbeitet. Ungefähr so gradlinig wie eine Serpentine.«

»Diese Stadt ist eine Brutstätte von Gerüchten. Über Sie sind auch einige im Umlauf, wissen Sie.«

»Das weiß ich wohl, und einige davon sind wahr. Es tut mir leid wegen morgen abend.«

»Wo gehen Sie denn nach dem Theater hin?«

»Ich bin mir noch nicht sicher. Wir wissen noch nicht, wo wir zu Abend essen werden. Haben Sie einen Vorschlag?«

»Tony's auf der Sechsundvierzigsten Straße West ist ziemlich gut. Es ist gleich um die Ecke vom Globe Theater, wo *No Foolin'* spielt. Meine Sekretärin kann Ihnen telefonisch einen Tisch bestellen. Man kennt mich bei Tony's.«

Die Glücklichen bei Tony's, dachte Mrs. Parker. Ich wünschte, ich könnte behaupten, dich zu kennen. Gibt es irgend jemanden, der das für sich sagen kann? »Ich bin sicher, daß Alec das mit Tony's gefallen wird. Er macht immer gern neue Erfahrungen. Und ein kurzer Spaziergang vom Theater ist sogar noch besser. Mr. Woollcott hält nicht besonders viel vom Laufen. Er verurteilt jede Form von körperlicher Ertüchtigung. Schon von der Anstrengung, am Morgen aus dem Bett zu kommen, muß er sich anschließend eine halbe Stunde erholen.«

Jack Kreindler war zurückgekehrt. »Alles zu Ihrer Zufriedenheit, Mr. Van Weber?«

»Alles bestens, alter Junge. Könnte nicht besser sein.«

»Kann ich Ihnen noch etwas bringen, Mrs. Parker?«

»Bringen Sie mich hier heraus. Ich bin ein bißchen müde und ziemlich sicher, daß Mr. Van Weber im Begriff ist, sich für eine andere Verabredung zu verspäten.«

»Sie lesen meine Gedanken«, sagte Van Weber.

»Falls das zutrifft, wäre es heute abend das erste Mal.«

Van Weber begleitete sie zur Sixth Avenue, wo er ihr ein Taxi rief. »Wie kann ich Sie erreichen, Mrs. Parker?«

»Ich stehe im Telefonbuch, Mr. Van Weber. Wie lange wollen wir die Formalitäten noch fortsetzen, Lacey?«

»Was bevorzugst du, Dottie oder Dorothy?«

»Ich bevorzuge ein gutes Verhältnis.« Er hielt ihr die Wagentür auf. »Dottie ist das übliche.« Sie setzte sich auf den Rücksitz. Er schlug die Tür zu, und sie steckte ihren Kopf durch das geöffnete Fenster. »Oh, beinahe hätte ich meine guten Manieren vergessen. Danke für den Drink. Es war einfach herrlich.« Das Taxi fuhr davon, während Mrs. Parker dem Fahrer die Adresse sagte. Sie sah zum Rückfenster hinaus. Van Weber hatte sich nicht von der Stelle gerührt. Ohne ihn genau sehen zu können, wußte sie, daß sein Gesicht eine Studie war. Sie lehnte sich zurück und schlug die Beine übereinander. Im Geiste ging sie noch einmal die Unterhaltung mit Van Weber durch. Das Ausweichen. Die

Widersprüchlichkeiten. Der Charme. Die unterschwellige Sexualität. Die Party im Penthouse. Valentino. Lily Robson und Vera DeLee. Ilona Mercury. Ihre Eingebung sagte ihr, daß Lacey Van Weber sie in Zukunft sehr beschäftigen würde. Vielleicht hatte sie ihr Blatt überreizt, aber es schien, als ob er es ihr abgekauft hätte. Was hatte er zu Jack Kreindler gesagt? »Alles bestens, alter Junge.«

Alter Junge.

Sie faltete ihre Beine wieder auseinander und starrte zum Fenster hinaus. In den Straßen drängten sich die Menschen. Es war fast sieben Uhr. Über ihnen donnerte die Hochbahn vorüber. Der Fahrer war dabei, von der Sixth Avenue in die Siebenundfünfzigste West einzubiegen. Sie haßte es, unter der Hochbahn herzufahren. Sie lebte in ständiger Angst vor einem technischen Versagen, das die Bahn auf die Straße herunterstürzen lassen würde. Sie verließen die Sixth Avenue, und sie atmete auf.

Alter Junge.

Sie haßte den Klang der Hochbahn. Sie konnte die Ninth Avenue Hochbahn von ihrem Apartment aus hören, und aus irgendeinem Grund stimmte sie der Klang melancholisch. Alle Geräusche, die durch sich bewegende Dinge hervorgerufen wurden, stimmten sie melancholisch, da sie sie daran erinnerten, daß sie selbst sich nicht häufig oder schnell genug fortbewegte. Dorothy Parker befand sich im Zustand des Stillstands und mußte zum Handeln getrieben werden. Sie mußte nach Hause gehen und das Manuskript fertig schreiben, das sie Harold Ross für den nächsten Morgen versprochen hatte.

»Wir sind da, Lady.«

»Oh, wie schön.« Sie wühlte in ihrer Handtasche herum und gab ihm das Fahrgeld und ein gutes Trinkgeld. Er dankte ihr. Sie sagte: »Das Vergnügen ist ganz meinerseits, alter Junge.« Da, schon wieder. *Alter Junge.*

Vera DeLee lag auf der Couch und starrte die Zimmerdecke an. Jedenfalls vermutete sie, daß es eine Zimmerdecke war. Ihre

Augen konnten nicht besonders klar fixieren. Und ihr Verstand fühlte sich an, als könne er es auch nicht. Ihr Mund war trocken, und der Belag auf ihrer Zunge schmeckte nach Rost. Jemand beugte sich über sie und starrte ihr ins Gesicht. Vera befeuchtete ihre Lippen und sagte: »Was wollen Sie?«

»Fühlen Sie sich besser, Miss DeLee?«

Die Stimme klang vertraut. Sie hatte sie schon mal gehört. Es war eine gezierte Angeberstimme, falsch wie eine Dreidollarnote.

»Miss DeLee?«

»Hä?«

»Fühlen Sie sich besser?«

»Bin ich denn krank?«

»Sie sind ohnmächtig geworden.«

»Wo?«

»Hier.«

»Wo ist hier?«

»In der Arztpraxis.«

In der Arztpraxis. Jetzt konnte sie der Stimme einen Namen zuordnen. Krankenschwester Gallagher. Schwester Cora Gallagher. Dr. Wonnes Cora. Dr. Wonniglich Bela Horathys Schwester Cora Gallagher.

»Wieso bin ich ohnmächtig geworden?«

»Bluthochdruck.«

»Hat er mich gevögelt?«

»Nicht in der Praxis, Liebes. Niemals in der Praxis.«

»Wie lange war ich weg?«

»Fast zwei Stunden. Jetzt ist es nach sieben Uhr.«

»Ach du Scheiße. Ich muß Polly anrufen. Helfen Sie mir hoch.« Schwester Gallagher richtete sie auf, so daß sie zum Sitzen kam. »Meine Füße fühlen sich an wie Gummi. In meinem Kopf dreht sich alles. Ich habe einen Geschmack im Mund, als hätte man Asche reingeschüttet. Was hat er mit mir gemacht?«

»Was er immer macht.«

»Aber so habe ich noch nie reagiert.« Sie hatte Angst. »Sie

können sich doch nicht entsinnen, daß ich schon mal so reagiert habe?«

»Das ist gar nicht ungewöhnlich, nach einer Weile.«

»Was meinen Sie damit, nach einer Weile?«

»Nun, Liebes, Sie bekommen diese Spritzen schon eine geraume Zeit. Nach einer Weile baut der Körper Abwehrmechanismen auf. Die Dosis muß erhöht werden. Manchmal unterläuft dem Körper eine Überreaktion, und man wird ohnmächtig. Manche sogar für immer«, fügte sie fröhlich hinzu. »Das ist auch besser auf die Dauer.«

Veras Augen begannen allmählich, genaue Konturen wahrzunehmen. Schwester Gallagher hatte ein großes rotes Gesicht mit einer großen roten Nase und zwei großen braunen Augen. Links auf ihrem Kinn saß ein Leberfleck, genau wie bei Gloria Swanson, und dort endete auch schon die Ähnlichkeit mit Gloria Swanson. Sie hatte krauses gelbes Haar und breite Hüften, und sie sah groß genug aus, eine Ringkampfmeisterschaft zu gewinnen, sollte sich die Gelegenheit jemals für eine Frau ergeben. Und dann war da noch ihre gezierte Angeberstimme.

»Wo ist Dr. Horathy?«

»Der Doktor hat einen anderen Patienten.«

»Nach sieben Uhr?«

»Er macht für spezielle Fälle späte Termine. Das wissen Sie doch. Sie sind auch ein spezieller Fall. Sie sind auch später gekommen.«

»Wo ist meine Tasche? Ich muß ihn bezahlen.«

»Sie liegt hier bei mir auf dem Tisch. Soll ich mich bedienen?«

»Klar. Bedienen Sie sich. Nur bedienen Sie sich nicht zu reichlich. Ich weiß, was ich bekommen habe, und ich weiß, was ich dafür schuldig bin.«

»Sie können mir vertrauen, Liebes«, sagte sie, jede einzelne Silbe sauber betonend, und nahm das Honorar des Doktors heraus.

»Ich muß mal telefonieren. Hat Polly versucht, mich zu erreichen?«

»Bis jetzt noch nicht.«

»Ich muß Polly sagen, wo ich bin. Helfen Sie mir zum Telefon.«

»Bitte.«

»Bitte.« Die Schwester half ihr zum Telefon. Sie gab der Vermittlung Polly Adlers Privatnummer. »Hallo Gloria. Ich bin's, Vera. Sag Polly Bescheid. Na, dann unterbrich eben ihr Scheiß-Bridgespiel!«

Polly runzelte ärgerlich die Stirn und entschuldigte sich, während sie vom Tisch aufstand. In das Telefon brummte sie: »Wo bist du verdammt noch mal gewesen?«

»Ich bin bei Horathy. Ich fühl mich nicht gut.«

»Ich dachte, er ist dafür da, daß es dir besser geht.«

»Ich fühl mich nicht. Ich kann heute nacht nicht arbeiten.«

»Liveright gibt heute um Mitternacht eine Party. Er hat speziell nach dir gefragt.«

»Bitte, Polly. Sei lieb. Ich fühl mich nicht.«

Polly hatte in ihrem Herzen eine Schwäche für Vera DeLee, die die uneheliche Tochter einer Wäscherin und eines katholischen Priesters war. »Ich bin lieb, Vera, Schätzchen. Geh nach Hause. Schaffst du es nach Hause? Ist diese hochnäsige Krankenschwester noch da?«

»Ja.«

»Sag ihr, sie soll dir in ein Taxi helfen, vielleicht helf ich ihr dann eines Tages, daß man's ihr mal besorgt.«

»Klar.« Nachdem sie aufgelegt hatte, richtete sie Schwester Gallagher Pollys Botschaft aus. Gallagher gab Vera eine Ohrfeige.

»Ich brauche keine Hilfe von irgendwelchen Nutten. So, hier ist Ihre Tasche und Ihr Hut, und jetzt verschwinden Sie.«

»Das mindeste, was Sie tun können, ist mir zu zeigen, wo die Tür ist.«

Das Empfangszimmer war leer. Vera war allein. Sie kramte in ihrer Handtasche nach ihrer Puderdose. Sie prüfte kritisch ihr Gesicht im Spiegel und stöhnte. Während sie noch den Spiegel in ihrer Tasche verstaute, öffnete sich die Tür zu Dr. Horathys Sprechzimmer, und ein Mann trat heraus, der die Tür wieder hinter sich schloß. Er bemerkte Vera nicht sofort, da er damit beschäftigt war, seine Schläfen zu massieren. Dann ließ er die Hände sinken, schüttelte den Kopf und holte unter seinem Arm seinen Hut hervor, den er sorgfältig wieder zurechtbog. Vera lächelte.

»Hallo, großer Junge. Erkennen Sie mich nicht? Ich bin eins von Pollys Mädchen. Vera. Vera DeLee. Wir haben uns vor ein paar Wochen kennengelernt. Ist ja ein Ding, daß wir beide die Dienste von Doktor Wonne in Anspruch nehmen. Kleine Welt, was?«

Jacob Singers Büro in der Direktion seines Polizeireviers auf der Vierundfünfzigsten Straße West war kaum größer als eine Gefängniszelle. Das einsame Fenster ging auf ein trübes Seitengäßchen hinaus und war während der fünf Jahre, die Singers Amtszeit währte, nicht ein einziges Mal geputzt worden. Es gab einen Schreibtisch mit einem Telefon und einer Gegensprechanlage. Hinter dem Schreibtisch stand ein Drehstuhl, auf dem in diesem Moment Singer saß und Nathaniel Hawthornes *Der scharlachrote Buchstabe* las. Mit Mühe. Seine Lippen bewegten sich beim Lesen, und er kniff die Augen zusammen. Die Schrift war sehr klein. Es handelte sich um eine besondere Reprint-Ausgabe, die sich durch minderwertiges Papier, nachlässige Bindung und platzsparenden, engen Satz auszeichnete. Sein begrenztes Budget ließ nur solche Buchausgaben zu. Obgleich er ein Junggeselle war und somit frei von den Bürden einer Ehefrau, Kindern und Hypotheken, unterhielt Singer ein hübsches kleines Ein-Schlafzimmer-Apartment auf der Lexington Avenue in der Nähe von der Grand Central Station. Den Rest seines Geldes steckte er in Wein, Essen und die Kleider, die er am Leibe trug. Hin und wieder drückte er einen Knopf der Gegensprechanlage und fragte ungeduldig: »Haben sie die Mumie schon gefunden?« Die Antwort war immer noch negativ. Singer blickte auf seine Wanduhr. Es war fast acht Uhr. Endlich war es draußen dunkel geworden. Der Sommer neigte sich seinem Ende zu, und nicht einen Tag zu früh, nach Singers Geschmack.

Er war ein Mann für kaltes Wetter. In der Kälte kann man es immer irgendwie schaffen, sich warm zu halten. Aber in der Wärme gelingt es nicht immer, kühl zu bleiben. Wie zum Beispiel in seinem Büro. Die Luft war zum Ersticken. Und obgleich der Ventilator auf dem Aktenschrank angestellt war, herrschte tropische Hitze. Zugegeben, er hielt das Fenster geschlossen, aber das tat er nur, um den Gestank des Mülls und der Tierkadaver aus der zwei Stockwerke tiefer liegenden Gasse fernzuhalten. Er hatte Durst. Er hatte Hunger. Er wurde von Minute zu Minute ungeduldiger. Die Gegensprechanlage summte, und er drückte auf den Knopf.

»Was gibt's?«

»Eine Mumie ist auf einem leeren Grundstück in Canarsie gefunden worden, Grundstück an der Ecke Remsen Avenue und Avenue M gelegen.«

»Wird langsam Zeit.«

»Es ist eine Frau. Weiße. Sie ist erwürgt worden.«

»Schon gut, Cassidy, hör mit dem Scheiß aus den Comic Strips auf. Ich möchte heute noch irgendwann mal abendessen.«

»Es gab eine Handtasche, aber keine Ausweispapiere in der Tasche.« Die zweitausend Dollar waren in einer Blechschatulle im untersten rechten Schubfach von Singers Schreibtisch sicher verstaut. Ihr Schicksal würde zu einem günstigeren Zeitpunkt geklärt werden.

»Bringt sie ins Leichenschauhaus.«

»Brooklyn will sie aber haben«, protestierte Cassidy. Er klang merkwürdig unbehaglich.

»Scheiß auf Brooklyn!« brüllte Singer. »Die wissen ganz genau, daß sie uns gehört! Wir haben sie gefunden, und wir behalten sie auch! Bringt sie nach Uptown, wo sie hingehört, und beeilt euch mit der Identifizierung. Holt euch ihre Fingerabdrücke und schafft sie zur Einwanderungsbehörde, und zwar schnell.« Er schaltete ab, vor Wut kochend. Dann drückte er einen weiteren Knopf.

»Sherman.«

»Sherm, was ist bei der Einwanderungsbehörde los? Haben sie irgendwas über Mercury?«

»Herrgottnochmal Jake, es ist nach acht. Sie haben geschlossen.«

»O Mann, nie kann man in diesem Saftladen mal irgendwas zustande bringen. Jetzt haben sie endlich die Mumie gefunden. Sie bringen sie rauf. Bleib dran. Ich geh auf ein Chop Suey zum Gelben rüber.« Er lehnte sich im Stuhl zurück. Er kniff die Augen zu. Er dachte an Mrs. Parker. Er fragte sich, ob er es wagen dürfe. Ihre Telefonnummer stand in seinem kleinen schwarzen Buch. Er suchte sie heraus und gab sie an die Vermittlung weiter. Ihr Telefon klingelte einmal, zweimal, ein drittes Mal. Er wollte gerade einhängen.

»Hallo?« Sie klang erwartungsvoll.

»Jacob Singer am Apparat. Störe ich Sie bei irgend etwas?«

»Aber nein. Im Gegenteil, ich freue mich, daß Sie anrufen.«

»Ich freue mich, daß Sie sich freuen.« Er atmete tief durch und machte dann seinen Vorstoß. »Mrs. Parker, falls Sie noch nicht zu Abend gegessen haben, es gibt da einen netten kleinen chinesischen Laden auf der Eighth Avenue, nur ein paar Straßenblocks von Ihrer Wohnung entfernt, man kennt mich da, wir können also Schnaps bekommen und . . .«

»Ich kenne das Lokal. Ich treffe Sie in fünfzehn Minuten dort. Falls Sie vor mir da sind, bestellen Sie mir einen Bourbon Sour, aber die sollen sich mit dem Zucker zurückhalten.« Sie legte auf. Er atmete aus.

Mrs. Parker lächelte Neysa McMein an. »Das war Jacob Singer. Er ist Polizeibeamter.«

Neysas Augen wurden zu Schlitzen. »Was hast du angestellt?«

»Nichts Verbotenes.« Sie ging zu ihrer Frisierkommode, wo sie sich daranmachte, ihr Gesicht auszubessern.

»Gehst du aus?«

»Ja. Er hat mich zu einem chinesischen Abendessen eingeladen.«

Neysa war üblicherweise nicht so neugierig. Sie war einer der Lichtblicke am Round Table des Algonquin, weil sie sich weder aufdrängte, noch den Versuch machte, mit den anderen zu konkurrieren. Im Gegensatz zu der Romanschriftstellerin Edna

Ferber, die dazu neigte, ihre Argumente mit der Brechstange in die Diskussion zu hebeln, zog es Neysa vor, sich zurückzuhalten und eine gelegentliche Flaute in der Unterhaltung abzuwarten, um dann einen intelligenten Einwurf zu machen. Sie war eine der beiden Frauen, die Mrs. Parker abwechselnd bewunderte oder der sie sich anvertraute (Sara Murphy in Frankreich war die andere), und sie war es auch, die das kleine Apartment ausfindig gemacht hatte, das Mrs. Parker jetzt bewohnte. Ihre eigene Wohnung über den Hausflur war um ein Mehrfaches größer und konnte während der Parties, die sie und ihr Mann John Baragwanath regelmäßig gaben, mehr als hundert Gäste beherbergen. Sie war eine ausgezeichnete Künstlerin, erfolgreich und von denen, die ihr ebenbürtig waren, anerkannt. Ihre Ehe war sorgenfrei, nicht besonders leidenschaftlich, soweit Mrs. Parker dies feststellen konnte, und ihr Mann war intelligent genug, sich im Hintergrund zu halten, ein Gebiet, das er ganz für sich allein hatte. »Ich will ja nicht meckern, Dottie, aber als ich dich vor fünf Minuten zum Abendessen eingeladen habe, hast du gesagt, du seist zu müde zum Essen.«

»Ich will ja auch nur ein bißchen knabbern. Ich muß mich mit Mr. Singer treffen. Er ist mir gerade bei einem bestimmten Vorhaben von großer Hilfe.«

»Ist er attraktiv?«

»Er ist Detektiv.«

»Ist er ein attraktiver Detektiv?«

»Ja, ich glaube, das könnte man sagen.«

»Und warum sagst du es nicht?«

Mrs. Parker verließ den Frisiertisch und wandte sich ihrer Freundin zu. »Neysa, müssen wir unbedingt genau die Art von gestelzter Konversation führen, die wir in den Stücken von Rachel Crothers so zum Heulen finden?«

»Was machen deine Handgelenke?«

»Die sind in Ordnung. Hast du meine Handtasche gesehen? Ah, da ist sie ja.«

»Was ist mit dem Text, den du Ross versprochen hast?«

»Ich schreib ihn, wenn ich nach Hause komme. Fühlst du dich im Stich gelassen?«

»Ach Quatsch. Ich muß noch eine Illustration für *Harper's* machen. Ich hab hier nur so herumgehangen, um dich davon abzuhalten, wieder irgendeinen Unsinn anzustellen.«

»Ach, da gibt's nichts mehr zu befürchten. Die Sache ist ausgestanden. Komm.«

Sie hielt Neysa die Tür auf, die vor ihr hinausging. Dann knipste sie das Licht aus, schloß die Tür ab und ging zum Fahrstuhl hinüber. Neysa stand im Türeingang zu ihrer Wohnung.

»Amüsier dich gut.«

»Ich werd's versuchen.« Der Fahrstuhl kam an, und sie sagte Martin, dem Fahrstuhlführer der Nachtschicht, beim Einsteigen guten Abend. Sie summte die Melodie von »One Alone«, oder hoffte jedenfalls, daß es »One Alone« war, da sie kein besonders gutes Ohr für Musik besaß.

»Es ist schön, Sie wieder summen zu hören, Mrs. Parker«, sagte Martin.

»Habe ich denn sonst nicht gesummt?«

»Nicht mehr, seit Sie aus Europa zurück sind.«

»Es gab nicht viel zu summen, als ich aus Europa zurückgekommen bin.«

»Ist das nicht schrecklich, die Sache mit Rudolph Valentino?«

»Da gibt's jetzt auch nicht viel zu summen.«

Als sie in der Lobby angekommen waren, fragte Martin: »Brauchen Sie ein Taxi?«

»Nein danke, Martin, meine Verabredung wartet nur ein paar Straßen weiter auf mich.« Als sie aus dem Gebäude eilte, dachte sie, meine Verabredung. Das sind jetzt zwei an einem Abend. Wenn das nicht langsam überhand nimmt.

Alter Junge.

Viertes Kapitel

Das Fan Tan Gardens auf der Eighth Avenue war nicht nur mit einem kurzen und bequemen Spaziergang von Dorothy Parkers Wohnung aus zu erreichen, es war auch ein Paradies für Schnäppchenjäger. Für einen Dollar konnte man ein Abendmenü bekommen; die Portionen waren reichlich bemessen, und das Essen mehr als passabel. Es gab auch ein Vier-Mann-Orchester, die Fortune Cookies, die sich aus einem Klavier, einem Schlagzeug, einer Baßgeige und einem Banjo zusammensetzte.

»Der Banjo-Spieler schielt«, bemerkte Mrs. Parker. Singer kniff die Augen in Richtung auf das Halbdunkel zusammen und bestätigte ihre Beobachtung. »Glauben Sie, es bringt Glück, wenn man einen schielenden chinesischen Banjo-Spieler entdeckt? So ähnlich, wie wenn man ein vierblättriges Kleeblatt findet oder einem Buckligen über den Buckel streicht?«

»Mach ich Sie nervös?« Mrs. Parker fummelte an ihren Samtarmbändern herum, die allmählich an den Rändern durchscheuerten, ebenso wie Mrs. Parkers Nerven. Das war Detective Singers Scharfsinn nicht entgangen.

»Sie machen mich nicht nervös. Ich mach mich nervös.«

»Sie haben Ihren Drink noch nicht probiert. Der Fusel kommt brandfrisch vom Sampan.«

Sie nippte an ihrem Bourbon Sour. »Nicht schlecht. Er ist sauer. Nicht zu viel Zucker dran.«

»Ich habe uns zwei Spezialmenüs bestellt. Ich hoffe, das war okay so.«

»O ja, genau richtig. Ich bin nicht wählerisch. Ich esse nicht besonders viel. Es ist sowieso zu heiß, um so viel zu essen.« Ihre Unterhaltung wurde vom Summen der Deckenventilatoren über ihnen und dem Gebrumm einer Fliege untermalt, die ungeduldig darauf wartete, das Essen mit ihnen zu teilen. Die Fortune Cookies versuchten sich über eine schräge Interpretation von »Alexander's Ragtime Band« in Schwung zu bringen, was Mrs. Parker zunächst für »Rule Britannia« hielt.

»Ilona Mercurys Leiche ist vor einer Stunde gefunden worden. Eine Identifizierung ist noch nicht erfolgt, aber bis morgen früh wird auch das erledigt sein.« Das Essen kam, es roch appetitanregend und sah auch so aus. Singer stürzte sich darauf wie ein Scheunendrescher. Mrs. Parker dagegen inspizierte jeden Gegenstand auf ihrem Teller, als suche sie einen falschen Stein in einem Diadem. »Inzwischen müßte sie im Leichenschauhaus sein. Morgen machen sie dann die Autopsie.« Mrs. Parker legte sachte ihre Gabel zurück und nippte an ihrem Sour. Sie hatte nicht mehr den geringsten Appetit. Das bißchen, das sie eben noch verspürt hatte, war jetzt bei Ilona Mercury im städtischen Leichenschauhaus von New York gelandet. Sie wußte, daß sie ihm von dem Treffen mit Lacey Van Weber erzählen müßte, aber die mögliche Schelte, die sie sich dafür einhandeln würde, schreckte sie ab. Als er bemerkte, daß sie nichts aß, fragte er: »Würden Sie vielleicht lieber etwas anderes bestellen?«

»Nein, nein, ich habe einfach keinen richtigen Hunger. Als Sie mich angerufen haben, saß ich gerade mit meiner Freundin Neysa McMein bei einer Tasse Tee und etwas Gebäck zusammen. Ich bin sicher, daß Sie auch meinen Teller schaffen.«

»Schaff ich. Möchten Sie noch einen Drink?«

»Ich sag nicht nein.«

Er machte dem Kellner ein Zeichen, eine neue Runde zu bringen, und fragte dann Mrs. Parker: »Was ist mit Ihnen los?« Er fürchtete, daß sie es bereits bereute, seiner Einladung gefolgt zu sein.

Sie beschloß, reinen Tisch zu machen. »Ich habe heute etwas getan, das Ihnen absolut nicht gefallen wird.«

»Wen haben Sie umgebracht?«

»Nichts ganz so Schillerndes. Ich habe mich mit Lacey Van Weber zum Drink getroffen.«

Singer verzog keine Miene. »Was haben Sie aus ihm rausgeholt?«

»Nicht viel. Er ist ein ziemlich abgebrühter Typ.« In weniger als fünfzehn Minuten hatte sie die ganze Litanei hergebetet, die damit begann, wie sie Horace Liveright überrumpelt und ausgefragt hatte, und damit endete, wie Van Weber ihr ein Taxi rief. Währenddessen verputzte Singer seine eigene Portion und stürzte sich dann auf Mrs. Parkers Abendessen. Eine dritte Getränkerunde wurde bestellt, und die Fortune Cookies warfen soeben Victor Herbert den Fehdehandschuh hin, indem sie mit der Weise von den »Stout-Hearted Men« abrechneten.

»Ich finde, Sie haben ihn ganz gut in den Griff bekommen.« Mrs. Parker strahlte. Jetzt war sie hungrig, wagte aber nicht, es ihm zu sagen. Er goß sich gerade eine Tasse Tee ein, wobei er angestrengt versuchte, nicht zwischen den Zähnen zu saugen. Er wollte nicht, daß sie ihn für einen unkultivierten Tolpatsch hielt. Er spülte den Tee in seinem Mund umher, aber das entfernte gar nichts. »Liveright bringt Sie also mit Van Weber zusammen, und Richter Crater gibt's noch als Bonus dazu.«

»Finden Sie es nicht auch komisch, daß Leute um Mitternacht Sitzungen abhalten?«

»Mrs. Parker, seien Sie nicht naiv. Ich weiß, daß Sie in Bohemien-Kreisen verkehren. Sie wissen doch genau, was diese mitternächtlichen Sitzungen bedeuten.«

Mrs. Parker war verärgert. Sie richtete sich auf und verschränkte die Arme. »In Bohemien-Kreisen gibt es selten Lehrer. Ich weiß wirklich nicht, was diese Mitternachtssitzungen zu bedeuten haben.« Pause. »Also? Was sind sie?«

»Orgien. Mit Liveright als Gastgeber.«

Mit weit aufgerissenen Augen und angestacheltem Interesse beugte sie sich nach vorn. Sie versuchte angestrengt, ihren vermehrten Speichelfluß im Zaum zu halten. »Horace Liveright veranstaltet Orgien?«

»Junge, und wie der Orgien veranstaltet. Von dem, was ich gehört habe, geht's bei diesen Orgien so heiß und heftig drunter und drüber, daß man die Teilnehmer auf einem schwarzen Brett eintragen muß, um sie auseinanderzuhalten. Glauben Sie mir, mir graust's vor dem Tag, an dem der *Graphic* oder die *Daily*

News oder der *Mirror* oder irgendeins der anderen Skandalblätter Wind davon bekommt.«

»*Mein* Horace Liveright? *Mein* Verleger?«

»Er ist ein Perversling.«

»Ich brauche noch einen Drink.«

»Sind Sie sicher, daß Sie damit umgehen können?«

»Kann Horace mit einer Orgie umgehen?« Die Fortune Cookies zeigten wenig Gnade gegenüber »A Pretty Girl Is Like A Melody«. Eine neue Getränkerunde wurde bestellt. Mrs. Parker hing einen Augenblick lang der unglücklichen Vorstellung nach, daß Lacey Van Weber ein Teilnehmer von Orgien war.

»Sie sehen aus wie jemand, dem man gerade seinen Bonbon weggenommen hat.« Singer ließ sich nun doch zu einem Zahnstocher hinreißen.

»Mich lädt man nie auf Orgien ein. Vielleicht ist es ganz gut so. Ich wüßte nie, wohin ich mich wenden sollte. Was halten Sie von Mr. Van Weber?«

»Ich hab ihn noch nicht kennengelernt.«

»Aber von dem, was ich Ihnen erzählt habe?«

»Verbindlich, glatt und welterfahren. Schlau. Mit seiner raffinierten Fußarbeit könnte er bei jedem Football-Spiel vermutlich ein Dutzend Tore schießen. Und ich glaube nicht, daß er echt ist.«

»O doch, er ist schon echt. Er hat wunderbare Manieren.«

»Mrs. Parker, was Sie gesehen haben, war eine ausgezeichnete Vorführung. Wir haben nichts über ihn in der Hand, und wenn wir über einen Kerl nichts in der Hand haben, werde ich doppelt mißtrauisch.«

»Sie haben Nachforschungen über ihn angestellt.«

»Klar habe ich Nachforschungen über ihn angestellt. Schon eine geraume Zeit, bevor Sie sich für ihn zu interessieren anfingen.« Sie verstand nicht, warum sie errötete. Dafür verstand es Singer. »Wir haben uns schon lange, bevor Valentino auf der Party krank wurde, mit ihm beschäftigt. Von dem ersten Augenblick an, als wir Wind von ihm bekommen hatten, vor etwas über einem Jahr, und er in Walter Winchells Kolumne regelmäßig erwähnt wurde. Da kommt ein Kerl aus dem Nichts in diese Stadt geschneit, macht Furore, wirft die Scheinchen nur so in der Gegend rum, schmeißt verschwenderische Parties, lernt den Bürgermeister und die etwas fragwürdigeren Mitglieder der Stadtverwaltung wie Richter Joseph Force Crater kennen, hängt in den Schuppen von Tex Guinan und Helen Morgan herum, säuft mit Flo Ziegfeld und mindestens zwei von den Shubert-Brüdern, und kauft plötzlich eins der berüchtigsten Besitztümer in East Cove, das ebenso teuer wie überflüssig ist . . .«

»Ich finde, es klingt einfach atemberaubend. Wie Versailles.«

»Vielleicht hat ja Van Weber bei der verblichenen Marie Antoinette Unterricht in Sachen Verschwendung genommen. Dieses verrottete, unkrautbewachsene und von Ratten bevölkerte Anwesen in East Cove hat über zwanzig Jahre brachgelegen, bevor Van Weber es klammheimlich übernahm und repariert, überholt und zu einem offenen Haus erklärt hat. O ja. Es ist heute alles, was die Leute davon erzählen. Es hat außerdem einen großen neuen Hafen, groß genug, ein Kanonenboot zu beherbergen, falls jemals eines hineinsegeln wollte. Ich war da.« Er brach seinen Zahnstocher in der Mitte durch und ließ ihn in den Aschenbecher fallen. Mrs. Parker saß jetzt mit bieder gefalteten Händen am Tisch. Sie lechzte nach einer Frühlingsrolle, war aber zu schüchtern, darum zu bitten. »Ich bin vor ein paar Monaten dort gewesen. Im Zusammenhang mit so einer Geschichte, in der es um illegale Einwanderer ging.« Er spitzte nachdenklich die Lippen. »Ein kleiner Italiener, den wir in einer Gasse in Little Italy ermordet aufgefunden hatten. Kehle durchgeschnitten. Kann nicht älter als achtzehn, neunzehn Jahre gewesen sein. Keine Papiere, nichts. Aber wie es manchmal so läuft, haben wir Glück. Jemand meldet eine vermißte Person. Ein niedliches Ding, Italienerin, Rosie Irgendwas. Wir bringen sie zum Leichenschauhaus, sie identifiziert ihn, und dann erzählt sie uns, während sie Rotz und Wasser heult, daß er in East Cove für Van Weber gearbeitet hat. Also bin ich rausgefahren. Nichts. Nicht die kleinste Spur, nicht ein Hinweis. Keiner kannte den Jungen. Rosie Irgendwas sagt, daß er Angelo d'Amati hieß. Illegal ins Land gebracht. Wollen Sie wissen, was ich vermute?«

»Ich brenne darauf.«

»Man hat ihn mit ein paar anderen Illegalen reingeschmuggelt und an Van Webers Anlegestelle an Land gebracht. Wahrscheinlich auf einem Schiff, das schwarz gebrannten Schnaps geladen hatte. Vielleicht sollte Angelo gar nicht von Bord gehen. Vielleicht sollte er wieder nach Europa zurück, oder wo immer er herkam. Aber ich glaube, er kam auf die Idee, in diesem Land bleiben zu wollen. Seinen Hintergrund kann man sich ja vorstellen. Armut, keine Wasserleitungen in der Wohnung . . .«

»Wie furchtbar . . .«

»Mit der Villa in East Cove als Maßstab sehen die Vereinigten Staaten ziemlich vielversprechend aus. Er haut ab. Aber sie holen ihn ein. Er weiß zuviel. Kehle durchgeschnitten.« Er vollführte eine häßliche Geste quer über seine eigene Kehle. Wieder verlor sie ihren Appetit. »Bis jetzt ist noch niemand hinter Rosie her. Vielleicht wissen sie nicht, daß es sie gibt. Aber was ich Ihnen hier erzähle, habe ich von Rosie, die das alles natürlich von Angelo hat. Auf Italienisch, selbstverständlich. *Kapish?* . . . alter Junge?«

Singer hatte zugleich amüsiert und interessiert reagiert, als sie ihm erzählte, daß Van Webers Lieblingsausdruck anscheinend »alter Junge« war. Ihr vierter Bourbon Sour begann langsam Wirkung zu zeigen. Mrs. Parkers Gesicht war gerötet, und sie hatte das Gefühl, daß die Verbindung zwischen ihrem Kopf und ihrem Körper nicht mehr ganz funktionierte.

»Fühlen Sie sich ganz wohl, Mrs. Parker?«

»Aber natürlich. Warum sollte ich nicht?«

»Sie sehen so aus, als würden die Drinks langsam bei Ihnen Wirkung zeigen.«

Den letzten beißen die Hunde. »Stimmt. Kann ich eine Frühlingsrolle bekommen?«

Er bestellte die Frühlingsrolle. Die Fortune Cookies nahmen sich »Give My Regards to Broadway« vor. Singer drängte Mrs. Parker einen heißen Tee auf. »Was beunruhigt Sie, Mrs. Parker?«

»Lacey Van Weber. Ich bin doch so romantisch, Mr. Singer, und Mr. Van Weber macht so eine romantische Figur, ich könnte es gar nicht aushalten, mir vorzustellen, daß er nicht mindestens erstklassig ist.«

»Mrs. Parker, ich dachte, Scott Fitzgerald sei ein guter Freund von Ihnen. Wissen Sie, jemand, der sich in Ihren Kreisen bewegt, literarisch, Wortwitz, das ganze Drumherum.«

»Ich habe letzten Monat mit Scott und Zelda in Cap d'Antibes zu Abend gegessen. Möchten Sie sie kennenlernen? Ich glaube aber, sie sind noch im Ausland.«

»Klar würde ich sie gern kennenlernen. Sie wissen doch, daß mich Schriftsteller stark beeindrucken. Sie, Woollcott, Kaufman. Das ist für einen Kerl wie mich allerhand. Ich habe Ihnen ja erzählt, daß ich hart daran arbeite, meinen Verstand auf Vordermann zu bringen. Ich versuche die Klassiker zu lesen, selbst wenn ich sie nicht verstehe, ich gebe nicht auf. Ich kämpfe mich durch. Schöne Worte gefallen mir.«

Sie lächelte. »Wie wunderbar. Das ist wirklich wunderbar. Fitzgerald schreibt schöne Worte.«

»Das kann man wohl sagen. Er steht ganz da oben bei den Besten. Wie Sie und dieser neue Knabe, Hemingway.«

»Danke für die Schmeichelei. Mein lädiertes Ego kann ab und zu eine kleine Auffrischung gebrauchen.«

»Worauf ich eigentlich hinaus will, Mrs. Parker, ist, daß Van Weber jeden Kerl, den er trifft, ›alter Junge‹ nennt. Haben Sie denn nicht *Der große Gatsby* von Fitzgerald gelesen?«

»Zweimal. Ich habe Woollcott erzählt, daß ich sehr bald vorhabe, es zum drittenmal zu lesen, da warf er mir vor, mich abhärten zu wollen.«

»Was ist Jay Gatsbys Lieblingsausdruck?«

Ihr Kinn fiel nach unten, gerade als die Frühlingsrolle vor ihr auf den Tisch gestellt wurde. »*Alter Junge*!«

»Sie haben's kapiert. Und wo hat Gatsby gelebt?«

»Draußen auf der Insel. In West Egg. In einer riesigen Villa. Mein Gott. Man ersetze West Egg durch East Cove. Jay Gatsby durch« – sie hielt inne und starrte dann den Polizisten voller Erstaunen an, wobei sie nicht wußte, ob sie lachen oder weinen sollte – »Jay Gatsby durch *Lacey Van Weber.*«

»Eine nette Besetzung, das müssen Sie zugeben.«

»Das darf doch nicht wahr sein.«

»Essen Sie Ihre Frühlingsrolle.«

»Mir ist der Appetit vergangen.« Sie schob ihren Teller zur Seite. Singer zuckte die Achseln und begann, die Frühlingsrolle zu bearbeiten. »Das war sehr gut, Jacob Singer. Das war ein geniales Beispiel Ihrer hervorragenden Detektivarbeit. Stellen Sie sich mal vor! Jay Gatsby. Ich würde gerne wissen, ob sonst noch irgend jemandem die Analogie aufgefallen ist. Ich kann es gar nicht erwarten, Woollcott davon zu erzählen. Das wird er sich nie verzeihen, daß er nicht von selbst darauf gekommen ist.« Sie machte eine Pause, während sie über etwas anderes nachdachte. »Mr. Van Weber, glaube ich, hat die Absicht ... äh ... um meine Freundschaft nachzusuchen.«

»Macht Ihnen das angst?«

»Um ganz ehrlich zu sein, Mr. Singer, ich finde Mr. Van Weber rasend attraktiv. Und wenn er mir nicht nachstellt, werde ich bitter enttäuscht sein.«

»Ich auch«, erwiderte Singer. Ihre Augen trafen sich. Mrs. Parker war kein Unschuldsengel. Sie wußte, daß Singers Interesse an ihr über eine oberflächliche Beziehung hinausging. Seit ihrer ersten Begegnung während einer Flüsterkneipen-Razzia vor zwei Jahren, als er Mrs. Parker zu ihrem Begleiter, einem wohlhabenden Siebziger, »alter Glotzkopf« sagen hörte, wußte Singer, daß er jemand Besonderes in seiner Grünen Minna abführte. Als sie sich auswies, und das war noch zu einer Zeit, als Ruhm gerade erst ihre Rockschöße zu streifen begann, war Singer überwältigt. Auch war ihm ihre zierliche Schönheit nicht entgangen – später beschrieb er sie gegenüber einem Kollegen als eine »süße kleine Pralinenschachtel«. Er legte beim Richter Fürsprache für sie ein, mit der Begründung, daß Mrs. Parkers Angriff mit einer ungeöffneten Sektflasche auf einen Polizeibeamten, der sie festnehmen wollte, seiner Meinung nach ein klarer Fall von Notwehr gewesen sei. Von diesem Augenblick an erklärte ihn Mrs. Parker zu einem lebenslangen Freund. Sie lud ihn zum Lunch ins Algonquin ein, wo er sofort vom Round Table als Gleicher unter Gleichen aufgenommen wurde. Sie versprachen, seinen Namen genauso bekannt zu machen wie den eines anderen berühmten und gefürchteten Kriminalbeamten, Johnny Broderick. Mrs. Parker vergaß nie das erste Mal, als Franklin P. Adams Jacob Singer in seiner Kolumne »The Conning Tower« erwähnte. Singer schickte ihr ein Dutzend Rosen, und Adams eine Flasche Champagner, die er in einer Razzia am Vorabend konfisziert hatte.

»Es würde Ihnen doch nichts ausmachen, wenn Van Weber und ich uns häufiger treffen?«

»Darum geht's doch wohl bei einer Ermittlung, oder? Als Sie sich heute bereit erklärt haben zu helfen, sagten Sie, das sei, weil Sie und Woollcott eher Zugang zu einer bestimmten Personengruppe hätten als ich. Das haben Sie bereits bewiesen. Sie haben Van Weber kennengelernt. Schnelle Arbeit. Dann Richter Crater. Noch besser. Und Liveright kennen Sie schon.«

»Sie wollen doch nicht im Ernst annehmen, daß er mit dem Mord an Ilona in Verbindung stehen könnte.«

»Das werde ich wohl, wenn sich herausstellt, daß sie bei einer seiner Orgien ein Gastspiel gegeben hat.«

»Wenn Sie so genau über diese Veranstaltungen Bescheid wissen, dann verstehe ich nicht, wieso Sie dort nie eine Razzia durchgeführt haben?«

»Erstens ist darüber noch nie eine Beschwerde bei uns eingegangen. Zweitens hat man uns gewarnt, die Finger davon zu lassen.«

»Ich verstehe. Macht Ihnen das nichts aus? Ich meine, ich weiß doch, wie moralisch, wie aufrichtig Sie sind, wie ...«

»Sparen Sie sich die Lobeshymnen, Mrs. Parker. Wir sind in einer Chinesenkneipe, nicht auf meiner Beerdigung.« Sie wünschte, sie wären auf der Beerdigung der Fortune Cookies. Jetzt zerfleischten sie gerade »Roses of Picardy«.

»Machen diese Jungs eigentlich nie eine Pause?«

»Die Kapelle? Keine Chance. Nicht bei Kuliarbeit. Und übrigens, Mrs. Parker, versuchen Sie bloß nicht, Woollcott oder einen anderen Ihrer Kumpel in eine dieser Orgien reinzuschmuggeln.«

»Woollcott bei einer Orgie? Das wäre ja mindestens so spannend wie einen Sohn von Getrude Stein kennenzulernen. Auf der anderen Seite, woher bekommt Liveright seine weiblichen Teilnehmer? Ich meine, er wird doch wohl nicht die Woolworth-Verkäuferinnen zu Freiwild erklären?«

»Polly Adler liefert ihm die Ware.« Er zuckte die Achseln. »Na ja, verdammt noch mal, dafür ist sie ja schließlich im Geschäft. Sie haben da einen ziemlich hohen Anteil an Showgirls, die es im Leben zu was bringen wollen. Unter denen gibt's immer welche, die blöd genug sind zu glauben, sie könnten sich bei einer dieser Penis-Parties einen reichen Liebhaber angeln. O pardon, falls ich Sie verletzt habe.«

»Wie kann man mich verletzen, wenn ich betäubt bin? Diese armen Mädchen. Diese armen, armen, ausgebeuteten Frauen.«

»Wie ich schon gesagt habe, niemand hat sich bis jetzt beschwert.«

Mrs. Parker schüttelte traurig den Kopf. »Das klingt genauso schlimm wie Mädchenhandel.«

»Lady, *darüber* könnte ich Ihnen einiges erzählen. Seien Sie froh, daß ich's nicht tue.«

»Sagen Sie mir bitte augenblicklich Bescheid, wenn die arme kleine Mercury identifiziert ist. Wissen Sie, ich bin ganz scharf darauf, endlich loszulegen, wenn ich es mal so ausdrücken darf. Woollcott hat für morgen abend zwei Plätze für *No Foolin'* reserviert. Ich möchte hinter die Bühne gehen und mich ein bißchen mit den Mädchen anfreunden, die vielleicht der ungarischen Dame nahegestanden haben.«

»Nur zu. Wahrscheinlich steht sie in den Schlagzeilen der Nachmittagsblätter. Komplett mit Fotos.«

»Und dann möchte ich auch Mrs. Adler kennenlernen. Texas Guinan kenne ich schon.« Sie trommelte mit den Fingern auf die Tischoberfläche. »Andererseits, falls Mr. Van Weber sich entschließt, mir *nicht* nachzustellen . . .«

»Ich setze mein Geld auf Sie. Sie werden von ihm hören. Ich gebe Ihnen noch einen Tip. Umsonst. Ein paar hundert Meter vom Bühneneingang des Globe Theaters entfernt gibt es eine miese kleine Kaschemme, das Harlequin. Kaum mehr als ein Loch in der Wand. Wir machen uns nicht einmal die Mühe, eine Razzia bei denen durchzuführen. Aber hauptsächlich deswegen, weil da eine Menge Sänger herumhängen.«

»Oper oder Musical?«

»Meine Art von Sängern, Mrs. Parker. Informanten. Die Art von Ratten, die noch die Blumen vom Grab ihrer Mutter klauen. Besonders einen könnten Sie vielleicht kennenlernen, sollten Sie und Mr. Woollcott erwägen, morgen abend auf einen Drink hineinzuschauen.«

»Mr. Van Weber empfahl uns nach dem Theater ein Abendessen bei Tony's.«

»Nettes Lokal. Gutes Itaker-Essen. Und der Schnaps wird Ihnen nicht die Socken wegätzen. Von dort aus kommen sie ganz bequem zum Harlequin. Sie könnten nach dem Essen hineinschauen. Sid ist meistens da. Sid Curley. Schmalspur-Gauner, aber Top-Schnüffler. Er füttert Winchell mit Material für seine Kolumne. Uns steckt er auch so einiges, gegen einen Aufpreis. Ich gehe nicht hin, weil man weiß, wer ich bin; man könnte mich erkennen, und dann wäre Sid dran. Gehen Sie mit Woollcott rein, dann sind Sie eben ein paar Prominente, die sich unters Volk mischen. Sie sind ja beide nicht auf den Kopf gefallen.«

»Natürlich nicht. Wir sind auch immer daran interessiert, neue Leute kennenzulernen. Wie erkennen wir Mr. Curley? Wir können ja wohl schlecht den Barmixer bitten, uns vorzustellen. Das wäre auf eine ziemlich ungeschickte Art auffällig.«

»Allerdings. Aber überlassen Sie die Initiative Sid. Wenn er da ist, wird ihm schon was einfallen, wie er mit Ihnen ins Gespräch kommt. Außerdem können Sie ihn hören. Er schnieft nämlich die ganze Zeit rum. Er war mal auf Kokain, inzwischen ist er aber sauber. Trotzdem kann er nicht von der Gewohnheit lassen, so zu tun, als würde er noch schnüffeln. Darum macht er ›schnief, schnief, schnief‹. Verstanden?«

»Es hat sich mit Leuchtschrift in mein Hirn gebrannt.«

»Wenn Sie ihn kennenlernen sollten, bringen Sie das Gespräch auf die Show, die Sie gerade gesehen haben, und was für ein Jammer es ist, daß es das arme Showgirl erwischt hat. Das wird er aufgreifen. Irgendwann können Sie dann ganz nebenbei fallenlassen, daß Sie mit mir bekannt sind. Das wird schon bei ihm ankommen. Und dann sagt er Ihnen vielleicht auch was, das ankommt.«

Mrs. Parker lehnte sich zurück und seufzte. »Wenn das nicht ein anstrengender Tag war. Und es sieht ganz so aus, als würde morgen auch ein anstrengender Tag, auf den ich mich freuen kann.«

»Müde?«

»Ja. Ich bin müde. Und herrje! Hören Sie mal! Hören Sie denn nichts?«

»Was denn?«

»Diese Ruhe!« Die Fortune Cookies waren verschwunden.

»Ich muß wieder damit anfangen, den alten Jack Rose pur zu trinken«, verkündete Mrs. Parker gegenüber George, dem Oberkellner im Rose Room des Algonquin-Hotels, wo sich die Mitglieder des Round Table regelmäßig versammelten. »Ich habe in der letzten Zeit lauter so vornehmes Zeug wie Bourbon Sour getrunken, und ich glaube, sie bekommen mir nicht.«

»Das ist ein sehr ernster Entschluß, den du da gefaßt hast«, sagte Robert Benchley, der neben ihr saß und sich fragte, wie lange sie wohl noch dafür brauchen würde, den Prozeß des Handschuhausziehens zu beenden, den sie vor fünf Minuten, als sie sich setzte, begonnen hatte.

»Ich fälle heute vormittag lauter ernste Entschlüsse, Mr. Benchley. Wir scheinen die einzigen hier zu sein. Woollcott hat sich wie immer verspätet. Er führt mich heute abend ins Theater aus.« Sie widmete ihre Aufmerksamkeit wieder dem Oberkellner. »Ich nehme einen Jack Rose mit einem Stück Eis. Und du, Mr. Benchley?« Er bestellte einen Manhattan mit drei Kirschen. George ließ sie allein. »Wie geht es Gertrude, Mr. Benchley?«

»Oh, Gertrude geht es bestens, vorausgesetzt, man mag Gertrude.«

»Ich finde, deine Frau ist einfach fabelhaft.«

»Komm, sei ehrlich. Du kannst dich nicht mit ihr abfinden.«

»Heb deine Stimme nicht so.«

»Ich hebe nie meine Stimme. Sie ist zu schwer.« Sie war immer noch dabei, ihre Handschuhe zu bearbeiten. »Peggy Hopkins hat schon wieder geheiratet.« Miss Hopkins war ein gefeiertes Showgirl, ein männerausnehmender Vamp erster Güte, der man nachsagte, die Inspiration für Anita Loos' köstlichen Roman *Blondinen bevorzugt* gewesen zu sein.

»Und wer war der Brautführer?«

»Alle anwesenden Männer.« Er rieb sich leicht die Nasenspitze. »Wie ich sehe, hattest du schon wieder eine Auseinandersetzung mit deinen Handgelenken.«

»Eine kleine Vernachlässigung der Disziplin. Wie ich höre, gehst du nach Hollywood.«

»Ja, ich brauche Geld. Gertrude braucht Geld. Das hat irgendwas damit zu tun, die Familie zu ernähren und die Hypothek abzuzahlen. Ich hätte dich heiraten sollen. Wir hätten ein sehr vergnügliches, sorgloses Bohemien-Dasein geführt.«

»Aber das tun wir doch, Mr. Benchley, das tun wir doch.«

»Ich wünschte, du würdest endlich aufhören, dich in die falschen Männer zu verlieben.«

»Hör auf, Gouvernante zu spielen. Ach du Schreck, hier kommt Ross. Hallo Harold. Es tut mir leid, daß ich das Manuskript nicht wie versprochen abgeliefert habe. Ich habe mich gestern abend auch wirklich fleißig darangesetzt, aber dann brach meine Feder.« Wortlos nahm Ross ihnen gegenüber Platz. Seine mächtige Pompadourfrisur bebte, als er sich setzte, und da im Rose Room kein starker Wind blies, vermutete Mrs. Parker in ihrer liebenswürdigen Art, seine Haarpracht könne vielleicht ein Nistplatz für eine Familie von Feldmäusen sein.

»Ich brauche dein Manuskript nun doch nicht, Dottie.«

»Oje. Jetzt werde ich bestraft.« Der Kellner brachte Mrs. Parker und Benchley ihre Drinks und versprach, sich mit Ross' Gin Martini zu beeilen.

»Heute früh habe ich einen wunderbaren Text von Janet Flanner aus Paris bekommen.«

»Willst du damit sagen, daß meine Beiträge nicht mehr sehnsüchtig erwartet werden?« Benchley studierte ostentativ die drei Kirschen in seinem Manhattan. Streitereien mit Tötungsabsicht waren ihm peinlich. Mrs. Parker und Ross waren die ewigen Kombattanten eines nie endenden Kampfes in der Arena, die als die Zeitschrift *The New Yorker* bekannt war. Keiner von beiden würde jemals als Sieger hervorgehen. Mrs. Parker machte sich regelmäßig von Mr. Ross' Gönnerschaft frei, und Mr. Ross mußte dann zähneknirschend feststellen, daß das Talent der Dame nicht so einfach zu ersetzen war.

»Deine Beiträge werden immer sehnsüchtig erwartet, Dottie, obwohl sie niemals eintreffen.«

Benchley nahm einen Schluck von seinem Drink und fragte dann in die Runde: »Bildet mal einen Satz mit ›halluzinogen‹!«

Nachdem Mrs. Parker einen Augenblick lang ernsthaft über das Wort nachgedacht hatte, sagte sie mit einem tückischen Zwinkern in den Augen: »Hallo Zino, geh'n wir ins Kino?«

Während Benchley und Ross noch stöhnten, traf Woollcott ein. Er hatte die Frühausgaben mehrerer Nachmittagszeitungen bei sich. »Guten Tag, meine Engel!« Er küßte Mrs. Parkers Hand und machte dabei laute, häßliche Schmatzgeräusche. »Du hast eine so wunderschöne Hand.«

Er ließ sich in einen Stuhl fallen, und Benchley bemerkte: »Es hat sie eine gute Viertelstunde gekostet, sie zu entblößen.«

Mrs. Parker verkündete kummervoll: »Wir verlieren Benchley an die Fleischtöpfe Hollywoods.«

»Wann geht's los?« fragte Ross.

»Samstag früh.«

»Nimmst du Gertrude mit?«

»Welche Gertrude?«

Woollcott legte die Zeitungen Mrs. Parker vor. »Noch ein ermordetes Showgirl, meine Liebe, falls dich so ein Mist interessiert.«

»Alles, was mit Mord zu tun hat, interessiert mich«, trällerte Mrs. Parker fröhlich, »solange ich nicht das Opfer bin.« Ilona Mercury war nun endlich ganz groß herausgekommen. Sie bestritt die Schlagzeilen auf den Titelseiten aller drei Zeitungen. Mrs. Parker fing an, mit ihrer weichen, modulierten Stimme vorzulesen. »Die brutal erwürgte Leiche des Ziegfeld-Showgirls Ilona Mercury wurde früh am gestrigen Abend auf einem leerstehenden Grundstück des Canarsie-Bezirks in Brooklyn aufgefunden.«

»Niemand sollte erwürgt in Brooklyn aufgefunden werden«, sagte Benchley .

»Niemand sollte in Brooklyn aufgefunden werden, erwürgt oder nicht erwürgt«, fügte Woollcott hinzu.

»Eine Autopsie, die heute morgen durchgeführt wurde, schloß Alkohol oder Drogen als Todesursache aus.« Sie blickte auf, und ihre Augen trafen sich mit denen Woollcotts. »Lieber Alec, haben wir Plätze für heute abend?«

»Fünfte Reihe Mitte, meine Liebe. Für das Abendessen habe ich noch nichts reserviert. Hast du irgendeine Vorliebe?«

»Oh, ich hätte dich gestern abend anrufen und dir Bescheid sagen sollen.«

»Ich war gestern abend nicht zu Hause. Was hättest du mir denn sagen wollen?«

»Für uns ist bei Tony's ein Tisch nach dem Theater bestellt, das ist gleich um die Ecke vom Globe Theater.«

»Das Globe. Da läuft doch Ziegfelds Revue.« Ross rümpfte abfällig die Nase.

»Hat sie dir nicht gefallen, Harold?« fragte Mrs. Parker.

»Nicht gerade mein Geschmack. Hast du das Stück nicht schon gesehen, Woollcott?«

»Ja. Jetzt will ich's mir unter soziologischen Gesichtspunkten ansehen.« Er wendete sich wieder Mrs. Parker zu. »Wer hat für uns bei Tony's reserviert? Leg die Zeitung weg und antworte mir, und du Benchley, wink einen Kellner her, ich brauche einen Drink.«

Mrs. Parker faltete gehorsam die Zeitung zusammen und ließ sie zu Boden fallen. »Ich hatte mich gestern am späten Nachmittag mit einem Freund der Geschäftsführung zum Drink verabredet. Ein sehr charmanter Herr namens Lacey Van Weber.« Woollcotts Kneifer fiel herunter.

»Wie zum Teufel hast du es geschafft, ihn kennenzulernen?« fragte Ross.

»Horace Liveright hat es arrangiert. Sag mal, Harold, ich habe eine Bombenidee. Van Weber beschäftigt schon die Fantasie der ganzen Stadt . . .«

»Ja, unter anderem«, warf Woollcott ein.

»Würde er nicht eine tolle Geschichte als Porträt im *New Yorker* abgeben?«

»Keine schlechte Idee«, fuhr Benchley dazwischen. »Gertrude kann gar nicht genug über ihn lesen. Sie sagt, daß er sie an Jay Gatsby erinnert.«

Mrs. Parker erblaßte leicht. »Was meinst du, Harold? Er ist zur Zeit wirklich das Thema.« Und sexy und gutaussehend, und ich möchte eine richtig gute Ausrede haben, ihn besser kennenzulernen, falls er in den nächsten entscheidenden vierundzwanzig Stunden nicht anruft, um sich zu verabreden.

»Ich werd's mir überlegen«, sagte Ross, nicht gerade begeistert.

Woollcott mischte sich ein. »Ich finde, das ist eine geniale Idee. Du darfst geniale Ideen nicht ignorieren, Harold, nur weil sie nicht deine eigenen sind. Und schau dir mal das Gesicht unserer Mrs. Parker an. Wie viele Monate ist es nun her, seit wir mitansehen durften, wie eine derartige Begeisterung ihre Wangen rötete und ihre Augen in explodierende Leuchtkugeln verwandelt hat?«

»Meine Herren«, sagte Mrs. Parker mit einer Stimme, die leicht zitterte, »wenn man vom Teufel spricht, dann kommt er.«

Lacey Van Weber betrat den Rose Room, als stünde er im Mittelpunkt eines Bühnenscheinwerfers. Nach ein paar Schritten hielt er inne, wartete, bis der Effekt auch überall angekommen war, nahm seinen Homburg ab und lächelte zu Mrs. Parker hinüber. Er ließ seinen Stock und die Handschuhe von der rechten in die linke Hand wandern und ging mit der ausgestreckten Rechten forsch auf sie zu. »Mrs. Parker, wie schön, Sie wiederzusehen, und schon so bald.«

Mrs. Parker hoffte, daß jemand Riechsalz dabei hatte, obwohl es ein schrecklicher Gedanke war, es wirklich benutzen zu müssen. Sie schüttelte Van Weber die Hand und stellte ihn den anderen vor. »Wollen Sie sich nicht zu uns setzen?« fragte Mrs. Parker.

»Nur einen Augenblick«, sagte Van Weber. »Nebenan warten zwei Geschäftspartner auf mich. Ich hatte so ein Gefühl, daß Sie hier heute mittagessen würden, darum habe ich mal eben kurz hereingeschaut. Sie sehen wunderbar aus.« Irgend jemand stöhnte. Mrs. Parker verdächtigte Benchley. Van Weber nahm Platz.

Woollcott nahm die Fäden auf. »Wie ich höre, haben Sie uns empfohlen, heute abend bei Tony's zu essen. Ist das eine aufrichtige Empfehlung, oder gehört Ihnen ein Teil des Ladens?«

Van Weber lächelte. Mrs. Parker hielt sich den Magen. »Es ist eine aufrichtige Empfehlung, und mir gehört ein Teil des Ladens.«

»Ich wette, Ihnen gehört ein Teil von einem Haufen Läden«, mutmaßte Benchley.

»Meine Investitionen sind in der Tat vielfältig und weit gestreut. Das müssen sie auch sein. Es ist ein einziges Würfelspiel.«

»Was für ein Zufall übrigens, Mr. Van Weber. Sie sind gerade in dem Moment hier eingetroffen, als ich Mr. Ross davon zu überzeugen versuchte, daß Sie ein interessantes Porträt für den *New Yorker* abgeben würden«, sagte Mrs. Parker.

»Das ist sehr schmeichelhaft«, antwortete Van Weber. »Würden Sie es schreiben?«

»Was ich vorschlage, schreibe ich auch.«

Ross war damit beschäftigt, ein Brötchen zu zerkrümeln. »Wäre vielleicht einen Versuch wert. Sind Sie interessiert, Van Weber? Würden Sie mitmachen?«

»Lassen Sie mich darüber nachdenken. Das geht mir alles ein bißchen zu schnell.«

»Oje!« sagte Mrs. Parker plötzlich und unterstrich ihre Worte mit einem leichten Seufzen. »Ich wette, daß Sie noch nicht die Nachmittagsausgaben gesehen haben.«

»Nein. Noch nicht.«

Mrs. Parker nahm Benchley eine der Zeitungen aus der Hand und breitete sie auf dem Tisch vor Van Weber aus. »Ist das nicht furchtbar?«

Woollcott, der ungefähr so unschuldig dreinschaute wie Jack the Ripper, fragte: »Kannten Sie das Opfer?«

»Flüchtig. Rudolph Valentino brachte sie vor ungefähr einer Woche zu einer Party in meinem Penthouse mit.«

»War das der Abend, an dem er krank wurde?« bohrte Woollcott.

»Leider ja, es war der Abend. Armes Mädchen. Erwürgt. Wie traurig.«

»Und dann noch in Brooklyn deponiert«, sagte Benchley nachdenklich. »Das nenne ich Salz in die Wunde streuen.«

Van Weber erhob sich. »Sie müssen mich entschuldigen. Ich habe meinen Partnern versprochen, sie nicht länger als ein paar Minuten allein zu lassen.«

»Sagen Sie mir Bescheid, wie Sie sich wegen des Porträts entschieden haben?« fragte Mrs. Parker.

Van Weber lächelte und nahm ihre Hand. »Sie werden sehr bald von mir hören.« Er ging, als der Kellner endlich Woollcott seinen Drink brachte. Woollcott warf dem Kellner einen bösen Blick zu und konzentrierte sich dann auf Mrs. Parker.

»Dorothy«, sagte er, »du siehst aus wie Lillian Gish, wenn sie Bauchschmerzen hat.«

Mrs. Parker sagte nichts. Sie hob ihren Jack Rose und trank. Sie hatte das Gefühl, sich eine dicke Suppe eingebrockt zu haben.

»Guten Tag, liebe Mit-Philister.« Woollcott und Mrs. Parker wunderten sich, Kaufman zu sehen. Er trug eine Zeitung unter dem Arm.

»Wo hast du denn gesteckt, George? Ich hab dich wochenlang nicht gesehen.« Ross mochte Kaufman, schon deshalb, weil sein eigener Haarberg den des anderen noch überragte.

»Überall und nirgends, Harold. Hab mich mal über die neuesten Filme auf dem laufenden gehalten.« Ein Kellner näherte sich, und Kaufman bestellte Eistee. Benchley schauderte. »Gestern hab ich den letzten Barrymore gesehen, *Don Juan*. Der Film ist mit Musik und Klangeffekten. Wenn sie so weitermachen, fangen sie als nächstes an zu sprechen. Eine niedliche kleine Schauspielerin macht da mit, Mary Astor. Umwerfend hübsch.«

»Was hast du denn da?« fragte Woollcott und zeigte auf Kaufmans Zeitung.

»Das *Journal*.«

»Das *Journal* haben wir schon gesehen«, sagte Mrs. Parker. Und dann, wie von einer plötzlichen Eingebung durchdrungen, rief sie aus: »O George! Das arme Ding, das man erwürgt und in Brooklyn abgeladen hat. Ilona Wie-hieß-sie-noch-mal?«

»Mercury«, brummte Woollcott.

»Kanntest du sie nicht, George?« Mrs. Parker ähnelte Little Eva, die kurz davor stand, Amok zu laufen.

»Ich hab sie mal getroffen.« Er schlug die Zeitung auf und starrte die widerliche Fotografie der erwürgten Frau an. »Die Schönheit mancher Mädchen verblaßt ziemlich schnell.« Er faltete die Zeitung wieder zusammen und schob sie unter seinen Sitz. »Was gibt's sonst Neues?«

»Ich war gestern abend mit unserem Detective-Schützling, Mr. Singer, zum Essen verabredet.« Sie machte eine dramatische Pause, um die Wirkung ihrer Worte abzuwarten. Kaufman war gerade dabei, eine Pyramide aus Zuckerwürfeln zu errichten, Woollcott studierte die Speisekarte. Benchley und Ross waren mit dem Abnehmespiel beschäftigt, unter Verwendung einer Schnur, die Benchley hervorgezaubert hatte. »Er ist wirklich ein gutes Beispiel eines Autodidakten.«

»Willst du damit sagen, daß er in der Lage war, die Gerichte auf der Speisekarte richtig auszusprechen?«

»Sei nicht so überheblich, Alec«, sagte Mrs. Parker im Tonfall einer altjüngferlichen Lehrerin. »Du könntest durchaus noch ein paar Dinge von Mr. Singer lernen.«

»Und was hast du gestern abend von ihm gelernt?« fragte Kaufman.

Mrs. Parker ließ einen bedeutungsschwangeren Blick über den Tisch schweifen. »Daß es sich häufig auszahlt, sich zurückzulehnen und einfach nur zuzuhören.« Sie sah, wie Edna Ferber den Raum betrat. »Oje. Jetzt setzt schon die Verwesung ein.« Ihre Abneigung gegen die gutverdienende Romanschriftstellerin wurde von allen am Tisch akzeptiert und toleriert, inklusive Mrs. Ferber selbst, die Mrs. Parker für einen Parvenu in der unsicheren Welt der modernen Literatur hielt.

»Hallo, meine Lieblinge«, flötete Mrs. Ferber, als sie sich neben Kaufman setzte, für den sie eine, wie sie glaubte, geheime Leidenschaft hegte. Leider war ihr Gesicht eloquenter als ihre Romane. »Dottie, ich bin gerade deinem Verleger begegnet.«

»Horace?«

»Ja. Er sieht aus wie eine Leiche, die man vergessen hat einzubalsamieren.«

»Als ich ihn gestern getroffen hatte, sah er noch völlig in Ordnung aus. Aber dann«, fuhr sie mit einem Ausdruck geheuchelter Unschuld fort, »hörte ich ihn irgend etwas über eine Sitzung um Mitternacht sagen.« Die Männer tauschten verständnisvolle Blicke. Jetzt wußte Mrs. Parker, daß sie Bescheid wußten. Sie haßte sie, weil sie ihr diese skandalösen Umtriebe verheimlicht hatten.

»Oh, Dottie, Liebling, was hast du mit deinen Handgelenken gemacht?«

»Du weißt verdammt gut, was ich mit meinen Handgelenken gemacht habe, Ferber.«

»Du solltest damit aufhören, Dottie. Offensichtlich funktioniert es nicht.«

»*Touché*«, murmelte Woollcott.

»Wie geht es Beatrice?« fragte Ferber Kaufman.

»Wir sind noch verheiratet. Hat denn niemand Lust, Mittag zu essen?«

»Ich bin am Verhungern«, sagte Mrs. Parker. »Ich habe tagelang nichts gegessen.«

»Und was war gestern abend, als du mit deinem Polizisten aus warst?«

»Gegessen hat nur er.«

»Was macht der *Matzebrei?*« fragte Polly Adler, als sie die Küche betrat, wo Gloria über den Herd gebeugt stand und vorsichtig Eier mit eingeweichtem, ungesäuertem Brot verrührte. Es war eine von Polly Adlers Leibspeisen.

»Fast fertig.«

»Irgendeine Nachricht von Vera?«

»Nicht ein Pieps.«

»Irgendwelche Beschwerden von einem der Mädchen, die für Liveright gearbeitet haben?«

»Nicht ein Pieps.«

»Verstehe. Meine Hühnchen piepsen heute vormittag nicht.« Sie goß sich eine Tasse Kaffee ein und setzte sich dann an den Küchentisch. »Wie läßt sich der Tag so an?«

»Drei Mädchen machen gerade Hausbesuche.«

Mrs. Adler nickte. »Der Mittagstisch-Spezial.«

»Zwei sind für heute abend um sieben gebucht.«

»Der Blaue-Teller-Spezial.«

»Und Mr. Julian Eltinge« - ein gefeierter Frauenimitator - »hat angefragt, ob Agnes zur zweiten Pause in seinem Theater sein kann.«

»Nichts Besonders also.«

Das Telefon klingelte. »Ich geh ran. Bleib du beim *Matzebrei.* Hör nicht auf zu rühren. Ich mag ihn hart.« Sie hielt inne. »Das sollte kein Witz sein.« Ins Telefon brummte sie: »Ja?« Sie schaute auf ihre Armbanduhr. »Mr. Vanderbilt, ich bin zerknirscht und schäme mich. Ich hatte es einfach nicht in meinem Terminkalender notiert. Es tut mir so leid. Sie sehen mich zu Ihren Füßen kriechen. Ich habe Sie bisher noch nie enttäuscht, darum weiß ich, daß Sie mir verzeihen werden. Es ist nur, weil Vera sich gestern abend nicht besonders wohl gefühlt hat. Das hab ich aber erst wenige Minuten, nachdem Sie angerufen hatten, erfahren. Darum habe ich ihr die Nacht freigegeben. Wenn Sie sie immer noch wollen, werde ich sie anrufen und dafür sorgen, daß sie in weniger als einer Stunde in Ihrem Apartment ist.« Was Mr. Vanderbilt sagte, entlockte ihr ein Lächeln. »Mr. Vanderbilt, für mich sind Sie die Nummer Eins unter den obersten Zehntausend.« Sie hängte ein. »Diese dumme Fotze. Sie wußte, daß sie um eins bei Vanderbilt zu sein hatte. Ich hätte sie daran erinnern sollen, als sie gestern abend von Horathy aus anrief.« Sie rüttelte an der Telefongabel. »Hallo Zentrale, wachen Sie auf, Herrgottnochmal, der Krieg ist vorbei.«

Vera DeLee wohnte in einem Apartmenthotel auf der Vierunddreißigsten Straße West nahe der Tenth Avenue. Der Tagesportier erklärte einer ungeduldigen Polly Adler, daß Miss DeLee, soweit er wußte, noch in ihrer Wohnung sei. Er hatte sie nicht ausgehen sehen, und er war um sieben Uhr früh angekommen, und das einzige Mal - Gott war sein Zeuge -, daß er sie um sieben Uhr morgens gesehen hatte, war, als jemand Feueralarm ausgelöst hatte. »Wenn Sie warten wollen«, sagte er zu Mrs. Adler, »schicke ich eins der Zimmermädchen rauf, um sie wachzurütteln. Ans Telefon geht sie jedenfalls nicht!« Mrs. Adler sagte ihm, sie wolle.

Das Zimmermädchen öffnete die Tür zu Vera DeLees Zimmer mit ihrem Generalschlüssel. Es herrschte ein schrecklicher Gestank im Raum. Die Fenster waren geschlossen, und die Jalousien waren heruntergelassen. Sie sah Vera DeLee, die mit dem Gesicht nach oben ausgestreckt über dem Bett lag. Wieder betrunken, dachte sie. Sie schüttelte den Kopf und schlurfte zum Bett. »Miss DeLee!« rief sie, aber der Ruf blieb ihr in der Kehle stecken. Ihre Hände flogen an ihren Mund, jedoch zu spät, um den Schrei zu ersticken, der in ihrem Magen aufstieg und sich seinen Weg an den Lungen vorbei zum Mund hinausbahnte, hinaus in das Zimmer und auf den Flur, wo er eine Reihe von verängstigten Mietern aufschreckte.

Vera DeLee bot keinen hübschen Anblick. Ihr Gesicht war aufgedunsen. Ihre Haut hatte eine häßliche graugrüne Farbe angenommen. Ihre Zunge trat zwischen aufgequollenen Lippen hervor. Ihr Körper war steif vor Leichenstarre. Man hatte sie erwürgt.

Fünftes Kapitel

Jacob Singer saß in einem Lehnstuhl und machte sich Notizen, während die Jungs vom Leichenschauhaus Vera DeLees Leiche für den Abtransport einpackten. Das Zimmermädchen stand mit dem Rücken zum Bett, eine Hand bedeckte den Mund, die andere Faust umklammerte fest einen Staubwedel. Der Portier, Vincent Laurie, hatte die Fenster weit geöffnet; das Gesicht Singer zugewandt und die Arme verschränkt, lehnte er sich gegen die Wand, ein Veteran in Sachen Mord, Selbstmord und anderen körperlichen Auseinandersetzungen. Vor weniger als einer halben Stunde hatte das Zimmermädchen die Leiche der Prostituierten gefunden; Singer hatte bereits die beiden Angestellten sachkundig vernommen, was so gut wie keine Erkenntnisse brachte. Sie hatten ihm sehr wenig zu sagen. Laurie erklärte, daß vielleicht der Nachtportier Singer mehr über die tote Frau sagen könne. Singer unterließ es, ihn darüber aufzuklären, daß er über die tote Frau fast alles wußte, mit Ausnahme, wer sie ermordet hatte.

»Kann ich jetzt bitte gehen?« flehte das Zimmermädchen. »Ich komme langsam mit meinen Räumen in Rückstand, und ich kann's hier nicht länger aushalten. Macht mich ganz kribbelig.« Die Mitarbeiter des Leichenschauhauses trugen soeben die Leiche auf einer Bahre hinaus. Arme Vera DeLee, dachte Singer, ich hoffe, es gibt jemanden, der Anspruch auf sie erhebt. Falls nicht, wußte er, daß er auf Polly Adler zählen konnte, das Richtige zu veranlassen. Schließlich war sie berühmt dafür, ihren Mädchen rechtlichen und medizinischen Beistand zu garantieren. Vera DeLees Ruf im Hurengewerbe war beachtlich. Bestimmt würde sich Polly mit einem anständigen Begräbnis revanchieren. Vera DeLee. Er fragte sich, wie ihr richtiger Name gewesen war.

Singer entließ das Stubenmädchen und den Portier. Nachdem sie gegangen waren, begab er sich zum Telefon und bat die Zentrale, ihn mit dem Algonquin-Hotel zu verbinden. Es war noch nicht einmal zwei Uhr nachmittags. Also war es ziemlich wahrscheinlich, daß Mrs. Parker vorübergehend ihre Zelte im Rose Room aufgeschlagen hatte.

Am Round Table im Rose Room richtete Harold Ross soeben die Frage an George S. Kaufman: »Worum geht's in deinem neuen Stück, George?«

»Es geht um Drillinge. Prinzessinnen.« Mrs. Parker untersuchte ihre Fingernägel und kam zu dem Schluß, daß sie eine Maniküre gebrauchen könne. »Eine ist gut, die andere ist böse, und die dritte ist noch unentschlossen.« Edna Ferber atmete erleichtert auf. Kaufman hatte ihr versprochen, niemandem zu verraten, daß er sich bereit erklärt hatte, sie an seinem neuen Theaterstück mitarbeiten zu lassen, jedenfalls so lange nicht, bis beide mit der ersten Version zufrieden waren.

»Wieso hat Marc Connelly uns im Stich gelassen?« fragte Benchley. »Er ist schon über eine Woche nicht hier gewesen.«

»Ach, habe ich euch denn nicht davon erzählt?« wußte Ferber beizusteuern. »Ich habe ihn heute früh gesprochen. Er leidet an Schreibblockade. Die Qualen sind unglaublich. Offenbar sind gestern nachmittag ein paar ungeladene Gäste über ihn hergefallen, die bewirkten, daß seine zarte Muse die Flucht ergriff.«

»Ich glaube nicht, daß seine zarte Muse deswegen geflohen ist«, mutmaßte Mrs. Parker. »Ich glaube, es war die grauenhafte Einrichtung. Man fragt sich doch, wer seine Innenarchitektin war. Helen Keller?«

Woollcott schluckte das letzte Stück seines Zitronenbaisées herunter und lehnte sich dann zufrieden zurück. »Ich habe heute früh ein Gedicht verfaßt.« Stille legte sich über den Tisch. Die Luft war spannungsgeladen. Woollcott räusperte sich und rezitierte: »Heute früh traf ich einen Pelikan / Dessen Bauch hortet mehr als mein Magen kann.«

»Das war es schon?« fragte Mrs. Parker fassungslos.

»Das war es. Ich werde es Mr. Adams für seine Kolumne anbieten. Ich denke, das wird meine Berühmtheit noch steigern.«

»Aber ja, Alec«, pflichtete ihm Mrs. Parker bei, »es wird dich vielleicht so berühmt machen wie Mona Lisas Ehemann.« Sie sah, wie sich George, der Oberkellner, mit einem Telefon näherte.

»Es ist für Sie, Mrs. Parker.«

Mrs. Parkers Hände flatterten. Unter den möglichen Anrufern gab sie Lacey Van Weber den Vorzug. Wahrscheinlich saß er in einer der Telefonzellen in der Lobby. Vor ihrem geistigen Auge sah sie sein Profil, während er den Hörer an sein Ohr hielt und darauf wartete, sich von ihrer glockenhellen Stimme erregen zu lassen. George stellte den Apparat vor sie auf den Tisch und stöpselte ihn dann in der Wand ein. Mrs. Parker blickte gebannt auf das Telefon, als mache es Anstalten, ein Eigenleben zu entwickeln.

»Das ist doch nicht zu fassen, nun geh endlich ran!« sagte Woollcott gereizt.

»Hallo?«

»Ich bin's. Jake Singer. Es hat einen weiteren Mord gegeben.« Er besaß ihre ungeteilte Aufmerksamkeit. Ruhig hörte sie sich die scheußlichen Einzelheiten von Vera DeLees letztem Abgang an. Sie fragte sich, ob diese Erwürgungen sich allmählich zu einer Epidemie auswuchsen. Ihre Augen wanderten von Kaufmans Händen zu Ross' Händen und dann zu Benchleys Händen. Dann trafen sich ihre Augen mit denen Woollcotts, und sie fragte sich, ob er telepathisch veranlagt sei. Sie hatte das Gefühl, daß er ahnte, Singer sei am anderen Ende der Leitung und daß sie einen neuen Mord in ihre Überlegungen einbeziehen mußten. »Ich werde in ungefähr einer halben Stunde Polly Adler einen Besuch abstatten. Wollen Sie mitkommen? Ich kann Sie in ungefähr fünfzehn Minuten abholen.«

»Mr. Woollcott ist hier bei mir.« Alle Augen waren auf Woollcott gerichtet. Er lächelte süßlich und tat vier Stück Würfelzukker in seine Kaffeetasse. Es war wirklich Kaffee darin.

»Ja, bringen Sie auf jeden Fall Mr. Woollcott mit, falls er für ein Etablissement wie das von Mrs. Adler nicht zu empfindlich ist.«

»Mr. Woollcott ist in den seltensten Fällen besonders zimperlich, also lassen Sie sich deswegen keine grauen Haare wachsen. Übrigens, ist diese Neuigkeit für die Öffentlichkeit bestimmt?«

»O ja, unbedingt.«

»Wir werden in fünfzehn Minuten draußen unter dem Vordach stehen.« Sie hängte ein, und George entfernte das Telefon und sich selbst. »Das war unser Freund von der Polizei, Jacob Singer. Eine weitere Frau von zweifelhaftem Ruf ist ermordet worden.«

»Die Frau von Präsident Coolidge?« fragte Benchley.

»Vera DeLee. Eins von Polly Adlers Mädchen.« Sie sah ihre Tischgenossen an, alle außer Miss Ferber. Sie konnte mit einiger Sicherheit davon ausgehen, daß Edna Ferber nicht auf Polly Adlers Kundenliste stand. Und Woollcott in Betracht zu ziehen war etwa so realistisch wie die Vorstellung, Jack Dempsey beim Abschlußball eines Mädchenpensionats in einer Polonaise herumhüpfen zu sehen.

»Auch erwürgt?« fragte Kaufman, während Ross noch einmal den Artikel über Ilona Mercury in einer der Zeitungen las.

»Und äußerst brutal.«

»In wessen Wohnung?« fragte Woollcott gehässig, und Kaufman warf ihm tödliche Blicke über den Tisch zu.

»Ihrer eigenen.«

»Aha«, sagte Kaufman mit einem gekünstelten Lächeln, »ein häusliches Mädchen.«

Ross beugte sich zu Mrs. Parker vor. »Wie kommt es, daß du in diesen ganzen Geheimkram eingeweiht wirst?«

Ein schelmischer Ausdruck breitete sich über Benchleys Gesicht. »Oh, sag, geheimnisvolle Maid, gibt es bei dir daheim noch mehr, die sind wie du?«

Er wurde nicht beachtet. Mrs. Parker kämpfte mit ihren Handschuhen. »Als ich mich gestern abend mit Mr. Singer zum Essen getroffen hab, da hab ich ihm erzählt, daß Alec und ich ernsthaft erwägen, gemeinsam eine Artikelserie über Morde in unserer Zeit zu schreiben.«

Ross schaute skeptisch drein. »Du und Alec, ihr wollt zusammenarbeiten? Das ist, als wollte man ein Frettchen mit einem Mammut kreuzen.«

»Und wieso nicht?« warf Woollcott ein. »Kann doch Spaß machen. Wohin willst du, Dottie?«

»Wohin wollen *wir*, Schätzchen. Nun, wir wollen uns als Mr. Singers Begleiter zu Mrs. Adlers schlecht beleumundetem Haus begeben. Er holt uns in ein paar Minuten in einem Streifenwagen ab. Wenn du ein braver Junge bist, erlaubt er dir auch, auf dem Trittbrett zu stehen und das Haar im Fahrtwind wehen zu lassen.«

Ferber schnaubte. »Das könnte ein historischer Moment sein - Alec in einem Puff.«

»Und warum nicht?« erkundigte sich Woollcott säuerlich. »Mrs. Adler ist in der Lage, eine höchst anregende Konversation zu führen. Sie äußert sich zu den unterschiedlichsten Themen weitaus intelligenter als ein paar Leute in meiner unmittelbaren Umgebung. Außerdem spielt sie verdammt gut Backgammon.«

»Eine pikante Vorstellung, zum Backgammon in den Puff zu gehen.«

Mrs. Parker war versucht, über den Tisch zu greifen, um Ferber zu erdrosseln.

Ross fragte Woollcott: »Wie zum Teufel hast du sie überhaupt kennengelernt?«

»Sie hat sich einen meiner Vorträge angehört. Hinterher meldete sie sich und stellte ein paar unglaublich intelligente Fragen. Als ich sie bat, sich vorzustellen, tat sie das. Ich hätte nicht erfreuter sein können, wenn ich die Bekanntschaft der Königin Mary von England gemacht hätte.«

»Komm, Alec, wir müssen gehen.« Mrs. Parker war schon aufgestanden, die Handtasche baumelte an ihrer Hand.

»Ihr habt euren Anteil am Mittagessen nicht bezahlt«, grummelte Ross.

»Übernimm das erst mal, Harold,« sagte Woollcott gebieterisch. »Wir rechnen dann später ab.«

Im Gehen hörten sie noch, wie Edna Ferber den anderen von einer Party erzählte, die sie am Vorabend besucht hatte. »Es war eins von diesen mit Stars gespickten Ereignissen, wo der Mensch, der am Klavier saß und Gershwin spielte, Gershwin war.«

Mrs. Parker nahm Woollcotts Arm, als sie durch die Lobby liefen. »Ich habe so eine Vorahnung über uns alle, Alec. Ich habe das Gefühl, daß sich unser Bedarf aneinander sehr bald erschöpft haben wird.«

»Aber wir werden doch immer Freunde bleiben, nicht wahr, Liebling?«

»Das hängt davon ab, wie du meinen Gedichtband besprichst.« Sie sah sich in der Lobby um, aber von Lacey Van Weber war keine Spur zu sehen. Sie machte sich in Gedanken eine Notiz, Ross noch später am Tag wegen des Porträts anzugehen.

Woollcott war schon wieder gereizt. »Was ist jetzt eigentlich mit dir und Van Weber? Ich kam ja erst an den Tisch, als du schon am Ende deiner Darlegungen warst. Du schuldest mir da eine Erklärung.«

»Ganz gewiß tue ich das, und ich habe auch die beste Absicht, dir eine zu geben, aber da ist schon Mr. Singer und wartet in seinem Streifenwagen. Mr. Singer, wie haben Sie es geschafft, so schnell hier zu sein?«

Singer saß auf dem Vordersitz neben dem Fahrer, Detective Al Cassidy. »Wir haben die Sirene angestellt.« Nachdem Mrs. Parker und Woollcott sich auf dem Rücksitz verstaut hatten, stellte Singer sie Cassidy vor, und sie fuhren los. »Cassidy bearbeitet gemeinsam mit mir den Fall. Er weiß über Kaufmans Verbindung mit der Mercury-Mumie Bescheid. DeLee ist jetzt im Leichenschauhaus, ich habe eine schnelle Autopsie angeordnet. Nach allem, was das Zimmermädchen mir erzählt hat, hab ich das Gefühl, daß sie an der Nadel hing. Sie sagte, sie hätte Spritzen und ähnliches Zeug auf DeLees Toilettentisch rumliegen sehen. DeLee behauptete, sie sei Diabetikerin, was eine vernünftige Erklärung sein könnte. Aber ich glaube eher, daß sie süchtig war. Hat einer von Ihnen schon Bekanntschaft mit Mrs. Adler gemacht?«

»Ja, ich«, sagte Woollcott. Cassidy betrachtete ihn im Rückspiegel und unterdrückte ein Wiehern, wobei er sich den Mund mit seiner fleischigen Hand zuhielt. Seine massige Gestalt bebte.

Mrs. Parker erklärte den anderen: »Mr. Woollcott erfreut sich diversifizierter Freundschaften.«

Singer erklärte Cassidy: »Das bedeutet: alle mögliche.«

»Was bedeutet alle mögliche?« fragte Cassidy und wich einem Bierfuhrwerk aus, das von zwei traurigen Kleppern gezogen wurde.

»Erwartet sie uns?« fragte Mrs. Parker.

»Ich habe sie vom Hotel aus angerufen. Sie ist ganz schön durcheinander. DeLee war einer ihrer Lieblinge, so klang es jedenfalls am Telefon.«

Sie fuhren vor Mrs. Adlers Apartmenthaus vor. Der Portier erbleichte beim Anblick des Streifenwagens. »Mrs. Adler erwartet uns«, bellte Singer. »Passen Sie auf den Wagen auf.«

Polly Adler trug eine ihrer teuersten Kreationen von Lucile, die sie anläßlich ihres jüngsten Abstechers nach London, wo sie talentierten Nachwuchs gesucht hatte, extra für sich hatte entwerfen lassen. Es verlieh ihr zusätzliche Größe, die sie gut gebrauchen konnte, und einen Ausdruck fürstlicher Eleganz. Lucile war eine Schwester der berühmten Schriftstellerin Elinor Glyn, der Sexgöttin von eigenen Gnaden, die mit *Three Weeks,* einem schwülstigen Roman über abgründige Leidenschaften bei Königshof und Adel, die ewige Gunst der Hollywood-Mogule errungen hatte. Dort war es auch, wo sie im vergangenen Jahr Clara Bow den Beinamen »The It Girl« verpaßte, womit sie die junge Schauspielerin erfolgreich auf eine Flugbahn von Pech und Unglück abgeschossen hatte. Polly richtete sich am Flügel auf, während Gloria auf das Läuten der Türglocke hin (einer sorgfältigen Komposition von Brahms-Klängen) Jacob Singer, Al Cassidy, Woollcott und Mrs. Parker hereinließ. Während man sich noch vorstellte, zog sich Gloria diskret in die Küche zurück, wo sie ihre Aufgabe zu Ende führte, in einem Eimer Eis in kleine Stücke zu hacken. Mrs. Adler hatte das Bedürfnis nach Drinks und Hors d'œuvres vorausgesehen. Mrs. Parker bewunderte Mrs. Adlers guten Geschmack bei der Inneneinrichtung.

»Gefällt Ihnen die Bude wirklich?« Mrs. Adler kannte Mrs. Parkers Ruf. Sie wußte, daß einem freundlichen Wort mitunter ein Todesurteil folgte.

»Ich könnte gut selbst hier wohnen, nur glaube ich, daß ich Ihnen nicht von Nutzen sein würde.«

»Kommen wir zur Sache«, unterbrach Singer, der einen schweren Tag vor sich hatte und sich nicht darauf freute. Sie saßen mittlerweile im Kreis um ein marmornes Kaffeetischchen herum. Der Marmor stammt mit Sicherheit aus einem Steinbruch in Venedig, dachte Mrs. Parker. »Von dem Zustand der Leiche zu urteilen«, begann er gebieterisch, »schätze ich, daß die Frau irgendwann in der letzten Nacht erwürgt wurde. Bevor ich den Autopsiebericht bekomme, das wird in ungefähr einer Stunde sein, kann ich es nicht mit Sicherheit sagen, aber dennoch, Mrs. Adler, Sie würden uns schon helfen, wenn Sie uns zum Beispiel etwas über ihren Gesundheitszustand erzählen. Wer waren ihre Feinde, falls Sie sie kennen? Wie war ihre Beziehung zu Richter Crater? Wissen Sie, ob sie Ilona Mercury kannte?«

»Mr. Singer«, sagte Mrs. Adler mit übertriebener Geduld, »jede gute Madame bringt einem neuen Mädchen im Geschäft als erstes bei: eins nach dem anderen, mein Schatz.« Gloria schob ein Wägelchen herein, das mit Drinks, Gläsern, Eiswürfeln und Häppchen beladen war. »Fangen wir mit ihrer Gesundheit an, solange Gloria Ihre Bestellungen aufnimmt.« Gloria stellte den Teller mit dem Essen auf den Kaffeetisch und schenkte dann die Drinks ein. »Vera war Diabetikerin. Sie war, was die Ärzte einen Grenzfall nennen, so daß sie sich kein Insulin spritzen mußte.«

»Sie besaß aber Spritzen«, sagte Singer, »also hat sie gefixt.«

»Davon weiß ich nichts«, sagte Mrs. Adler indigniert. »Ich erlaube nicht, daß so eine Scheiße ... verzeihen Sie, Mrs. Parker ... in meinen Geschäftsräumen vorkommt.« Sie machte eine Pause. »Wie ich gehört hab, nahm sie Morphium.«

»Hatte sie gestern abend Dienst?« fragte Singer.

»Hatte sie, aber sie bat darum, sich freinehmen zu dürfen. Sie war für eine Mitternachtsparty vorgesehen.« Mrs. Parker und Woollcott tauschten einen bedeutungsvollen Blick. »Aber sie rief so gegen sieben Uhr an - ich glaube, aus der Praxis ihres Arztes -, um Bescheid zu sagen, daß sie sich nicht besonders wohl fühlte. Deshalb sagte ich ihr, sie soll nach Hause gehen und es gut sein lassen. Ich liefere meinen Klienten ungern angeschlagenes Material. Meine Mädchen sind sauber. Dafür stehe ich mit meinem guten Ruf ein.« Mrs. Parker bewunderte den Ausdruck grimmigen Stolzes im Gesicht der anderen Frau.

»Wer ist ihr Arzt?«

»Horathy. Bela Horathy.«

Singer seufzte. »Der alte Dr. Wonne persönlich.«

Mrs. Adler zuckte die Achseln. »Ilona Mercury hat ihn ihr empfohlen.«

»Was denn, Mercury war auch süchtig?« Der Autopsiebericht hatte keinen Hinweis darauf gegeben.

»Ich glaube, sie behauptete, ihn von ihrer alten Heimat her zu kennen. Schließlich sind sie beide Ungarn, obwohl Ilona reichlich jünger war als er.«

Mrs. Parker räusperte sich, und Singer war sich bewußt, daß es an der Zeit war, ihr das Wort zu überlassen. »Mrs. Adler, hat Ilona auch für Sie gearbeitet? Ich weiß, daß sie offiziell ein Revuegirl für Mr. Ziegfeld war, aber so viele dieser Mädchen haben so teure Hobbies, Sie wissen schon, was ich meine.«

»Ich verstehe, worauf Sie hinauswollen. Ja, Ilona war eins meiner Reservemädchen. Aber sehr wählerisch. Man konnte ihr nicht einfach irgendeinen fetten Provinzheini aus dem Mittleren Westen anbieten. Ilona war scharf auf das große Geld und die großen Namen.«

»Wie Rudolph Valentino?« Mrs. Adler fand, daß Woollcott

wie ein böser Barockengel aussah, aber er spielte verdammt gut Backgammon.

»Valentino war ihr eigener Verdienst, Alec. Sie hat erzählt, daß sie alte Freunde waren.«

Jetzt war Singer wieder an der Reihe. »Ich dachte, sie wäre erst ein Jahr hier gewesen und hätte die ganze Zeit in der Stadt verbracht. Ich wußte nicht, daß sie mal eine Zeitlang an der Westküste war.«

»Davon weiß ich auch nichts«, antwortete Mrs. Adler. »Wir haben nie von Frau zu Frau geredet. Mit den Mädchen zu tratschen war nicht Ilonas Spezialität. Vera war so ungefähr das einzige von meinen Küken, mit dem Ilona ab und zu Umgang hatte.«

Mrs. Parker fragte Singer: »Untersucht denn nicht die Einwanderungsbehörde Miss Mercurys Herkunft für Sie?«

»Das tun sie, aber sie sind sehr langsam. Die verdammte Verwaltung ist überarbeitet und unterbesetzt.«

»Wie mein Laden«, sagte Mrs. Adler traurig. »Jetzt, wo Vera und Ilona wegfallen, kann ich wieder anfangen, Proben auf Anstellung abzuhalten.« Sie warf Mrs. Parker ein leutseliges Lächeln zu, die sich nicht ganz im klaren war, ob es freundlich oder auffordernd gemeint war. »Hier ißt ja keiner was. Kommt, Leute, bedient euch. Diese Pastete habe ich selbst gemacht, aus echten Long-Island-Gänselebern.« Woollcott tauchte hinein.

»Wie steht es mit Feinden? Hat Vera Ihnen je erzählt, daß sie bedroht wurde?«

»Sicher. Oft sogar. Manche meiner Kunden haben bizarre Vorlieben. Manche meiner Mädchen zeigen sich da aber nicht interessiert. Das gibt auf beiden Seiten böses Blut. Inzwischen sehe ich zu, daß ich die Mädchen auf den Geschmack der Kunden abstimme.« Wieder schenkte sie Mrs. Parker die Gunst ihres Lächelns. »In meinem Geschäft kann man jeden Tag was Neues dazulernen.«

»Wie wahr, wie wahr«, pflichtete Mrs. Parker bei. Woollcott bekam einen Hustenanfall. Gloria brachte ihm ein Glas Wasser. Cassidy klopfte ihm auf den Rücken. Woollcott winkte ihn weg. Singer nahm das Verhör wieder auf.

»Was ist mit Richter Crater?«

»Was soll mit ihm sein?«

»Hat er sie oft getroffen? Schließlich wissen wir ja, daß er sie zu Lacey Van Webers Penthouse-Party mitgenommen hat.«

»Naja, Sie wissen doch, wie es mit Joe ist. Er ist immer hinter dem einen oder anderen Flittchen her. Stella, seine Frau, ist nicht gerade die Leidenschaft in Person, verstehen Sie.«

»Was war also mit Vera?«

»Was soll mit ihr gewesen sein?«

»Waren sie fest zusammen?«

Mrs. Adler widmete sich der Frage mit einiger Konzentration. »Ich werd's Ihnen sagen, Mr. Singer. Meines Wissens hat er tatsächlich mehr mit ihr zu tun gehabt als mit meinen anderen Mädchen. Aber fest würde ich das nicht nennen. Auf ein paar von meinen Küken hat er von Zeit zu Zeit auch ein Auge geworfen. Und hören Sie mal, Sie müssen bedenken, daß ich nicht das einzige exotische Etablissement hier in der Stadt betreibe. Übrigens, hält man Belle Livingston immer noch auf Rikers fest?«

»Nee, man hat sie heute früh wieder entlassen«, informierte sie Cassidy.

»Arme Belle. Sie sollte nicht in dieser Branche arbeiten. Sie sollte sich in Italien zur Ruhe setzen und sich dort ihrer größten Leidenschaft widmen.«

»Und worin besteht diese?« erkundigte sich die faszinierte Mrs. Parker.

»Itaker vögeln. Sagen Sie mal, wie sind eigentlich Sie beide in die Geschichte verwickelt?« Sie meinte Mrs. Parker und Woollcott. Woollcott erklärte ihre Zusammenarbeit. »Komisch«, war Mrs. Adlers einziger Kommentar.

»Hat Vera irgendwie Familie?«

»Irgendwo im Norden des Staates, glaube ich. Aber machen Sie sich keine Sorgen. Ich kümmere mich um die Beerdigung. Ich besitze eine Grabstelle draußen in Montefiore.« Sie erklärte Mrs. Parker und Woollcott: »Das ist ein sehr süßer Friedhof draußen auf Long Island. Ich hab ihn für Notfälle eingerichtet. Ich hab schon drei von meinen Kleinen da unter die Erde gebracht. Manche Mädchen sind wahrscheinlich schon von Geburt an todgeweiht.« Woollcott glaubte zu hören, wie Mrs. Parker ein Schluchzen unterdrückte. Mrs. Parker unterdrückte jedoch ein Lachen. Irgendwo mußte das den Stoff für eine köstliche Kurzgeschichte abgeben, wenn eine Puffmutter eine Grabstelle eigens für ihre verstorbenen Angestellten unterhielt. Sie durfte nicht vergessen nachzusehen, ob Guy de Maupassant das Territorium nicht bereits abgegrast hatte. »Gab es in ihrem Apartment keinen Hinweis auf ihre Familie?«

»Da war nicht viel zu finden. Ein Adreßbuch, aber da standen zum größten Teil nur New Yorker Freunde drin. Meine Jungs suchen noch. Wenn sich irgendwas Brauchbares herausstellt, lasse ich Ihnen Bescheid geben. Falls sie Verwandte hat, müssen sie benachrichtigt werden.«

»Wird ihr Mord in den Zeitungen stehen?« Singer versicherte ihr, daß die Boulevardblätter darin schwelgen würden. »Wenn sie also lesen können, werden sie es erfahren. Wer möchte noch mal nachgeschenkt haben?« Niemand meldete sich. »Wann kann ich die Leiche abholen lassen?«

»Vielleicht irgendwann heute nachmittag. Mit Sicherheit morgen früh.«

Mrs. Adler stand auf, als die anderen Anstalten machten zu gehen. »Ich werde ihr ein schönes letztes Geleit geben. Sie wird sich von Campbell's aus verabschieden, genau wie Valentino. Wie ich höre, ist diese Polackin Pola Negri aus Hollywood rübergekommen und schmeißt sich mächtig an Valentinos Sarg ran. Diese Polacken müssen sich ja an alles ranschmeißen. Sagen Sie mal, Singer, ist irgendwas dran an dem Gerücht, daß er vergiftet wurde?«

»Wir haben keine Beweise.«

»Na und? Er könnte trotzdem vergiftet worden sein. Also, Mrs. Parker, es war ein Genuß, Sie endlich einmal kennenzulernen. Wir haben Sie in unserem Literaturseminar im City College gelesen. Warum sind Sie so zynisch und so larmoyant?«

Mrs. Parker war bestürzt, fing sich aber schnell. »Das ist wohl einfach nur mein Stil.«

Mrs. Adler nahm Woollcotts Arm, während sie die Gesellschaft zur Tür begleitete. »Wann kommen Sie auf ein Backgammon vorbei? Wir haben uns schon lange nicht mehr am Brett gegenübergesessen.«

»Sehr bald, das verspreche ich Ihnen, sehr, sehr bald.«

»Und Mrs. Parker, ich würde mich freuen, auch Sie öfter mal zu sehen. Ich meine, jetzt, wo Sie den Weg kennen, machen Sie sich nicht rar.« Gloria hielt die Tür auf. »Und Mr. Detective, wenn Sie das Schwein finden, das sie erwürgt hat, händigen Sie ihn mir aus. Ich werde ihm die Eier abschneiden und sie *gardemffen*.« Für Mrs. Parker fügte sie hinzu: »Das ist eine jiddische Art zu garen.«

»Ich weiß«, sagte Mrs. Parker, »mein Vater war Jude. Wie schön, Sie kennengelernt zu haben, Mrs. Adler.«

Etwas später steuerte Cassidy den Streifenwagen in die Richtung von Mrs. Parkers Apartment in der Siebenundfünfzigsten Straße West.

»Was meinen Sie?« fragte Singer die anderen auf dem Rücksitz.

»Ich finde sie wunderbar«, sagte Mrs. Parker. »Was sagen Sie dazu, sie besucht ein Literaturseminar.« Sie verkniff sich einen Kommentar darüber, daß Mrs. Adler ihre Arbeit als zynisch und larmoyant bezeichnet hatte. Über diese Ausrichtung ihrer Begabung würde sie sich später noch Gedanken machen müssen. Zynisch war ja gut, aber larmoyant?

»Glauben Sie, daß beide Morde die Arbeit ein und derselben Person sind?« fragte Woollcott.

»Haben Sie bessere Vorschläge?« erwiderte Singer.

»Noch zu früh, sie zu formulieren. Trotzdem, beide erwürgt. Die Mädchen kannten sich. Sie teilten sich einen Arzt.«

Mrs. Parker setzte sich aufrecht. »Wieso fahren wir mich nach Hause?«

»Weil Sie mich darum gebeten haben«, sagte Cassidy.

»Sollten wir nicht Dr. Horathy einen Besuch abstatten?«

»Ich wollte noch damit warten, bis der Autopsiebericht raus ist«, erklärte Singer.

»Der Bericht ist doch bestimmt inzwischen abgeschlossen. Lassen Sie uns eine Telefonzelle suchen, und Sie rufen das Leichenschauhaus an, Mr. Singer. Ich meine, warum Zeit verschwenden? Mr. Woollcott und ich gehen erst in ein paar Stunden ins Theater.«

»Ist dir vielleicht schon mal eingefallen, daß ich auch noch andere und wichtigere Dinge zu tun habe?« wütete Woollcott.

»Und die wären?«

Woollcott verschränkte die Arme und starrte verdrießlich aus dem Fenster. Cassidy hielt vor einem Süßwarenladen, durch dessen Spiegelglasscheiben eine Reihe von Telefonzellen nach außen hin sichtbar waren. Singer lieh sich ein Fünfcentstück von Cassidy und verbrachte fünf Minuten in einer Telefonzelle. Nachdem er sich wieder auf den Vordersitz des Streifenwagens niedergelassen hatte, berichtete er den anderen: »Sie war mit Morphium vollgepumpt. Ihr Hintern war voller Einstiche. Offensichtlich war sie schon länger in Behandlung. Ich habe Horathys Adresse im Telefonbuch herausgesucht.« Er sagte sie Cassidy. Bald fuhren sie an Horathys Praxis vor, die in einem Gebäude in der Lower Park Avenue gelegen war. Ein Zeitungsjunge ging mit der letzten Nachmittagsausgabe des *Journal* hausieren. Er lockte seine Kunden mit der Nachricht von Vera DeLees grausigem Mord an, seine durchdringende Stimme hätte es verdient, in der Grand Central Station zum Einsatz zu kommen. Woollcott rang sich zwei Cents ab und kaufte ein Exemplar. Ein Foto von DeLees Leiche im Leichenschauhaus bedeckte die erste Seite. Mrs. Parker machte ein schmerzverzerrtes Gesicht und folgte den Polizisten ins Haus.

Schwester Cora Gallagher saß hinter ihrem Schreibtisch und las die Zeitung. Sie saß so still, daß sie wie das fertige Produkt eines Tierpräparators aussah. Die Tür zum Sprechzimmer öffnete sich, und sie wurde schnell wieder lebendig. Sie faltete die Zeitung zusammen und legte sie zur Seite. Sie lächelte der Patientin zu, die eben aus dem Sprechzimmer zum Vorschein kam, einer unglaublich schönen jungen Frau mit knallrotem Haar.

Dr. Horathy folgte Lily Robson in Schwester Gallaghers Hoheitsgebiet und legte Lily dann den Arm um die Schulter.

»Wenn der Schmerz anhält, verdoppeln Sie die Dosis. Und wenn es schlimmer wird, rufen Sie mich an, ja?« Bela Horathy war knappe einsachtzig groß. Sein Kopf hatte habichtartige Züge und war von einem pechschwarzen Haarschopf gekrönt, durch den eine zwei Zentimeter dicke weiße Strähne verlief. Er besaß die schlanke Figur eines Athleten und die feingliedrigen Finger eines Künstlers. Seine Stimme war einschmeichelnd und honigsüß. Sein leichter Akzent war fast nicht zu merken.

»Ich hab keine Lust, auf das Zeug draufzukommen«, sagte Lily Robson mit einer Stimme, die ihren Schliff in den Slums bekommen hatte.

»Sie scherzen wohl.« Er konnte den Ausdruck in Cora Gallaghers Gesicht nicht erkennen. Lily Robson versperrte ihm die Sicht.

»Ich scherze nicht. Tex Guinan will keinen in ihrem Lokal, der drauf ist. Ist der Stoff ganz bestimmt sicher?«

»Sie werden sich in ihn verlieben. Sobald er alle ist, werden Sie herkommen und neuen haben wollen.« Er ergriff ihre Hand und küßte sie.

Lily lächelte. »Sie sind mir vielleicht einer.« Horathy brachte sie zur Tür. Nachdem sie fort war, zeigte ihm Cora Gallagher die Zeitung.

»Mein Gott«, brummte er und nahm die Zeitung mit in sein Büro.

Als Lily Robson einen Fahrstuhl betrat, kam der zweite auf dem Stockwerk an. Aus ihm marschierten Mrs. Parker, Woollcott, Singer und Cassidy. Singer führte den Weg zu Dr. Horathys Praxis an. Cora Gallagher stand auf, als das Vierergespann eintrat, und Singer und Cassidy ließen ihre Polizeimarken aufblitzen. »Wir möchten gern den Doktor sprechen«, sagte Singer.

»Sie haben keinen Termin«, sagte Schwester Gallagher.

»Mädchen, wir brauchen auch keinen«, sagte Cassidy.

»Ich sehe mal nach, ob er da ist.« Sie begab sich eilig in Horathys Sprechzimmer.

»Keine Diplome«, bemerkte Mrs. Parker.

»Was meinst du damit?« fragte Woollcott.

»Es hängen keine eingerahmten Diplome an der Wand. Alle Ärzte geben mit ihren Diplomen an. Auf welcher Hochschule sie Examen erworben haben. Welche medizinischen Grade sie bekommen haben. Die Wände von meinem Doktor triefen nur so von Diplomen.«

Nurse Gallagher kehrte zurück. »Der Doktor läßt bitten.« Sie machte Platz, als sie Dr. Horathys Sprechzimmer betraten. Es war geschmackvoll in sanften braunen und weißen Tönen eingerichtet. Eine Tür führte zum Sprechzimmer und eine andere zum Labor. Von den Fenstern des Arztes aus konnte man die Park Avenue überblicken. Und hier, stellte Mrs. Parker befriedigt fest, gab es auch eingerahmte Diplome an den Wänden. Sie waren in einer fremden Sprache verfaßt, von der Mrs. Parker annahm, daß sie ungarisch war. Der Doktor stand hinter seinem Schreibtisch, als der Schwarm eintrat und Singer sich und die anderen vorstellte. Horathy beteuerte unter charmanten Glucksgeräuschen, wie sehr er sich freue, Mrs. Parker und Woollcott kennenzulernen, während er ihnen Stühle anbot. Singer verlor keine Zeit, zur Sache zu kommen. Der Doktor gab zu, daß Vera DeLee seine Patientin gewesen sei, und ja, er habe gerade von ihrem tragischen Tod gelesen; er zeigte auf die zusammengefaltete Zeitung, die auf seinem Schreibtisch lag. Ja, er habe sie gestern nachmittag gegen fünf Uhr gesehen, da sei sie vorbeigekommen, um sich eine Auffrischungsspritze geben zu lassen. Sie habe sich nicht wohl gefühlt und sei in Ohnmacht gefallen. Er und die Schwester hätten sie auf die Couch im Wartezimmer getragen und sie bald wieder zu Bewußtsein gebracht. Kurz darauf sei sie gegangen.

»War sie Ihre letzte Patientin an dem Tag?« fragte Singer.

»Ja, das war sie«, antwortete Horathy.

»Was war in der Auffrischungsspritze, die Sie ihr gegeben haben?«

»Es tut mir leid, aber das fällt unter das Arztgeheimnis.«

»Ich könnte Ihre Unterlagen beschlagnahmen lassen.« Er

bluffte, und der Doktor wußte, daß er bluffte. Bis er seinen Gerichtsbeschluß in der Hand hielt, könnte Horathy sämtliche Unterlagen im Büro vernichtet haben.

»Unsere Autopsie weist nach, daß sie Morphium genommen hat. Viel Morphium, und über einen langen, langen Zeitraum hinweg, laut Aussage des Leichenbeschauers. Auf ihrem Hintern finden sich mehr Einstiche als auf einem Nadelkissen.«

Horathy fragte Mrs. Parker freundlich, ob sie und Woollcott Freunde der Verstorbenen seien. Sie erklärte ihre Zusammenarbeit mit Woollcott. Einen Augenblick lang erwog sie, die Erklärung gleich auf Karten drucken zu lassen, für den Fall, daß sich die Untersuchung noch weiter hinziehen sollte.

»Was ist also mit den Einstichen?« beharrte Singer.

»Ich verabreiche Auffrischungsspritzen ins Gesäß, weil Miss DeLees Körper von äußerster Wichtigkeit für ihren Beruf war. Es hätte keinen guten Eindruck gemacht, wenn ihre Arme wie ein Sieb ausgesehen hätten.«

»Und was war mit dem Morphium?«

»Von Morphium weiß ich nichts.«

»Da haben wir aber was anderes gehört.«

»Was Sie gehört haben, ist üble Nachrede.«

Mrs. Parker fuhr freundlich dazwischen. »Aber Dr. Horathy, Rudolph Valentino hat Sie auf Lacey Van Webers Party beschuldigt, ein Drogenhändler zu sein, und soweit ich weiß, haben Sie keine Verleumdungsklage gegen ihn eingereicht.«

»Es hat wohl kaum Sinn, einen Toten zu verklagen«, sagte Horathy, als hätte er es mit einer Schwachsinnigen zu tun.

»Sie könnten seine Erben verklagen.« Sie war sich nicht ganz sicher, ob sie wußte, wovon sie sprach. Hilfesuchend wandte sie sich an Singer. »Kann er doch, oder?«

Singer verfolgte einen anderen Kurs. »Ilona Mercury war doch auch Ihre Patientin, nicht wahr?«

»Eigentlich nicht. Wir waren lediglich miteinander bekannt.«

»Bekannt genug, um Ihnen Vera DeLee vorzustellen.«

»Ich entsinne mich nicht, wie Miss DeLee zu mir kam.«

»Polly Adler sagt, daß Mercury sie bei Ihnen eingeführt hat.

Wir vertrauen Mrs. Adler.« Die Folgerung, daß man Horathy nicht traute, entging dem Doktor nicht.

»Sie haben kein Recht, mich zu schikanieren!« brüllte Horathy. »Das lasse ich mir nicht bieten!«

Singer fragte Mrs. Parker und Woollcott: »Sehen Sie hier irgendwelche Anzeichen von Schikane?«

»Ich finde Sie ausgesprochen charmant«, sagte Woollcott, und meinte es ernst. Er war von Jacob Singer vollkommen fasziniert und beschloß, bei späterer Gelegenheit Mrs. Parker zu ihrer ausnahmsweise richtigen Entscheidung zu gratulieren, den Polizisten in ihren Kreis einzuführen.

»Ich muß die Herrschaften bitten, sich zu verabschieden.« Horathy stand steif und würdevoll da. Mrs. Parker fragte sich, ob er vielleicht einmal Husar in der ungarischen Armee gewesen sei. Sie fand, daß ihm die Rolle gut angestanden hätte.

»Wenn Sie darauf bestehen, bitte sehr«, sagte Singer. »Aber es wäre günstiger, wenn Sie sich in Zukunft ein wenig kooperativer zeigen würden.«

»Ich versichere Ihnen, Sir, es wird kein ›in Zukunft‹ geben.«

»Da würde ich nicht drauf wetten.« Zu den anderen sagte er: »Gehen wir.« Nachdem sie das Büro verlassen hatten und Cassidy die Tür hinter sich zugeknallt hatte, bellte Horathy eine Nummer ins Telefon

Vor dem Fahrstuhl sagte Woollcott grimmig: »Ich mochte diesen Mann überhaupt nicht. Leute mit weißen Strähnen im Haar haben etwas schrecklich Finsteres an sich.«

»Der Kerl hat gelogen«, sagte Cassidy. »Wir sollten ihm mal auf den Zahn fühlen.«

»Das erste, was wir machen, wenn wir auf dem Revier sind.« Der Fahrstuhl kam an. Während sie ihn betraten und der Fahrstuhlführer noch die Türen schloß, fragte Singer Mrs. Parker, was sie von Dr. Horathy hielt.

»Nun, offen gestanden«, sagte sie in einem eher plauderhaften Tonfall, »er kam mir eigentlich vor wie ein Druckfehler. Wenn ich Sie wäre, Mr. Singer, würde ich bei der American Medical Association Erkundigungen über ihn einziehen. Es kann ja sein, daß er gar keine Zulassung hat, in diesem Land seinen Beruf auszuüben.« Sie sah, daß der Fahrstuhlführer die Ohren weit aufgesperrt hatte. »Junger Mann, was Sie eben gehört haben, bleibt absolut unter uns«, ermahnte sie ihn, plötzlich von seiner Stirnlocke hypnotisiert, die von seinem Kopf wie das Periskop eines Unterseebootes aufzuragen schien, »oder meine Freunde hier von der Polizei werden Sie aufs Revier schleifen, um Sie ins Kreuzverhör zu nehmen, oder irgend etwas in der Art.«

In seinem Büro tobte Horathy am Telefon. Am anderen Ende der Leitung versuchte man, ihn zu beruhigen. Horathy tobte weiter. Dann wurde die Stimme am anderen Ende drohend und gefährlich. Horathys Rage klang ab. Nachdem er aufgelegt hatte, brüllte er nach Schwester Gallagher. Sie hörte ihn durch die Tür und eilte zu ihm.

»Vera DeLee war gestern meine letzte Patientin.«

»Aber was ist mit . . .«

Er unterbrach sie schroff, und seine Stimme war grob und bedrohlich. »Vera DeLee war gestern meine letzte Patientin.«

»Selbstverständlich, Doktor.«

Als sie an ihren Schreibtisch zurückkehrte, saß sie da und starrte ins Leere; sie fragte sich, ob sie es sich erlauben konnte zu kündigen und sich eine neue Arbeit zu suchen.

Im Streifenwagen hüllte sich Mrs. Parker in seliges Schweigen. Die anderen unterhielten sich im Plauderton, bis Woollcott endlich zu Mrs. Parker sagte: »Dein Schweigen ist unerträglich. Was brütest du da in deinen verschlungenen Hirnwindungen aus?«

»Ich denke nur über die verschlungenen Wege anderer nach. Wissen Sie, was ich an Ihrer Stelle versuchen würde herauszufinden, Mr. Singer? Ich würde versuchen herauszufinden, ob Dr. Horathy noch einen anderen Patienten hatte, während Miss DeLee dalag und sich von ihrem Ohnmachtsanfall erholte. Manchmal bin ich wie andere Frauen, ich habe Anfälle von Eingebung. Klingt das irgendwie plausibel?«

Sechstes Kapitel

»Das klingt sogar sehr plausibel, Mrs. Parker. Allmählich verstehe ich Sie, wenn Sie plötzlich so still werden. Ich hatte eine Tante, die manchmal auch nur so stumm dasaß. Es machte meinen Onkel wahnsinnig. Und dann rückte sie plötzlich mit einem Knüller von einem Kochrezept heraus.«

Woollcott lächelte Singer an, er fühlte sich behaglich wie an Weihnachten, selbst in dieser drückenden Augusthitze. Tanten und Onkel und Kochrezepte trafen bei ihm einen Nerv, und es war ihm egal, für wie sentimental und vertrottelt ihn seine Zeitgenossen deswegen hielten; er wußte die alten Werte von Familie, Herd und Heimstätte immer noch zu schätzen. Er sah aus, als würden ihm gleich die Tränen kommen, aber nichts dergleichen geschah. Statt dessen schoß er einen verbalen Pfeil auf Mrs. Parker ab.

»Hey du, Tess des stürmischen Landes.« Der schneidende Unterton seiner Stimme entging ihr nicht. »Was hast du mir da für einen Blick zugeworfen, als Mrs. Adler darauf zu sprechen kam, sie habe DeLee erlaubt, einer Mitternachtsparty fernzubleiben?«

»Es war eine so versteckte Anspielung, daß ich mich gefragt hab, ob du weißt, wovon sie spricht. Ich hab's erst gestern abend von Mr. Singer erfahren.«

Woollcott faltete die Hände über seiner Magengegend und blickte überheblich in die Runde. »Sie spielte auf Horace Liverights Orgien an. Der einzige, der denkt, daß sie ein Geheimnis sind, ist Horace Liveright; bei den seltenen Anlässen, wenn er überhaupt denkt.«

»Urteil nicht so hart über Horace«, sagte Mrs. Parker. »Offensichtlich hat er irgendwo eine Macke, die ihn dazu zwingt, sich hin und wieder einer moralischen Entgleisung hinzugeben, und du kannst mir glauben, ich bin nicht erpicht darauf zu erfahren, worin sie besteht. Ich finde es nur abscheulich, was er all den unschuldigen Dingern antut.«

»Unschuldige Dinger nehmen nicht an Orgien teil«, sagte Singer.

Mrs. Parker beehrte ihn mit einem winzigen Lächeln. »Ich wußte schon immer, daß kein Philosoph in mir steckt. Was unternehmen Sie jetzt mit Dr. Horathy?«

Singer drehte sich zu Mrs. Parker und Woollcott um. »Heute abend beauftrage ich Yudel Sherman, der ein sehr guter Detective ist, wenn er seine Gedanken nicht gerade beim Baseball hat, die Liftboys der Nachtschicht in Horathys Gebäude zu interviewen. Die müssen wissen, ob noch jemand zur gleichen Zeit wie DeLee in Horathys Praxis war. Dann schicke ich noch ein langes Telegramm an meinen Kumpel, den Polizeichef drüben in Los Angeles, und bitte ihn um alles, was er mir über Dr. Bela Horathy geben kann.«

»Vergessen Sie nicht Ilona Mercury«, ermahnte ihn Mrs. Parker. Ihre Hände flatterten, und sie wünschte, sie hätte sich ihr Strickzeug mitgebracht.

»L. A. haben wir gestern über Mercury informiert.«

»Oh, wie klug Sie sind.«

»Natürlich ist er klug!« polterte Woollcott, der inzwischen beschlossen hatte, Jacob Singer unter seine Fittiche zu nehmen. »Er ist ein erstaunlich intelligenter junger Mann.«

»Mr. Singer«, sagte Mrs. Parker sanft, »man hat Sie soeben zum Ritter geschlagen.« Singers Gesicht blieb ausdruckslos. Er kannte die Launen und Schrullen der Algonquin-Tafelrunde. Er wußte, daß jeder von ihnen in seiner eigenen Welt lebte, nur vom eigenen Ich beherrscht und geleitet wurde, aber auch vom Ego und Intellekt der anderen zehrte und bisweilen der Ehefrau, dem Ehemann oder der Geliebten Zugang gewährte, die sich dann wie illegale Eindringlinge vorkamen. Er hatte noch von keiner einzigen glücklichen Ehe oder Liebesbeziehung in diesem Kreis gehört. Sie waren verdammt und sie waren gesegnet, und er hatte gelernt, das zu akzeptieren, genauso wie sie gelernt hatten zu akzeptieren, daß es für sie gar nicht anders ging. Singer, ein engagierter Bulle ohne Liebschaften, hatte sogar noch weniger als sie.

»Wohin fahren wir?« fragte Woollcott gereizt.

»Nur so durch die Gegend, bis wir uns entschieden haben«, erklärte Cassidy.

»Ich würde gern ein Schwätzchen mit Richter Crater halten.« Singer zog seine Taschenuhr heraus. »Es ist noch nicht einmal vier Uhr. Er könnte noch in seinem Büro sein. Cassidy, such uns ein Telefon.«

Cassidy fand ein Telefon, in einem Zigarrenladen an der Ecke Dreiundzwanzigste Straße und Fifth Avenue. Mrs. Parker war in den Anblick eines Indianers aus Holz vertieft, der in der hochgereckten Hand einen Tomahawk schwang und neben dem Eingang stand. »Er sieht aus wie Ring Lardner.«

»Wer sieht so aus?« fragte Woollcott.

»Der Holzindianer.«

»Ja, stimmt, wenn er nüchtern ist.«

Jacob Singer bekam Craters Nummer vom Amt und ließ sich mit ihm verbinden. Sie konnten durch das Fenster beobachten, wie er sich unterhielt. »Eigentlich ist es ziemlich gefährlich, Telefonzellen in Schaufenstern aufzustellen, nicht wahr?«

»Wieso?« fragte Cassidy.

»Es macht einen so verwundbar, man ist so exponiert. Wahrscheinlich werden deshalb so viele Gangster in Telefonzellen umgelegt.«

Singer kehrte zurück und wies Cassidy an, er solle nach Downtown zum Rathaus fahren. »Crater erwartet uns.«

»Ich fühle mich gekidnappt«, brummte Woollcott.

Mrs. Parker reagierte verärgert. »Ich bin sicher, daß Mr. Cassidy dich an der Ecke absetzen kann, wenn du es vorziehst, nach Hause zu gehen. Ich treffe dich im Theater, kurz bevor der Vorhang aufgeht.«

»Ach, zur Hölle. Wenn man dem Teufel den kleinen Finger reicht, nimmt er die ganze Hand.« Er lehnte sich zurück und versuchte, die Beine übereinanderzuschlagen, gab es aber auf, als Cassidy auf zwei Rädern um eine Ecke fuhr und ihn fast in Mrs. Parkers Schoß beförderte.

»Alec, bitte hör auf herumzuzappeln«, wies ihn Mrs. Parker zurecht, sehr ungehalten darüber, daß man sie in ihrer Meditation über Lacey Van Weber störte. Offensichtlich hatte er sein Treffen zum Lunch im Algonquin arrangiert, um ihr begegnen zu können. Begegnen, lächerlich; er hatte ihr regelrecht nachgestellt. Auf ihren Vorschlag, ihn für den *New Yorker* zu porträtieren, hatte er sich nicht festnageln lassen. Er sagte, daß er sich melden würde. Vielleicht treffen wir ihn heute abend. Er weiß, welche Show wir uns ansehen wollen. Er weiß, daß wir anschließend essen gehen. Sie fühlte, wie ihr Woollcott einen leichten Rippenstoß mit dem Ellbogen versetzte.

»Wach auf, Dornröschen, wir sind da.«

Es gab kein überflüssiges Vorgeplänkel. Crater erwartete sie, und die Sekretärin führte sie unverzüglich in sein Büro. Ein paar Stühle waren schon so aufgestellt worden, daß sie Craters Schreibtisch gegenüberstanden. Irgend jemand ist hier sehr tüchtig, dachte Mrs. Parker, während man sich gegenseitig vorstellte. Crater war mindestens Einsachtzig groß und von massiger Gestalt, mit grauem Haar und schönen blauen, stechenden Augen. Sie bemerkte, daß er ein Gebiß trug, und später fiel ihr noch auf, daß sein rechter Zeigefinger verstümmelt war. Er trug einen Vatermörder und weiße Gamaschen, und sie konnte beim besten Willen nicht verstehen, wie irgendeine Frau ihn attraktiv finden könnte. Zum Beispiel hatte er eine breite Nase, und Mrs. Parker fand breite Nasen bei Männern verdächtig. Ihr Ehemann hatte eine, und das Objekt ihres letzten Unbehagens ebenfalls.

»Darf ich Ihnen etwas anbieten?« fragte Crater mit einer Stimme, die seinen Gerichtsverhandlungen vorbehalten war, während er sich hinter dem Schreibtisch niederließ.

»Ein paar Informationen«, antwortete Singer. Guter Junge, dachte Woollcott, kommt gleich zur Sache. Keine sinnlosen Höflichkeiten. Ein guter Krieger. Mrs. Parker wünschte, Woollcott würde diesen blödsinnigen Ausdruck von seinem Gesicht entfernen.

»Was kann ich für Sie tun?« fragte Crater, lehnte sich nach vorn und formte seine Hände zu einer Pyramide.

»Wann haben Sie zum letztenmal Vera DeLee gesehen?«

Crater spitzte die Lippen, lehnte sich zurück, schlug die Beine übereinander, verschränkte die Arme und schaute an Singers Kopf vorbei an die gegenüberliegende Wand. Grandiose Vorstellung, dachte Mrs. Parker. Ich wäre zu gern dabei, wenn er Mrs. Crater wieder einmal erzählt, daß er die ganze Nacht mit seinen Kumpels zusammengesessen und juristische Fachsimpeleien ausgetauscht hat. »Also, das ist eine gute Frage«, sagte Crater.

»Ich hab sogar noch bessere«, sagte Singer.

Crater lächelte. Auf seinen falschen Zähnen wurden entstellende Flecken sichtbar. Mrs. Parker war nahe daran zusammenzuzucken, aber es gelang ihr, es nicht zu tun. Seine Häßlichkeit war ihr nicht aufgefallen, als Van Weber sie am Vorabend bei Jack and Charlie's vorgestellt hatte. »Falls ich mich recht entsinne, hab ich Vera zuletzt bei einer Party eines gemeinsamen Bekannten gesehen . . .« Er ließ die einzelnen Seiten seines Tischkalenders wie beim Kartenmischen durch die Finger gleiten. »Aha, hier haben wir es, es war der Abend des 14. August. Bei Lacey Van Weber.« Er richtete sein fleckiges Lächeln auf Mrs. Parker. »Ihr Begleiter gestern bei Jack & Charlie's. Veras Tod betrifft Sie doch hoffentlich nicht persönlich, Mrs. Parker?« Mrs. Parker erklärte ihre Zusammenarbeit mit Woollcott, und Crater unterließ es, sie darauf hinzuweisen, daß sie beide bei einer polizeilichen Ermittlung nichts zu suchen hatten.

»Seitdem nicht mehr?« fragte Singer.

»Nein, seitdem nicht mehr.«

»Haben Sie irgendeine Idee, warum sie jemand hätte umbringen wollen?«

»Vielleicht ein Mord aus Leidenschaft?«

»Sie hegten wohl keine besondere Leidenschaft für sie?«

Crater ließ sich weder durch die Frage noch durch die Anwesenheit von Mrs. Parker und Woollcott aus der Ruhe bringen.

»Ich war mit ihr im Bett. Das ist wohl ziemlich klar. Sie werden ja wissen, daß sie eins von Pollys Mädchen ist. Ich schlafe aber nur mit ihnen. Ich töte sie nicht.«

Geschickt mischte sich Mrs. Parker ins Gespräch. »Es gab da einen ziemlichen Tumult auf der Party, zwischen Valentino und Horathy, nicht wahr?«

»Horathy?«

»Dr. Bela Horathy. Den sie Dr. Wonne nennen. Valentino beschuldigte ihn, in Hollywood Rauschgift verschoben und auf diese Weise das Leben einiger seiner engsten Freunde zerstört zu haben. Wallace Reid, Barbara LaMarr, Mabel Normand . . .«

»Ja, natürlich. *Jener* Wortwechsel.«

»Und dann wurde Valentino plötzlich krank«, fuhr Mrs. Parker fort.

Singer ließ Mrs. Parker gewähren. Er wußte, daß sie auf irgend etwas hinaus wollte, und mit ein wenig Glück könnte sie vielleicht Crater in eine Falle locken und es herausbekommen.

»Ja, der Ärmste. Ich stand ganz in seiner Nähe auf der Terrasse, als ich plötzlich seinen Aufschrei hörte. Er hielt sich den Magen und rief etwas auf italienisch, glaube ich. Kurz darauf wurde er von der jungen Frau, mit der er gekommen war, von der Party hinausgeleitet . . .«

»Ilona Mercury«, warf Mrs. Parker ein.

»Ja, so ist es, ein reizendes Wesen.«

»Auch ermordet.«

»Mein Gott, ja, wie tragisch.«

»Er wurde also von der Party hinausgeleitet, wie Sie gerade sagten . . .?«

»Von Miss Mercury und Lacey Van Weber.«

Mrs. Parker spürte, wie ihr Magen einen Purzelbaum schlug. »Sind Sie sicher, daß es Mr. Van Weber war?«

»Ja. Ich hab gehört, wie Miss Mercury nach ihm rief.«

»Sie hat nicht nach dem Arzt gerufen?«

»Soweit ich mich entsinne, wollte Valentino von diesem Doktor nichts wissen, und von einem anderen auch nicht. Es war mit Sicherheit Van Weber, der Valentino zum Fahrstuhl und aus dem Gebäude half.«

»Hatte Vera DeLee etwas dazu zu sagen?«

»Wie meinen Sie das?«

»Machte sie keine Bemerkung über Valentinos plötzliche Erkrankung?«

»Vielleicht hat sie etwas Ähnliches wie ›ach du mein Schreck‹ oder ›au Scheiße‹ gesagt, was einer ihrer Lieblingsausdrücke ist ... beziehungsweise war.«

»Finden Sie es nicht merkwürdig, daß seit dieser Party drei der Gäste unter mysteriösen Umständen ums Leben kamen? Valentino, Ilona Mercury, Vera DeLee.«

»Ein trauriger Zufall.«

»Mord ist kein Zufall, Richter Crater«, sagte Mrs. Parker. »Mord, vor allem geplanter Mord, ist brutal und obszön. Sie sprechen seit vielen Jahren Recht in dieser Gegend; bestimmt haben Sie doch schon vorher mit Mord zu tun gehabt.«

»Sie scheinen dem Gerede Glauben zu schenken, daß Valentino vergiftet wurde«, sagte Crater, der sich langsam zu wundern begann, warum Singer das Rampenlicht Mrs. Parker überließ.

Es schien, als habe Singer Craters Gedanken gelesen, denn jetzt warf er ein: »Bei seiner Autopsie hat sich kein Gift gefunden.«

»Ein Autopsiebericht kann nicht frisiert werden«, sagte Crater.

»Das hoffen wir, aber ganz sicher kann man niemals sein, nicht wahr?« Der Richter war froh, daß Cassidy eine Stimme besaß.

Jetzt schaltete sich auch Woollcott ein. »Wie gut kennen Sie Lacey Van Weber?«

»Lacey ist ein prächtiger Kerl.«

»Wie gut kennen Sie ihn?« wiederholte Woollcott.

»Wir sind uns im Verlauf des letzten Jahres ziemlich oft über den Weg gelaufen«, sagte Crater.

»Waren Sie schon in seiner Villa in East Cove?« fuhr Woollcott fort.

»Stella und ich sind einige Male zum Lunch hinausgefahren.«

»Haben Sie in irgendeiner Weise geschäftlich mit ihm zu tun?« Woollcott bohrte wie das gnadenlose Instrument eines Zahnarztes.

»Ich finde diese Frage irrelevant. Sie hat nichts mit Vera De-Lee zu tun. Und ich dachte, deswegen sind Sie hier, wegen Vera DeLee. Sie werden langsam unverschämt, Sir.«

»Ich wollte nicht respektlos erscheinen, Euer Ehren«, sagte Woollcott, der sich fragte, ob Crater der idiotischen Ansicht war, sein Büro sei ein Gerichtssaal und eine Verhandlung im Gange.

Singer hielt es an der Zeit, einzuschreiten. »Ich glaube, Mr. Woollcott will darauf hinaus, daß begründeter Verdacht besteht, die Party mit den Mordopfern in Verbindung zu bringen.«

»Davon weiß ich nichts. Ich habe mich sehr gut auf der Party amüsiert, und soweit ich mich entsinne, ging es Vera ebenso. Es waren sehr viele Menschen auf der Party, und manchmal haben wir uns aus den Augen verloren. Aber ich hatte sie dorthin mitgebracht, war dort zeitweise mit ihr zusammen und brachte sie anschließend nach Hause in ihr Apartment, wo ich, um Ihre lüsterne Neugier zu befriedigen, die Nacht mit ihr verbracht habe.«

Mrs. Parker konnte nicht widerstehen. »War sie gut?«

»Mrs. Parker, ich muß doch sehr bitten!«

»Entschuldigung. Hin und wieder werde ich ein wenig ethnologisch. Noch eine Frage, Richter. Sie kennen doch Horace Liveright, nicht wahr?«

Der Richter holte tief Luft und schnaubte: »Wir gehören demselben Klub an.«

»Haben Sie jemals eines der beiden Opfer auf einer seiner Orgien angetroffen?«

Craters Kinn fiel nach unten. Woollcotts Knöchel wurden weiß. Singer liebte Mrs. Parker leidenschaftlich.

»Nun, haben Sie?«

»Mrs. Parker, Sie verlassen die Geschäftsordnung.«

»Und mich verlassen meine Fragen. Bitte, Mr. Singer.«

»Ich denke, wir haben ungefähr soviel erfahren, wie wir erfahren konnten.« Singer erhob sich, ein Zeichen für die anderen, es ihm gleichzutun. »Vielen Dank, Richter. Ich weiß Ihre kooperative Haltung zu schätzen.« Die Ironie in seiner Stimme reichte aus, um ein Schlachtschiff zu versenken.

Als sie wieder im Streifenwagen saßen und in Richtung Uptown fuhren, sagte Mrs. Parker zu Singer: »Ihnen ist doch sicher auch schon die Idee gekommen, daß Ihr Yudel Sherman, nachdem er die Liftboys in Horathys Gebäude befragt hat, den Herren, die bei Vera DeLee die Fahrstühle bedienen, dieselbe Ehre erweisen sollte. Bestimmt kann sich irgend jemand daran erinnern, ob sie gestern abend in Begleitung nach Hause gekommen ist. Ihre Wohnung verfügt anscheinend über günstige Verkehrsverbindungen.« Dann machte sie mit der Geschwindigkeit von Kastagnetten kleine Schnalzgeräusche. »Wie schaffen das diese Mädchen bloß? Ich meine, eine Nacht nach der anderen.«

»Und häufig auch zur Matinée«, fügte Woollcott hinzu.

»Wie Theaterkritiker«, schloß Mrs. Parker.

»Wohin?« fragte Cassidy mit einem Seitenblick auf Singer.

»Nach Hause, James«, sagte Mrs. Parker mit gespielter Grandezza, »und schonen Sie die Pferde nicht.« Sie lächelte Singer an. »Wir haben doch immerhin so viel erreicht, wie in unserer Macht stand, oder, Mr. Singer?«

»Wir haben verdammt viel erreicht, alles in allem. Ich bin stolz auf Sie beide.« Woollcott strahlte, als sei er von einem Engel geküßt worden. »Natürlich kann Crater überlegen, ob er sich höheren Ortes über mich beschweren will, weil ich Ihnen erlaubt habe, mich bei einer Amtshandlung zu begleiten. Aber vielleicht beschließt er, solange zu lavieren, bis ihm der Druck unangenehm wird.«

Mrs. Parker wunderte sich. »Ich dachte, wir hätten schon eine Menge unangenehmen Druck auf ihn ausgeübt.«

»Mrs. Parker, das war gar nichts. Er ist uns ausgewichen wie ein Profi. Viel haben Sie nicht aus ihm herausgeholt.«

»O doch, das hat sie wohl«, fauchte Woollcott. »Sie hat herausgefunden, daß Van Weber Valentino zusammen mit der kleinen Mercury von der Party weggebracht hat. Möglicherweise haben sie eine Unterhaltung geführt, die für diesen Fall von entscheidender Wichtigkeit ist.«

»Falls es eine gegeben hat, werden wir über ihren Inhalt jedenfalls weder von Valentino noch von der Mercury etwas erfahren«, sagte Singer.

»Wir könnten ja versuchen, es über Mr. Van Weber herauszubekommen«, schlug Mrs. Parker vor.

»Das fällt in Ihr Ressort«, sagte Singer. Sie sagte nichts. Sie schaute angestrengt aus dem Fenster, tief in Gedanken und vom Sog eines Strudels namens »Lacey Van Weber« gepackt.

Dann fühlte sie, wie der Streifenwagen am Straßenrand zum Halten kam. Sie wandte sich Woollcott zu, der zu ihr sagte: »Ich hol dich pünktlich um acht mit dem Taxi ab.«

»Bist du sicher, daß du mich nicht lieber vor dem Globe treffen möchtest? Es macht mir nichts aus, direkt hinzugehen.«

»*Mir* aber. Ich habe nicht die Absicht, unter einer Theatermarkise dumm rumzustehen, während du noch überlegst, welches Kleid du anziehen sollst. Mit der Zeit werden Sie feststellen, Mr. Singer, daß - sollten Sie die Bekanntschaft mit Mrs. Parker überleben - Pünktlichkeit ein Begriff ist, der in ihrem Wortschatz von geringer Bedeutung und Wichtigkeit ist. Punkt acht!« donnerte er.

Detective Yudel Shermans Kindertraum war es gewesen, Preisboxer zu werden. Als herausragender Sportler in der High School, der Thomas-Jefferson-Schule im Brooklyner Brownsville-Bezirk, wo er auf die Welt gekommen und aufgewachsen war, war er von einem kleinen Manager unter die Fittiche genommen worden, der ihn bei Amateur-Schaukämpfen entdeckt hatte. Ein Jahr später, nach drei Siegen und vierzehn Niederlagen, ließ Yudel sich von seinem älteren Bruder, einem Anwalt, überzeugen, daß er sich besser einen anderen Beruf suchen sollte, einen, der ihm eine längere Lebenserwartung sichern würde als der Kampf mit den Fäusten. Yudel legte eine staatliche Prüfung ab und wurde Polizist. Er war ein sehr guter Polizist. Er genoß es, Gangster zu schnappen, Schädeldecken einzuschlagen, Einbrecher zu jagen und kleine Gauner zu verdreschen. Er wurde rasch zum Detective befördert und genoß jetzt die Gesellschaft von Jacob Singer und Al Cassidy.

Weniger genoß er im Moment die Gesellschaft eines der Liftboys in Horathys Bürohaus. Er hatte ihm eine Fotografie von Vera DeLee gezeigt, eine aus der Kartei seiner Abteilung, die sie bei einer der seltenen Razzien in Mrs. Adlers Etablissement aktenkundig gemacht hatte. Der junge Mann erkannte Vera. Ja, er hatte sie gestern abend von Horathys Stockwerk zur Lobby befördert. Es war irgendwann um sieben herum gewesen. Daran konnte er sich auch erinnern. Sie schien nicht besonders fest auf ihren Füßen gewesen zu sein. Er nannte sie »Stelzen«. »Sie stand nicht besonders fest auf ihre Stelzen, verstehnse?«

»Wer war bei ihr?« fragte Sherman.

»Lassense mich mal nachdenken.«

»Denk scharf nach. Laß dir Zeit.«

»Bin mir inzwischen nich so sicher.«

»Ich möchte, daß du dir ganz sicher bist.«

»Bin ja schon am Denken.«

»Würde es dir leichter fallen, dein Denken auf dem Revier zu besorgen?«

»Nee, bloß nich. Ich kann hier prima denken. Lassense mich mal sehen.«

»Nicht sehen. Denken.« Für Sherman war offensichtlich, daß Vera DeLee nicht allein im Fahrstuhl abwärts gefahren war. »War es Dr. Horathy?«

»Nee. Er und seine Schwester da, die sind später zusammen runtergekommen.«

»Fahren wir also aufs Revier.«

»Es war 'n Kerl.«

»Wie sah er aus?«

»War nicht besonders gut zu erkennen. Er trug so'n Gestell mit dunklen Gläsern, die den größten Teil von seinem Gesicht verdeckten. Und er hatte nen Hut auf, der tief in die Stirn gezogen war. Außerdem hat er sich dauernd die Nase geputzt, als ob er ne Sommergrippe hätte.«

»Haben sie sich auch unterhalten?«

»*Sie* hat sich unterhalten.«

»Weißt du noch, was sie gesagt hat?«

»Nich viel. Is ja nur ne kurze Fuhre vom Doktor in die Lobby. Augenblick mal: Sie hat ihn gefragt, ob er zur Mitternachtsparty geht. Ich hab aber nicht gehört, daß er irgendwas geantwortet hat.«

»Ist das alles?«

»Das ist alles, was ich bieten kann. Kann ich jetzt wieder an meine Arbeit?«

Den Telefonhörer am Ohr, saß Woollcott in seinem unordentlich mit Büchern vollgestopften Arbeitszimmer und lauschte einem wütenden Redeschwall von George S. Kaufman. Woollcott versuchte mehrmals zu unterbrechen, aber dann seufzte er und ließ den Strom der Schmähungen ungehindert fließen. Schließlich gelang es ihm einzuwerfen: »Wirklich, George, ich habe mir doch nur einen kleinen Scherz erlaubt.«

»Einen kleinen Scherz! ›Und in wessen Apartment wurde ihre Leiche gefunden?‹ Was hast du mit mir vor, verdammt noch mal? Meuchelmord? Und ich dachte, du wärst mein Freund.«

»Ich bin dein Freund. Ich stecke bis zum Hals in deiner Freundschaft. Deine Freundschaft hat mein Leben, über das ich inzwischen nicht mehr frei verfügen darf, völlig umgekrempelt. Es besteht nur noch aus Ermittlungen in Sachen Mord. Diese Ermittlung frißt sich in mein Leben und in meine Zeit hinein, alles unter dem Deckmantel der Freundschaft. Wir machen das doch nur, um dich zu beschützen, und wenn es mir hin und wieder mal einfällt, zu meinem eigenen Vergnügen einer kleinen Laune nachzugeben, dann werde ich das tun, ohne die Erlaubnis von einem dämlichen Lustmolch einzuholen!« Er knallte den Hörer auf die Gabel.

In Kaufmans Wohnung fragte seine Frau: »Wen hast du denn da eben so angeschrien?«

»Freund Brutus.«

Der Fahrstuhlführer in Vera DeLees Apartmenthotel war jung, eifrig und dumm. Und ob er Vera DeLee kannte! Heiße Nummer, was? Ein laszives Zwinkern und ein lüsternes Grinsen unterstrichen die Aussage.

»Du hast sie gestern abend zu ihrer Wohnung hochgefrachtet?«

»So war's in der Tat, meine Wenigkeit war so frei.« Er vollführte einen schnellen Tanzschritt, um seine Worte zu verdeutlichen.

»Das war gestern abend gegen halb acht oder so?«

»Oder so und so und so, falls Sie verstehen, was ich meine.«

Sherman hätte ihm gern eine reingehauen. »Wer war bei ihr?«

»Es war immer irgendeiner bei ihr. Das war vielleicht eine vielbeschäftigte heiße Puppe. Wo die sich drehte, wuchs bestimmt kein Gras mehr.«

Nein, dachte Sherman, bald wird es über ihr wachsen. »Wer war gestern abend bei ihr? Ein Mann, stimmt's?«

»Allerdings, war'n Kerl.«

»Wie sah er aus?«

Der Junge verzog nachdenklich das Gesicht. »Kann mich nicht gut erinnern. Wirklich schwer zu sagen.« Er schnalzte mit den Fingern beider Hände. »Hut bis über die Ohren runtergezogen. Dunke Brille, hielt immer ein Taschentuch vors Gesicht. Mehr weiß ich nicht. Okay?«

»Okay«, antwortete Sherman müde. Aber immerhin wußte er jetzt, daß jemand an jenem Abend bei Vera DeLee gewesen war, jemand, den sie entweder in Bela Horathys Praxis oder draußen im Flur getroffen hatte, als sie auf den Fahrstuhl wartete. Er rief Singer an, der auf dem Revier wartete. Singer gab die Information an Mrs. Parker weiter, die sich gerade für das Theater umzog. Diese Information, sagte Singer, mache ein neues Treffen mit Horathy erforderlich.

»Er wird lügen«, sagte Mrs. Parker. »Er wird weiterhin denjenigen decken, den er deckt, wer immer das ist.«

»Dann werde ich mir die Praxishilfe vornehmen.«

»Das klingt schon besser«, stimmte Mrs. Parker zu. »Hoffen wir, daß sie nicht in ihn verliebt ist. In den schlechten Romanen, die ich zuweilen lese, um mich moralisch aufzurichten, sind die Krankenschwestern immer in ihre Ärzte verliebt. Wenn sie in ihn verliebt ist, wird sie ihn nicht hintergehen.«

»Darüber zerbrech ich mir den Kopf, wenn's soweit ist. Viel Spaß heut abend.«

»Mal sehen.«

Woollcott erschien pünktlich um acht. Es gelang ihr, um Viertel nach acht unten in der Lobby zu sein. Er schnaubte vor Ungeduld. Das Taxameter tickte unbarmherzig weiter, und Woollcott war ein notorischer Geizhals. Im Theaterviertel herrschte dichter Verkehr, selbst an diesem Wochentag im August. Woollcott berichtete von seinem unerfreulichen Streit mit Kaufman. »Mein Gott«, begann er zu jammern, »werde ich denn nie den Zustand vollkommener Glückseligkeit erreichen? Einmal Nirwana, bitte!«

»Liegt das in Kuba?« fragte Mrs. Parker. Der Taxifahrer zuckte zusammen. »Wer spielt heute alles mit?«

Woollcott wischte sich seine schweißnasse Stirn. »Ziegfeld hat da eine sehr gute Truppe zusammengestellt, muß ich sagen. Er hat die Show schon Anfang des Jahres in Florida ausprobiert, da hieß sie *The Palm Beach Girl.* Das Stück war dort ein großer Erfolg, darum hat er es auch nach New York verlegt. Natürlich ist Florida eine Sache und New York eine andere.«

»Wer spielt alles mit?« wiederholte Mrs. Parker.

»Zunächst einmal James Barton, ein guter Komiker. Und dann Moran und Mack, als Neger geschminkte Weiße. Nicht zu anstößig. Das Publikum liebt sie. Und dann noch Ray Dooley.«

»Ich bete Ray Dooley an. Zieht sie wieder ihre Kindernummer ab?«

»Sie kann ja nichts anderes. Charles King ist Tenor und Claire Luce absolut bezaubernd.«

»Warum ist das Stück dann so mittelmäßig?«

»Die Sketche sind miserabel. Die Lieder so lala. Aber die Ausstattung ist absolut umwerfend. Da wurden keine Kosten gescheut. Du weißt ja, wie Flo ist.«

»Eigentlich nicht. Wir verkehren nicht in denselben Kreisen.«

»Jacob Singer ist ein reizender Kerl, nicht wahr?«

Sie hatte schon darauf gewartet, daß er mit Singer anfangen würde. Protégés und das Unerreichbare übten eine tödliche Faszination auf Woollcott aus. Heywood Broun hatte es einmal so ausgedrückt: Woollcott wärmte sich an den Lagerfeuern, die er für andere Leute anzündete. Zuerst war da seine grenzenlose Leidenschaft für die junge Schauspielerin Ruth Gordon gewesen. Dann hatten sie sich gemeinsam mit ihm durch die Leidenschaft für Helen Hayes gequält. Mrs. Parker hatte Charles MacArthur an sie verloren, Gott sei Dank auch. Zum Glück war Woollcott schnell durch seine F. Scott Fitzgerald Phase gegangen. Jetzt sprach er nur noch voller Abscheu von Scott und Zelda. Armer Scott, dachte Mrs. Parker; *Der große Gatsby* war für viele seiner Schriftstellerkollegen so eine Enttäuschung geworden. *Alter Junge.* Lacey Van Weber. Jacob Singer.

»Ja, Mr. Singer ist ein Original. Spielst du mit dem Gedanken, ihn zu adoptieren?«

»Sei nicht vulgär.«

»Ich bin nicht vulgär, ich bin pragmatisch. Du siehst in Mr. Singer einen potentiellen Schützling. Schützlinge lassen dich aufblühen. Um Mr. Bernard Shaw zu zitieren, Schützlinge sind für dich wie Muttermilch. Vielleicht könntest du in Mr. Singer, wenn du ihn mit Vorsicht, Güte und Verständnis behandelst, einen Freund gewinnen, möglicherweise einen vertrauten Freund. Ich für meinen Teil glaube allerdings nicht daran.«

»Warum nicht?« fragte Woollcott streitsüchtig.

»Er ist ein sehr selbstgenügsamer junger Mann. Er lebt für seine Arbeit. Das wenige, was ich von ihm mitbekommen habe, sagt mir, daß es in seinem Leben nichts außer Arbeit gibt.«

»Er hat dich doch gestern abend zum Essen eingeladen, nicht wahr?«

»Ich vermute, weil er mich gern mal flachlegen möchte.«

»Du kannst wohl nie genug bekommen.«

»Ich bekomme überhaupt nichts. Du weißt genausogut wie alle anderen, daß ich in Herzensangelegenheiten immer ganz schnell das Ende der Fahnenstange erreiche ... wieso klingt das jetzt eigentlich so anzüglich? Wie dem auch sei, gestern abend konnte ich seinem Anruf entnehmen, daß es absolut niederschmetternd für ihn gewesen wäre, wenn ich seine Einladung abgelehnt hätte. Ich mag Mr. Singer. Um ehrlich zu sein, es gibt manchmal Zeiten, da bewundere ich Mr. Singer unbändig.«

»Und du würdest gern mit ihm schlafen.«

»Wenn meine sexuelle Dürreperiode weiter anhält, würde ich sogar mit Judge Crater ins Heu kriechen, Gott sei meiner armen Seele gnädig.«

»Also, ich mag Mr. Singer sehr. Ich glaube, ich werde ihn zum Lunch einladen.«

»Paß auf, daß du ihn in ein Lokal wie Dinty Moore's ausführst. Er ist ein Steak-mit-Kartoffeln-Mann. Er ist handfest und ein Macker.«

»Keine Sorge, ich versteh schon, was du meinst. Übrigens, nachdem wir uns in diese eher morbiden Ermittlungen hineingedrängelt haben, glaubst du, daß wir uns eventuell in Gefahr begeben könnten?«

»Ja Alec, mein Liebling, wieso hat es so lange gedauert? Von der ersten Frage an, die wir einer verdächtigen Person gestellt haben, war mir klar, daß wir uns in Lebensgefahr befinden. Oh, Gott sei Dank, da ist das Globe. Ich hatte langsam geglaubt, daß wir den Rest unseres Lebens in diesem Fuhrwerk verbringen müssen.«

»Was für ein schauerlicher Gedanke«, wetterte Woollcott, während er bezahlte. Der Taxifahrer stimmte Woollcott im stillen zu.

Die Ouverture war schon halb vorbei, als sie den Gang hinunter zu ihren Sitzen geführt wurden. Als sie Platz genommen hatten, sah sich Mrs. Parker um und bemerkte: »Es gibt ja kaum Publikum.«

»Es gibt auch kaum eine Show«, sagte Woollcott.

Nach einer Stunde mußte Mrs. Parker ihm recht geben. Das Theater war ein Backofen. Die Show war in der Tat verschwenderisch ausgestattet. Claire Luce machte ihren spektakulären Auftritt aus einem glänzenden Ei, das sich teilte, um sie den Blicken preiszugeben, in aufreizender Pose und offenbar ungeduldig darauf erpicht, ihren Tanz hinzulegen. Es war ihre erste Show, seit sie vor einem Jahr in Paris das Publikum in Bann geschlagen hatte. Die komischen Einlagen waren amüsant, und die Sänger hielten die Töne, aber sie waren genauso überhitzt und schlaff wie dieser Augustabend. Die Revuegirls waren überwältigend.

Zwischendurch identifizierte Woollcott Greta Nissen (»Skandinavisch. Sie hat einen Vertrag mit Hollywood. Geht zu Fox«) und Louise Brooks (»Sie dreht für Paramount im Astoria. Schau dir diese Beine an«).

Diese Beine, dachte Mrs. Parker, ihr wunderbarer Bubischnitt und ihre leuchtenden Zähne. Ich fühle mich wie eine Vogelscheuche.

Woollcott fuhr fort: »So, und diese Schönheit da rechts ist Paulette Goddard. Sie ist noch ein Kind.«

»Sie wird schnell genug erwachsen werden.«

»Neben ihr, das ist Susan Fleming, und neben Fleming ist Kay English.«

»Wer ist diese verdrießlich dreinschauende Blonde oben auf der Treppe?«

»Ich habe nicht die leiseste Ahnung. Das war Ilona Mercurys Stelle. Das Mädchen muß ihr Ersatz sein.« Er schlug das Programm auf und zündete ein Streichholz an, um in dessen Licht zu lesen. »Hier steht immer noch Mercury. Wahrscheinlich haben sie keine Zeit gehabt, das Programmheft zu ändern.«

Der zweite Akt war angenehm kurz. Dacaporufe gab es so wenige, daß es fast peinlich war. Woollcott stieß Mrs. Parker an. »Der da drüben durch den Notausgang hinter die Bühne geht, das ist Flo Ziegfeld. Komm, wir gehen ihm nach.«

Woollcott bewegte sich erstaunlich agil, als er sie durch eine

Sitzreihe zum Notausgang führte. Nachdem sie erst einmal die Tür passiert hatten, versperrte ihnen kein Aufpasser den Weg. Woollcott marschierte durch die Garderoben wie ein Feuerwehrhauptmann, der eine Sicherheitsinspektion durchführt. Mrs. Parker folgte ihm so gehorsam wie eine chinesische Ehefrau.

»Woollcott!« Mr. Woollcott erkannte die Stimme Ziegfelds. Er stand im Türeingang zur Garderobe der Revuegirls. Offensichtlich gab es drinnen eine, die zu den glücklichen Auserwählten gehörte. »Was zum Teufel machen Sie denn hier? Sie fanden das Stück doch bei der Premiere fürchterlich.«

»Ich habe meine Meinung nicht geändert. Es ist ausgesprochen grauenhaft. Aber die Mädchen sind einfach wunderschön.«

Drinnen hörte er eine Maus quietschen: »*Der* soll reinkommen!«

Woollcott stellte Mrs. Parker vor, und Ziegfeld lächelte breit. »Also *Sie* sind eine Schriftstellerin«, sagte Ziegfeld großmütig.

»Im Gegensatz wozu?« wollte Woollcott wissen.

»Im Gegensatz zu einem Kritiker«, entgegnete Ziegfeld.

»Und wie geht es Ihrer Frau, Flo?« parierte Woollcott mit spitzer Zunge.

»Billie geht's gut. Wissen Sie was, es ist eine göttliche Fügung, daß Sie beide heute abend hier aufgekreuzt sind. Ich fange gerade damit an, die *Follies* für das nächste Jahr auf die Beine zu stellen. Benchley und Kaufman und Lardner haben schon versprochen, ein paar Nummern beizusteuern. Wie steht's mit Parker und Woollcott?«

»Ich werde darüber nachdenken«, sagte Woollcott.

»Mrs. Parker?« Sie verstand wohl, warum Frauen den Produzenten attraktiv fanden. Er betonte ihren Namen, als sei er etwas Besonderes, eigens für ihren persönlichen Gebrauch und ihre Identität bestimmt.

»Ich habe noch nie Sketche für eine Revue geschrieben.«

»Ich zahle gut.«

»Dann will ich's mal versuchen.«

Schallendes Gelächter klang aus der Garderobe. Woollcott

schnalzte mit der Zunge. »So eine lockere Stimmung, wo doch Ilona Mercury tot im Sarg liegt. Gibt's denn im Theater keinen Respekt für die Toten?«

Ziegfeld brüllte ins Zimmer hinein: »Mädchen! Ein bißchen mehr Respekt für die Toten!«

»Ach, machen wir zu?« fragte eine Stimme, die so hoch war, daß Mrs. Parker dachte, noch ein Dezibel, und nur noch Vögel und Hunde können sie hören.

»Wer ist der Ersatz für Miss Mercury?« fragte Mrs. Parker. »Das blonde Mädchen, das oben auf der Treppe stand?«

»Das ist sie in der Tat. Sie springt für alle Mädchen ein.«

»Sie ist furchtbar hübsch.«

»Würden Sie sie gern kennenlernen?«

»O ja, ich würde sie alle rasend gern kennenlernen.« Ziegfeld erfüllte ihren Wunsch und stellte Mrs. Parker und Woollcott den Mädchen vor.

»Und das ist Charlotte Royce.« Es war die Blonde, die Ilona Mercury ersetzt hatte. Bei näherer Prüfung schien sie kleiner und zierlicher zu sein, als sie auf der Bühne gewirkt hatte. Überhaupt stellte Mrs. Parker fest, daß die geschickt geschnittenen Kostüme, die Beleuchtung und die Bühnenausstattung für die eindrucksvolle Erscheinung der Mädchen verantwortlich waren.

»Erschütternd, die Sache mit der armen Miss Mercury«, sagte Mrs. Parker.

»Hhm.«

»Kannten Sie sie?«

»Hhm.«

»Waren Sie eng befreundet?«

»Warum fragen Sie?«

»Weil, soweit wir wissen, die andere junge Dame, die ermordet wurde, Vera DeLee, auch eine Freundin von Miss Mercury war.«

»Haben die Bullen Sie hergeschickt?« Charlotte Royce, fand Mrs. Parker, mochte sich vielleicht wie ein dummes Ding benehmen und auch so klingen, aber für blöd verkaufen ließ sie sich nicht. Dem Ausdruck, der sich auf Ziegfelds Gesicht breit machte, konnte sie entnehmen, daß auch er langsam den Braten roch. Mrs. Parker erklärte daher ihre Zusammenarbeit mit Woollcott.

»Ah, verstehe«, sagte das Mädchen, »Literatur.«

»Miss Mercury war außerdem die Freundin eines Freundes«, erklärte Woollcott, »das macht uns zusätzlich besorgt.«

»Kaufman«, sagte das Mädchen, und Mrs. Parker fing fast an zu zittern.

»Sie kennen Mr. Kaufman?« fragte sie.

»Ich hab ihn ein paarmal getroffen. Ilona hat ihn einmal auf ein paar Drinks raufgebracht. Und einmal ist er mit uns durch die Kneipen gezogen. Netter Kerl.«

Mrs. Parker beschloß, aufs Ganze zu gehen. »Sie haben sich mit Miss Mercury eine Wohnung geteilt?«

»Hhm. Jetzt brauch ich eine neue. Ich kann die Miete nicht allein tragen.« Sie betrachtete Mrs. Parker eingehend von Kopf bis Fuß. »Haben Sie'n Vorschlag?«

Mrs. Parker wich der Frage aus. »Wir würden gern mit Ihnen über Ilona sprechen, wenn wir dürfen.«

»Nicht heute abend. Ich hab ne Verabredung.« Es war offensichtlich, daß Ziegfeld die Verabredung war.

»Ich möchte Sie gern morgen anrufen.«

»Klar. Ich wohne im Wilfred Arms. Rufen Sie nicht zu früh an, ja?«

»Gegen Mittag?«

»Hhm, ist gut.«

Mrs. Parker und Woollcott verabschiedeten sich von Ziegfeld, und als sie Charlotte Royce Auf Wiedersehen sagten, lächelte das Mädchen endlich, zwinkerte mit dem rechten Auge und sagte: »See you later, alligator!«

Woollcott nahm Mrs. Parkers Arm und führte sie schnell aus dem Theater. »Das Wilfred Arms. Vergiß es nicht«, ermahnte er sie.

»Wie könnte ich?« fragte Mrs. Parker. »Das ist das Haus, in dem Vera DeLee ermordet wurde.«

Siebtes Kapitel

Jacob Singer machte Überstunden. Der unerledigte Papierkram begann ihm über den Kopf zu wachsen. Außerdem mußte er die Autopsieberichte über Ilona Mercury und Vera DeLee so lange lesen, bis er sie gründlich durchgekaut und verdaut hatte. Los Angeles hatte ihm viele Seiten mit Informationen über Ilona Mercury und Bela Horathy telegrafiert. Sie lasen sich besser als jeder Schundroman. In der Geschichte über Ilona Mercury schien Alice im Wunderland durch einen Spiegel in eine unglaubliche selbst erschaffene Welt getreten zu sein. Lewis Caroll wäre vor Neid erblaßt.

Der Bericht lautete:

> Unsere Unterlagen über Ilona Mercury gehen bis auf das Jahr 1919 zurück, als wir zum erstenmal auf die fragliche Person aufmerksam wurden. Sie war damals achtzehn Jahre alt und unter dem Namen Bessie Landau bekannt, als sie wegen Landstreicherei und Erregung öffentlichen Ärgernisses festgenommen wurde. Ihre Kaution stellte ein Mann namens Sands, der sich als Angestellter des Filmregisseurs William Desmond Taylor auswies. Taylor wurde in der Nacht zum 1. Februar 1922 ermordet. Der uns unbekannte Täter befindet sich noch auf freiem Fuß; die Akte über den Fall bleibt offen. Unter den Verdächtigen waren die Filmstars Mary Miles Minter, heute im Ruhestand, Mabel Normand, ebenfalls nicht aktiv, aber dabei, ein Comeback vorzubereiten, Minters Mutter Charlotte Selby sowie Sands, der Butler, der untertauchte und noch auf freiem Fuß ist. Es wird gemunkelt, daß Sands in Wirklichkeit Dennis Deane Tanner, Desmond Taylors jüngerer Bruder sein

könnte; Desmond Taylors richtiger Name war Deane Tanner. Man nimmt an, daß Mercury und Sands im Jahre 1919 ein Verhältnis hatten. 1920 verschaffte Desmond Taylor Mercury ein paar kleine Filmauftritte, und eine Zeitlang sah es so aus, als könnte sie eine Zukunft beim Film haben. Sie verkehrte in einer wilden Clique, zu der auch Wallace Reid, inzwischen an Drogen gestorben, Barbara LaMarr, dieses Jahr an Drogen gestorben, Olive Thomas und ihr Mann Jack Pickford, der jüngere Bruder von Mary, gehörten. Thomas wurde am 10. September 1920 im vornehmen Crillon-Hotel in Paris tot aufgefunden. Sie hatte versucht, für sich und Pickford Heroin zu kaufen. Es bleibt unklar, ob sie ermordet wurde oder Selbstmord beging. Sie war zweiunddreißig Jahre alt und vormals ein Ziegfeld-Mädchen. Die Pickford-Familie besaß genügend Einfluß, die Sache mit dem kleinen Bruder zu vertuschen. Wir vermuten, daß er immer noch fixt, genauso wie Mabel Normand, die Schauspielerin Alma Rubens sowie ein paar andere, die wir wegen möglicher Schikanen der Studios nicht erwähnen möchten. Nach dem Tod von Thomas, dem der von Wally Reid folgte, schien Mercury eine Pechsträhne im Filmgeschäft erwischt zu haben und begann, als singende Bardame im Bluebird Club in Hollywood zu arbeiten. Der Laden steht unter ständiger Beobachtung, weil dort hinter den Kulissen gedealt wird. Als der Skandal um Desmond Taylor Wirbel in der Stadt machte, verschwand Mercury. Wir glauben, daß sie als Mittelsmann diente und Rauschgift an die Stars verkaufte, oder aber ihnen dabei behilflich war, an den Stoff heranzukommen. Desmond Taylor und Sands waren in Verdacht geraten, hier einem Drogenring anzugehören. Sie verkehrten regelmäßig im Bluebird Club. Es geht auch das Gerücht, daß Charlotte Selby Desmond Taylor ermordete, weil er versuchte, ihre Tochter Miles Minter drogenabhängig zu machen. Ilona Mercury war außerdem mit einem Heilpraktiker namens Hans Javor befreundet. Javor war ein Dealer. Er versuchte, näheren Kontakt zur Nazimova-Rambova-Valentino-Clique zu bekommen, aber Valentino wollte nichts von ihm wissen. Javor steht im Verdacht, das Gerücht verbreitet zu haben, Valentino hätte ein Techtelmechtel mit Desmond Taylor, einem mutmaßlichen Bisexuellen, sowie mit dem Butler (oder Bruder) Sands. Javor sagte, daß er Ungar sei. Siehe auch den Bericht über Bela Horathy.

An dieser Stelle endete der Bericht über Ilona Mercury. Singer räkelte sich und gähnte. Die verstehen es da draußen ziemlich gut, sich schnell zu verbrauchen, dachte er, während er zum Fenster hinüberging, um in seine trübe Gasse hinunterzuschauen. Eine Schlägerei war im Gange, und der Lärm störte ihn. Er öffnete das Fenster, wurde von dem Gestank fast umgeworfen und schrie ein paar unzweideutige Ausdrücke hinaus. Dann schloß er das Fenster wieder und kehrte an seinen Schreibtisch zurück, wo er ein weiteres Mal den Bericht über Bela Horathy zu lesen begann.

Hallo Jake, der hier ist ein bißchen unvollständiger als der über Ilona Mercury, weil wir uns über einige unserer Angaben nicht ganz im klaren sind, und Du weißt ja, wie weit man vor einem Gerichtshof mit Beweismaterial kommt, das auf Hörensagen beruht. Wir gehen wieder auf Hans Javor und das Jahr 1923 zurück, als man ihn unter dem Verdacht des Drogenhandels festnahm. Er schien keine Papiere bei sich zu führen, mit denen er sich für unseren Geschmack zufriedenstellend ausweisen konnte, darum setzten wir ihn als unerwünschten Ausländer auf ein Schiff nach Mexiko. Nach etwa sechs Monaten hängt ein Dr. Bela Horathy sein Firmenschild in einem Haus hinter dem Hollywood-Hotel auf. Ehe man es sich versieht, setzt ein gewaltiger Besucheransturm auf seine Praxis ein, vor allem von hochkarätigen

Prominenten wie Barbara LaMarr und Alma Rubens. LaMarrs damaliger Freund Paul Bern war ein hohes Tier bei den Metro-Studios. Bern versuchte, LaMarr von der Sucht zu heilen und startete eine Kampagne, Horathy aus dem Verkehr zu ziehen. Horathy hatte zu dem Zeitpunkt eine Geliebte namens Magda Moreno, die in ihrer äußeren Erscheinung eine starke Ähnlichkeit zu Ilona Mercury aufwies. Wir vermuten, daß Mercury in Windeseile nach Mexiko verduftete, um dort abzuwarten, bis der Skandal um Desmond Taylor abgeklungen war, und daß sie sich dort irgendwie mit ihrem alten Freund Hans Javor zusammengetan hat. Es ist anzunehmen, daß sie dann zusammen in die Vereinigten Staaten zurückgehrt sind, wahrscheinlich über Arizona, von wo aus es immer einfacher ist, illegal ins Land zu kommen, daß sie dann ihre Drogenkontakte wieder angeknüpft und sich als Horathy und Moreno niedergelassen haben. Das heißt, so lange, bis Bern vor ungefähr zwei Jahren das Unternehmen auffliegen ließ. Mercury ist also ein Mordopfer, und Horathy betreibt sein Geschäft in eurem Amtsbezirk. Wenn Horathy immer noch so dick im Drogenhandel steckt, seid vorsichtig. Er ist Strohmann eines sehr mächtigen Syndikats, das ursprünglich aus Sizilien stammt. Er ist nicht allein. Sie kommen über Südamerika und Mexiko herein, und wir haben schon eine Menge seltsamer Leichen gefunden, die vor der Kaimauer in Venice trieben. Manchmal kann man die Fische nicht von den Leichen unterscheiden. Zu Deiner dritten Anfrage: Über Lacey Van Weber haben wir nichts vorliegen.

Singer sah auf seine Armbanduhr. Es war fast halb zwölf. Er war versucht, Mrs. Parker und Woollcott die Berichte bei Tony's vorbeizubringen, aber dann beschloß er, daß es bis morgen Zeit hätte. Er war hungrig und durstig. Und das bekannte Dräuen in seinen Lenden hatte sich auch eingestellt. Er fragte sich, was wohl gerade im Texas Guinan's Club lief.

Nachdem sie Tony's Restaurant betreten und Van Webers Namen erwähnt hatten, wurden Mrs. Parker und Woollcott von Tony persönlich begrüßt, als hätten sie Diplomatenpässe vorgelegt. Katzbuckelnd führte er sie zu einem gemütlichen, von der Küche weit entfernt gelegenen Tisch und bestellte umgehend eine Flasche Wein. »Frisch vom Boot«, vertraute er ihnen an, wobei Mrs. Parker vermutete, daß er die Fähre nach Staten Island meinte. »Der Wein geht auf's Haus«, sagte Tony überschwenglich, und Woollcott hätte beinahe gefragt, wie hoch sich sein wöchentliches Schmiergeld an das zuständige Polizeirevier belief. Er hielt sich aber zurück, weil ihm beim Stichwort Korruption und Polizei Jacob Singer einfiel, und Singer konnte unmöglich ein korrupter Polizeibeamter sein. Er konnte vielleicht gemein und gefährlich werden, wenn er wütend war, aber niemals korrupt.

»Hör auf, die Brauen zu runzeln«, sagte Mrs. Parker, als Tony die Speisekarten verteilte. »Du siehst aus wie ein obszöner Teddybär.«

»Darf ich mir erlauben, das Osso Buco zu empfehlen?« fragte Tony.

»Sie dürfen«, sagte Woollcott, »und zwar den Randalierern an dem Tisch da drüben.« Sorgfältig studierte er die Karte. »Ich glaube, das habe ich irgendwo schon mal gelesen.« Er fragte Mrs. Parker: »Ein bißchen Pasta zum Einstieg?«

»Nichts Schlabbriges«, antwortete sie. »Ich glaube, ich möchte nur Antipasti. Ich habe keinen großen Hunger.«

»Aber ich.« Woollcott bestellte Spaghetti, gefolgt von Kalbfleisch Piccata.

»Ich bin froh, daß du nicht paniertes Schnitzel bestellt hast.« Statt Tony stand jetzt ein Weinkellner mit einer Flasche da.

»Ich esse nie paniertes Schnitzel«, sagte Woollcott betont, während er sich mit einem Zipfel des Tischtuchs seinen Kneifer putzte.

»Gut so. Als paniertes Kalbsschnitzel würde ich Richter Craters Teint beschreiben.«

Woollcott kostete den Wein. »Tödliches Gift, aber ich denke, wir lassen ihn durchgehen.« Der Weinkellner schenkte ihnen die Gläser voll und verschwand.

Mrs. Parker nippte an ihrem Wein. »Du hast vollkommen recht, Alec. Zweifellos stammen die Trauben aus den Weingärten der Medici. Was hältst du von Charlotte Royce?«

»Ich glaube, daß sie eine Menge von Mr. Ziegfeld erwartet.«

»Ich glaube, daß sie es bekommt. Wahrscheinlich keinen Ruhm als Schauspielerin, aber was immer sie von ihm bekommt, es wird eine ganze Menge sein. Bei der Erwähnung von Mercury und DeLee hat sie nicht mit der Wimper gezuckt.«

»Herrlich, wie sie Kaufman ganz nebenbei mit einwarf. Auf jeden Fall denk ich, daß die Mädchen sich als Nachbarn ziemlich gut kannten.«

»O ja. Wahrscheinlich haben sie sich alle naselang besucht, um sich ein neues Mittelchen gegen ihre Berufskrankheiten auszuleihen.«

»Komm, komm. Urteil nicht so hart über die Damen. Sie führen kein leichtes Leben.«

»Ich würde es jederzeit gegen meins eintauschen. Sie müssen keine Abgabetermine einhalten.« Ein Kellner brachte die Antipasti und die Spaghetti. Beide fingen an zu essen, Mrs. Parker eher zurückhaltend.

»Dein Mr. Van Weber hat ganz recht. Die Sauce Vongole ist hervorragend.« Woollcott brach sich ein Stück italienischen Weißbrots ab und tunkte es in die Sauce.

»Mr. Van Webers Geschmack ist hervorragend.«

Woollcott hielt im Tunken inne und beobachtete Mrs. Parker bei dem Versuch, eine Olive aufzuspießen. »Du bist ganz schön von ihm angetan, was?«

»Du hast ihn ja gesehen und gemerkt, wie er sich mir gegenüber benimmt. Er ist makellos.«

»Und viel zu geheimnisvoll.«

»Darin liegt seine Faszination. Jacob Singer hat mich auf etwas gebracht, das mir unbegreiflicherweise entgangen war.«

»Und das wäre?«

»Er gebraucht häufig den Ausdruck ›alter Junge‹.«

Woollcott tupfte etwas von der Sauce ab, die an seinem Kinn hinunterlief. »Viele Leute verwenden den Ausdruck. Ich glaube, er stammt aus England. ›Hallo, alter Junge‹, ›Hallo, altes Haus‹ und dergleichen. Fitzgerald legt ihn Gatsby in den Mund. Gatsby sagt ja in dem entsetzlichen Buch kaum was anderes.« Er hatte seine Spaghetti verschlungen. Jetzt sah er sich gierig nach dem bestellten Kalbfleisch Piccata um. »Was soll das wilde Leuchten in deinen Augen?«

Mrs. Parker lachte amüsiert. »Du hast es haarscharf verpaßt. Soviel also zu deiner Kombinationsgabe. ›Alter Junge‹. Gatsby. Van Weber.«

Woollcotts Mund formte ein O. »Verdammt noch mal, natürlich. Die Villa draußen in East Cove. Der Schauplatz, das Auftreten, der Dialog - es stammt alles aus dem Buch. Und Singer hat es gleich durchschaut?«

»Aber ja. Er ist ein ziemlicher Literaturkenner, unser Mr. Singer. Ich glaube, er hat sogar *Moby Dick* gelesen.«

»Ich habe einmal versucht, *Moby Dick* zu lesen, aber ich mußte es wieder aufgeben. Es hat mich seekrank gemacht. Ah, hier kommt meine Piccata!« Er stürzte sich darauf, als hätte er gerade einen Hungerstreik abgebrochen. »Himmlisch, ein reiner Genuß.«

»Jacob Singer hat uns eine Flüsterkneipe empfohlen, die nur ein paar Schritte von hier entfernt ist.«

»Ach ja? Bist du überhaupt in Stimmung für Flüsterkneipen?«

»Ich bin immer in Stimmung für Flüsterkneipen. Und für diese ganz besonders.« Sie erzählte ihm von Singers Hinweis auf Sid Curley, den Informanten.

»Wie sollen wir ihn erkennen? Wir können ja schlecht einfach nach ihm fragen.«

»Er wird ›schnief, schnief, schnief‹ machen.« Woollcotts verwirrter Gesichtsausdruck sah komisch aus. Sie fragte sich, ob er jemals eine zweite Karriere als Schauspieler erwogen hatte. Andererseits gab ja Woollcott bei allem und jedem eine Vorstellung. Schon vor langer Zeit hatte sie festgestellt, daß sein Leben eine einzige Inszenierung glanzvoller Auftritte war, die er allein für sich geschaffen hatte, die auch keine zweite Besetzung brauchte, weil niemand in der Lage war, die Fußstapfen des Meisters auszufüllen. Sie erklärte ihm, daß Curley seine ehemalige Kokainsucht durch die Gabe ersetzt hatte, Prominente auszuschnüffeln und Informationen herauszubekommen, die die Polizei zu würdigen wußte und großzügig belohnte.

»Ich muß schon sagen, diese Ermittlung bringt uns mit einer faszinierenden Spezies von Mensch in Berührung.« Er zählte die ganze Liste auf und endete mit einer Lobeshymne auf die Prostituierten.

»Der einzige Unterschied zwischen uns und ihnen«, sagte Mrs. Parker, »ist: sie geben zu, daß sie Prostituierte sind.« Sie setzte ihr Gesicht wieder in Stand, während Woollcott dem Ober ein Zeichen gab, die Rechnung zu bringen.

»Sagtest du das Harlequin?«

»Das Harlequin.«

»Gibt es eine geheime Parole, wie ›Joe hat uns geschickt‹ oder ›wir sind Freunde von Abie‹?«

»Ich habe nicht die leiseste Ahnung. Ich denke, wir müssen uns einfach reinschmeicheln.«

Das Orchester im Kit Kat Club schmetterte die Weise vom »Black Bottom«. Die Tanzfläche war mit Nachtschwärmern vollgepackt, die sich benahmen, als stünde das Ende der Welt bevor. Sie tanzten unter einer riesigen sich drehenden Kristallkugel, die von der Decke herabhing, während Kellner die Tanzfläche durchquerten und sich geschickt zwischen ihnen hindurchschlängelten. Florenz Ziegfeld steckte sich eine Zigarre an und lehnte sich in seinem Stuhl zurück. Er betrachtete die Tanzenden mit der Gelassenheit eines orientalischen Potentaten. Charlotte Royce war dabei, ein Stück Apfeltorte zu verschlingen und fragte sich, warum es zwischen ihr und Ziegfeld immer diese langen Schweigeminuten gab. Wie oft hatte sie sich schon bei ihm beschwert: »Immer nur essen, trinken und vögeln. Essen, trinken und vögeln. Nie reden wir mal über was. Bloß essen, trinken, vögeln.« Sie schob ihren Teller zur Seite und lenkte ihre Aufmerksamkeit auf ein großes Glas unverfälschten Scotch. Sie nahm einen tiefen Schluck, schmatzte genüßlich und lehnte sich zurück.

»Dir wird noch schlecht davon«, sagte Ziegfeld.

»Hör mal, Flo, wie steht's mit uns beiden?«

»Was heißt das, wie steht's mit uns beiden? Amüsierst du dich nicht?«

»Klar. Köstlich.« Sie klang, als gäbe es bei einem Massenbegräbnis mehr zu lachen. »Aber bringt uns das weiter?«

»Ich hab dir doch gesagt, nächstes Jahr bei den *Follies* kriegst du deinen Auftritt.«

»Glaubst du, deshalb bin ich hier?« Ziegfeld guckte in ihr Kleines-Mädchen-Gesicht. Sie war so ein hübsches, süßes Kind, aber eben ein Kind. Sie besaß weder die Weltgewandtheit seiner Frau Billie Burke noch den Wortwitz einiger seiner ehemaligen Showgirls wie Ina Claire oder Lilyan Tashman. Vermutlich, dachte er, könnte ein Psychologe eine Erklärung dafür finden, warum er Billie immer mit diesen Revuehäschen betrügen mußte, aber er hatte schon vor langer Zeit beschlossen, daß es keinen Sinn hatte, darüber nachzudenken. Er spielte ein Spiel mit dem Namen ›Wen vögelt der Boss als nächstes?‹ »Ich möchte, daß du auch mal mit mir redest. Es gibt Sachen, über die ich reden will.«

»Und die wären?«

»Ne Menge Sachen. Zum Beispiel warum du nicht über Ilona Mercury redest.«

»Ich spreche nicht über Ilona Mercury.«

»Warum nicht?« Sie kicherte. »Du weißt doch ne ganze Masse über sie.«

Ziegfeld schnipste lässig etwas Zigarrenasche in den Aschenbecher. »Mein Liebchen, du mußt noch lernen, wie man die Fresse hält.«

»Och, ich red ja nicht über sie.«

»Mrs. Parker wird dich garantiert morgen anrufen.«

»Gut. Und wenn sie mich bittet, sie zu treffen, dann treffe ich sie auch. Ich bin gerne mit berühmten Leuten zusammen, die schlau sind. Und ich werde alle ihre Fragen beantworten.«

Ziegfelds Gesicht sah in den Spiegelungen der sich drehenden Kristallkugel finster aus. Seine Augen verengten sich zu Schlitzen, und seine Stimme wurde scharf und deutlich akzentuiert. »Du wirst schön deinen Mund halten.«

»Oh, ha ha ha, da mach ich mir doch einen Witz draus. Du weißt doch, daß ich ihr einen Brei aus Lüge und Wahrheit servieren werde. Ich bin nämlich *sehr* schlau. Und jeden Tag werde ich ein bißchen schlauer. Du hast da ein paar ganz schön schlaue Mädels in deiner Show. Diese Paulette Goddard, Mann, die weiß, was sie will!«

»Und wahrscheinlich kriegt sie's auch.«

»Und diese hochnäsige Louise Brooks. Oje« – sie setzte eine gezierte Pose auf – »was sind wir wieder toll. Trotzdem höre ich ihr gern zu, falls sie sich überhaupt mal entschließt, was zu sagen.«

»Louise und Paulette und die meisten anderen sind zu schlau, um sich auf Drogen einzulassen. Denk immer dran, Kätzchen, gegen Drogensucht gibt's keine Impfung.«

»Wozu tischst du mir diese Soße auf? Ich häng nicht an der Nadel.«

»Das kann ich nur hoffen. Ich hab mir schon manches Mal Gedanken gemacht, wo du doch mit Ilona eine Wohnung geteilt hast und ziemlich nachbarschaftlich mit Vera DeLee standest.«

»Vera hatte eine Macke. Ich konnte sie nie leiden. Aber Ilona war okay. Was für eine beschissene Art zu sterben. Und wird dann so weit draußen in Brooklyn abgeladen, verdammt noch mal. Sag mal, wer kümmert sich eigentlich um ihre Beerdigung? Wo doch ihre Familie und so irgendwo in Ungarn hockt. Glaubst du, man setzt sie auf einen Dampfer, der sie nach Ungarn zurückbringt?«

»Ich kann mir nicht vorstellen, warum«, antwortete Ziegfeld gönnerhaft. »Hier gibt's jedenfalls niemanden, der Anspruch auf die Leiche erhebt, es sei denn, sie setzen sie auf ein Schiff, das ein medizinisches Institut ansteuert.«

Plötzlich hellte sich ihr Gesicht auf. »He, Flo, rate mal, was passiert ist?«

»Was denn?«

Sie sagte begeistert: »Wir haben ja richtig miteinander geredet.«

Der Harlequin Club war im Keller eines Backsteinhauses gelegen. Das Licht einer blauen Lampe warf einen trüben Schimmer über die Zementstufen, die zur Tür führten, die schwarz gestrichen war. Die Tür hatte ein Guckloch. Woollcott geleitete Mrs. Parker behutsam die Treppe hinab und klopfte laut. Nach einem kurzen Augenblick öffnete sich das Guckloch, und eine Stimme, die offenbar zu dem Auge gehörte, das sie soeben kritisch prüfte, fragte: »Waswollnsie?«

Mrs. Parker übernahm sofort das Kommando. »Wir sind Freunde von Lacey Van Weber.«

Das Auge verschwand. Das Guckloch wurde zugemacht. Sie hörten, wie ein Riegel zur Seite geschoben wurde. Woollcott zwickte Mrs. Parker sanft in die Wange. »Kluges Mädchen.«

»Ich hatte so eine Ahnung, daß es funktionieren würde«, sagte sie mit dem Stolz einer Olympiasiegerin. Die Tür öffnete sich, und sie traten ein. Ihre Ohren dröhnten von dem blechernen Geklimper eines mechanischen Klaviers. Mrs. Parker fragte Woollcott: »Hast du eine Machete?«

»Wofür?« erkundigte sich ein erstaunter Woollcott.

»Um uns einen Weg durch den Rauch zu schlagen.«

Der Mann an der Tür sah aus, als hätte er gerade einen Frontalzusammenstoß überlebt. »Wollnsientisch?« Mrs. Parker faszinierte seine Art, die Worte aneinanderzureihen, wie eine manische Näherin.

»Ich glaube, wir fänden einen Tisch ganz wunderbar«, antwortete Mrs. Parker. Der Mann hob seinen Arm und zeigte in die Tiefe des Raums, aber auf nichts, was man erkennen konnte. Mit dem Instinkt einer Pfadfinderin bahnte sich Mrs. Parker den Weg zu einem Tisch nahe dem Ende der Bar. Die anderen Tische waren zum größten Teil besetzt, und sie konnten ein paar Prominente ausmachen. Ein Kellner nahm ihre Bestellung entgegen, Bourbon pur für Mrs. Parker und Gin mit Orangensaft für Woollcott.

»Ich höre kein Schnüffeln«, sagte Woollcott.

»Wie kann man überhaupt irgendwas hören, bei dem Getöse, das das elektrische Klavier veranstaltet?« An der Wand hinter der Bar hingen zahlreiche gerahmte Fotografien von Athleten und Revuegirls. Mrs. Parker fand das ganz einleuchtend. Revuegirls waren auf ihre Art auch Athleten. An der Bar saßen ungefähr ein Dutzend Leute, die meisten von ihnen Frauen, die sich mit den Händen Luft zufächerten. Die Lüftung war im besten Fall inadäquat zu nennen, da nur ein paar kreisende Ventilatoren hin und wieder die Idee einer Brise aufwirbelten. Der Kellner brachte ihnen ihre Getränke, machte sich auf einem kleinen Block eine Notiz und begab sich wieder woandershin. Mrs. Parker nippte an ihrem Drink. »Das ist echte, unverfälschte Lauge.«

»Beleidige nicht unsere Gastgeber. Oh, hallo!«

Eine hochgewachsene schwül-erotische Schönheit mit kohlrabenschwarzem Haar trat an ihren Tisch und lächelte Mrs. Parker zu. »Erinnern Sie sich nicht an mich, Mrs. Parker? Wir haben uns vor ein paar Monaten in Cap d'Antibes kennengelernt. Ich war gerade aus Deutschland angekommen.«

Woollcott hatte sie sofort erkannt. »Sei nicht so begriffsstutzig, Dottie, das ist Nita Naldi!«

»O mein Gott, natürlich!« rief Mrs. Parker aus. »In diesem Qualm weiß ich überhaupt nicht, wer wer ist. Bitte setzen Sie sich doch.«

»Nur einen Augenblick«, sagte Naldi, während sie Platz nahm. »Ich bin mit einem Filmproduzenten hier und kann ihn nicht allzu lange alleinlassen. Denen geht irgendwann immer der Stoff aus, den sie sich selbst erzählen.« Woollcott stellte sich vor. »Was machen Sie beide denn in einem Kellerloch wie diesem?«

»Ich schwärme für Kellerlöcher«, sagte Mrs. Parker schnell.

»Ich nicht, aber wo er hingeht« – Naldi zeigte mit dem Daumen über ihre Schulter in die ungefähre Richtung ihres Begleiters –, »da will auch ich hingehen.«

»Wie lange sind Sie in der Stadt?« erkundigte sich Mrs. Parker höflich. Sie wagte nicht zuzugeben, daß sie sich nicht daran erinnern konnte, den betörenden Filmvamp in Frankreich getroffen zu haben. Damals hatte sie sich in dem Dämmerzustand einer auseinanderbröckelnden Liebesaffäre befunden. Bei derlei Anlässen war sie nicht einmal in der Lage, ihre eigene Telefonnummer aufzusagen.

»Der Himmel weiß es«, antwortete Naldi. »Auf dem Filmmarkt herrscht für Vamps gerade Flaute. Seit den beiden Filmen im Ausland habe ich nicht mehr gearbeitet.«

»Ach, Sie haben in Europa gearbeitet? Mit Fritz Lang? F. W. Murnau?«

»Bitte, Mr. Woollcott, nichts halb so Aufregendes. Ich habe für ein fettes Schwein namens Alfred Hitchcock gearbeitet. Zwei Reinfälle: *The Pleasure Garden* und *The Mountain Eagle*. Die Streifen sind grauenhaft, ich bin sicher, daß sie nie einen Verleih finden werden. Die Produzenten werden wahrscheinlich ihre Hände in Unschuld waschen und die Filme fallenlassen. Was den Regisseur betrifft, der ist dumm wie Schifferscheiße. Trotzdem zieht man heutzutage dorthin, wo die Arbeit winkt, und wie ich schon sagte, für verblassende Vamps sind Jobs nicht gerade dicht gesät.« Sie beschrieb ihre trüben Aussichten mit einer angenehmen Portion Humor, und sie gefiel Mrs. Parker. »Der Knabe, mit dem ich hergekommen bin, erzählte mir, daß er hier in New York ein paar Filme machen will. Darum muß ich wohl oder übel mitspielen, bis er mir den richtigen oder den falschen Antrag macht.« Sie sah auf ihre Armbanduhr. »Mitternacht, und er hat noch nicht mal seine Hand auf mein Knie gelegt.« Sie drehte sich auf ihrem Stuhl herum und winkte dem Mann zu. Er hob sein Glas und prostete ihr stumm und voller Bewunderung zu. »Ich kann mich entspannen. Er ist blau wie ein Veilchen.« Sie brüllte vor Lachen. Dann fragte sie: »Wo waren Sie heute abend?« Woollcott erzählte ihr, daß sie sich *No Foolin'* angeschaut hatten. »Tatsache? Wir auch! Ich habe Sie aber gar nicht gesehen.«

»Warum sind Sie nicht hinter die Bühne gekommen?« fragte Mrs. Parker.

»Bloß nicht.« Ihre Stimme klang jetzt ganz anders. »Ich habe Flo gesehen. Wie Sie wissen, war ich vor Urzeiten eine seiner Entdeckungen. Ich gehöre zu den Mädchen, die noch mal davongekommen sind. Ich mag ihn nicht, hab ihn nie gemocht. Haben Sie über die kleine Mercury gelesen? Er hat noch keinen Finger gerührt, um sich an ihrem Begräbnis zu beteiligen. Morgen fange ich an, den Hut rumgehen zu lassen. Und vielleicht sollte ich gleich bei meinem besoffenen Romeo anfangen.« Mrs. Parker machte sich im Geiste eine Notiz, die Sache George S. Kaufman gegenüber zu erwähnen.

»Waren Sie eine gute Freundin von ihr?«

»Kommt drauf an, wie man ›gut‹ definiert. Ich kannte sie vor vielen Jahren in Hollywood unter einem Haufen anderer Namen, an die ich mich aber nicht erinnere. Sie war vollkommen verrückt, diese Ilona. Ich habe einen Bogen um sie gemacht, nachdem ich erfuhr, daß sie in den Drogenkreisen da draußen verkehrte. Eine gemeine Bande ist das.« Mrs. Parker und Woollcott waren entzückt und tauschten Blicke. Sie waren auf eine Goldader gestoßen.

»Hat sie dort Ärger bekommen?« fragte Mrs. Parker.

»Nun ja, nach dem Mord an William Desmond Taylor ist sie erst einmal verschwunden.« Naldi erzählte ihnen vieles von dem, was Jacob Singer in dem Polizeibericht aus Los Angeles gelesen hatte.

»Und der Butler ist nie wieder aufgetaucht?« fragte Woollcott.

Nita zuckte die Achseln. »Vielleicht ist er tot. Ich habe ihn nie gesehen. Und Desmond Taylor habe ich auch nie kennengelernt. Hören Sie mal, mein bester Freund liegt jetzt in einem Sarg drüben bei Campbell's. Armer Rudy. Armes Schwein. Ich war eine von den wenigen, die gehört haben, wenn er was sagte.«

»Möchten Sie vielleicht einen Drink?« fragte Mrs. Parker, in der stillen Hoffnung, ihren eigenen an die Schauspielerin loszuwerden.

»Nein danke. Ich trinke nicht sehr viel. Ich sehe zwar nicht so aus, aber ich bin ein braves Mädchen.« Sie machte sich mit einem erneuten Lachanfall Luft, der von gesunder Energie zeugte. »Rudy war auch nicht für den Fusel zu haben. O Mann, was hatten wir für Spaß. *Blood and Sand, Cobra, The Sainted Devil.*«

»In *Blood and Sand* waren Sie wundervoll«, sagte Woollcott. Schnell fügte er hinzu: »Glauben Sie den Gerüchten, daß Valentino vergiftet wurde?«

»Wer will das wissen, verdammt noch mal? Mit Sicherheit gab's ein paar Leute, die ihn aus dem Weg haben wollten. Er hatte Kontakte zu Sizilianern. Manche behaupteten, daß er ein paar Gänge für die Cosa Nostra erledigt hat, als er vor einigen Jahren so pleite war. Er ließ einen Vertrag mit Paramount platzen, und sie setzten ihn auf die schwarze Liste. Er hatte schon vorher kaum Geld. Rambova, seine Frau, blutete ihn mit ihren extravaganten Wünschen aus. Tja, wer kann schon sagen, wie er sich verhält, wenn er erst mal in eine solche Lage gerät? Alles was ich weiß, ist, daß ein Haufen Leute auf einer bestimmten Party vor ein paar Wochen gehört haben, wie Rudy einem gewissen Dr. Horathy seine Meinung sagte, und es hat ihnen bestimmt nicht gefallen, daß das, was Rudy gesagt hat, die Runde machte.« Sie blickte über ihre Schulter. Ihr Begleiter stand neben dem Klavier und fütterte es mit Münzen. »Ich gehe jetzt besser wieder zu ihm. Ruhige Typen wie er drehen gewöhnlich leicht durch.«

Mrs. Parker wollte sie nur ungern gehen lassen. Sie hakte mit noch einer Frage nach. »Kannten Sie Dr. Horathy?«

»Na klar. Draußen an der Westküste.« Mrs. Parker und Woollcott richteten sich auf. »Auch da war er Dr. Wonne. Rudy hatte recht. Die Sau hat eine Menge netter Leute an die Nadel gebracht. Hoffentlich bekommt er bald, was er verdient.« Sie stand auf. »Es war ganz wunderbar, sich mit Ihnen beiden zu unterhalten.«

»Das Gefühl ist ganz auf unserer Seite«, sagte Mrs. Parker. In einem seltenen Anfall von Galanterie sprang Woollcott auf, nahm Miss Naldis Hand und küßte sie.

Was Miss Naldi zu der Bemerkung veranlaßte: »Ich wette, das

wird so ungefähr mein einziger Höhepunkt heute abend sein.« Mit einem neuerlichen Lachanfall strebte sie ihrem Begleiter zu. Woollcott setzte sich.

»Nun, war das nicht eine Art Sonderbonus?« sagte er.

»Ja, die Dinge beginnen allmählich, Form anzunehmen. Ich fange langsam an, mich bei dieser Ermittlung wohler zu fühlen.«

Schnief, schnief, schnief.

Sid Curley hatte sich anscheinend auf Katzenpfötchen an ihren Tisch geschlichen. Das war durchaus möglich, denn er war ein kleiner Mann in einem grell-karierten Anzug; mit einem grell-lila Schlips, den er, wie Mrs. Parker später sinnierte, wohl trug, um mit den Farben seiner Vergangenheit zu harmonieren. Auf dem Kopf trug er einen steifen schwarzen Filzhut, der im Augenblick bedenklich weit hochgeschoben war.

Schnief, schnief, schnief.

Mrs. Parker stieß Woollcotts Knie unter dem Tisch an.

»Wie ich sehe, kennen Sie meine Freundin Nita«, sagte Sid Curley zu Mrs. Parker.

»Was für ein aufmerksamer Beobachter Sie sind«, antwortete Mrs. Parker.

»Sind Sie jemand Besonderes?« fuhr er fort, den Kopf wie ein neugieriger Spatz zur Seite geneigt.

Mrs. Parker bemühte sich, eine Pose der Bescheidenheit aufzusetzen. »Nun, ich heiße Dorothy Parker. Haben Sie von mir gehört?«

»Hhm. Ich glaube schon, daß ich von Ihnen gehört habe.« Er verdrehte die Augen, bis sie auf Woollcott zu ruhen kamen. »Und wer ist das da?«

»Meine Gouvernante«, sagte Mrs. Parker.

»Mein Name ist Woollcott, guter Mann«, sagte Woollcott leicht gereizt, da er nie verstand, daß immer noch Leute frei herumliefen, die ihn nicht erkannten, war doch sein Gesicht aus diesem oder jenem Grunde schon häufig in zahllosen Zeitschriften abgedruckt worden. »Alexander Woollcott.«

»Ach so«, sagte Sid Curley, während er sich uneingeladen des Stuhles bemächtigte, den vor kurzer Zeit Nita Naldi freigemacht hatte. »Is noch warm.«

»Ja, es ist schrecklich warm«, stimmte Mrs. Parker zu.

»Ich meine den Stuhl. Nita hat 'n heißen Hintern.«

Mrs. Parker verkniff sich die Bemerkung ›Damit sie dich besser fressen kann, mein Kind‹, weil sie reichlich unpassend war. »Wie nett von Ihnen, uns Gesellschaft zu leisten. Nicht sehr viele Menschen leisten uns Gesellschaft, wenn wir zusammen ausgehen. Es gibt Abende, da sitzen wir uns am Tisch gegenüber, starren in unsere Drinks und fragen uns, wann alles begonnen hat schiefzulaufen, wann der Zauber aus unserem Leben gewichen war.«

»Sie können prima reden, Lady«, sagte Curley.

»Möchten Sie vielleicht einen Drink?« fragte Woollcott.

»Nix dagegen. Sie zahlen?«

»Ich zahle.«

Er rief zur Bar hinüber: »He, Maxie, schick mir 'n Bier rüber. Auf ihre Rechnung!« Maxie an der Bar zapfte das Bier in einen Glashumpen, während Curley die Arme faltete und sie auf dem Tisch ruhen ließ. Mrs. Parker dachte, daß ihm nur noch ein Zahnstocher im Mundwinkel fehlte, um das Genrebild zu vervollkommnen. »Sie sind also eine Freundin von Lacey Van Weber.«

Leicht verwirrt schaute Mrs. Parker ihn an. »Und woher wissen Sie das?«

»Ich hab gute Ohren. Schnapp ne Menge Zeugs auf.«

»Aha. Sie haben mitgehört, was ich durch die Tür verkündet habe.«

»Kluges Mädchen.« Das Bier traf ein, und Curley lehnte sich zurück, um Platz dafür zu schaffen.

»Kommt er oft hierher?« fragte Mrs. Parker.

»Der kommt nie her, jedenfalls nicht, wenn ich gerade da bin.« Er schlürfte einen kräftigen Schluck von seinem Bier, was einen Schnurrbart aus Schaum auf seiner Oberlippe zurückließ. Er wischte ihn mit seinem Jackettärmel fort.

»Woher kennen Sie ihn dann?« fragte Woollcott.

»Ich hab meine Verbindungen.« Er warf über jede Schulter einen vorsichtigen Blick nach hinten und beugte sich dann konspirativ nach vorn. Mrs. Parker fragte sich, ob sie wie ein Bolschewisten-Trio aussahen, das die kommende Revolution ausheckte. »Suchen Sie hier irgendwas Spezielles?«

Mrs. Parker beschloß, die Sache in die Hand zu nehmen, da Woollcott etwas ratlos dreinschaute. »Eigentlich hat uns ein sehr guter Freund dieses Lokal empfohlen. Wissen Sie, Mr. Woollcott und ich schreiben nämlich an einem Artikel über diese zwei Mädchen, die ermordet wurden.«

»Hab darüber gelesen«, sagte Curley. Irgendwie tat es Mrs. Parker gut zu wissen, daß der kleine Mann lesen konnte. Sie fragte sich auch, ob er wohl steptanzen könne. So wie er ausstaffiert war, dachte sie, fehlte ihm nur noch ein Spazierstock und ein Choreograph, um die Menge hier im Sturm zu erobern. Über Curleys Filzhut hinweg sah sie, wie Nita und ihr Begleiter aufbrachen. Nita blieb am Eingang stehen und winkte ihnen zu. Mrs. Parker winkte zurück. Curley drehte sich auf seinem Sitz herum und winkte auch. Mrs. Parker war sich sicher, daß Nita Naldi den kleinen Mann noch nie in ihrem Leben gesehen hatte. *Schnief, schnief, schnief.* »Wo war ich stehengeblieben?«

»Sie hatten über die Mädchen gelesen«, half ihm Mrs. Parker auf die Sprünge.

»Wer war der Freund, der Sie hergeschickt hat?«

»Kommen Sie etwas näher«, sagte Mrs. Parker, die sich königlich amüsierte und die dieses Spiel nach Sid Curleys etwas blödsinnigen Regeln schrecklich genoß, »und ich flüstere Ihnen den Namen ins Ohr.« Curley gehorchte, und sie flüsterte: »Jacob Singer.«

»Schschscht!« zischte Curley, als hätte man ihn mit einem glühenden Eisen angesengt, »flüstern Sie bloß nicht so laut!«

Mrs. Parker entschuldigte sich. »Manchmal ist sich ein Mädchen seiner eigenen Kräfte nicht bewußt.«

Curley trank sein Bier aus, und Woollcott machte dem Barmixer ein Zeichen, ein neues herüberzuschicken. Mrs. Parker hoffte, daß sich die Sitzung mit Mr. Curley nicht in die Länge ziehen würde. Sie wußte nicht, wie lange sie das Treffen durchhalten könnte, ohne etwas zu sagen oder zu tun, das ihre Dekkung platzen ließe, was immer das auch heißen mochte. Sie konnte sich erinnern, eine ähnliche Formulierung in einem Krimi gelesen zu haben. Curley hielt den Kopf gesenkt und schien in sein Bier hineinzubrummen. Während sie zuhörten, hoffte Mrs. Parker, daß er nicht durch die Blume sprechen würde. »Was ich Ihnen erzählen werde, ist zwanzig wert. Haben Sie zwanzig?«

»Zwanzig?« wiederholte Woollcott. »Meinen Sie Dollar?«

»Ich rede jedenfalls nicht von Zloty«, entgegnete der kleine Mann leicht erzürnt. Mrs. Parker stieß erneut Woollcotts Knie unter dem Tisch an.

»Ja, selbstverständlich habe ich zwanzig Dollar.«

»Schieben Sie sie mir unter dem Tisch rüber. Vorsichtig! Lassen Sie keinen sehen, daß Sie nach Ihrer Brieftasche greifen.«

»Ich habe einen Clip für Geldscheine.« Mrs. Parker wünschte, er würde weniger überheblich klingen. Irgendwie gelang es Woollcott, seine Körperfülle in Bewegung zu setzen, seinem Clip in der Jackentasche einen Zwanzigdollarschein zu entnehmen und ihn unter dem Tisch Sid Curley zuzuschieben.

»Also hören Sie, aber hören Sie genau hin, denn ich quatsche nicht zweimal dieselbe Geschichte aus. Ich muß leise reden, weil ich nicht will, daß wer mithört. Die Wände haben Ohren.« Mrs. Parker dachte, wer immer sie in diesem Getöse hören konnte, besaß etwas, das er sich patentieren lassen sollte. »Diese Mädchen« - er sprach das Wort *Meechens* aus - »haben vielleicht 'n bißchen zuviel gewußt über das, was sich im Privatleben einer bestimmten Person in dieser Stadt abspielte, einer, der sie mit ungefähr hundert anderen« - *andan* - »vor ein paar Wochen in sein Penthouse eingeladen hat ...«

Mrs. Parker spürte, wie ihre Hände zu zittern begannen, und faltete sie.

»In wichtigen Kreisen wird gemunkelt, daß er seine Villa da draußen auf der Insel als Depot für geschmuggelten Alkohol aus

Kanada unterhält. Gibt auch welche, die sagen, manchmal geht's noch dreckiger« - *dreckja* - »zu, und gewisses andres Zeug soll angeblich auch da abgeladen werden. Hinter dem Typ steckt eine Masse Protektion, Protektion, wie ich erfahren habe, die sogar bis Washington großes D und großes C raufreichen soll.«

O Schreck, dachte Woollcott, hoffentlich bahnt sich da nicht ein neuer Teapot-Dome-Skandal an.

»Und Sie kennen die Person« - *Pason* -, »von der ich spreche.«

»Ja, das tue ich«, sagte Mrs. Parker. »Und da kommt er gerade mit einem umwerfenden Rotschopf herein.«

Lacey Van Weber hatte das Lokal mit Lily Robson betreten, die sehr wacklig auf den Beinen stand und sich schwer auf seinen Arm stützte. Sid Curley sah sie, und Mrs. Parker vernahm das Zischen schmerzhaft eingezogener Luft. Er machte Anstalten, den Tisch zu verlassen, doch war er der Aufmerksamkeit Van Webers nicht entgangen. Der kleine Mann trippelte von ihnen fort und verschwand durch eine Tür im hinteren Teil der Flüsterkneipe, die wahrscheinlich auf eine Seitengasse hinausging.

Van Weber führte Lily Robson an Mrs. Parker und Woollcotts Tisch.

»Was für ein Glück, Sie hier zu treffen«, sagte er mit seinem hypnotischen Lächeln und seiner honigsüßen Stimme. Mrs. Parker spürte, wie ihr die Knie weich wurden. »Das ist Lily Robson, und ihr ist gerade schlecht geworden.«

»O Gott«, wimmerte Lily Robson und verdrehte die Augen nach oben.

»Mrs. Parker, könnte ich Sie dazu überreden, sie zur Damentoilette zu begleiten?«

»Glauben Sie, daß es hier eine gibt?« fragte Mrs. Parker, während sie die Kraft fand, sich zu erheben und ihren Arm um Lily Robsons Taille zu legen.

»Damentoilette?« rief Woollcott dem Barmixer zu.

»Für Sie?«

»Für sie«, schnauzte Woollcott zurück, und zeigte auf die Damen.

»Da hinten lang«, riet der Barmixer.

»Lassen Sie mich Ihnen bis dahin behilflich sein.« Lacey Van Webers Arm legte sich ebenfalls um Lily Robsons Taille, und seine Wärme erweckte bei Mrs. Parker den Wunsch, sie mögen allein sein, sie und Lacey Van Weber, auf dem Weg in eines seiner Gemächer in seinem Penthouse. Ein Penthouse, soweit Mrs. Parker dies wußte, war für Schlafzimmer zu vornehm. Es besaß Gemächer, hochkarätig und elegant wie eben auch ein Penthouse.

»Ist es etwas, das sie gegessen hat?« fragte Mrs. Parker.

»Ich weiß es wirklich nicht«, antwortete Van Weber. »Es hat sie vor ein paar Minuten auf der Straße befallen. Ich hab sie zu Texas Guinan's begleitet, wo sie arbeitet ...«

»O Gott«, stöhnte Lily Robson, als ihre Beine unter ihr wegsackten.

»... als sie plötzlich nach Luft schnappte und sagte ›ich fühl mich nicht besonders‹. Dann sah ich die Kneipe hier, ich hatte schon davon gehört, und brachte sie herein. Eine göttliche Vorsehung, finden Sie nicht?«

Mrs. Parker beeilte sich, mit Lily Robson in die Damentoilette zu gelangen, wo die Rothaarige sich übergab. Fünf Minuten später wischte ihr Mrs. Parker das Gesicht mit einem Papiertuch ab, das sie mit kaltem Wasser angefeuchtet hatte. Langsam kehrte wieder Farbe in das Gesicht des Mädchens zurück. »Fühlen Sie sich besser? Sie sehen jedenfalls besser aus.«

Das Mädchen rülpste und sagte dann: »Dieses Arschloch. Ich wußte ja, daß die Pillen mich krank machen.«

Mrs. Parker schaute interessiert. »Aha. Sie haben eine Pille genommen.«

»Für meine Nerven. In dem Restaurant oben an der Ecke, wo wir gegessen haben, fühlte ich mich nervös. Also nahm ich die Pille, die mir mein Arzt verschrieben hat. Ich wußte, daß sie mich krank macht.«

»Ihr Arzt ist nicht zufällig Bela Horathy?«

»Woher wissen Sie das? Hat er versucht, Sie auch abhängig zu machen?«

Achtes Kapitel

Lacey Van Weber trommelte gegen die Tür der Damentoilette. »Alles in Ordnung?«

»Uns geht's richtig prima«, antwortete Mrs. Parker. »In ein paar Minuten kommen wir raus.« Zufrieden kehrte Van Weber an Woollcotts Tisch zurück. Mrs. Parker lehnte sich gegen eine Wand des schmutzigen kleinen Raumes, während sich Lily Robson im Spiegel anstarrte und dann begann, dicke Schichten von Rouge auf ihre Wangen aufzutragen. Mrs. Parker wollte ihr sagen, daß sie die Tünche nicht nötig habe, daß ihre Elfenbeinhaut, die von dem flammend roten Haar eingerahmt war, atemberaubend gut aussähe, aber sie wußte wohl, daß Schönheit im Auge des Beschauers liegt, und daß sich Lily mit dick bemalten Wangen und Lippen für schön hielt. »Wenn Sie Horathys Ruf kennen, warum gehen Sie dann zu ihm?«

»Weil mir Ilona Mercury versichert hat, daß er als Hausarzt in Ordnung ist. Ich habe Ilona vertraut, und darum habe ich auch Horathy vertraut.«

»Haben Sie von diesen Pillen noch ein paar dabei?«

»Klar. In meiner Handtasche. Bedienen Sie sich. Sie wollen doch nicht etwa eine ausprobieren, oder?« Mrs. Parker kramte vorsichtig in Lilys perlenbesetztem Handtäschchen. Sie fand ein Röhrchen mit grünen Pillen. »Haben Sie Selbstmordabsichten?«

Es gelang Mrs. Parker, vertrauensvoll zu klingen. »Manchmal werde ich depressiv, aber im Moment fühle ich mich ganz obenauf. Ich dachte nur, daß ich mir eine Ihrer Pillen ausleihen könnte, damit ein Freund von mir sie untersuchen läßt.«

Lily löste sich vom Spiegel und streckte ihre Hand nach der Perlentasche aus. »Ich will keinen Ärger haben. Geben Sie mir die Pillen zurück.«

Mrs. Parker hatte dem Röhrchen bereits eine Tablette entnommen, die sie jetzt in Toilettenpapier einwickelte. »Möchten Sie lieber sterben? Ich werde Ihnen keinen Ärger bereiten. Aber wenn Ihr Arzt eine Gefahr für die Menschheit ist, dann muß man etwas gegen ihn unternehmen.«

»Hören Sie mal, Lady, ich kenne Sie ja kaum.«

»Mein Name ist Dorothy Parker. Ich schreibe Kurzgeschichten, Gedichte, Zeitungsartikel und böse anonyme Briefe. Ich werde häufig zitiert, aber meistens nicht richtig. Man legt mir allerlei witzige Gehässigkeiten in den Mund, aber ich kann Ihnen versichern, die meisten von ihnen sind apokryph.« Das Wort »apokryph« schien das Mädchen leicht zu verwirren. Mrs. Parker konnte sich nicht verkneifen hinzuzufügen: »Sie haben doch bestimmt schon mal von den vier apokryphischen Reitern gehört.«

»Na klar. Ich hab den Film gesehen.«

»Sie können mir vertrauen. Ihnen bleibt auch gar nichts anderes übrig. Von wie vielen Leuten können Sie Hilfe erwarten, wenn Sie Ärger haben?«

»Jetzt, im Moment?« Mrs. Parker konnte die Angst und Verwirrung aus ihrem Gesicht ablesen. Sie wollte auf sie zugehen und ihre Hand nehmen und sie beruhigen, aber auf einen anderen Menschen zuzugehen war ihr im allgemeinen so fremd, wie dem Schwur unsterblicher Liebe aus dem Munde eines Mannes Glauben zu schenken. »Ich könnte mich an Tex wenden, sie würde mir helfen.«

»Ist das alles?«

»Früher waren noch Ilona und Vera da, aber jetzt sind sie weg.«

»Lacey Van Weber?«

»Ich kenn ihn kaum. Vor ein paar Wochen war ich bei ihm auf einer Party, da hab ich ihn angemacht. Er rief mich an, um sich mit mir zu verabreden, und Texas meinte, klar, geh mit ihm aus, der Mann ist schwer in Ordnung, und darum bin ich mit ihm hier.«

»Sie kennen auch meinen Freund Marc Connelly.«

Lilys Miene hellte sich auf. »Ja, sicher, ich hab ihn ja auf die Party mitgenommen. Er hängt manchmal im Club rum. Als er sich endlich durchgerungen hatte, Tex zu bitten, uns bekanntzumachen, bot sie ihm eine Tapferkeitsmedaille an. Netter Mensch. Er ist also ein Freund von Ihnen, hm? Sagen Sie mal, sind Sie Mitglied dieser Algonquin-Bande?«

Mrs. Parker war damit beschäftigt, ihr Gesicht zu pudern. »Sie lassen mich hin und wieder dabeisein.«

Lily sagte sehnsüchtig: »Ich wette, einige von ihnen sind Ihre richtig guten Freunde.«

Mrs. Parker antwortete bissig: »In dieser Verbrecherbande ist ein richtig guter Freund jemand, der auf den Rängen sitzt und darauf wartet, daß man auf die Schnauze fällt. Hat Ilona Rauschgift genommen?«

»Quatsch, niemals!«

»Aber Vera.« Schweigen. »Stimmt's?«

»Sie nahm Morphium. Sie hatte kranke Nieren. Irgendsoein Muskelmann in Harlem hat sie mal schlimm zusammengeschlagen. Sie konnte ohne Morphium nicht leben.«

»Sie konnte auch mit Morphium nicht leben. Jetzt ist sie tot. Erzählen Sie niemandem, daß ich eine von Ihren Pillen habe.«

»Trau ich mich auch gar nicht.«

»Sie können mir vertrauen. Sie müssen mir vertrauen.« Sie lächelte aufrichtig. »Ich bin jetzt Ihre Freundin.«

»Ach ja?« Sie beäugte Mrs. Parker mißtrauisch. »Und wo ist der Haken?«

»Der Haken ist, daß wir einander immer die Wahrheit sagen. Wissen Sie, ob Mr. Van Weber in Drogengeschichten verwickelt ist?«

»Ich hab Ihnen doch gesagt, ich kenn ihn kaum.«

»Aber Sie könnten etwas über ihn wissen. Wie sind Sie auf seine Party gekommen?«

»Ich stand auf Tex Guinans Liste. Sie sieht zu, daß wir immer auf irgendwelche Parties eingeladen werden. Manchmal gehen wir auf richtig gute. Wir lernen eine Menge richtig feiner Pinkel kennen.« Sie dachte einen Moment lang nach. »Ich hol soviel für mich raus, wie ich kann, solange ich jung bin. Ziemlich bald bin ich Schnee von gestern. Ich seh doch, was bei diesen Remittenden läuft, die in den Club kommen und immer noch versuchen, unwiderstehlich auszusehen. Nicht mit mir. Ich spar mein Geld. Damit werde ich einen Schönheitssalon eröffnen. Ich habe einen Frisierkurs belegt. Ich kann jetzt schon ziemlich gut Maniküre machen.« Sie zwinkerte. »Ich kann auf mich aufpassen.«

Und wie, dachte Mrs. Parker. Indem du dich den Händen von Bela Horathy anvertraust. »Wenn Sie wirklich auf sich aufpassen wollen, dann suchen Sie sich einen anderen Arzt.«

Lily Robsons Gesicht verfinsterte sich. »Gleich als erstes morgen nachmittag, wenn ich aufwache.« Sie blickte auf ihre Armbanduhr. »O verflucht noch mal, ich muß in den Club. Ich hab schon die erste Show verpaßt. Tex wird mich in Stücke reißen!« Mrs. Parker folgte ihr an den Tisch, wo ein verärgerter Woollcott und ein besorgter Van Weber saßen. Die Männer erhoben sich, als die Damen ankamen.

»Du siehst wirklich sehr viel besser aus«, bemerkte Van Weber freundlich.

»O danke. Ich dachte schon, ich geh über den Jordan.«

»Ich bin Alexander Woollcott.« Er zeigte auf Mrs. Parker. »Ich gehöre zu ihr, als Strafe für meine Sünden.«

»Sei nicht so ein alter Brummbär, Alec.« Lily erklärte sie: »Wenn Sie ihn besser kennenlernen, werden Sie feststellen, daß Mr. Woollcott in erster Linie ein Schwerstschwätzer ist. Rate mal, was wir jetzt machen, Alec? Heute wird eine lange Nacht für uns. Meine neue Freundin Lily Robson hat uns zu Texas Guinan's eingeladen, damit wir ihren Auftritt sehen. Was machen Sie genau, Liebes?«

Lily Robson wußte es auch nicht so recht. »Ein bißchen dies, ein bißchen das, und eine Menge Tralala.«

»Mit anderen Worten«, übersetzte Woollcott, »ein Maximum an Energie, verschwendet an ein Minimum an Talent.«

»Wenn Lily die Bühne betritt, läßt sie den Raum erstrahlen. Das ist alles, was zählt.« Van Weber hatte seinen Arm um Lily

Robsons Schulter gelegt. »Sie besitzt eine besondere Leuchtkraft. Es ist unmöglich, die Augen von ihr zu lassen.« Mrs. Parker konnte ihre Augen nicht von Van Weber lassen. Er kam nicht vom Grabbeltisch mit Sonderangeboten, sondern er gehörte zweifellos in die Auslage eines Luxusgeschäfts. Das sah sie, und ihre Augen trogen sie nie. Trotzdem stimmte etwas nicht mit ihrem Bild von Lacey Van Weber. Irgendwo besaß er einen Makel, einen gefährlichen Makel. Sie spürte ihn, ihre Intuition schrie förmlich, daß es ihn gab. Aber es war ihr egal. Sie mußte ihn haben. Sie wollte seinen Arm um ihre Schultern spüren, seine Lippen auf ihren Lippen, seinen Körper, der fest mit dem ihren verschlungen war.

»Herrgott, Dottie, wieso wirst du denn rot, verdammt noch mal?« Woollcott war dabei, den Kellner zu bezahlen, der ein mageres Trinkgeld befürchtete. Er sollte Recht behalten.

»Es ist hier drinnen sehr heiß. Wollen wir aufbrechen?« Sanft lächelnd nahm Van Weber ihren Arm, während er Lily Robson Woollcott überließ. »Nun, Mr. Van Weber, was für eine angenehme Überraschung, Ihnen hier über den Weg zu laufen. Wird es unser Schicksal bleiben, uns zufällig zu begegnen, oder kann ich Sie auf einen Gesprächstermin für das Feature festnageln, das ich gern für den *New Yorker* schreiben würde?«

»Haben Sie morgen Zeit?« Mrs. Parker wäre fast die Stufen hinaufgestolpert, die zum Bürgersteig führten. »Ich muß zu meinem Anwesen in East Cove hinausfahren, um mich um ein paar Angelegenheiten zu kümmern. Ich wäre entzückt, wenn Sie es sich ansehen würden.«

»Einverstanden, Mr. Van Weber.«

»Wenn ich Sie um elf Uhr abhole, könnten wir rechtzeitig zum Mittagessen draußen sein. Ich weiß, daß dann heute nacht nicht besonders viel Zeit zum Schlafen bleibt, aber . . .«

Mrs. Parker lachte ausgelassen. »Schlaf? Was ist schon Schlaf? Wer hat einmal gesagt, Schlaf sei ein kleiner Tod?«

»Jack the Ripper«, bellte Woollcott hinter ihr. Lily Robson winkte ein Taxi heran. Im Taxi erzählte Woollcott Van Weber, daß die Mittel für Ilona Mercurys Beerdigung knapp seien.

»Das habe ich auch schon gehört«, antwortete Van Weber. »Ich versichere Ihnen, Ilona wird eine würdige Beerdigung bekommen.«

»Ne richtige Wucht«, fügte Lily hinzu, »mit einem Gebinde aus Teerosen für den Sarg und einem Kruzifix, das sie zwischen gefalteten Händen hält, genauso, wie sie es immer haben wollte.«

»Ist Ihnen bekannt, ob sie Familie hatte?« fragte Mrs. Parker.

»Glauben Sie nicht, daß ich mich dann nicht längst mit ihr in Verbindung gesetzt hätte?« Lily knabberte an ihrem Fingernagel. »Meine lebt in Youngstown, Ohio, und Lily Robson ist mein richtiger Name. Mein Vater heißt Frank Robson, er besitzt einen Futtermittel- und Getreideladen. Falls mir also irgendwas zustoßen sollte, wissen jetzt schon mal Sie drei, wo ich herkomme.« Mrs. Parker tätschelte ihr die Hand. »Tut mir leid, daß mir übel wurde, Lacey. Ich hoffe, ich habe dir nicht den Abend verdorben.«

»Der Abend fängt ja gerade an, Schätzchen. Bei Texas Guinan's geht's erst richtig los.« Er wandte sich Woollcott und Mrs. Parker zu. »Sind Sie schon einmal bei Tex gewesen?«

»Ein paarmal«, sagte Mrs. Parker. »Ich finde es ein bißchen zu laut. Ich bin mehr für Ruhe und Frieden.«

»Ruhe und Frieden sind bei Texas Guinan's ziemlich unwahrscheinlich.«

Woollcotts Kommentar: »So unwahrscheinlich wie Mord im Affekt.« Er schniefte selbstzufrieden und fragte dann: »Wo ist ihr Lokal diese Woche?« Texas Guinan wurde ständig von der Polizei schikaniert. Doch jedesmal, wenn ihr Etablissement von einer Razzia heimgesucht und behördlich geschlossen wurde, tauchte sie innerhalb von vierundzwanzig Stunden an einem anderen Ort wieder auf. Ihr Überlebenstalent weckte allgemeine Bewunderung, selbst bei ihren grimmigsten Konkurrenten. Es war ein offenes Geheimnis, daß sie von Gangstern geschmiert wurde, hauptsächlich von Larry Fay, der außerdem ab und zu ihr Liebhaber war. Nur wenige erinnerten sich noch daran, daß vor einem Jahrzehnt Texas Guinan als Cowgirl-Star ein paar kurze Westernfilme gedreht hatte.

»Wir sind auf der Achtundfünfzigsten West zwischen Seventh und Eighth Avenue. Schon fast einen ganzen Monat«, erzählte Lily Robson. Mrs. Parker registrierte zufrieden, daß der Standort nur einen Katzensprung von ihrer Wohnung entfernt war. »Es ist richtig toll. Lauter verrückte Farben. An der Decke hängen Luftballons und Papiertüten, die mit Konfetti gefüllt sind, und wenn die Stimmung richtig hochgeht, dann fallen die Luftballons und das Konfetti runter, und peng! ist es wie Silvester, nur besser!«

Mrs. Parker fragte sich, ob Frank Robson und seine Frau für ihre Tochter jemals eine Geburtstagsparty ausgerichtet hatten, als sie noch ein Kind war.

Woollcott fragte Van Weber: »War das nicht traurig, die Sache mit DeLee?«

»Wie? O ja, sehr traurig.«

»Ich hoffe, es gibt jemanden, der sich um Vera DeLees Beerdigung kümmert.« Mrs. Parker hätte gern gewußt, ob Woollcott vergessen hatte, daß sie eine Parzelle von Mrs. Adlers Grundstück in Montefiore belegen würde, oder wollte er auf etwas Bestimmtes hinaus?

»Polly Adler zahlt die Rechnung«, erzählte Lily bereitwillig.

»Haben Sie die Verstorbene gekannt?« fragte Woollcott Lily.

»Welche meinen Sie? Ich hab sie beide gekannt. Ich werde sie vermissen. Ich meine, sie waren wirklich gute Freundinnen.«

»Dann kennen Sie wohl auch Charlotte Royce. Sie hat sich mit Miss Mercury eine Wohnung geteilt.«

»Ja, ich kenne Charlotte. Sie ist Flos Mädchen ... seit neuestem.«

»Wären Sie nicht auch gern ein Ziegfeld-Mädchen?« fragte Mrs. Parker.

»Ziegfeld-Mädchen, Guinan-Mädchen oder Mädchen für einen der anderen, George White oder Earl Carroll, wo ist da der Unterschied? Ist doch alles die reine Fleischbeschau. Sie zahlen alle ungefähr gleich, der Unterschied ist nur, daß man bei Tex dicke Trinkgelder kassieren kann.«

Mrs. Parker erzählte Woollcott, daß Lily ihr Geld sparte, um einen Schönheitssalon aufzumachen. Woollcott nickte. Mrs. Parker war sich nicht sicher, ob dies in einer Geste stummer Anerkennung ihrer Klugheit geschah, oder ob er gerade einschlief. Er schlief nicht. »Eines Tages«, sagte er zu Lily, »werden Sie vielleicht ein Buch über Ihre Erfahrungen schreiben.«

»Wer würde schon was über mich lesen wollen?« fragte sie schüchtern, obwohl ihr der Vorschlag offensichtlich schmeichelte.

»Ich zum Beispiel«, sagte Woollcott. »Junges Mädchen treibt in einem Meer des Show-Business, einer Unterwelt voller Verbrechen und Mord, umgeben von der Verderbtheit geiler alter Männer und schmieriger Rauschgiftdealer. Ich wette, Sie hätten eine Menge zu erzählen.«

»Darauf können Sie Gift nehmen!« Sie hatte sich nach vorn gebeugt, um ihm das zu sagen, aber dann sackte sie plötzlich in ihren Sitz zurück und sagte leise: »Aber ich laß es lieber.«

»Wir sind da«, verkündete Van Weber. Sie stiegen aus dem Taxi, und Van Weber bezahlte den Fahrer. Während sie die Straße zum Eingang des Clubs überquerten, erklärte er Mrs. Parker: »Es tut mir leid, daß ich heute abend ohne meine Limousine und Chauffeur unterwegs bin, aber die Frau meines Fahrers ist ernstlich erkrankt, und ich hatte keine Zeit, einen Ersatzmann anzuheuern.«

»Das macht mir gar nichts aus«, sagte Mrs. Parker. »Ich kutschiere gern in Taxis durch die Slums.«

An der Tür nannte Lily Robson ihren Namen. Der Türsteher erkannte Lacey Van Weber und grüßte mit der Hand an der Mütze. Die Tür öffnete sich, und sie wurden von einem irrsinnigen Getöse empfangen, einer Kakophonie aus Saxophonen, Klarinetten, Trommeln und Klavier. Man hörte das Getrappel von vielen Paaren tanzender Füße, die den Tanzboden quälten. »Charleston! Charleston!« Vermutlich war es ein Oberkellner, der Lacey Van Weber erkannte. Er schnipste mit den Fingern, und kurz darauf erschienen Kellner mit einem Tisch und Stühlen, die man am Rande des Tanzbodens für sie aufstellte. Lily Robson umarmte Mrs. Parker und verschwand dann hinter der

Bühne. Ein Kellner brachte einen Eiskübel mit einer Flasche echten französischen Champagners an ihren Tisch. Woollcott schaute auf seine Taschenuhr und seufzte. Mrs. Parker bemühte sich, möglichst weltgewandt und erfahren auszusehen, als der Korken knallte und der Champagner eingeschenkt wurde. Sie rechnete mit einem knurrigen und grantelnden Woollcott, der sich vollkommen unwohl fühlte. Aber erstaunlicherweise war dem nicht so. Er begrüßte jemanden, der hinter ihr stand, mit einem Lächeln, das wie eine gute Tat in einer bösen Welt wirkte. »Da, sieh mal, wer da ist!« rief er in einem Ton, der zu Tiny Tim an einem Heiligabend gepaßt hätte. »Jacob Singer! Was machen Sie denn hier? Werden wir verhaftet oder gerettet?«

»Hallo, Mr. Singer. Was für eine nette Überraschung.« Sie meinte es ehrlich. Sie stellte ihn Van Weber vor, der Singer einlud, an ihrem Tisch Platz zu nehmen. Der Detective nahm bereitwillig an und schlug auch ein Glas Champagner nicht aus. Woollcott erklärte Van Weber, daß Singer der Kriminalbeamte war, der in den beiden Mordfällen ermittelte. Van Weber zeigte sich überrascht, dann erfreut, und bat schließlich, sich entschuldigen zu dürfen, während er sich auf die Suche nach der Herrentoilette begab.

Als sie allein waren, bemerkte Singer: »Er ist ein gut aussehender Kerl.«

»Und ich verbringe morgen den Tag mit ihm.« Mrs. Parker schien ziemlich zufrieden mit sich zu sein.

Woollcott runzelte die Stirn. »Genau das hat Rotkäppchen auch gesagt.«

»Er ist ein verdammter Fortschritt gegenüber einer Großmutter.« Mrs. Parker war fest entschlossen, sich zu amüsieren, und sie wollte sich weder von Woollcott noch von sonst jemandem die gute Laune verderben lassen.

Singer besaß die ungeteilte Aufmerksamkeit der beiden, als er ihnen kurz die Berichte aus Los Angeles vortrug. Mrs. Parker erklärte, daß sie einen Teil schon von Nita Naldi im Harlequin erfahren hatten. Singer erwiderte, daß Naldi auch irgendwo im Club sei, aber daß man in dieser Meute ihren Standort nur vermuten konnte. Aus dem Gedächtnis gab er ihnen die Autopsieberichte über Ilona Mercury und Vera DeLee im Wortlaut wieder. »Mercury war sauber. DeLee ertrank in Morphium. Sie wäre sowieso bald an ihrem Nierenleiden gestorben.« Dann berichtete er ihnen von Yudel Shermans Erfolgen bei den Fahrstuhlführern. Ein Mann war in DeLees Begleitung gewesen, als sie die Praxis von Horathy verließ, und derselbe Mann hatte sie zu ihrem Apartment im Wilfred Arms begleitet. »Haben Sie mit Sid Curley Kontakt aufgenommen?« Mrs. Parker erzählte ihm von dem seltsamen Vorfall und wiederholte, daß sie den nächsten Tag mit Van Weber zusammensein würde, von dem sie sich erhoffte, daß er sich als fruchtbar erweisen würde, wobei sie offen ließ, in welcher Weise. Schließlich berichtete sie von Lily Robsons plötzlicher Erkrankung und von ihrer Unterhaltung mit dem Mädchen in der Damentoilette des Harlequin.

»Sie ist kein dummes Mädchen; im Gegenteil, sie ist sogar ziemlich helle, wenn man bedenkt, wo sie herkommt. Aber ich hab das Gefühl, daß sie Angst hat - Angst vor etwas, das sie wissen *könnte*, glaube ich.«

Diese Worte regten Woollcott auf. »Wenn du in Rätseln sprichst, Dottie, bist du wirklich unerträglich. Und sei so lieb, ein bißchen lauter zu reden; es ist fast unmöglich, euch beide in diesem Laden zu verstehen. Sie sollten hier Hörrohre verteilen, an Leute, die Lust haben, sich zu unterhalten.«

Mrs. Parker strengte sich an, etwas lauter zu sprechen. »Ich glaube, daß sie Dinge von Ilona und Vera aufgeschnappt hat, die ihr damals nichts bedeuteten, die sie sozusagen aus dem Zusammenhang gerissen erfuhr. Aber jetzt, da beide ermordet wurden, hat sie wahrscheinlich das Gefühl, daß jemand denken könnte, sie wüßte mehr, als sie zu wissen oder zu durchschauen zugibt, und daß sie dieser Person gefährlich werden könnte.« Sie wiederholte für Singer Woollcotts Vorschlag, Lily solle doch ein Buch schreiben, ein Vorschlag, von dem Mrs. Parker mit Sicherheit annahm, daß ein unfreundlicher Scherz dahinter steckte (Woollcott gab keinen Kommentar ab), und von Lilys ursprünglicher Begeisterung, die plötzlich von offensichtlicher Angst erstickt worden war.

Woollcott unterbrach sie. »Jacob« – seine Zunge liebkoste den Namen –, »glauben Sie wirklich, daß zwischen diesen Drogentoten in Hollywood und unseren hier ein Zusammenhang besteht?«

»Es muß einen geben. Ilona und Horathy sind die Verbindungsglieder. So wie ich die Sache sehe, sind die Ereignisse miteinander verknüpft.« Er sah, wie Van Weber zurückkam und sprach hastig noch ein paar Worte zu Mrs. Parker. »Passen Sie auf sich auf, wenn Sie mit Van Weber zusammen sind. Geheimnisvolle Männer haben ihren Reiz, aber sie können auch gefährlich sein. Desmond Taylor war auch ein Mann mit Geheimnissen, aber sehen Sie sich bloß diese faulige Kloake an, die sein Mord geöfffnet hat. Haben Sie mich verstanden? Seien Sie vorsichtig.«

»Ich will es auch sein«, sagte Woollcott wie ein schmollendes Kind, das nicht ausgeschlossen werden will.

»Wir sollten uns besser alle vorsehen«, murmelte Singer.

»Wovor vorsehen?« fragte Van Weber, während er sich setzte.

»Zuviel Champagner«, flötete Mrs. Parker und hob ihr leeres Glas, um es sich vollschenken zu lassen. »Wir dachten schon, Sie kämen gar nicht mehr wieder.«

»Ich habe in East Cove angerufen, damit man uns morgen ein anständiges Mittagessen vorsetzt.« Er schenkte ihr, sich selbst und den anderen ein, und machte dann dem Kellner ein Zeichen, eine neue Flasche zu bringen.

»Um *diese* Zeit?« Mrs. Parker machte ein ungläubiges Gesicht.

»Ich habe rund um die Uhr Personal im Haus.« Sie war erstaunt, wie selbstverständlich er in der Lage war, eine solche Aussage zu machen. Woollcott konnte es kaum erwarten, die Aussage am nächsten Mittag im Algonquin mit seiner eigenen Version tödlichen Spotts wiederzugeben. Singer dachte darüber nach, ob er sich jemals eine Putzkraft leisten könnte, die auch nur einmal die Woche sein winziges Apartment saubermachte.

»Und dann wurde ich ein paar Minuten von Pola Negri in Beschlag genommen.«

»Mein Gott, sagen Sie bloß nicht, daß sie *auch* hier ist.« Mrs. Parker lechzte danach, einen Blick auf die sagenhafte exotische Schönheit zu werfen. »Ich meine, Nita Naldi und Pola Negri an einem Abend. Irgendwo muß hier ein Füllhorn herumstehen.«

»Sie ist gekommen, um Valentinos Leiche zur Westküste zurückzubegleiten.«

»Schauerliche Aufgabe«, kommentierte Woollcott düster.

»Sie besteht darauf, daß sie verlobt waren und heiraten wollten.« Mrs. Parker fand das böse Lächeln in seinem Gesicht bezaubernd. Offensichtlich wußte jeder um die Gerüchte über Valentino und seine Nichtbeziehungen zu Frauen. »Rudy ist natürlich nicht mehr da, um die Sache zu bestreiten. Die Publicity ist für sie ein Vermögen wert. Wie ich gehört habe, hat sie ungefähr zwei Dutzend verschiedene Garnituren Witwentracht eingepackt, mit denen sie sich jedesmal auf der Aussichtsplattform am Ende des Zuges präsentieren kann, wenn sie auf den Kleinstadtbahnhöfen einfahren.«

»Was für ein widerlicher Zirkus«, sagte Mrs. Parker. »Ich möchte, daß ich einmal verbrannt werde und meine Asche über den ganzen Rose Room im Algonquin verstreut wird, damit all meine geliebten Freunde weiterhin auf mir herumtrampeln können.«

Sie sah, wie Woollcott Van Weber ins Visier nahm. »Sie waren doch ein Freund von Valentino, wie war er als Mensch?«

»Ein fluchbeladener Unschuldsengel.«

»Soviel zu Mr. Valentino«, sagte Mrs. Parker und hoffte, daß man sie nicht ebenfalls eines Tages postum mit drei Worten abspeisen würde.

»Haben Sie ihn in Hollywood kennengelernt?« fragte Woollcott, den Ellbogen auf den Tisch, das Kinn auf die Hand gelehnt.

»Ich habe ihn . . .«, er hielt inne, und fuhr dann fort: »hier kennengelernt.«

»Natürlich weiß inzwischen jeder, wie er Horathy auf Ihrer

Party zur Schnecke gemacht hat. Wie können Sie eigentlich mit einem Mann von derart zweifelhaftem Ruf verkehren?« Woollcott genoß dieses Kreuzverhör sichtlich, und Singer genoß Woollcott. Mrs. Parker wollte nur noch fürchterlich betrunken sein. Sie wollte, daß Woollcott aufhörte und Lacey Van Weber in Ruhe ließ, damit sie sich seiner annehmen könnte. Nach altem Siedlerrecht gehörte er ihr; sie hatte ihn zuerst gesehen und ihren Claim abgesteckt. Was zum Teufel glaubte er, worum es morgen ging? Im Idealfall wollte Mrs. Parker Van Weber und sein Vertrauen gewinnen, und sie war sich sicher, daß er bis zum späten Nachmittag alles ausgespuckt haben würde, was immer »alles« auch sein mochte.

»Ich verkehre nicht mit Dr. Horathy. Wir haben gemeinsame Freunde. Offen gestanden weiß ich nicht mehr, was er auf meiner Party zu suchen hatte oder wer ihn mitgebracht hat. Ah! Da kommt Texas!«

Vom Gong gerettet, dachte Jacob Singer.

»Hallo, ihr Schnorrer!« Texas Guinan war eine Frau, die vergeblich versuchte, gegen das einsetzende Alter anzukämpfen. Ihre Haare waren blond gebleicht und gekräuselt. Sie trug ein rotes Satinkleid, das mit bunt schillernden und funkelnden Ziermünzen besprenkelt war, was die Falschheit ihrer aufgesetzten Überschwenglichkeit nur noch unterstrich. Ihre roten Pantoffeln glitzerten vom Schein wasserheller Bergkristalle, und ihre Handgelenke waren mit diamantenen Schnallen und Armbändern bewehrt. Ihre Ringe protzten mit Steinen der unterschiedlichsten Sorten, die wie Amethyste und Rubine aussahen, bis Mrs. Parker ein einsamer Diamant ins Auge fiel und sie beschloß, daß der ganze Haufen Straß war. »Na, Jacob Singer, bedeutet Ihre Anwesenheit, daß mir eine neue Razzia ins Haus steht?«

Singer hob seine Hände in einer Unschuldsgeste. »Heute abend bin ich als Freund hier, Tex.«

»Okay, Freundchen.« Sie erkannte Mrs. Parker und Woollcott. »Wie schön, Literaten heute abend bei uns zu haben, das gibt meinem alten Kasten ein bißchen Klasse. Gott im Himmel weiß, daß ich alter Kasten immer ein bißchen Klasse gebrauchen kann.« Mrs. Parker fand, daß die Frau zu dick auftrug, und sie langweilte sie. Sie befürchtete, daß ihr Gesicht ihren Widerwillen offen preisgab, aber sie war zu müde, um ein neues aufzusetzen. »Muß wohl der Vollmond sein, der euch Prominente haufenweise heute nacht hier reintreibt. Jedenfalls steht gerade eine ganze Herde von euch an unserer Wasserstelle. Ja, verdammt, da ist ja auch Al Jolson. Hoffentlich vergißt der alte Hurensohn nicht, seine Rechnung zu bezahlen. Hallo, Schnorrer!«

»Hallo, mein kleines Texasbaby, mein kleines Sonnenscheinchen nach Mitternacht.« Er umarmte sie ungestüm und ließ seine Zunge lüstern über ihre Lippen gleiten.

Sie schob ihn beiseite und kreischte: »Ihr kennt doch alle Jolie, oder?«

»Nur auf einem Knie«, sagte Mrs. Parker.

Texas' Hand klatschte auf Mrs. Parkers Schulter nieder. Mrs. Parker fühlte, wie ihre Haut sich zusammenzog. »Famoser Scherzkeks, unsere Dottie. Deine Truppe sitzt da drüben in der Nähe der Bar, Jolie.« Jolson machte sich auf die Suche. »Er geht nach Hollywood, um für die Warners Kintopp zu machen. Klingt doch todlangweilig.« Ein Kellner flüsterte ihr etwas ins Ohr. »Recht hast du, McGillicuddy. Zeit, daß die Show beginnt!« Sie winkte dem Bandleader, der dem Schlagzeuger ein Zeichen zum Einsatz gab. Dieser legte einen langen Trommelwirbel hin, und die Tänzer verließen die Tanzfläche. Eingetaucht in gleißendes rosa Scheinwerferlicht betrat Texas die Mitte der Tanzbühne. »Hallo, ihr Schnorrer!« kreischte sie wieder. »Willkommen, ihr Scheiche und Grazien, willkommen auch ihr Provinzheinis, hier werdet ihr abgezockt.« Lautstarkes Gelächter. Mrs. Parker fand, der Text klang einstudiert. »Wir haben heute abend eine großartige kleine Show für euch zusammengestellt, und eine richtig dicke Überraschung noch dazu. Aber laßt mich zuerst die Mädchen vorstellen.« Der Raum hallte von markerschütternden Pfiffen wider, und der Boden bebte vom Getrampel der Füße.

»Um Gottes willen«, keuchte Woollcott.

»Das ist hier ein Ritual, alter Junge«, erklärte Van Weber. »Texas ist die Hohepriesterin. Eine Predigerin ohne Geschäftsbereich. Sie führt die Herde an, sie ist der Leithammel der Hedonisten. Das ist noch gar nichts, heute abend. Versuchen Sie's mal an einem Wochenende, dann spielen sich hier Szenen ab wie bei einer Orgie von Hogarth.«

»So, hier haben wir die rothaarige Hexe, auf die ihr alle gewartet habt! Die glühende Granate in Person, Lily Robson. Na los, ihr Schnorrer! Ich will einen Riesenapplaus für das kleine Mädchen hören!« Guinan verließ den Scheinwerfer, dessen Lichtkegel sich vergrößerte, als Lily Robson mit weiteren sechs Mädchen auf die Bühne getanzt kam. Sie trug ein Ding, das Mrs. Parker für ein groß geratenes, mit blauen rechteckigen Edelsteinen drapiertes Taschentuch hielt. Ungefähr fünf Minuten lang tat Lily genau das, was sie ihnen erzählt hatte, nämlich ein bißchen dies und ein bißchen das, mit einer Menge Tralala. Sie war herrlich untalentiert und ein wunderbarer Anblick. Die Mädchen in der Reihe hinter ihr tanzten, als ob sie mit Schrot beschossen wurden. Eine süße junge Brünette zwinkerte andauernd zu Al Jolson hinüber. Van Weber vertraute den anderen an, daß sie Jolsons neuer Schwarm sei, Ruby Keeler.

»Bis ›Mammy‹ hat sie noch einen weiten Weg vor sich«, war Mrs. Parkers Kommentar.

Lily Robson und die Mädchen verließen unter donnernden Ovationen die Bühne, was Mrs. Parker zu der Überlegung veranlaßte, ob wohl bei einer wirklich talentierten Darbietung das Dach einstürzen würde. Texas war dabei, eine Tanztruppe vorzustellen: »Frisch aus Madrid eingetroffen. Das ist da drüben in Spanien, wo Zitronen und Oliven und diese zwei grandiosen Flamingotänzer auf den Bäumen wachsen.« Van Weber stellte klar, daß sie »Flamenco« meinte, und Jacob Singer wartete schon auf eine Reaktion von Mrs. Parker, aber es kam keine. Woollcott goß sich ein weiteres Glas Champagner ein, und Mrs. Parker beschloß, daß er aussah, als sehe er seinem baldigen Tod gefaßt entgegen. »Na los, ich will einen großen Applaus für Juan und Juanita hören!« Unter dem explosiven Geknalle von Kastagnetten kamen Juan und Juanita von beiden Seiten auf die Bühne gestürmt. Sie winkten mit den Händen und stampften mit den Füßen und machten häßliche Kehllaute, während sie einander über die Bühne jagten. Es war eine bizarre und wahnwitzig asynchrone Szene, da entweder die Tänzer dem Orchester zehn Takte voraus waren oder aber das Orchester den Tänzern zehn Takte hinterherhinkte.

Mrs. Parker flüsterte zu Woollcott hinüber: »Ich nehme an, daß es Leute gibt, die jeden Abend hierherkommen?«

»Masochisten. Wieviel davon müssen wir noch ertragen?«

Mrs. Parker wußte die Antwort nicht. Texas Guinan belegte wieder die Mitte der Bühne, diesmal in blaues Scheinwerferlicht getaucht, daß sich einem der Magen umdrehte. »Und jetzt, Leute, habe ich einen besonderen Leckerbissen für euch. Einen richtig traurigen besonderen Leckerbissen. Wie ihr wißt, trauert die Welt um den großen Liebhaber, den großen Schauspieler, meinen großen Kumpel Rudy Valentino.« Vereinzelter Beifall folgte.

Mrs. Parker fragte Jacob Singer: »Was glauben Sie, sind die dafür oder dagegen?«

»So einen wie Rudy werden wir nie wieder erleben, Leute. Rudy war ein Einzelstück.« Mrs. Parker erwartete schon, daß sie das Orchester mit der Weise von »Hearts and Flowers« begleiten würde, bis sie sich besann, daß es ohne Geigen nicht gehen würde. In einer Jazzband von Texas Guinan war kein Platz für Streichinstrumente. »Hoffen wir, daß unser Scheich aller Scheiche, Missjöh Beaucaire persönlich, Sohn der Wüste, da oben vor den Kameras der riesigen Filmstudios des Himmels steht.« Sie hatte ihre rechte Hand erhoben und zeigte mit ihrem Zeigefinger auf die Zimmerdecke. Alle waren hingerissen, und es brach ein einziger Tumult los. »Heute abend ist eine großartige kleine Lady bei uns, deren Kummer größer ist als der unsere. Rudys Verlobte.«

»Scheißdreck!« rief eine Frau; Mrs. Parker erkannte Nita Naldis Stimme. Sie machte ihre Tischnachbarn darauf aufmerksam, und zum erstenmal seit geraumer Zeit grinste Woollcott von einem Ohr zum anderen.

Guinan funkelte böse in die Richtung der vulgären Bemerkung hinüber, doch dann fiel ihr ein, daß es noch ein Publikum gab, das hoffnungsfroh an ihren Lippen hing. »Wie ich schon sagte, Rudys Verlobte ist heute abend bei uns. Als Erinnerung an Rudy hat sie sich bereit erklärt, sein Lieblingslied ›Tango d'Amour‹ für uns zu tanzen. Mit ihr tanzt unser aller Liebling, Georgie Raft.« Applaus. »Meine Damen und Herren! Ein gewaltiger, grandioser Beifall für die einzige, einzigartige ... Pola Negri!« Der Laden kochte über. Raft, ein gedrungener Mann mit glatt glänzendem Lackhaar, trat auf. Er rückte seine eng sitzende Bolerojacke zurecht und streckte eine Hand aus. Pola Negri kam gesetzten Schrittes auf die Bühne. Eine schwarze Mantilla bedeckte ihr Haar. Ihr Kleid war mit schwarzen Chantilly-Spitzen eingefaßt, was Mrs. Parker als Rüschenbesatz für schwarze Seide als ziemlich unpassend empfand. Sie trug schwarze Pumps, schwarze Armbänder sowie um den Hals eine Kette mit schwarzen Perlen, es fehlte bloß noch, dachte Mrs. Parker, daß sie eine schwarze Augenklappe angelegt hätte. Das Orchester stimmte den Tango an, und das Getöse schwächte sich zu einem mittleren Geraune ab. Raft meisterte mit Miss Negri elegant die kniffligen Tanzschritte, als das Publikum abermals in den Genuß einer Unflätigkeit von Nita Naldi kam.

»Hühnerkacke!«

Woollcott verriet seinen Tischnachbarn: »Ich spiele mit dem Gedanken, mich in diese Frau zu verlieben.«

»Hat denn Negri überhaupt kein Schamgefühl?« erkundigte sich Mrs. Parker.

»Nicht das geringste«, sagte Van Weber.

»Sie ist eine verdammt hübsche Puppe«, steuerte Singer bei.

»Sie ist aber keine verdammt gute Tänzerin«, sagte Woollcott.

»Ihr Partner ist nicht schlecht, wenn auch ein bißchen zu ölig«, sagte Mrs. Parker.

»Er ist Guinans letzte Errungenschaft«, warf Singer ein.

»Oh? Und was passiert jetzt mit Larry Fay?« fragte Woollcott.

»Er weiß davon«, sagte Singer. »Aber Raft ist nützlich. Er kassiert die Schmiergelder für die Bande. Fay wird ihn bald nach Hollywood rüberschicken. Das ist sowieso Rafts Ziel. Er ist von hier, wissen Sie. Aus Hell's Kitchen, dem übelsten Slum. George Ranft ist sein richtiger Name.«

Der Tanz näherte sich seinem Ende. Raft hielt Negri fest umarmt, ihren Rücken gegen seinen Körper gepreßt. Seine Arme umschlangen ihre Taille, seine rechte Hand hielt ihre rechte Hand umklammert. Ihre Augen glühten vor unterschwelliger Erotik, während von seinen Augen abzulesen war, daß er den Takt zählte.

»Du Polackenhure!«

Der Tanz war vorüber. Der Applaus schwoll an. Blumen wurden Negri zugeworfen. Eine Whiskyflasche verfehlte sie um Haaresbreite; wie sie später erfuhren, war es Nita Naldi, die sie geworfen hatte. Raft küßte Negris Hand, und sie belohnte ihn mit einer Blume. Als ihr plötzlich einfiel, daß sie in Trauer war, brach sie in Tränen aus, und Raft geleitete sie von der Bühne. Jetzt erblickte Mrs. Parker Nita Naldi. Sie schwang einen Stuhl und wurde von ihrem Begleiter zurückgehalten. Guinan schickte zwei Rausschmeißer zu ihr, um die Sache zu bereinigen. Naldi machte hinsichtlich des Stuhls Zugeständnisse, aber nicht in ihrer Verachtung. Sie zischte höhnisch, und unter einer obszönen Nachahmung eines Furzes, die durch die Lärmkulisse schnitt, richtete sie sich auf und marschierte majestätisch aus dem Club, gefolgt von ihrem Freund, dem Gentleman.

»Arme Nita«, sagte Van Weber. »Man hat ihr ganz schön mitgespielt. Es gibt für sie beim Film keine Arbeit mehr. Mit siebenundzwanzig schon erledigt zu sein, das muß man sich mal vorstellen.«

»Mein Gott, so jung ist sie noch?« fragte Mrs. Parker. »Hollywood scheint ein ziemlich grausamer Ort zu sein.«

»Das ist es in der Tat«, sagte Van Weber.

Wenn *das* keine Spur war, dachte Mrs. Parker.

Neuntes Kapitel

Jacob Singer traute seinen Ohren nicht. Mrs. Parker hatte ihn zum Tanzen aufgefordert. Das Orchester war schwungvoll in die Klänge von »Somebody Loves Me« hinübergeglitten, einer Ballade, der sie beide gewachsen waren. Trotz der lärmenden Kakophonie, die in der überfüllten Flüsterkneipe herrschte, konnten sie das Orchester und einander hören.

»Ich mußte Sie allein erwischen, weil ich etwas bei mir habe, das ich Ihnen schon den ganzen Abend geben will.« Sie hatte die Pille, die sie Lily Robson abgenommen hatte, in ihrer Hand verschwinden lassen, bevor sie Singer zum Tanzen aufforderte, und steckte sie ihm jetzt zu. »Horathy hat diese Pillen heute nachmittag Lily Robson gegeben. Wir müssen sie genau verpaßt haben. Eine davon hat sie beim Dinner mit Van Weber eingenommen. Sie sollen ihre Nerven beruhigen.«

»Van Weber hat sie nervös gemacht?«

»Ich glaube, alles macht sie nervös. Ich habe allmählich das Gefühl, daß etwas so Simples wie das Aufgehen einer Tür einen hysterischen Anfall bei ihr auslösen könnte.«

»Sie glauben, daß eine dieser Pillen sie krank gemacht hat?«

»Irgend etwas hat sie krank gemacht. Im Harlequin war ihr ziemlich übel.«

»Im Harlequin wird einer Menge Leute ziemlich übel. Gleich morgen früh werde ich das Labor an das Ding ransetzen.« Mit der Gewandtheit eines Zauberers ließ er die Pille in seine Tasche wandern. »Wie sind Sie mit Sid Curley klargekommen?«

Drei Minuten und ein neues Arrangement von »Somebody Stole My Gal« später hatte Singer alles über das Abenteuer im Harlequin erfahren. Auf Mrs. Parkers Anweisung hin setzte er für die Dauer ihrer Ausführungen ein Lächeln auf, um so den Eindruck zu erwecken, unterhalten und nicht mit Informationen versehen zu werden. »Ich hoffe, daß ich morgen mehr weiß, nachdem er mich auf seinem Anwesen in East Cove herumgeführt hat.«

»Seien Sie morgen nicht schlauer als nötig.« In seiner Stimme lag ebenso Sorge wie Warnung.

»Um Himmels willen, nein. Ich werde ganz fürchterlich mädchenhaft sein, mit hilflos bebenden Händen, und genau die richtigen Geräusche der Bewunderung von mir geben.«

»Der Kerl, der da neben Pola Negri sitzt, versucht, Ihre Aufmerksamkeit zu erregen. Oder aber er macht mir einen Antrag.«

»Oje, Gott sei mit uns, es ist Horace Liveright. Er veröffentlicht meine Gedichte. Und jetzt ist er mutig genug, als Begleiter von Miss Negri aufzutreten. Ach du Schreck, ihre schwarzen Strümpfe sind mit Fleurs-de-lis bestickt. Ich brenne darauf, sie kennenzulernen, Sie nicht? Hallo, Horace! Was für eine Überraschung, dich hier zu treffen.«

Liveright erhob sich und küßte Mrs. Parker flüchtig auf die Wange. Negri quittierte die Vorstellungen mißmutig und gab etwas von sich, was Mrs. Parker später einmal als eine Art polnischen Grunzer beschrieb. Singer und Mrs. Parker erklärten sich bereit, auf einen schnellen Drink bei ihnen Platz zu nehmen. Liveright bestellte umgehend zusätzliche Gläser und schenkte Champagner ein. Eine völlig unbeschwerte und gut gelaunte Mrs. Parker fragte die Versuchung der Leinwand: »Ich nehme an, Sie haben es lieber, wenn dieses Zeug aus Ihrem Pantoffel getrunken wird.«

»Ziemlich unhygienisch.« Negris Stimme schien aus den Gedärmen ihres Körpers heraufzupoltern, eine verführerisch rauhe Stimme mit starkem Akzent, die Singer den Atem zu nehmen drohte. Er war hypnotisiert.

»Wie tragisch, der Tod von Mr. Valentino.« Mrs. Parker fragte sich, ob Negri vielleicht am Vorabend an Liverights Mitternachtsparty teilgenommen hatte.

»Sehen Sie mich an, ich bin ein Häufchen Elend.« Miss Negri war nicht zu elend, um ein Glas Champagner in einem Zug zu leeren.

»Aber, aber, meine Liebe«, trällerte Mrs. Parker, »der Phönix wird aus der Asche steigen.«

»Ich bin ein Häufchen Elend, nicht ein Haufen Asche.« Liveright schenkte ihr das Glas wieder voll. »Wir sollten die Hauptrollen in Tolstois *Auferstehung* übernehmen. Nun hat man die Nachwelt dieses großen epischen Meisterwerks beraubt. Der Film wird nie wieder das sein, was er einmal war.«

Mrs. Parker erwiderte: »Tolstoi wahrscheinlich auch nicht. Soso, Horace, du kommst ja ganz schön herum, und das mit einigen der aufregendsten Leute. Man stelle sich vor, Pola Negri zu kennen!«

Liveright bemühte sich angestrengt, sich nicht allzusehr aufzuplustern, aber der Versuch mißlang. »Pola und ich kennen uns schon seit ewigen Zeiten.« Negris Augen blitzten bei der Erwähnung von »ewigen Zeiten« wütend auf. »Wir trafen uns zum erstenmal in Deutschland, als sie *Madame Bovary* drehte.«

»Ich war noch ein Kind. Ein ganz junges Kind.« Negris Augen hefteten sich auf Singer. »Warum sind Sie so stumm?«

»Aus Ehrfurcht vor der großen Pola Negri.«

»Ja, das verstehe ich. Wer sind Sie? Was machen Sie?« Sie ließ ihre Zunge um den Rand ihres Glases kreisen, und Singer schlug die Beine übereinander, wie um eine Attacke abzuwehren.

»Ich bin Kriminalbeamter.«

Mrs. Parker glaubte zu sehen, daß sich Liverights Gesicht verfärbte, aber bei der flackernden Beleuchtung war sie nicht ganz sicher. Sie bohrte nach. »Mr. Singer ermittelt in den beiden Mordfällen Ilona Mercury und Vera DeLee. Sie wissen ja sicherlich, daß Miss Mercury die Begleiterin von Mr. Valentino auf der Party war, wo er krank wurde.«

Negri lehnte sich in ihrem Stuhl zurück, fand irgendwo auf dem Tisch zwischen ihrem goldbesetzten Täschchen und einer Packung türkischer Zigaretten ihre Zigarettenspitze, klemmte eine Zigarette in die Spitze und hielt sie hoch, während Liveright wie bestellt ein Streichholz anzündete und daranhielt. Negri inhalierte mit geblähten Nüstern, genauso, wie sie sie in den meisten ihrer Filme blähte, erinnerte sich Mrs. Parker. Sie schickte einen perfekten Rauchkringel auf die Umlaufbahn gen Decke und spießte dann Mrs. Parker mit ihren Augen auf. »Rudy und ich besaßen keine Geheimnisse außer denen, die wir miteinander teilten. Ich war die einzige Frau in Rudys Leben.« Mit ihrer freien Hand führte sie ein schwarzes Taschentuch an ihre Augen. Mrs. Parker konnte nicht die Spur einer Träne entdecken, aber der dramatische Effekt war umwerfend. »Andere Frauen waren Statisten, Komparsen, kleine Nummern. Negri war die Königin, die den Thron mit ihm teilte!« Die Hand mit dem Taschentuch erhob sich eindrucksvoll über ihren Kopf, die Augen waren geschlossen, die Brust wogte (etwas bedrohlich, wie Mrs. Parker fand), die Nüstern bebten und Mrs. Parker widerstand der Versuchung, »Schnitt!« zu rufen. Singer mahnte sie sanft, daß es an der Zeit sei, an ihren Tisch zurückzukehren, und Mrs. Parker stimmte ihm, wenn auch widerwillig, zu. Sie war zum Lästern aufgelegt, was auf ein Übermaß an Champagner zurückzuführen war, sie wollte Liveright über seine Orgien und Negri über Valentinos frigide Frauen befragen, aber Singer half ihr galant auf die Beine, während sie gurrende Laute machte, die die anderen als »Diese Begegnung war absolut denkwürdig« interpretierten.

Singer führte Mrs. Parker an dem Rand der Tanzfläche vorbei. Ihr Tisch hatte sich mittlerweile zu zwei Tischen erweitert. Florenz Ziegfeld und Charlotte Royce hatten sich zu ihnen gesellt. »Schauen Sie sich um, Mr. Singer, geht das hier nicht genauso zu wie bei der Teeparty des verrückten Hutmachers in *Alice im Wunderland*?« Woollcott schien die Gesellschaft, die späte Stunde und die Tatsache, daß Mrs. Parker und Singer ihn im Stich gelassen hatten, erstaunlich gelassen hinzunehmen. Er rauchte eine Zigarette und plauderte offenbar freundlich mit Miss Royce, die an etwas nippte, was wie ein Glas Gin pur aussah. Mrs. Parker entschuldigte sich und Mr. Singer und erklärte den anderen, daß sie einen Drink mit Horace Liveright und der unnachahmlichen, unvergeßlichen Pola Negri eingenommen hätten.

»Was denn, ihr Glückspilze«, schwärmte Woollcott unaufrichtig, »und wie ist Miss Negri so?«

»Zu schön, um wahr zu sein«, kommentierte Mrs. Parker und tippte Van Weber leicht auf die Hand, um seine Aufmerksamkeit zu erregen. Sie brauchte mehr Champagner, und sie bekam ihn.

»Flo hat uns gerade von der großen Saison erzählt, die ihm bevorsteht«, erzählte Van Weber, während er Mrs. Parkers und Singers Gläser auffüllte.

»Eine große Saison. Wahrscheinlich die größte in meiner Karriere.« Ziegfeld starrte in das glimmende Ende seiner Zigarre, als handele es sich um eine Kristallkugel, in der seine große Saison Gestalt annahm. »Ich werde mit *Show Boat* mein neues Theater auf der Sixth Avenue eröffnen.«

Mrs. Parker klatschte in die Hände wie eine freche Straßengöre. »Ein neues Theater! Au fein! Genau das, was New York braucht. Wie heißt es?«

Ziegfelds Brustkasten schwoll an. »Das Ziegfeld.«

»Versteht sich.«

Woollcott mischte sich ein. »Du kannst wohl kaum von ihm erwarten, daß er es nach einem Konkurrenten benennt.«

»Glückliche Edna«, sagte Mrs. Parker und meinte Mrs. Ferber, deren Bestsellerroman die Vorlage für die musikalische Version von *Show Boat* gewesen war. »Das wird sie zweifellos zur Millionärin machen.«

»Hoffentlich macht es uns alle zu Millionären«, sagte Ziegfeld.

Woollcott verkündete: »Miss Royce liest Proust.«

»Wie denn?« erkundigte sich Mrs. Parker. Singer bekam einen Hustenanfall, während Charlotte Royce ihre Aufmerksamkeit einem Mann mit ölig glänzendem Haar widmete, der über das ganze Gesicht lächelnd auf ihren Tisch zukam.

»Na hallo, Lacey, ich dachte doch gleich, daß ich dich entdeckt hätte, als ich mit Pola getanzt habe.« George Raft wartete gar nicht erst ab, daß man ihn einlud, am Tisch Platz zu nehmen. Er entwendete der Gesellschaft am Nachbartisch einen Stuhl und quetschte sich zwischen Van Weber und Mrs. Parker. Van Weber sah alles andere als hocherfreut aus, und Mrs. Parker fragte sich, wer es gewagt hatte, das Kölnisch Wasser herzustellen, das der Tänzer aufgelegt hatte. Raft schien nicht an gegenseitigen Vorstellungen interessiert zu sein. »Lacey und ich sind alte Kumpel, stimmt's, alter Kumpel?« Er machte eine Faust und versetzte Van Webers Arm einen angetäuschten Freundschaftshieb. Van Weber fühlte sich nicht wohl in seiner Haut und bot Raft auch keinen Drink an. Raft schien sich von nichts und niemandem beeindruckt zu fühlen, mit Ausnahme seiner eigenen Person.

Mrs. Parker wollte mehr über die alten Kumpel hören. »Wie lange sind Sie alter Kumpel denn schon alter Kumpel, alter Kumpel?«

Mrs. Parker gefiel Rafts Lächeln nicht, es gelang ihr dennoch, freundlich dreinzuschauen, während sie seine Antwort abwartete. »Ich war vor ein paar Wochen auf Laceys Party«, sagte er.

»Es sieht fast so aus, als sei jeder auf dieser Party gewesen, bis auf die Wiener Sängerknaben«, bemerkte Woollcott.

»Man hat sie wohl nicht eingeladen«, sagte Raft. Jacob Singer unterdrückte ein Stöhnen.

»Kannten Sie Rudolph Valentino?« fuhr Mrs. Parker fort.

»Ob ich Rudy Valentino kannte?«

»Ja, genau das habe ich Sie gefragt.«

»Wissen Sie, wie weit das mit ihm und mir schon zurückgeht?«

»Ich geb's auf. Wie weit?«

Raft brüllte vor Lachen, wobei er den Tisch mit seinen Fäusten malträtierte. In der Nähe des Orchesters, unter einem überwölbten Gang, der zu den Garderoben führte, stand Texas Guinan und beobachtete Raft mit einem wütenden Gesichtsausdruck, beide Hände in die Hüften gestemmt, während ihr rechter Fuß im Stakkato einen Takt klopfte, der nichts Gutes verhieß. »Ich werde Ihnen sagen, wie lange das mit Rudy und mir schon zurückgeht.«

»Ich bin ganz Ohr, Mr. Raft.« Sie war froh, daß er ganz Mund war.

»Ich lernte Rudy praktisch kennen, als er vom Boot stieg. Er war ein Greenhorn. Ein dummer kleiner Itaker, der nicht mal unsre Sprache konnte. Aber Junge, konnte der tanzen.«

»Sie waren sein Tanzpartner?« Mrs. Parker nippte vorsichtig an ihrem Champagner, oder was immer es war.

»Ha, ha, ha! Tanzpartner ist gut!« Raft kippelte mit seinem Stuhl so weit nach hinten, daß die anderen schon damit rechneten, er würde hintüberfallen, aber Gott stand ihm bei. »Hören Sie mal, Lady, Rudy und ich waren allerdings Tanzpartner, aber nicht so, wie Sie denken. Wir wurden dafür bezahlt, die alten Schachteln beim Tanztee übers Parkett zu schieben.«

»Aha, Eintänzer«, sagte Mrs. Parker.

»So ist es. Die Tanten haben uns bezahlt, damit wir mit ihnen tanzten. Und Baby, das war ne Sache, die Rudy beherrschte. Er schob seine Beine zwischen ihre Schenkel und machte seine Scherzchen mit ihnen auf der Tanzfläche und säuselte ihnen irgendwelche Itaker-Liebeslieder ins Ohr, und Baby, was die ihm für Trinkgelder gaben. Auf diese Weise wurde er auch Joan Sawyers Tanzpartner.«

»Und was wurde aus Ihnen, Mr. Raft?« fragte Woollcott.

Rafts Fell war dick genug, um eine ganze Festung zu verteidigen. »Hier bin ich, Kindchen, gesund und munter. Lassen Sie's sich gesagt sein, wir waren ein ganzer Haufen junger Burschen, die sich in den alten Tagen ihr Geld mit Eintanzen verdient haben. Außer Rudy und mir war da noch Denn –« Plötzlich, im letzten Moment, hielt er inne.

»Ja?« Mrs. Parker konnte ihre Augen nicht von Rafts Gesicht abwenden.

Van Weber fand mit einemmal seine Stimme wieder. »Erzähl mal, George, was ist an der Nachricht dran, daß du nach Hollywood gehen willst?«

»Ich weiß nicht, wer diese Gerüchte verbreitet«, erwiderte Raft von oben herab. »Aber die Warners wollen mich nächste Woche in ihrem Brooklyn-Studio unter die Lupe nehmen. Aber weißt du, man sollte nie das Fell des Bären verkaufen, bevor man ihn nicht erlegt hat.«

»Aber man kann ja schon mal nachfragen, was Bärenfelle auf

dem Markt so bringen«, sagte Woollcott mit einer Stimme, an der Eiszapfen hingen.

»Ich finde Sie faszinierend, Mr. Raft«, schmeichelte Mrs. Parker und hoffte insgeheim, nicht vom Blitz erschlagen zu werden. »Was ich sagen will: Hier sitzen Sie, ein Mann, an dem ein Schauspieler verlorengegangen ist, der Rudy Valentino kannte, mit Pola Negri getanzt hat und ein Intimfreund von Texas Guinan ist - oder ist das ein Geheimnis?«

»Nee, verdammich, Tex und ich sind gute Kumpel.«

»Also Mr. Raft, ich glaube, Sie sehen einer ziemlich glorreichen Zukunft entgegen.«

»Donnerwetter, danke auch, Lady, das ist wirklich nett von Ihnen.« Ein Kellner kam, kniete sich neben Raft und flüsterte ihm unhörbar etwas zu, was Rafts gute Laune schlagartig veränderte. »Ich glaube, ich muß mich auf die Socken machen. Die Pflicht ruft.« Pflicht ist gut, Flittchen paßt eher, dachte Mrs. Parker. Raft schob seinen Stuhl zurück und stand auf. »Also, war schön, Sie alle kennenzulernen.« Aber er hat ja niemanden kennengelernt, dachte Mrs. Parker; mit Lacey Van Weber hat er kaum ein Dutzend Worte gewechselt. Sie sah ihm nach, während er wie ein Zwerghahn davonstolzierte.

»Was für ein ungemein seltsamer junger Mann«, sagte Mrs. Parker. Dann wandte sie sich Van Weber zu. »Er ist offenkundig vorbeigekommen, um Ihnen guten Tag zu sagen, und dann hat er Sie fast vollkommen ignoriert.«

»George ist ein aufdringliches Arschloch.« Sie hatten fast vergessen, daß Charlotte Royce eine Stimme besaß.

»Dann kennen Sie ihn also gut«, bemerkte Woollcott.

»Jeder in der Stadt kennt ihn. Vor ein paar Monaten wollte er mich überreden, eine Tanznummer mit ihm auf die Beine zu stellen.«

»Er hat Sie nicht einmal begrüßt!« Mrs. Parker schien entsetzt zu sein. Sie war es nicht. Sie war müde, gelangweilt und frustriert. Sie wußte, daß an diesem Abend irgend etwas Wichtiges geschehen war; daß es Spuren gab, die sich zwischen den Zeilen und den Anspielungen verbargen, hinter den Bemerkungen von

Negri und Liveright und Van Weber und Raft – besonders von Raft, der mitten in einem Namen verstummt war. *Denn* . . . Welcher Denn? Denn, und wie weiter?

»Na klar hat er mir nicht guten Tag gesagt. Warum sollte er? Es gibt größere Fische, die er sich angeln kann. Zum Beispiel Flo hier. Er würde alles drum geben, bei den *Follies* mitzumachen.«

»Er ist ein sehr guter Tänzer«, räumte Ziegfeld ein. »Aber mir gefällt sein Ruf nicht.«

»Und was für ein Ruf ist das?« erkundigte sich Woollcott, der nicht vergessen hatte, was ihm erzählt worden war: daß Raft ein Laufbursche für die Bande war.

»Seine Verbindungen zur Unterwelt.«

»Haben Sie denn keine Verbindungen zur Unterwelt?« Woollcott sprach gelassen und ohne Scheu. Mrs. Parker fand ihn schrecklich mutig und nahm sich vor, es ihm bei nächster Gelegenheit zu sagen. Sie mochte ihn an diesem Abend. Er benahm sich ausgesprochen umgänglich. Seine Zeit zum Schlafengehen war längst gekommen und vergangen, aber seine Zeit für Gehässigkeiten offenbar nicht. Sie hatte den Verdacht, daß er gerade frischen Wind in die Segel bekam, und er machte auch keine Einwände, als Van Weber sein Glas wieder nachfüllte. Sie wagte nicht, auf ihre Uhr zu schauen. Sie wollte gar nicht wissen, wie spät es war. Sie wollte nicht wie Aschenputtel den Tanzsaal verlassen müssen, unter Zurücklassung eines Glases Champagner. Sie wollte die ganze Nacht aufbleiben, bis Lacey Van Weber sie morgens um elf Uhr abholte; sie wollte wieder Anfang zwanzig sein, kokett, schockierend und romantisch. Das Schnarren in Ziegfelds Stimme riß sie aus ihren Träumen.

»Was wollen Sie damit sagen, Mr. Woollcott?«

»Ich will damit sagen: Ist es nicht so, daß Sie auf finanzielle Unterstützung aus der Unterwelt für Ihre Produktionen angewiesen sind? Wir wissen schließlich alle, daß George White sich dort sein Geld für seine *Scandals* holt, und daß sich Earl Caroll aus derselben Quelle die Mittel für seine *Vanities* beschafft.«

»Daher kam auch der Zaster für mein Stück«, sagte Mrs. Parker aus dem Nichts heraus.

»Und was war das für ein Stück?« fragte Ziegfeld, dankbar für die kurze Atempause.

»Was? Sie haben noch nie etwas von dem Stück gehört, das ich zusammen mit Elmer Rice geschrieben habe? Schämen Sie sich, Mr. Ziegfeld. Es ist ungefähr vier Wochen gelaufen. *Close Harmony.* Ich wollte es eigentlich *Close Call* nennen. Das war vor zwei Jahren. Eine sehr deprimierende Erfahrung.«

»Ich investiere in Mr. Ziegfelds Produktionen.« Alle Augen richteten sich auf Lacey Van Weber. »Mein Geld steckt in *Showboat, Rio Rita* und den *Follies* für das nächste Jahr. Ich glaube, es wird ein herausragendes Jahr für uns alle sein.«

»Haben Sie Verbindungen zur Unterwelt, Mr. Van Weber?« Woollcotts Stimme klang ruhig und beherrscht, ohne eine Spur von Champagner. Er zündete sich eine Zigarette an und hielt sie wie ein verwegener Mann von Welt.

»Ich habe alle möglichen Verbindungen, Mr. Woollcott. Ich kenne eine große Anzahl von Leuten, die Kontakt zur Unterwelt pflegen. Wer tut das nicht? Ich investiere auch an der Aktienbörse, und wir wissen wohl alle, was für ein zwielichtiges Unternehmen das ist. Schauen Sie sich um, Mr. Woollcott, und was sehen Sie? Sie sehen einen Querschnitt durch die Wohlhabenden, die Fast-Wohlhabenden und die Wünschten-verdammt-sie-wären-es-Wohlhabenden. Wir stehen hier alle Seite an Seite. Die schrägen Vögel, die Legalen und die Illegalen.« Großer Gott, dachte Mrs. Parker, wenn er was zu sagen hat, dann kann er sich wirklich ausdrücken. Jacob Singer saß mit verschränkten Armen auf seinem Platz, ein stiller Zuhörer, dem nichts entging. Er bewunderte Woollcott. »Beantwortet das Ihre Frage?«

»Nun ja, es waren jedenfalls eine Menge Worte«, erwiderte Woollcott.

»Die *Times* brachte ihre Besprechung von *Close Harmony* bei den Todesanzeigen.« Mrs. Parker schüttelte traurig den Kopf, während Woollcott sie mit giftigen Blicken durchbohrte, weil sie ihn unterbrochen hatte.

Ziegfeld sagte zu Charlotte Royce: »Ich glaube, es ist Zeit aufzubrechen.«

»Ja, sicher, Flo.«

»Miss Royce?«

»Ja, Miss Parker?«

»Ich sollte Sie morgen um zwölf Uhr mittags anrufen.«

»Ach, ja. Gut, daß Sie mich daran erinnern.«

»Ich fürchte, ich werde es etwas später am Tag versuchen müssen. Es ist etwas dazwischengekommen.« Sie lächelte Van Weber an, der zurücklächelte. Wie schön, dachte sie, er hat immer noch Interesse. »Wann würde es Ihnen später am Tag passen?« Sie betonte vorsichtig jedes Wort, bemüht, keines zu verschlucken.

»Jederzeit um sechs herum. Ich ruhe mich immer noch ungefähr eine Stunde aus, bevor ich ins Theater gehe.«

»Das klingt ganz prima.«

Plötzlich erhob sich ein Gebrüll aus der Menge, so daß Mrs. Parker sich fragte, ob wohl irgendwo hinter ihrem Rücken Christen den Löwen vorgeworfen wurden. Von der Decke regnete es Luftballons und Konfetti.

»Heissa!« schrie Charlotte Royce. Es überraschte Mrs. Parker nicht, daß sie der »Heissa«-Typ war. Das Orchester schmetterte »There'll Be a Hot Time in the Old Town Tonight«. Singer bemerkte etwas zu Woollcott, das ihn fast vor Stolz platzen ließ. Mrs. Parker beschrieb seinen Gesichtsausdruck später einmal als den einer Sechzehnjährigen bei ihrem ersten Kuß.

»Mein Gott, was für ein Chaos!« rief Van Weber.

Mrs. Parker richtete sich majestätisch auf und verkündete ihm: »Henry Brooks Adams schrieb: ›Aus dem Chaos entsteht häufig neues Leben.‹«

»Wer war Henry Brooks Adams?«

»Ach, seien Sie doch nicht so ein Spielverderber.«

Genau in diesem Moment brach die Hölle los. Polizisten strömten in das Lokal, einige trugen Waffen, andere schwangen Äxte. »Ach du Scheiße!« sagte Singer, der nicht hören konnte, wie Texas Guinan dieselbe Bemerkung machte, weil sie neben dem Orchester stand.

»Welch eine Freude!« rief Woollcott aus. »Meine erste Razzia! Ist das nicht fantastisch! Glauben Sie, daß es beim Niedergang und Fall des Römischen Reiches ähnlich zugegangen ist?«

Singer schrie seiner Gruppe zu: »Folgen Sie mir!« Er packte Mrs. Parker am Handgelenk und zog sie zu dem Wandelgang, der zu den Garderoben führte. Mrs. Parker dachte schon, zu ihrer Linken befände sich eine Maus, bis sie feststellte, daß es sich um Miss Royce handelte, die spitze Quieklaute von sich gab. Ziegfeld hatte das Mädchen an beiden Armen gepackt und schubste sie vor sich her. Mrs. Parker sah, wie Liveright sich mit der Last von Pola Negri abmühte, die offenbar in Ohnmacht gefallen war oder beschlossen hatte, daß sie von irgend jemandem getragen werden wollte. Mrs. Parker bezweifelte, daß Liveright Manns genug war, die Qual zu überleben. Einer der Polizisten, die die Razzia leiteten, stand am Eingang des Gewölbes. Er erkannte Singer und drohte scherzhaft mit dem Zeigefinger, woraufhin Singer ihm nahelegte, etwas mit sich selbst anzustellen, was anatomisch unmöglich ist.

Hinter der Bühne erwischte ein Polizist Raft bei dem Versuch, sich in einer stinkenden Toilette zu verstecken. Raft bot ihm zehn Dollar an, damit er vergesse, ihn gesehen zu haben. Sie einigten sich auf zwanzig. Lily Robson kämpfte in den Armen einer massigen Polizistin. »Hör auf mich zu begrabschen, du Scheißlesbe«, kreischte Lily Robson.

»Warten Sie hier«, sagte Singer zu Mrs. Parker und eilte davon, um Lily Robson beizustehen.

Singer sagte etwas zu der Polizistin, die erwiderte: »Wer sagt das?«

»Ich sage das«, gab Singer barsch zurück, während er ihr seine Dienstplakette zeigte. Die Frau hörte nicht auf zu geifern, so daß Singer nahe daran war, ihr eine reinzuhauen, was eine Degradierung zum Streifendienst im finstersten Staten Island bedeutet hätte.

»Donnerwetter, Kumpel, danke!« rief Lily Robson, während Singer jetzt sie und Mrs. Parker durch eine Hintertür vorwärtstrieb.

»Sie kennen sich hier ja bestens aus!« rief Mrs. Parker voller Bewunderung.

»Ich weiß nicht, wieviel dutzendmal wir in dieser Kneipe schon eine Razzia gemacht haben, auch wenn sie immer anders heißt«, sagte Singer zu ihr. »Hier entlang. Links herum.« Die Gasse führte sie auf die Siebenundfünfzigste Straße West.

»Oh, wie schön«, verkündete Mrs. Parker, »ich wohne gleich am Ende der Straße. Wer möchte noch einen Schlummertrunk?«

Woollcott lehnte atemlos keuchend an einem Schaufenster. Ziegfeld scheuchte Charlotte Royce in ein Taxi, und sie rasten davon. Singer bot der halbnackten Lily Robson sein Jackett an, aber sie begnügte sich mit einer Leihgabe von fünf Dollar und einem Taxi. Van Weber sagte zu Singer und Woollcott: »Ich werde Mrs. Parker nach Haus begleiten.« Mrs. Parker hakte sich glücklich in den Arm ein, den er ihr bot, wünschte Woollcott und Singer über die Schulter eine gute Nacht, und versprach, sich morgen abend bei ihnen zu melden. Dann fragte sie sich, ob Mr. Van Weber ihre Gastfreundschaft für den Rest der Nacht in Anspruch nehmen wollte. Falls ja, würde er sie bekommen.

Texas Guinan war den Beamten entkommen. Sie saß am Schreibtisch in ihrem Büro über dem Club, das durch eine geheime Treppe zu erreichen war, und brüllte ihren verschlafenen Anwalt wütend durchs Telefon an, er möge gefälligst seinen fetten Hintern Richtung Downtown schieben und ihre Mädchen heraushauen. Fünf Minuten später hatte sie das Gehör eines sehr verschlafenen Polizeidezernenten gefunden, dem sie in einer Sprache, die selbst einem Hafenarbeiter die Schamesröte ins Gesicht getrieben hätte, auseinandersetzte, daß sie eine Rückerstattung all der Tausender erwartete, die sie ihm und seinen Häschern unter dem Tisch zugeschoben hatte, um ihr letztes Unternehmen razziafrei zu halten. Er wehrte sich mit zahlreichen Entschuldigungen und Erklärungen, behauptete, von dem ganzen Schlamassel völlig überrascht worden zu sein, und versicherte ihr, daß sie morgen abend wieder neu eröffnen könne.

»Das Lokal liegt in Trümmern!« schrie sie ins Telefon. »Ihre Gorillas sind mit Äxten und Brechstangen über uns hergefallen!«

Der Dezernent versicherte ihr, daß als erstes morgen früh eine Arbeitstruppe vom Polizeirevier bei ihr antreten würde.

»Das möchte ich auch stark hoffen!« drohte Guinan, während sie den Hörer aufknallte. Sie stolzierte die Treppe hinunter, um eine Bestandsaufnahme des angerichteten Schadens vorzunehmen, als sie im Flur hinter der Bühne George Raft sah, wie er sich aus der Toilette herausschlich. »Du mieses kleines Arschloch!« brüllte sie; sie stürzte sich auf ihn, riß ihn an den Haaren und zerkratzte ihm sein Gesicht.

»Hör auf damit, Tex, hör auf«, schrie Raft und versuchte, sich vor ernsterem Schaden zu bewahren.

»Hab ich dir nicht gesagt, du sollst die Finger von Lacey Van Weber lassen? Er kann deinen Anblick nicht ertragen!«

»Wie kannst du nur so einen Haufen Scheiße erzählen! Wir sind alte Kumpel!«

»Ihr seid so alte Kumpel, daß er mich ermahnt hat, dich ja von ihm fernzuhalten!«

»Ach ja? Und wieso hat er mich auf seine Fete eingeladen?«

»Du bist in seine Fete *reingeplatzt*, du aufdringlicher ungarischer Gigolo! Du hast Valentino und Mercury mitgenommen und bist reingeplatzt, weil du wußtest, daß man dir mit Valentino im Schlepptau nicht die Tür weisen würde! Du hast ja gesehen, was daraus geworden ist!«

»Konnte ich ahnen, daß Horathy auch da sein würde? Hör auf, mich zu kratzen, du Scheißhure, sonst zerschlag ich dir deinen beschissenen Unterkiefer!« Es gelang ihm, sie an den Handgelenken zu packen, aber ihre Beine hatte er damit nicht im Griff. Ihre ungestüme Wut ließ einfach nicht nach. Sie trat ihn ans Schienbein und versuchte, ihr Knie in seine Leistengegend zu stoßen.

»Du widerlicher kleiner ungarischer Schleimer, für dich ist hier Schluß, hast du mich verstanden? *Schluß!*«

Sid Curley flehte mit den Augen. Mit seinem Mund konnte er nicht flehen, weil der fest mit Klebeband versiegelt war. Seine Hände waren fest hinter seinem Rücken gefesselt, und seine Füße waren feucht. Zwei Herren zweifelhaften Ursprungs drückten sie kräftig in einen Eimer fest werdenden Zements. Der eine hatte eine Messernarbe auf seiner rechten Wange, die vom Ohr bis zum Mund verlief. In diesem Mund hing eine kalte Zigarre. Sein Griff auf Sid Curleys linkes Bein war wie ein eiserner Schraubstock. Der Mann, der Curleys rechtes Bein festhielt, war kahl, was auf eine Metallplatte in seinem Kopf zurückzuführen war, einem Andenken aus dem letzten Krieg. Ihm fehlte ein Teil seines rechten Ohres, und obgleich er noch nicht dreißig war, besaß er ein komplettes Gebiß schlecht sitzender falscher Zähne. Sid Curley fing wieder an, sich zu winden. Er wand sich, seitdem die beiden Killer ihn in seiner Pension in der Eleventh Avenue nahe der Dreiundvierzigsten Straße, in bequemer Reichweite des Times Square und, tragischerweise für Sid Curley, des Hudson River, aufgegriffen hatten. Ein äthergetränktes Tuch hatte dafür gesorgt, daß sich Curley im Flur vor seinem Zimmer unauffällig benahm, und die beiden Killer waren in der Lage gewesen, ihn ohne Zwischenfälle in ihren wartenden Sedan zu tragen. Die Wirtin der Pension, eine ehemalige Taschendiebin, war an den Anblick von Körpern gewöhnt, die mehr oder minder lebendig aus ihrem Haus entfernt wurden. Es tat ihr ziemlich leid, Curley entschwinden zu sehen. Sie mochte den kleinen Mann. Er hielt sein Zimmer in Ordnung und sich selbst nicht weniger als adrett. Er zahlte pünktlich jeden Freitagmorgen seine Miete, und mitunter wickelte er eine frisch erstandene Schönheitsrose in die Geldscheine ein. Jedoch hatte die Dame schon bald erkannt, daß das Schicksal Curley früher oder später einholen und ihn zur Kasse bitten würde. Curley wußte das auch, aber genauso wie andere bezahlte Informanten bildete er sich ein, daß er derjenige sei, der verschont bleiben würde.

Als der durch den Äther herbeigeführte Nebel sich verzogen hatte, war Sid Curleys Mund zugeklebt. Seine Hände waren hinter seinem Rücken und seine Füße an den Stuhl gefesselt, auf dem er saß. Die beiden finsteren Rächer rührten inzwischen den Zement in einer Schüssel an, die der Kapitän der Müllschute, die soeben auf die Mitte des Flusses zusteuerte, zuvorkommenderweise bereitgestellt hatte. Als der Zement eine Konsistenz erreicht hatte, die den Killer mit der Stahlplatte zufriedenstellte, band man Curleys Füße los. Er kämpfte heftig dagegen an, daß man seine Füße in die tödliche Mischung eintauchte, aber es nützte ihm gar nichts. Er erntete nur einen Kinnhaken, der ihn wieder in Ohnmacht fallen ließ, doch diesmal hatte er einen eher süßen Traum, er sah seine Mutter und seine Schwester, wie sie ihn am Bahnhof von Baronowitsch verabschiedeten, einem kleinen Schtetl an der russisch-polnischen Grenze.

»Ich lasse euch sehr bald nachkommen!« rief er ihnen auf polnisch zu, »sobald ich meine ersten hundert Dollar in Amerika verdient habe!«

Er hatte viele Hunderte von Dollar in Amerika verdient, aber es irgendwie geschafft, sein Versprechen zu verdrängen, das er ihnen vor zwanzig Jahren als gerade vierzehnjähriger Bursche gegeben hatte. Wie er mit schmerzendem Unterkiefer und ohne Zukunft erwachte, erinnerte er sich an seinen Traum und dachte sehnsüchtig an die winzige Mutter und die winzige Schwester, die immer noch in der alten Heimat dahinsiechten, vorausgesetzt, daß sie nicht einem Pogrom zum Opfer gefallen waren. Sie schrieben nie, weil man ihnen das Schreiben nie beigebracht hatte. *Schnief, schnief, schnief.*

Das Boot kam zum Stillstand. Um sie herum war es höllisch finster. Mit Hilfe des Kapitäns wurde Sid Curley aus seinem Stuhl herausgehoben und langsam über die Seite des Bootes hinabgelassen. Ein Schrei stieg in seiner Kehle auf, konnte sich jedoch keinen Weg nach draußen bahnen. Die Zementschüssel trug Sid Curley äußerst langsam auf den Grund des Hudson River. Er starb nicht unmittelbar. Er hielt die Luft an und hoffte auf ein Wunder, er verdrehte die Augen verzweifelt in alle Richtungen auf der Suche nach einem Taucher, der ihm mit einem Messer zwischen den Zähnen zur Hilfe eilen würde, wie er es bei Douglas Fairbanks immer im Kino gesehen hatte. Was er statt dessen zu seiner Überraschung und beinahe Freude erblickte, waren einige alte Freunde, die er in letzter Zeit nicht mehr in der Stadt gesehen hatte. Zu seiner Linken befand sich Looey der Penner, der Arnold Rothstein, den gefährlichen Gangster, einmal zu oft verpfiffen hatte. Und direkt vor ihm war Polizeileutnant Barney Fermelli, der Schmiergeld angenommen und hinterher den Spender gelinkt hatte.

Schnief, schnief, schnief. Sid Curley fühlte sich wohler. Er befand sich unter Freunden. Er würde nicht allein sterben.

Van Weber begleitete Mrs. Parker bis zu ihrer Tür, wo sie unter den neugierigen Augen des Nachtportiers ihre Vorsicht über Bord warf und ihn auf einen Schlummertrunk nach oben einlud. Er bedankte sich für das Angebot, lehnte es aber ab, ohne ihren Charme oder ihre Gesellschaft oder was immer es war, was sich hinter der Einladung verbarg, ja vielleicht verkroch, zurückzuweisen. Statt dessen machte er sie schlicht darauf aufmerksam, daß sie am nächsten Morgen um elf eine Verabredung hätten. Bis dahin blieben ihnen nur noch sechs Stunden, und er brauche etwas Schlaf. Mrs. Parker zeigte sich verständnisvoll. Es gab ja immer noch morgen. Schamlos bot sie ihm ihren Mund, und zärtlich nahm er ihn an. Es fühlte sich an, als hätte ein fliegender, oder aber flüchtiger Kolibri ihre Lippen gestreift. Sie sah ihm zu, wie er in ein Taxi stieg und davonfuhr.

Der Liftboy der Nachtschicht erwachte, nachdem sie ihn kräftig gerüttelt hatte, und fuhr sie, von einigem übelriechenden Gegähne begleitet, zu ihrem Stockwerk hinauf. Während sie noch mit Schlüssel und Schlüsselloch kämpfte, konnte sie das Telefon in ihrer Wohnung klingeln hören. Wer immer am anderen Ende der Leitung war, hatte nicht die Absicht aufzugeben, ohne sie zu erreichen. Atemlos keuchte sie in die Sprechmuschel: »Ja?«

Es war Jacob Singer. Er war sicher, daß er sie nicht geweckt hatte, da sie sich vor kaum mehr als zehn Minuten verabschiedet hatten. Mrs. Parker erklärte ihm, sie sei eben erst nach Hause gekommen und außer Atem, weil sie eine Auseinandersetzung mit ihrem Schlüsselloch gehabt hätte. Sie setzte sich auf den Stuhl neben dem Schreibtisch, auf dem das Telefon stand. Seine nächste Frage ahnend, antwortete sie: »Ja, wir können frei sprechen. Ich bin allein.« Singer hatte diskreterweise nicht unterstellt, daß Van Weber bei ihr sein könnte.

»Ich wollte Sie noch heute abend erwischen, bevor uns morgen etwas dazwischenkommt.« Er saß mit einem warmen Bier in der Hand auf dem Fußboden seines winzigen Wohnzimmers, den Hörer zwischen Ohr und Schulter geklemmt. »Ich möchte, daß Sie da morgen bei Ihrem Ausflug mit Van Weber äußerste Vorsicht walten lassen. Ich meine, er wich heute abend ziemlich geschickt aus, als ihn Freund Woollcott auf seine Verbindungen zur Unterwelt festnageln wollte.«

»Ja, ich war ziemlich stolz auf Woollcott. Ich sag's ihm morgen abend, wenn ich wieder hier bin.«

»Ich wiederhole, versuchen Sie nicht, die Heldin zu spielen. Ich bin froh, daß Sie diese Chance erhalten, mit ihm allein zu sein, weil wir jedes Stückchen Information brauchen, das Sie aus dem Kerl herausholen können. Ich bin ziemlich überzeugt, daß zwischen ihm und diesen Morden ein Zusammenhang besteht.« Ich auch, dachte Mrs. Parker, aber ich sag es nicht; ich will mir den morgigen Tag nicht verderben. Schließlich bin ich selbstmörderisch veranlagt, und was für eine göttliche Art zu sterben. »Ich möchte morgen spätestens um sechs von Ihnen hören.«

»Warum?«

»Weil ich dann weiß, daß Sie sicher in die Stadt zurückgekehrt sind.«

Mrs. Parker richtete sich auf. »Hören Sie, Mr. Singer, Sie glauben doch wohl nicht, daß mir morgen irgend etwas zustoßen könnte, oder? Jeder am Tisch hat mitbekommen, wie er mich bat, den Tag mit ihm zu verbringen.«

»Sie könnten einen plötzlich Unfall haben.«

»Das hoffe ich nicht.«

»Das hoffe ich auch nicht. Aber er weiß, daß Sie und Woollcott hinter Informationen her sind, und daß Sie sie langsam bekommen. Er weiß, daß Sie verabredet sind, um mit Charlotte Royce zu reden. Er weiß, daß Sie gemerkt haben, wie Raft sich beinahe verquatscht und den Namen von jemandem genannt hätte, mit dem Raft und Valentino in ihrer Jugend herumgehurt haben, einen Namen, von dem ich stark den Eindruck hatte, daß Van Weber ihn nicht wiederholt haben wollte.«

»Und er stimmte zu, daß Hollywood ein sehr grausamer Ort ist.«

»Das ist mir nicht entgangen.«

»Das hätte ich auch nicht angenommen, Mr. Singer. Ich muß feststellen, daß Ihnen nicht sehr viel entgeht.«

»Ich bemühe mich. Aber ich wiederhole, Mrs. Parker, ich möchte nicht, daß Sie zu weit hinausschwimmen.«

»Ich bin eine sehr gute Schwimmerin, Mr. Singer. Und ich werde dafür sorgen, daß wir bis um sechs Uhr wieder in der Stadt sind. Und Mr. Singer ...«

»Hhm?«

»Schlafen Sie gut, und süße Träume.« Sie legte auf, ging ins Badezimmer und ließ Wasser einlaufen. Langsam zog sie sich aus, tief in beunruhigende Gedanken versunken. Sie schüttete Badesalz ins Wasser und verrührte es, wobei sie einen kleinen Strudel aufwirbelte. Und in diesem Strudel sah sie Lacey Van Webers Gesicht, das sie anlächelte. Doch konnte das Lächeln nicht die Augen kaschieren, die Augen, die sie bei jeder Gelegenheit im Club von Texas Guinan beobachtet hatten.

Blau. Kalt. Und grausam.

Zehntes Kapitel

Der Mann benutzte seinen Dietrich, um sich in George Rafts Hotelzimmer Einlaß zu verschaffen. Plötzlich aus dem Nichts aufzutauchen, war seine Spezialität. Ungesehen hatte er das Hotel betreten, ungesehen war er die Hintertreppe hinaufgegangen und ungesehen hatte er den Flur zu Rafts Zimmer überquert. Es war leicht wie Mord. Vor weniger als einer Stunde hatte er den Auftrag bekommen. Er war es gewöhnt, daß man ihm zu ungewöhnlichster Stunde ungewöhnliche Arbeiten zuwies. Sechs Uhr morgens war eine ausgezeichnete Stunde für einen Überraschungsbesuch. Er hatte sogar noch genügend Zeit, sich zwischendurch in einer Cafeteria am Times Square, die rund um die Uhr geöffnet hatte, Kaffee und Krapfen zu bestellen. Die Doughnuts waren frisch und knusprig, die erste Lieferung des Tages. Der kochend heiße Kaffee duftete aromatisch; es war die Hausmarke. Es machte nichts, wenn man ihn erkannte. In dieser Gegend war sein Gesicht zu jeder Tages- und Nachtzeit ein gewohnter Anblick. Das war eine der Spielregeln, bloß keine Überraschungen.

Er sah sich voller Abscheu in dem bescheidenen Quartier um. Rafts Smokingjacke lag neben der Zentralheizung auf dem Boden. Die Hosen hingen über einem Stuhl, die Unterwäsche war in der Mitte des Fußbodens neben einem Haufen aus Tanzschuhen und einer schwarzen Strumpfhose fallengelassen worden. Raft lag auf dem Bett, er war nackt. Beide Fenster standen offen, und der Mann konnte hören, wie auf der Straße die Mülltonnen geleert wurden, was ihn daran erinnerte, daß es Arbeit für ihn zu tun gab. Ein elektrischer Ventilator stand auf einem der Fensterbretter. Er war auf Raft gerichtet und gab ein schwaches Summen von sich. Doch die Hitze konnte er nur wenig lindern. Das Kopfkissen tränkten Brillantinelachen aus Rafts Haar. Auf seinem Gesicht waren Kratzer und an den Knien blaue Flecken zu sehen. Der Mann hob ein Bein an und trat Raft sanft in die Seite. Er zeigte keine Reaktion. Er trat noch einmal, mit verstärktem Druck. Ein Grunzer von Raft. Der dritte Tritt hatte schließlich Erfolg. Raft riß die Augen weit auf. Der Tänzer blickte fassungslos im Raum umher, bis die fleischigen Züge des Mannes Konturen annahmen. Raft war verwirrt und, als er den Mann schließlich erkannt hatte, verängstigt. Der Mann ließ seine massige rechte Faust in Rafts Rippen krachen. Rafts Aufheulen wurde jäh unterbrochen, als der Mann ihm ein Kissen aufs Gesicht drückte.

»Du redest zuviel«, sagte der Mann. Raft blieb regungslos und schwer atmend liegen, in dem Bewußtsein, daß der Mann nicht gekommen war, um ihn zu töten. Seine Rippen schmerzten, und sein Herz hämmerte, und er wußte, daß er sich nicht wehren durfte. Er wartete, daß der Mann den nächsten Schritt machen würde. »Du redest zuviel über deinen Freund Rudy und deine anderen Tanzkumpels. Du bist zu ehrgeizig, Georgie. Du drängelst dich rein, wo man dich nicht haben will, und wo man dich nicht braucht. Man hat dir deine Belohnung versprochen. Du wirst ein großer Filmstar werden. Wir brauchen da drüben einen großen Filmstar, von den anderen sind zu viele tot oder kurz davor. Du mußt geduldig sein, Georgie. Erfolg braucht seine Zeit. Nur noch ein paar Jahre vielleicht, und dann *wumms.*« Wieder versetzte ihm der Mann einen Hieb in die Rippen. Raft stöhnte. »Aber du mußt geduldig sein, verstehst du? Nächstes Mal, Georgie, brechen wir dir die Beine. Und jetzt bleib schön da liegen, bis ich hier weg bin. Schlaf wieder ein. Es ist noch früh.« Der Druck auf das Kissen nahm ab. Er hörte den Mann sagen: »Mannomann, was bist du für ein unerfreulicher Anblick.« Dann öffnete sich die Tür und schloß sich wieder leise. Raft schmiß das Kissen auf die Erde und richtete sich mühsam im Bett auf, sein Gesicht war schmerzverzerrt. Er lehnte sich gegen das Kopfende aus Messing und atmete mehrmals tief durch. Dann griff er nach der Zigarettenpackung und der Streichholzschachtel, die auf seinem Nachttisch lagen. Nach dem ersten Zug heulte er los wie ein kleines Kind. O Scheiße, dachte er, o Scheiße, ich gehöre ihnen ein Leben lang. Ich gehöre ihnen in alle Ewigkeit. O Scheiße, laß es sich wenigstens lohnen.

Neysa McMein wollte ihren Ohren nicht trauen. Es war zehn Uhr früh, und Dorothy Parker kratzte Einlaß heischend an der Tür. Neysa fragte ihren Ehemann, der am Küchentisch saß und in einen Teller mit Rührei und Schinken vertieft war: »Hörst du, was ich höre?«

»Wir sind im selben Raum.«

»Aber Dottie, um zehn Uhr morgens?« Neysa schloß die Tür auf, und Mrs. Parker schwebte herein, eine Vision aus leichtem grünem Chiffon und einem gelben Strohhut, den sie lässig an einem Band hielt. Ihre rechte Hand umklammerte eine kanarienvogelgelbe Handtasche; sie erinnerte sich, sie in Spanien bei einem bemitleidenswerten Straßenjungen erstanden zu haben, dessen Arme mit Krätze übersät waren.

»Bin ich zu früh dran für euch?«

»Nein, du bist zu früh dran für *dich*«, erwiderte Neysa.

»Darf ich eine Tasse Kaffee schnorren?«

»Du kannst sogar Eier mit Speck bekommen, wenn du deine Trümpfe richtig ausspielst«, antwortete Neysa, während sie siedendheißen Kaffee in einen Keramikbecher einschenkte. Mrs. Parker setzte sich an den Küchentisch und lächelte Baragwanath an, den sie einmal als einen Mann beschrieben hatte, der sich in dem Versuch durchs Leben kämpfte, die Notwendigkeit seiner Existenz zu beweisen.

»Hattest du eine gute Nacht, John?«

»Nein«, antwortete er durch einen Mund voll Ei. »Ich hatte eine sehr schlechte Nacht.«

»Du hast immer eine sehr schlechte Nacht«, erinnerte ihn Mrs. Parker.

»Das stimmt. Meine letzte gute Nacht war die Nacht vor dem Tag, an dem ich Marjorie heiratete.« Marjorie war Neysas richtiger Name. Sie verabscheute ihn.

»Und wie war deine Nacht, Neysa?« Neysa hatte den Kaffee und eine Tasse für sich selbst mitgebracht und setzte sich neben Mrs. Parker.

»Ich bin noch gar nicht zu Bett gegangen«, antwortete die Künstlerin fröhlich. »Ich war die ganze Nacht auf und habe Gin in der Badewanne hergestellt. Die ganze Bande kommt heute abend zu uns. Du brauchst natürlich keine offizielle Einladung.« Sie nahm einen Schluck Kaffee. »Alle Achtung, das ist wirklich gutes Zeug.« Mrs. Parker stimmte ihr zu. »Das macht der Armagnac. Und zwar echter, nicht so ein Terpentin aus der South Bronx.«

»Welch Luxus!« rief Mrs. Parker.

»Spann uns nicht länger auf die Folter, Parker. Erzähl uns von *deiner* Nacht.« Neysa McMein kannte die Dame gut. Sie war ihre beste Freundin, eine der wenigen Frauen, denen Mrs. Parker erlaubte, eine gute Freundin zu sein. Da sie selbst Schriftstellerin, die andere eine begabte Künstlerin und Illustratorin war, konnte es zwischen ihnen keine Konkurrenz geben. Sie hatten einen völlig entgegengesetzten Geschmack, was Männer betraf, wobei Mrs. McMein zum sanften Typus neigte, wie ihr eigener Mann einer war, in dem Mrs. Parker nichts als eine formlose Null sah. Mrs. Parkers Geschmack tendierte mehr zum Neurotischen oder Unerreichbaren, zu Männern mit schwachem Charakter oder starken Ehefrauen.

Mrs. Parker war hocherfreut, daß Neysa so schnell auf ihr Stichwort reagierte, und übernahm begierig das Rampenlicht. Ihre Litanei begann mit *No Foolin'* und endete mit dem zarten Gutenachtkuß, mit dem Lacey Van Weber sie beehrt hatte. Die Litanei dauerte drei Tassen Kaffee pro Person. Währenddessen hatte Mr. Baragwanath die Wohnung unbemerkt verlassen – sein üblicher Abgang –, und Mrs. Parker standen noch fünfzehn Minuten bis Van Webers Ankunft zur Verfügung. »Was hältst du davon?« fragte Mrs. Parker.

»Ich finde es alles so rasend hinreißend und spannend«, sagte Neysa, aber es entging Mrs. Parker nicht, daß sie das nicht wirklich dachte.

Mrs. Parker sprach es ohne Umschweife aus. »Was hältst du ehrlich davon?«

»Ich glaube, du bist auf dem falschen Dampfer, und auf dem falschen Kurs. Ich habe deinen Lacey Van Weber noch nie gesehen, aber Gott ist mein Zeuge, daß ich alles über ihn bei Winchell und in den anderen Dreckblättern, die ich so unwiderstehlich finde, gelesen habe. Ich finde, Texas Guinan ist abartig, und was ermordete Huren betrifft, nun meine Liebe«, fuhr Neysa fort, während sie einen Fingernagel mit einer hölzernen Nagelfeile bearbeitete, »Prostitution ist nicht gerade eine Besonderheit der Neuzeit. Genausowenig ist Mord, um jemanden zum Schweigen zu bringen, etwas Neues, aber wenn er sich auf deiner Türschwelle abspielt, bin ich ganz dafür, das Gesundheitsministerium anzurufen oder sich eine neue Wohnung zu suchen. Du und Alec, ihr scheint mir nicht gerade Musterdetektive zu sein. Holmes und Watson seid ihr jedenfalls nicht, zumal kein Conan Doyle herumsteht, der euch Regieanweisungen erteilt.«

»Glaube mir, Alec war gestern abend schrecklich beeindrukkend.«

»Im Leichenschauhaus aufgebahrt wird er noch schrecklicher beeindruckend sein.« Sie verfolgte den Gedanken, während sich die Leinwand vor ihrem geistigen Auge weiter ausbreitete. »Und Ring Lardner organisiert am Fuße des Katafalks ein Würfelspiel. Dottie, ob du nun meinen Rat hören willst oder nicht, hier ist er. Zieh den Kopf aus der Schlinge, bevor sie dir jemand um den Hals legt. Jake Singer sollte sich was schämen, dich in grünem Chiffon in die Höhle des Löwen zu schicken!«

»Gefällt dir das Kleid nicht?«

»Es ist absolut hinreißend.« Neysa verkniff sich die Bemerkung, daß es einem von D. W. Griffiths Unschuldsengeln noch besser stehen würde, aber ach, wozu. »Willst du auf mich hören?«

»Natürlich will ich nicht auf dich hören.« Sie war dabei, ihre grünen Chiffonarmbänder zurechtzurücken, die sie vorher in aller Eile für ihre Handgelenke zusammengenäht hatte. Neysa erkannte den Tonfall in ihrer Stimme. Das letzte Mal hatte sie ihn gehört, als sie versuchte, Mrs. Parker davon abzubringen, im Springbrunnen des Plaza Hotels herumzuwaten. »Was ich vielleicht mache, ich lade Mr. Van Weber heute abend auf deine Soirée ein. Wäre das *au fait*?«

»Das wäre ganz fabelhaft. Und Dottie« - Mrs. Parker war schon an der Tür, in der Absicht abzutreten -, »zier dich nicht, um Hilfe zu schreien, sollte der Fall eintreten.«

»Ich küsse dich inbrünstig«, sagte Mrs. Parker, dann schloß sie die Tür hinter sich.

»Ich küsse dich inbrünstig, auch das noch«, brummte Neysa, während sie sich auf den Weg ins Badezimmer machte, um den Gin zu panschen.

Als sie wieder in ihrer Wohnung war, rief Mrs. Parker Woollcott an. »Habe ich dich geweckt?«

»Ich habe die ganze Nacht kein Auge zugemacht«, log Woollcott, während er seine Zähne in seine dritte Prune Danish hieb. »Ich habe nämlich darüber nachgedacht, ob wir in dieser Sache nicht den Mund zu voll genommen haben.« Er kaute mit Verve.

Mrs. Parker klang gekränkt, blickte aber entschlossen drein. »Alec, du kannst jetzt unmöglich Jacob Singer im Stich lassen!« Die Erwähnung von Jacob Singer machte Woollcott weich. Die Bewegungen seines Kiefers verringerten sich, und er sah aus, als ob er einem Kastratatenchor bei der Aufführung eines Haydn-Oratoriums lauschte.

»Selbstverständlich kneife ich nicht«, brauste Woollcott auf, während er sich fünf Löffel Zucker in seinen Tee schüttete, »aber schließlich ist das nicht gerade ein Pfadfinderausflug, worauf wir uns hier eingelassen haben. Hast du nicht bemerkt, daß gestern abend überall Gefahren auf uns lauerten?«

»Ja, war es nicht aufregend?« Sie blickte aus dem Fenster und verfolgte den Verkehr unten auf der Straße. Vor ihrem Haus wartete noch kein Wagen. Sie hatte noch Zeit. Er würde sie nicht enttäuschen. Nicht Lacey Van Weber.

»Zugegeben, es hat mein Blut mehr in Wallung gebracht als

ein gutes Mau-Mau-Blatt. Ich schätze, du bist heute morgen ganz kleines Mädchen und verführerisch?«

»Alec, es gibt etwas, was ich dir noch sagen möchte.«

»Und das wäre?«

»Ich fand dich gestern abend bei Texas Guinan einfach wunderbar.«

Woollcott wand sich unbehaglich. Ein Kompliment von Parker zog in den meisten Fällen ein herabsausendes Fallbeil nach sich.

»Als du Ziegfeld und Mr. Van Weber gefragt hast, ob sie Verbindungen zur Unterwelt hätten, wollte ich über den Tisch reichen und dir ein Verdienstkreuz an die Brust heften. Natürlich trage ich die Dinger nicht mit mir herum, aber der Gedanke war aufrichtig.«

»Und großzügig«, räumte Woollcott ein, der jetzt vor einem Spiegel posierte, der an der Wand neben seinem Frühstückstisch hing. Glücklicherweise waren Harold Ross und seine Frau Jane Grant, mit denen er sich das Haus teilte, schon vor geraumer Zeit gegangen, Ross in sein Büro beim *New Yorker*, seine Frau zu einem Ehefrauenklatsch oder Einkaufsbummel am Vormittag.

»Alec, du bist so ziemlich meine liebste literarische Figur. Oje, das ist die Haustürklingel. Ich sehe dich heute abend bei Neysa.« Sie legte auf.

Woollcott gellte in das tote Telefon: »Wieso, was ist heute abend bei Neysa los?« Er wurde mit seiner bebenden Entrüstung alleingelassen.

Lacey Van Weber stand neben seinem Pierce-Arrow Cabriolet auf dem Gehsteig. Er trug einen blauen Blazer, weiße Sporthosen, eine Ascot-Krawatte, die kunstvoll um seinen Hals geschlungen war, und einen gelben Strohhut. »Was sehen Sie wundervoll aus«, sagte er, als Mrs. Parker aus dem Haus geeilt kam.

»Und pünktlich noch dazu. Ich komme selten zur rechten Zeit, aber Sie, nicht wahr? Sie sehen frisch aus wie ein Maiglöckchen.« Er hielt ihr die Wagentür auf. »Erstaunlicherweise habe ich keinen Kater. Haben Sie einen Kater?«

»Ich habe nie einen Kater«, womit das Thema Kater ein für allemal abgehakt war. Er fädelte sich in den Verkehr ein und nahm Kurs auf die Brücke an der Neunundfünfzigsten Straße.

»Was für eine aufregende Nacht«, sagte Mrs. Parker. »Aber andererseits sind Ihre Nächte wohl immer ziemlich aufregend, oder?«

»Ich bin noch nie in eine Razzia geraten.«

O wie schön, dachte Mrs. Parker, habe ich dir endlich einmal was voraus. »Ich schon. Auf die Weise habe ich Jacob Singer kennengelernt.« Sie erzählte ihm von Singers Rettungsaktion. »Hat Ihnen Mr. Singer gefallen?«

»Der alte Junge ist ganz in Ordnung, nehm ich an. Ich fühle mich in Gegenwart von Gesetzeshütern immer ein bißchen unbeholfen.« Sie fragte sich, wie oft er schon die Gegenwart von Gesetzeshütern erlebt hatte, unbeholfen oder nicht. »Ich bin mir nie ganz sicher, ob ich die richtigen Sachen sage oder einen falschen Schritt mache.«

»So was kümmert mich nicht. Ich bin immer ich.«

»Und sehr bezaubernd obendrein«, sagte er, ohne den Verkehr aus den Augen zu lassen. »Haben wir nicht ein Glück mit dem Wetter? Ich habe in East Cove angerufen, bevor ich Sie abgeholt habe. Das Wetter ist ganz fantastisch draußen. Wenn es so bleibt, können wir eine Spritztour in meiner Jenny machen.«

»Was ist Ihre Jenny?«

»Mein Flugzeug.« Mrs. Parker erbleichte. Sie hatte wahnsinnige Höhenangst.

»Wußten Sie, daß ich eine Pilotenlizenz habe?«

»Ich erinnere mich, etwas Derartiges im *Graphic* gelesen zu haben«, sagte Mrs. Parker mit einer Stimme, der die Kräfte schwanden.

»Ich fliege rasend gern Jennies. Sie sind Restposten aus dem Krieg, bekannt als JN-4D. Heutzutage werden sie fast nur noch von Scheunenstürmern benutzt.«

»Meinen Sie diese Sensationskünstler und Leute, die sich an den Beinen von Strickleitern herabhängen lassen, und andere ähnlich Geistesgestörte?«

Van Weber lachte. »Sie können ganz beruhigt sein. Ich bin schon mal mit einer Jenny quer über den Kontinent geflogen.«

Quer über den Kontinent, dachte Mrs. Parker; langsam kommen wir zur Sache. »Verbringen Sie viel Zeit in Hollywood?«

»Wie kommen Sie darauf, ich verbrächte viel Zeit in Hollywood?«

»Sie sagten doch eben, Sie seien quer über den Kontinent geflogen.«

»Ich könnte ja auch nach San Francisco geflogen sein.«

Mrs. Parker fing sich. »Verbringen Sie viel Zeit in San Francisco?«

»Ich verbringe viel Zeit auf dem ganzen Globus. Ist der Wind zu stark für Sie? Soll ich die Fenster hochmachen?«

»O nein. Ich liebe den Wind in meinen Haaren. Das hat so was von Faith Baldwin.«

Woollcott hatte George S. Kaufman am anderen Ende der Leitung festgenagelt und beeindruckte ihn mit der Neuigkeit, daß er, Woollcott, und Mrs. Parker sich seinetwegen den ungeheuerlichsten Gefahren aussetzten. »Was höre ich da für scheußliche Geräusche, Kaufman?«

»Eva LeGallienne ist gerade bei uns; sie möchte, daß ich etwas für ihre Städtischen Bühnen schreibe. Im Moment rennt sie gerade mit der kleinen Annie huckepack durchs Zimmer.«

»Wie ekelhaft.«

»Du weißt gar nicht, Alec, wie dankbar ich euch für alles bin, was ihr tut.«

»Ich weiß es wirklich nicht, da ich nie was von dir höre.«

»Sei nicht ungerecht. Ich habe gestern mehrmals versucht, dich und Dottie zu erreichen, nachdem ich erfahren habe, daß Vera DeLee ermordet wurde, aber keiner von euch beiden war irgendwo aufzutreiben.«

»Na gut, dafür kannst du mich heute verdammt noch mal zum Lunch einladen, und komm ja nicht mit der faulen Ausrede, du hättest eine Verabredung, Bea Lillie zu vögeln, oder eine andere von deinem Schnellfick-Bereitschaftsdienst.«

»Ich treffe dich um eins im Algonquin.«

»Bring einen Haufen Moneten mit. Ich bin sehr hungrig.« Woollcott hängte seufzend ein und schnalzte beim Gedanken an das Mittagessen die Lippen. Er blickte zur Wanduhr hinüber. Es war fast zwölf Uhr. Er hätte gern gewußt, wie es Mrs. Parker inzwischen erging.

»Dort ist es«, sagte Lacey Van Weber, als sein Anwesen auftauchte. »Es liegt gleich hinter der Anhöhe da vorn.«

»O Gott«, sagte Mrs. Parker, aufrichtig beeindruckt. »Das müssen ja Tausende von Morgen Land sein.«

»Ein völlig heruntergekommenes, verwahrlostes Gut, als ich es gekauft habe. Es hat ein Vermögen gekostet, das wiederherzurichten.«

»Aber das war es wert. So ein schnuckliges kleines Herrenhaus für ein gelegentliches Wochenende. Ich wette, das macht mehr Spaß, als in der Loge von Loews Kino herumzuknutschen.«

Sie fuhren durch ein schweres Eisenportal, das ihnen von einem Angestellten geöffnet wurde, der, wie Mrs. Parker später beharrlich beteuerte, seine Stirnlocke berührte, als sie vorbeifuhren. Die gepflegte, baumgesäumte Auffahrt zum Hauptgebäude erstreckte sich über eine Meile. Auf dem Weg dorthin erblickte Mrs. Parker Stallungen und einen Hangar, der wohl die vermaledeite Jenny beherbergte.

Mrs. Parker hatte sich nicht geirrt. »Dort zu Ihrer Rechten ist das Flugfeld; man kann den Hangar sehen. Links liegen die Ställe.«

»Züchten Sie Pferde?«

»Ich besitze ein paar ziemlich gute Tiere. Noch habe ich sie nicht bei Rennen laufen lassen, alles zu seiner Zeit.«

Das Hauptgebäude war drei Stockwerke hoch, mit Türmchen. Es war leuchtend blau gestrichen, und gelbe Läden rahmten die Fenster ein. »Wer hält all diese Zimmer in Ordnung?« fragte Mrs. Parker ehrfürchtig, die Hand auf die Brust gepreßt. Ihre Stimme war mehrere Oktaven höher als normal.

»Ach, ich habe Dutzende von Angestellten.«

»Woher wissen Sie, welcher welcher ist?«

»Das brauche ich nicht zu wissen. Ich habe einen Majordomus, der sich um sie kümmert.«

Eine halbe Stunde später war Mrs. Parker immer noch auf der großen Besichtigungstour. Er hatte sie durch makellos angelegte Reihengärten geführt, und sie hatte ehrerbietig den überdimensionalen Swimmingpool bewundert. Sein privates Hafenbecken verfügte über einen Kabinenkreuzer sowie über ein Motorboot, das in der Nähe vertäut lag. Ein kleines Stückchen weiter vorn stand ein imposanter Leuchtturm, der auf einer Landzunge errichtet worden war, die den Eingang zur Privatbucht des Anwesens überschaute und gleichzeitig absicherte. Als er sie schließlich zum Hauptgebäude zurückführte, fragte Van Weber: »Hungrig?«

»Ich verschmachte«, sagte sie, und meinte es ernst.

Selbstverständlich war das Interieur fürstlich ausgestattet und mit treffsicherem Geschmack eingerichtet. Mrs. Parker dachte wehmütig an ihr trauriges Einzimmer-Apartment und fragte sich, wie sie wohl nach dieser Erfahrung jemals wieder darin leben könnte. Van Weber, der den kurzen Marsch in den Speiseraum anführte, erläuterte: »Die Inneneinrichtung haben zum größten Teil Syrie Maugham und Elsie de Wolfe entworfen. Die Bilder sind mehr oder weniger eklektisch, finden Sie nicht auch?«

»O ja, das finde ich auch«, sagte Mrs. Parker, die einige Tintorettos, ein paar verstreute Van Goghs, den einen und den anderen eher scheuen und zurückhaltenden Van Dyck und das ziemlich prächtige Porträt eines Dandys aus dem 16. Jahrhundert erkannt hatte.

»Von wem ist das da?« fragte Mrs. Parker.

»Ach das, das hat ein unbekannter Meister gemalt. Möchten Sie sich jetzt vielleicht ein bißchen frisch machen?«

Jacob Singer sah unbehaglich aus. Al Cassidy meldete soeben, daß er bei ihrem vereinbarten Rendezvous über eine Stunde auf Sid Curley gewartet habe. Singer rief Curleys Vermieterin an, die ihn in vorsichtig gewählten Sätzen wissen ließ, daß Curley weder die Nacht zu Hause verbracht noch sich sonstwie gemeldet hätte; ein für Curley sehr merkwürdiges Verhalten. Singer verstand, was sie ihm damit sagen wollte. Er hatte schon vor langer Zeit gelernt, die verschlüsselten Aussagen von Vermieterinnen zwielichtiger Etablissements zu deuten. Er sagte zu Cassidy: »Sieht aus, als hätten sie Curley ausgemustert.«

»Scheiße.«

»Genau.«

»Was glaubst du?«

»Ich glaube, daß Mrs. Parker und Mr. Woollcott gewisse Leute ein bißchen nervös machen.«

»Das ist schlecht.«

»O nein, das ist gut.« Singer zündete sich eine Zigarette an und lehnte sich in seinem Drehstuhl zurück. Cassidy saß ihm gegenüber und wischte mit einem Taschentuch im Innern seines Stetsons herum. »Diese Leute fangen an, Fehler zu machen. Und wir bekommen unsere Chance. Irgend jemand wird es mit der Angst zu tun kriegen und angerannt kommen und uns um Hilfe anbetteln, und dann wird er reden. Das wird das Loch im Deich sein. Erst fängt das Wasser an durchzusickern, das Loch wird größer, und bald darauf kracht der ganze verfluchte Deich zusammen, und wir haben den ganzen miesen Verein am Schlafittchen. Was glaubst du, Al?«

»Sehr anschaulich. Wie wär's, wenn wir jemanden nach Sandwiches und Kaffee schicken? Ich hab seit heute früh nichts außer schwarzer Brühe und Doughnuts zu mir genommen.«

»Die Forelle ist ein Gedicht.« Mrs. Parker meinte es ehrlich, und die Aufrichtigkeit in ihrer Stimme reichte über den Tisch hinweg und knabberte zart an Van Webers Ohr.

»Noch etwas Wein?«

»Nur eine Idee.«

Der Lakai hinter Mrs. Parker schenkte Wein nach. Der Lakai hinter Van Weber wunderte sich, wie die Dame die Gräten aus ihrem Fisch bekam, ohne ihre Handschuhe auszuziehen. In der

Küche stand der Chefkoch mit verschränkten Armen und zitternder weißer Mütze und wartete bange, daß der Herr des Hauses ihm zu seiner Kunst gratulieren möge.

»Oje, ich fürchte, daß ich einfach nichts mehr essen kann. Es war alles zu fantastisch.«

Van Weber wandte sich einem Lakaien zu: »Meine Komplimente an den Chef. Sagen Sie ihm, daß er sich selbst übertroffen hat.«

Die Botschaft wurde dem Chefkoch überbracht, der sie an seinen Mitarbeiterstab weiterleitete und das Zeichen gab, ihr eigenes Mittagessen zu servieren, ein teures Filet Wellington, das mit importierten Artischockenherzen und Trüffeln abgerundet wurde. Für Van Weber bestand ein Festessen aus Fisch, Erbsen, Kartoffelbrei und Salat.

»Wir nehmen den Kaffee im Wintergarten«, sagte Van Weber über seine Schulter, während er Mrs. Parker aus dem Speisezimmer hinausgeleitete. Die Wände der Halle, die zum Wintergarten führten, schmückten Gemälde der Modernisten. Mrs. Parker erkannte Picasso, Utrillo, Modigliani und Sargent.

»Die Bilder sind bestimmt ziemlich hoch versichert.«

Van Weber zuckte die Achseln. »Kein Dieb könnte in das Anwesen eindringen.« Mrs. Parker fragte sich in aller Unschuld, warum eigentlich nicht, da ihr weder Zugbrücke noch Wassergraben aufgefallen waren. Dann wurde ihr bewußt, was die ganze Zeit in ihrem Hinterkopf geschlummert hatte. Die Dutzende von Angestellten waren alle Männer. Es gab keine Dienstmädchen, nicht die Spur einer Haushälterin. Das ist kein Anwesen, das ist eine Festung. »Was denken Sie gerade?« fragte er sie, während sie es sich im Wintergarten bequem machten, wo es eine Bar und einen überwältigenden Blick über die Meerenge von Long Island gab.

»Ich denke gerade, daß Sie ein Multimillionär sein müssen, um ein solches Riesengrundstück Ihr eigen zu nennen.«

»Möchten Sie einen Brandy?«

»Nein, danke. Ich glaube, im Moment könnte ich keinen vertragen.«

»Haben Sie etwas dagegen, wenn ich einen nehme?«

»Bitte, tun Sie sich keinen Zwang an.«

Sie beobachtete, wie er sich katzenhaft zur Bar bewegte und kurz darauf auf den Platz neben ihr zurückkehrte.

»Sie sind sehr schön, Mrs. Parker.«

»Trinken Sie noch einen Brandy.«

Er lächelte. »Ich hätte gerne gestern die Nacht mit Ihnen verbracht.«

»Aber Sie haben es nicht getan, nicht wahr?« Sie war nervös, sie fühlte sich wie ein Teenager, und sie bebte vor Aufregung. Er hatte sie überrumpelt und legte für ihre Begriffe ein zu schnelles Tempo vor. Für romantische Gefühle war es noch zu früh nach dem Essen. Gib dem Magen eines Mädchens etwas Zeit, sich zu beruhigen; wühl ihn nicht gleich wieder mit unerwarteten Emotionen auf.

»Ich will Sie, Mrs. Parker.«

»Oh.«

Sie lagen sich in den Armen, und er küßte sie leidenschaftlich. Fort war der Kolibri; herein schwebte ein Paradiesvogel.

»Du hast noch nicht die Schlafzimmer gesehen«, flüsterte er. »Ich möchte dir die Schlafzimmer zeigen.«

»Ich bete Schlafzimmer an.« Sie klang heiser, und ihre Knie wurden weich. Das ist es also, dachte sie, so fühlt es sich also an, wenn einem der Boden unter den Füßen weggerissen wird. Es ist mir noch nie passiert, und es ist wunderbar. Sie wußte nicht, wie sie über Plüschteppiche, vorbei an weiteren Gemälden und teuren Portieren und einem Gobelin, von dem er erzählte, daß er einst im Trianon-Palais gehangen hatte, nach oben geführt wurde. Jetzt waren sie im großen Schlafzimmer, und er war dabei, sie auszuziehen, wobei er sie mit exquisiten kleinen Küssen bedeckte. Danach zog er sich selbst aus, und als entblößter Apollo gesellte er sich zu ihr auf das Bett. Mein Gott, ist das nicht viel besser als jedes Dessert? dachte Mrs. Parker.

Woollcott hatte noch eine Stunde gebraucht, um sich zu sammeln, bevor er Kaufman zum Lunch im Algonquin traf. Er hatte die Zeit an seinem Schreibtisch verbracht, wo er umfangreiche Notizen über die Morde zusammenstellte. Er notierte sich Stichworte, die ihn erinnern sollten, Jacob Singer über den Mann im Fahrstuhl zu befragen, der mit Vera DeLee zusammengewesen war, zuerst bei Horathy und dann in ihrem Apartment-Hotel. Er schrieb den Versprecher auf, den George Raft beinahe begangen hätte, *Denn . . .* welcher *Denn*? *Denn* und wie weiter? Er las noch einmal Lily Robsons Namen, den er sauber niedergeschrieben hatte, und fragte sich, ob sie irgendeine Bedeutung für den Fall hätte oder nur eine lästige Finte war. In der nächsten Zeile war Charlotte Royces Name aufgeführt. Er mochte sie nicht. Er mochte sie überhaupt nicht. Aber man konnte sie nicht ignorieren. Noch nicht. Nach dem Mittagessen hatte er sich vorgenommen, sich mit Singer in Verbindung zu setzen, um mit ihm seine Notizen durchzugehen. Ach ja, Jacob Singer, der Sohn, den ich vielleicht gehabt hätte. Aber wer hätte lange genug stillgelegen, um die Mutter zu sein? Woollcott gab einen typischen Woollcott-Seufzer von sich, einen, der für alberne Wunschträume vorbehalten war, von denen er in letzter Zeit so viele hatte. Jetzt war es an der Zeit, aufzubrechen und Kaufman zu treffen.

»Was liest du da?« fragte Cassidy, während er den Zucker in seinem Kaffeebecher verrührte.

»Den Laborbericht«, antwortete Jacob Singer.

»Worüber?«

»Eine Pille.« Al Cassidy schaute aufmerksam auf. »Eine Pille, von der Mrs. Parker dachte, daß sie vielleicht Lily Robson vergiften sollte.«

»Und, ist sie giftig?«

»Sie ist nicht nur ungiftig, sie ist vollkommen harmlos, wirkungslos, ein Placebo. Trotzdem wurde Robson gestern abend heftig krank, nachdem sie eins von diesen Dingern geschluckt hatte. Sie war mit Lacey Van Weber zum Abendessen aus.«

»Dann war es wahrscheinlich nichts als eine gute alte Lebensmittelvergiftung. Bei dieser Hitze und der miesen Kühlung in den meisten Restaurantküchen bin ich immer darauf gefaßt, daß mich irgendein Bazillus erwischt.«

»Cassidy, was bist du für ein Fatalist.«

»Was kann man sonst sein, wenn man Bulle ist?«

»Ich würde zu gern wissen, wie Parker da draußen auf der Insel mit Van Weber vorankommt.«

Mrs. Parker schien ganz fabelhaft voranzukommen. Sie hatten ein erfrischendes Bad im Swimmingpool genommen, nachdem Mrs. Parker eine herrliche Kollektion von Badeanzügen in einer der Umkleidekabinen am Pool vorgefunden hatte. Dann fuhr er sie auf dem Landsitz spazieren, dessen verschwenderische Anlage sie überwältigte; er redete ununterbrochen, während ihr Herz jubilierte. Eines Tages würde sie sich daran erinnern, daß seine Liebeskunst einer Symphonie von Beethoven gleichkam – im Vergleich zu den Ragtime-Rhythmen, mit denen ihre anderen Liebhaber bisher aufgewartet hatten. Sie gelangten an eine Weggabelung, die ihn zu verwirren schien. Mrs. Parker fragte sich: Wohl nicht sonderlich vertraut mit deinem eigenen Besitz, was, Mr. Van Weber? Er machte eine Rechtskurve, und bald darauf erreichten sie etwas, das wie ein Grundstück innerhalb des Grundstücks aussah, mit einer riesigen Konstruktion aus Stein, auf der ein qualmender Schieferschornstein saß. Zwei Männer kamen aus dem Gebäude heraus und liefen eilig auf das Auto zu.

»Alles in Ordnung, Jungs. Ich bin's. Ich habe mich verfahren!«

Die Männer sahen zu, wie Van Weber im Rückwärtsgang aus dem Gelände hinausfuhr. Mrs. Parker unterdrückte ein Schaudern. Der eine Mann hatte eine häßliche Narbe auf seiner rechten Wange, die von seinem Ohr bis zum Mund verlief. Dem anderen fehlte ein Teil seines Ohres, und er schien Probleme mit einem schlecht sitzenden Gebiß zu haben.

Mrs. Parker ermahnte sich, daß sie hier war, um Informationen zu sammeln. »Was spielt sich denn da ab?«

»Ach, da? Wir führen dort ein paar landwirtschaftliche Versuche durch. Ich besitze einige Morgen Brachland, und wir überlegen, ob wir darauf Getreide anbauen wollen.«

»Du hast Partner?«

»Was meinst du damit?« fragte er scharf.

»Du sagtest doch eben, ›wir überlegen, ob wir anbauen wollen‹.«

»Ach, das. Das war Pluralis majestatis.«

»Natürlich. Im *Graphic* stand, daß man allgemein annimmt, du seist in England aufgewachsen.«

»Wie ich schon gesagt habe, ich bin überall auf dem Globus gewesen. Wie wär's jetzt mit einer kleinen Spritztour in der Jenny?«

Scheiße, dachte Mrs. Parker. Und ich hatte gehofft, er hätte es vergessen. »Ich vertrage die Höhe nicht besonders gut«, warnte sie ihn. »Wenn ich zu weit nach oben komme, wird mir fürchterlich schlecht. Darum wohne ich ja auch im zweiten Stock. Man hat mir ein Apartment im Dachgeschoß angeboten, aber davon wollte ich absolut nichts wissen, ich habe denen klipp und klar gesagt, daß ich auf einem der unteren Stockwerke wohnen will, und . . .«

Van Weber unterbrach sie. »Mrs. Parker, du brabbelst dummes Zeug.«

In einem Restaurant der Childs-Kette gleich am Columbus Circle hielt Marc Connelly zärtlich Lily Robsons linke Hand. Mit ihrer Rechten bearbeitete sie einen Berg Pfannkuchen, der in Ahornsirup getaucht war und in einer Lache aus gelber Butter schwamm. Ihre Augen waren ein wenig feucht, und sie wirkte eingeschüchtert, aber es gehörte mehr als Angst dazu, um ihren gesunden Appetit einzudämmen. Sie hatte am Vorabend ihr Abendessen gründlich verloren, und das hier war Frühstück. Sie war schweißnaß vor Angst erwacht, daß man sie vergiftet haben könnte, wie Mrs. Parker es angedeutet hatte. Gleich darauf hatte sie einen bedrohlichen, geheimnisvollen Anruf von Charlotte Royce bekommen, sie solle ja schön ihren Mund halten, falls diese Parker, die in alles ihre Nase hineinsteckte, und ihr ständiger Begleiter Woollcott vorbeischauten, um Informationen auszuschnüffeln.

»Aber was weiß ich denn?« jammerte Lily zwischen zwei Bissen Pfannkuchen.

»Ich weiß es nicht, Liebes«, sagte Connelly mitleidig. »Vor allem weiß ich nicht, was du weißt, das Dottie und Alec interessieren könnte.« Diese Idioten, dachte er, was führen sie jetzt wohl wieder im Schilde? Und dabei fiel ihm ein, warum waren sie eigentlich vor zwei Tagen so plötzlich bei ihm hereingeschneit? Worum ging es da andauernd? Um diese Party bei Lacey Van Weber, um Valentinos Krankheit, aber was sollte das alles? »Arbeitest du heute abend?«

»Nein, bevor ich herkam, um mich mit dir zu treffen, habe ich Tex angerufen. Die Kneipe liegt in Trümmern. Die Bullen werden mindestens zwei Tage brauchen, bevor sie wieder aufmachen kann.«

»Die Bullen?« Connelly war fassungslos.

»Es ist einfach zu kompliziert, dir das zu erklären, Mr. Connelly. Ich sollte am besten wieder nach Youngstown zurückgehen und einen Bergarbeiter heiraten oder so was. Diese Stadt wächst mir über den Kopf.«

Connelly seufzte. »Sie wächst einem ganzen Haufen von uns über den Kopf.« Er gab ihre Hand frei. »Wie schmecken die Pfannkuchen?«

»Ganz okay.« Ihre Stimme klang teilnahmslos, ganz im Gegensatz zu der Begeisterung, mit der sie ihr Essen verschlang.

»Hättest du Lust, mich heute abend auf eine Party zu begleiten?«

Ihre Miene hellte sich merklich auf. »Wer gibt die Party?«

»Eine gute Freundin. Neysa McMein. Sie hat eine Badewanne voll Gin vorbereitet und unsere ganze Bande für heute abend eingeladen.«

»Ach ja? Wer ist sie?«

»Neysa ist eine sehr begabte Künstlerin. Sie macht Illustrationen für die besseren Zeitschriften.«

»Und sie macht Badewannen-Gin?«

»Ausgesprochen hervorragenden Badewannen-Gin. Ihr eigenes Rezept. Außerdem ist sie eine Numerologin.«

»Tatsache? Und dann?«

»Und dann, am siebten Tag«, fügte Connelly resigniert hinzu, »ruht sie.«

Die Jenny schwebte über die Meerenge von Long Island. Van Weber hatte Mrs. Parker und sich selbst mit Fliegerbrillen ausgerüstet und sie sodann sicher in ihrem Sitz angeschnallt. Sie hatte bis zum Start unablässig protestiert, und jetzt versank sie noch tiefer in ihrem Sitz hinter Van Weber, der elegant das Flugzeug steuerte. Sie riskierte einen kurzen Seitenblick auf das Wasser, das sich Hunderte von Metern unter ihnen befand, und verkroch sich sofort wieder ängstlich in ihrem Sitz.

»Ist das nicht aufregend?« hörte sie ihn rufen. Sie öffnete den Mund, um ihm zu antworten, aber kein Laut drang aus ihrer Kehle. »Halt dich fest! Ich mache jetzt eine Rolle!« Was um Himmels willen ist eine Rolle, fragte sie sich, als das Flugzeug sich einmal um sich selbst drehte. Sie fand ihre Stimme wieder und kreischte. Sie hörte, wie er lachte, und dachte, du sadistisches Schwein! »Halt dich fest, gleich kommt ein Looping!« Der Looping stellte gegenüber der Rolle keine Verbesserung dar.

Mrs. Parker hatte Angst. Sie wußte, daß sie sicher angeschnallt war, trotzdem hatte Van Weber sie angeschnallt, nicht sie sich selbst. Sie zog an den Riemen, sie hielten. Könnte ein Mann einer Frau so etwas antun? Sie erst vögeln und danach aus einem Flugzeug abladen? Vielleicht in einem Monumentalfilm von Cecil B. DeMille, aber bestimmt doch nicht hier über der Meerenge von Long Island. Bring mich wieder runter, betete sie, bring mich runter. Das soll nicht meine Erinnerung an diesen Nachmittag sein; das ist nicht die Seite, die ich von dir kennenlernen möchte.

Aber ich muß Gewißheit haben. Darum bin ich ja hier. Ich muß dich ausquetschen, bis auf das letzte Tröpfchen, Mr. Van Weber, falls du den Ausdruck entschuldigst.

Er drehte sich vom Führersitz zu ihr herum und lächelte sie an.

»Heißaaaaaa!« schrie Mrs. Parker, und dann stellte sie dankbar fest, daß das Flugzeug zur Landung ansetzte.

»Ich muß bis um sechs wieder in New York sein«, beharrte Mrs. Parker. Sie und Van Weber saßen beim Tee auf der Terrasse hinter dem Haus zusammen.

»Irgendwas Besonderes?« fragte Van Weber.

»Ich habe versprochen, einen Freund zu treffen, und dann«, fiel ihr plötzlich ein, »ist da noch Neysas Party.«

»Neysa McMein?«

»Wie nett. Du hast von ihr gehört.«

»Ich habe von euch allen gehört. Ich komme viel herum und habe meine Informationsquellen.«

»Ich wette, du hast die eine oder andere Theorie, warum die beiden Mädchen ermordet wurden.«

Er schluckte den Köder nicht. »Hast du eine?«

Die furchtlose Parker stürzte sich in die Schlacht. Falls Van Weber das Rasseln der Säbel hörte, ließ er es sich nicht anmerken. »Wenn du mich so direkt fragst: in der Tat. Ich glaube, daß ihre Morde mit Rauschgift im Zusammenhang stehen.«

»Du meinst, daß sie Teil irgendeines gefährlichen Drogenringes waren?«

»Ich meine, daß Vera DeLee abhängig war und Ilona Mercury zuviel wußte.«

»Worüber?«

»Über das, was Valentino auf deiner Party herumschrie, als er Dr. Horathy angegriffen hatte. Er hat Horathy aus seiner Zeit in Hollywood wiedererkannt.«

Van Weber hatte sich eine frische Tasse Tee eingegossen und verschüttete etwas davon. Mrs. Parker sah es. *Ich habe einen Nerv getroffen.* »Ist das alles reine Vermutung, oder weißt du es genau?«

»Ich weiß es genau. Jacob Singer hat einige sehr zweckdienliche Informationen von der Polizei in Los Angeles erhalten, die Horathy und Ilona Mercury mit einer Drogenbande da drüben in Verbindung bringen.« Verzeihen Sie mir, Jacob Singer, falls ich zuviel ausposaune, aber ich muß diesen Mann von seinen olympischen Höhen herunterholen, ich muß ihn verunsichern und dazu bringen, daß er einen Fauxpas begeht. Vertrauen Sie mir, Jacob Singer, meine Intuition sagt mir, daß ich es richtig mache. Zugegeben, dank meiner Intuition habe ich Ed Parker geheiratet und mit einigen Schuften, die von Rechts wegen in Madame Tussauds Kriminalmuseum gehörten, das Lager geteilt, aber manchmal liege ich auch richtig, wie damals, als ich beschloß, eine Freundschaft mit Ihnen einzugehen, Jacob Singer.

»Mrs. Parker, du bist absolut bezaubernd«, sagte Van Weber mit erstaunlicher Gelassenheit.

»Ja, wenn nötig, kann ich ein bißchen zaubern und die Hexe sein. Kanntest du William Desmond Taylor?«

Er stellte seine Tasse auf den Tisch. Seine Hände ruhten auf der Tischkante, die Knöchel traten weiß hervor. »Jeder hat über den Fall gelesen.«

»Jacob Singer vermutet, daß zwischen den Mordfällen hier und dem Desmond-Taylor-Fall in Hollywood ein Zusammenhang besteht. Ist das nicht faszinierend?«

»Überwältigend.«

»Jetzt wirst du verstehen, warum Alec und ich nicht die Finger von der Sache lassen können. Mr. Van Weber, du hörst mir nicht zu.«

»Doch, ich höre zu, mir ist kein Wort entgangen.« Er warf einen Blick auf seine Taschenuhr. »Wenn du um sechs wieder in der Stadt sein willst, müssen wir uns jetzt auf den Weg machen.«

»Würdest du heute abend gern auf Neysas Party mitkommen? Sie wohnt bei mir gegenüber. Sie braut ihren eigenen Gin. Der ist absolut himmlisch und macht garantiert nicht blind.«

»Wie äußerst freundlich von dir.«

Wie äußerst förmlich von dir, dachte Mrs. Parker, nach der Intimität heute nachmittag. Sie fragte sich, ob das schon vergessen sei.

»Was wolltest du gerade sagen, Mrs. Parker?«

»Du kannst mich Dottie nennen, weißt du.«

»Danke, alter Junge, mit Vergnügen.«

Alexander Woollcott sah aus wie der erste Hahn im Hühnerhof, als er von seinem Haus in der Siebenundvierzigsten Straße West zum Algonquin Hotel auf der Vierundvierzigsten Straße West stolzierte. Gehorsam wartete er an jeder Straßenecke, bis die Ampel auf Grün schaltete. Schließlich hatte er die Ecke Sixth Avenue und Vierundvierzigste Straße West erreicht. Wie es der Zufall wollte, sah er George Kaufman auf der anderen Straßenseite der Sixth Avenue auf die Vierundvierzigste West zuschlendern.

»George!« rief Woollcott, während er Anstalten machte, die Straße zu überqueren. »Kaufman! Hallo!«

Kaufman hörte ihn, drehte sich um und sah Woollcott. »Alec!« brüllte er, »geh zurück! Vorsicht!« Eine Frau stieß einen Schrei aus. Woollcott hörte einen noch spitzeren Schrei und stellte fest, daß es sein eigener war. Ein Lieferwagen ohne Kennzeichen raste auf ihn zu.

Elftes Kapitel

»Alec war angewandte Poesie«, beschrieb Kaufman Woollcotts Begegnung mit dem Tod, die fast ein schlimmes Ende genommen hätte. »Ich rief ihm eine Warnung zu, eine Frau schrie, Alec schrie, ein paar Leute rannten zu ihm hin, um ihn vor dem heransausenden Lieferwagen wegzuziehen, aber Alec hatte schon die Flucht ergriffen. Er segelte auf den Bürgersteig zurück, mit einem Satz, der Nijinsky vor Neid hätte erröten lassen.« Kaufman hob seine mit Gin und Orangensaft gefüllte Tasse - heute war einer der seltenen Anlässe, an denen er Schnaps trank -, um Woollcott aufrichtig zuzuprosten. »Bravo, Alec!«

Woollcott saß regungslos da wie eine Buddhastatue, seinen Blick nach innen gerichtet und immer noch aufgewühlt. Er sann darüber nach, wie lange es noch dauern würde, bis Singer ihn aus den Klauen seiner Freunde befreien käme. Der Round Table war spärlich besetzt; mit Harold Ross und Robert Benchley bildeten sie ein Kleeblatt.

»Armer Alec«, bemitleidete ihn Ross, »spulte sich dein ganzes Leben noch einmal vor deinem geistigen Auge ab?«

Der Buddha bewegte sich leicht. Die Augen verformten sich zu gefährlich schmalen Schlitzen. »Ich hab nichts weiter gesehen als einen Aufmarsch von euch nutzlosen Mistkerlen, und ich sage euch, ihr wart ein gräßlicher Anblick.«

»Hast du den Mann am Steuer gesehen?« fragte Ross.

»Nur ein kurzes verführerisches Aufflackern dessen, was danach kommt. Eigentlich verspürte ich eine brennende Wut. Denn ich wollte schon immer nach meinen eigenen Vorstellungen sterben. Für mich geht's nicht unter dem Märtyrertod.«

»Und im Namen welcher Sache?« fragte Benchley.

»Meiner. Das höchste Opfer.« Er wandte sich Kaufman zu. »Ich nehme an, kein kühler Kopf hat daran gedacht, das Kennzeichen zu notieren?«

»Die Nummernschilder waren verhangen.«

»Oh.« Woollcotts Stimme war weich und klein geworden. Verhängte Nummernschilder. Ein Wagen, der ohne Warnung aus einer Seitenstraße herausprescht. Er muß draußen vor dem Haus auf mich gewartet haben, dachte Woollcott. Er ist mir hierher gefolgt und wartete auf eine Gelegenheit, zuzuschlagen. Ich bin ein vorsichtiger Fußgänger. Ich warte an den Straßenekken, bis die Ampel grün zeigt. Ich war sicher, bis ich diese Ecke hier erreichte, und wie das Schicksal so spielte, war Kaufman auf der anderen Straßenseite, und wie ein verdammter Idiot trete ich auf die Straße, um ihm zuzuwinken. Angewandte Poesie.

»Worüber lächelst du so?« fragte Kaufman, der sich Sorgen machte, daß Woollcott sich womöglich im Schockzustand befand und medizinische Hilfe benötigte.

»Ich hab eine äußerst willkommene Euphorie genossen.«

»Eufürie«, meinte Kaufman, »oder dagegen.«

»George«, sagte Woollcott pathetisch, »ich bin derjenige, der unter Schock stehen sollte.« Er lehnte sich in seinem Stuhl zurück und sah aus wie ein Löwe, der darauf wartet, daß ihm der Dorn entfernt wird. Der auf Jacob Singer wartete, der endlich kommen und ihn trösten sollte. Kaufman hatte auf Woollcotts Bitte hin den Detective angerufen, als sie in der Lobby des Algonquin angekommen waren. Ein Streifenpolizist hatte ihre Aussagen und die anderer Augenzeugen zu Protokoll genommen, aber das war Routine gewesen. Was beinahe mit Woollcott geschehen wäre, durfte kein kleiner Zwischenfall sein, der im Berichtsbuch eines Streifenbeamten unterging, dafür würde Jacob Singer sorgen. Er nahm einen Schluck Gin und starrte Kaufman an. Der Ausdruck von Besorgnis in dessen Gesicht war fast rührend. Woollcott war sich darüber im klaren, daß in der Seele dieses Mannes wohl kaum eine sentimentale Saite schwang. Er war selbstsüchtig und distanziert; eine gelungene

Schlußzeile für einen dritten Akt zu finden, interessierte ihn mehr als alles andere. Sei es, wie es sei, sie konnten den Mordanschlag ohnehin nicht richtig diskutieren, ohne den Verdacht von Benchley und Ross zu erregen, die sich gerade an ihrer eigenen geistreichen Konversation ergötzten. Das konnte nur mit Singer und Dottie geschehen, wenn sie wieder in der Stadt war.

Dottie. Ach du lieber Gott. Ob sie in Sicherheit ist? fragte er sich, ohne zu wissen, daß sie genau in diesem Moment ein Kompliment über eine gegrillte Forelle aussprach.

Kaufman, der an Woollcott vorbeischaute, rief: »Da kommt Jacob Singer.«

»Ah«, sagte Woollcott, und drehte sich mit einem onkelhaften Lächeln in seinem Stuhl herum. Benchley und Ross blieben in ihr Gespräch vertieft. Nicht einmal die Ankündigung der Wiederkunft Christi hätte sie beeindrucken und dazu bewegen können, ihre Unterhaltung zu unterbrechen.

»Ich bin so schnell ich konnte hergekommen, Mr. Woollcott.« Er erwiderte Kaufmans Gruß und ignorierte die anderen beiden, denen offensichtlich nicht daran lag, gestört zu werden. Woollcott erhob sich und schlug vor, sich mit Singer in den anderen Raum zurückzuziehen, der kleiner und ruhiger war.

»Ich rufe dich später an, George. Tut mir um unsere Verabredung zum Mittagessen leid. Ich laß mir deine Einladung gutschreiben.«

»Paß auf dich auf«, waren Kaufmans Abschiedsworte.

»Das sagt er mir jetzt«, kläffte Woollcott gereizt, während er den Detective aus dem Rose Room hinausgeleitete.

Zehn Minuten später, als sie sich an einem abgelegenen Tisch gegenübersaßen, betrachtete Jacob Singer Woollcott voller Mitleid. »Irgend jemand wird langsam nervös«, bemerkte Singer.

»Ich auch«, erwiderte Woollcott und ließ seine Finger auf den Tisch trommeln. Ihre Gintassen wurden wieder aufgefüllt. Als Singer vorschlug, etwas zu essen, sagte Woollcott, er würde eventuell ein Club Sandwich schaffen. Der Kellner nahm ihre Bestellungen entgegen und verschwand.

Singer lächelte. »Sie sehen ruhig und gefaßt aus, Mr. Woollcott. Sie können offenbar gut mit Stress umgehen.«

»Junger Mann«, sagte Woollcott voller Verve, mit neuerwachten Körpersäften. »Ich habe das Flankenfeuer deutscher Kampfflugzeuge überlebt. Ich habe, mehr als mir gebührt, die Schlingen und Fallen eines unbarmherzigen Schicksals hinnehmen müssen. Aber lassen Sie es sich gesagt sein, ich habe mich noch nie im Leben so hoffnungslos ausgeliefert gefühlt wie in jenem Augenblick, als mir klar wurde, daß der Mann hinter dem Steuerrad die Absicht hatte, mich zu töten.« Er wischte sich den Schweiß von der Stirn. »Etwas so Tödliches habe ich seit Ethel Barrymores Auftritt als Julia nicht mehr durchgemacht. Und was ist mit der armen Dottie? Wenn man schon mir an einer der belebtesten Kreuzungen der Stadt nach dem Leben trachtet, dann ist sie doch draußen im tiefsten Long Island nichts als ein wehrloses Opfer!«

»Sie ist ja nicht allein.«

»Was meinen Sie damit, ›nicht allein‹? Was wissen wir schon über Van Weber? Der alte Junge könnte sich als skrupelloser Killer entpuppen!«

»Ich habe sie von der Minute an, als sie von ihrem Apartmenthaus losfuhren, beschatten lassen.«

»Oh.«

»Von einem meiner besten Leute, Yudel Sherman.«

»Haben Sie ihn nicht schon einmal erwähnt?«

»Er hat uns die Informationen über den Mann beschafft, der am Mordabend mit Vera DeLee zusammen war.«

»Wie steht's eigentlich damit?«

»Was wollen Sie darüber wissen?«

»Wie meinen Sie das?« Woollcott fuhr sich nervös mit der Hand durchs Haar, das daraufhin wie eine zerklüftete Landschaft aussah. »Haben Sie die Sache weiter verfolgt? Haben Sie Horathy oder seine Sprechstundenhilfe in die Mangel genommen?«

»Das machen wir alles, wenn der Zeitpunkt günstig ist.« Singer schmierte sich Butter auf sein Brötchen, als wäre er gerade dabei, ein Rasiermesser auf einem Riemen zu schärfen.

»Wenn der Zeitpunkt *günstig* ist! Sie meinen wohl *ungünstig*, oder? Ich bin keineswegs darauf erpicht, daß diese Ermittlung zu meiner Grabinschrift wird. Sie sehen einen mehr als aufgebrachten Mann vor sich.« Singer wußte, daß er einem mehr als reizbaren Mann zuhörte. »Es widerstrebt mir, zur Ausrottung bestimmt zu werden, ohne daß man mich vorher konsultiert. Mir gefallen Krimis, in denen das Opfer eine Warnung im voraus erhält, die ihm wenigstens die Chance einräumt, sich zu wehren. Ich hätte es besser gefunden, wenn mir jemand auf der Straße ein schwarzes As oder einen Zettel mit einem roten X zugesteckt hätte, ein kleiner Anflug von Sportsgeist, falls Sie wissen, was ich meine.«

»Gedungene Killer haben nichts Sportliches an sich.« Singer kaute friedlich grübelnd sein Butterbrötchen, ganz wie ein Ochse auf der Weide. »Der Anschlag auf Ihr Leben war offensichtlich eine Auftragsarbeit. Das war nicht dasselbe Arschloch, das die Mädchen erwürgt hat.«

»Auftragsarbeit? Sie meinen, jemand setzt sich mit jemand anders in Verbindung und sagt, Hallo, du, hast du Lust, eine Landplage für zwanzig Kröten umzulegen, so was in der Richtung?« Woollcott war richtig fassungslos. Singer konnte kaum glauben, wie naiv er war. Er hatte immer gedacht, Zeitungsleute seien Männer von Welt, die mit allen Wassern gewaschen waren und wußten, wo's langging, und die angelegentlich darüber plauderten, wer wohl gerade als Killer gut im Geschäft sei.

»Hundert Scheinchen kommen wohl eher hin, Mr. Woollcott. Das war jedenfalls der branchenübliche Preis, den ich zum letztenmal gehört habe.«

Woollcott bemerkte leise: »Was für eine böse Welt, in der wir leben. Mein lieber Jacob, ich sehe Sie plötzlich in einem ganz anderen Licht. Ihr Job setzt Sie ständiger Gefahr aus, nicht wahr? Irgend jemand könnte mit einem Revolver hinter diesem Vorhang auftauchen und versuchen, Sie zu töten.«

»Nicht mit einem Revolver«, erläuterte Singer sachlich, »mit einer Zweiundzwanziger. Sie ist klein genug, um in Ihre Handfläche zu passen. Niemand kann sie sehen, bevor Sie zielen und schießen. Sehr effektiv.« Das Essen wurde serviert, und Singer warf sich mit großem Appetit auf seinen Rinderschmorbraten. Woollcott starrte etwa dreißig Sekunden lang angeekelt auf sein Club Sandwich, bis sein Hunger die Oberhand gewann. »Jetzt erzählen Sie mir Ihre Version des Zwischenfalls.«

»Sie meinen den Versuch, mich umzubringen?« Des Zwischenfalls. Wir leben in verschiedenen Welten, wir sprechen nicht dieselbe Sprache, dämmerte es Woollcott allmählich. Der Zwischenfall. Woollcott begann seinen Vortrag, und als er geendet hatte, beobachtete er Singers Gesicht, auf dem nichts Besonderes zu bemerken war, mit Ausnahme seiner gewohnten männlichen Attraktivität.

Endlich sagte Singer etwas. »Verhängte Nummernschilder sind nichts Neues. Der Lieferwagen war wahrscheinlich gestohlen. Irgendwann wird er heute noch aufkreuzen, in irgendeiner Seitengasse abgestellt. Eine der Zeuginnen hat uns so was wie eine Beschreibung des Täters gegeben.« Woollcott spitzte die Ohren. »Nichts sehr Nützliches, aber immerhin besser als ein Schuß in den Ofen. Die Frau war wahrscheinlich dieselbe, die geschrien hat, als der Laster auf Sie zuhielt. Sie sagte, der Fahrer trug eine Mütze, die tief über seine Stirn bis zu den Augen gezogen war, und seine Augen waren von einer Sonnenbrille verdeckt. Sie glaubt, daß er Handschuhe trug. Wenn er ein bißchen Grips im Kopf hatte, dann trug er auch Handschuhe. Er wollte ja wohl kaum Spuren auf dem Lenkrad hinterlassen, mit denen wir was anfangen könnten. Fest steht jedenfalls, daß die Beschreibung auf ein paar hundert Jungs in dieser Stadt zutrifft, die für diese Sorte Aufträge in Frage kommen.«

Woollcott wollte sich gerade über sein Club Sandwich hermachen, als ihm ein irritierender Gedanke kam. »Es könnte einen weiteren Anschlag auf mein Leben geben.«

»Diese Möglichkeit habe ich schon bedacht. Sie werden eine Zeitlang Gesellschaft haben. Jedenfalls so lange, bis dieser Fall gelöst ist.«

»Ich verstehe.« Woollcott dachte einen Moment lang nach und erkundigte sich dann arrogant wie eh und je: »Hoffentlich jemand Annehmbares.«

»Sie werden gar nicht merken, daß er da ist.«

»Oh.«

»Ich hab noch mehr schlechte Nachrichten.« Woollcott wartete. »Sid Curley ist verschwunden.« Woollcott erinnerte sich – *schnief, schnief, schief.* »Er war mit meinem anderen Partner, Al Cassidy, verabredet, aber er hat ihn versetzt. Wenn ein Informant der Polizei nach einer Stunde immer noch nicht zu seinem Rendezvous aufkreuzt, muß man ziemlich sicher annehmen, daß ihm ein Unglück zugestoßen ist. In den meisten Fällen ein vorbereitetes.«

»Glauben Sie, unsere Unterhaltung mit ihm gestern abend war daran schuld?«

»Sagen wir mal so, es kann gut der Tropfen gewesen sein, der das Faß zum Überlaufen brachte. Damit wir uns richtig verstehen: Sie und Mrs. Parker stecken inzwischen zu tief in der Sache, um noch einen Rückzieher machen zu können. Sie haben gestern fast den ganzen Tag damit verbracht, mit mir auf Schnüffeltour zu gehen, und so was spricht sich schnell herum. Und dann gestern abend, als Sie Kontakt zu Curley im Harlequin aufgenommen, und später noch im Texas Guinan Club« – Singer begann vergnügt in sich hineinzulachen – »Flo Ziegfeld und Lacey Van Weber so herrlich bearbeitet haben ...«

»Ich war ganz schön teuflisch, was?«

»Sie waren umwerfend, absolut umwerfend.«

»Dottie rief mich heute früh auch an, um mir dazu zu gratulieren. Wirklich reizend von ihr. Man weiß ja nie, wie man bei Dottie dasteht. Erst tätschelt sie einem den Kopf, und im nächsten Augenblick rammt sie einem das Stilett in den Rücken. Immerhin, langweilen tut man sich selten mit ihr.«

»Jedenfalls, Mr. Woollcott, um noch mal auf Curleys Verschwinden zurückzukommen, nehmen wir einmal an, daß er ein Opfer seines etwas dubiosen Gewerbes geworden ist. Und sehen Sie mal, es kann noch ein paar andere geben, die jetzt vielleicht auch in Gefahr schweben.«

»Nämlich?«

»Zum Beispiel Lily Robson.«

»Die Pille! War sie giftig?«

»Harmlos wie ein Karamelbonbon.«

»Was hat dann diesen heftigen Anfall ausgelöst?«

»Mein Kumpel Cassidy vermutet eine Nahrungsmittelvergiftung. Meine schmutzige Fantasie tendiert mehr zu einem kleinen Mittelchen, das ihr jemand in den Drink geschmuggelt hat, als sie nicht hingesehen hat.«

»Meinen Sie Van Weber?«

»Van Weber oder eine ganze Anzahl anderer Leute. Ich habe ihre Spur bis dorthin zurückverfolgt, wo sie gegessen haben. Bei Gallaghers. Immer rammelvoll. Jeder kann unbemerkt etwas in einen Drink tun, wenn das Haus gut besetzt ist. Trotzdem, das Mädchen behauptet steif und fest, daß sie von nichts weiß.« Er bestellte Kaffee für zwei, während der Kellner den Tisch abräumte. »Aber sie war in der Lage, eine Menge Dinge mitzubekommen, die gefährlich sein könnten, vorausgesetzt, sie ist so schlau und hat sie sich gemerkt und zwei und zwei zusammengezählt. Ich glaube zwar nicht, daß sie schlau genug ist, aber irgend jemand könnte ja der Ansicht sein, er dürfe kein Risiko eingehen. Und dann ist da noch Charlotte Royce.« Der angewiderte Ausdruck in Woollcotts Gesicht sprach für sich. »Ein hochnäsiges, betrügerisches kleines Luder, aber schlau. Mächtig schlau. Ehrgeizig. Darüber wird sie eines Tages stolpern. Ist meistens so.« Er lehnte sich zurück, als der Kaffee serviert wurde. »Charlotte Royce ist nicht von schlechten Eltern. Sie hat sich auf Hochseefischerei eingelassen und sich einen dicken Fisch geangelt, Flo Ziegfeld.«

»Glauben Sie wirklich, daß Ziegfeld etwas mit diesen Morden zu tun hat? Auf jeden Fall kannte er Ilona Mercury.«

»Er hängt aufgrund seiner Erkenntnisse mit drin. Er weiß

über die Rauschgiftszene Bescheid. Ziegfeld redet viel. Vielleicht hat er der kleinen Royce was erzählt.« Singer zuckte die Achseln. »Wer zum Teufel weiß schon, wie Leute dazu kommen, in so einer Scheiße drinzustecken, absichtlich oder aus Versehen? Man hört zufällig ein Gespräch an der Bar irgendeiner Spelunke mit, und schon steht man auf der schwarzen Liste.«

»Das habe ich gar nicht nötig«, bemerkte Woollcott indigniert. »Ich stehe jetzt schon auf der schwarzen Liste!«

»Mr. Woollcott, ich setze auf Sie. Sie sind einer, der überlebt. Sie werden uns alle überleben.«

»Nun, in der Tat, Jacob«, sagte Woollcott mit einem Anflug von Stolz, »Mrs. Parker hat einmal gesagt, sie glaube, man müsse mich eines Tages mit Gewalt im Sarg festbinden.«

Singer lachte und trank einen Schluck von seinem Kaffee. »Nun zu den anderen, die sich zur Zeit auch ein bißchen unwohl fühlen dürften. Da ist einmal Ziegfeld selbst, obwohl ich in seinem Fall kaum glaube, daß er ernsthaft in Gefahr ist. Dann wäre da noch Bela Horathy, dessen Existenz allein mir schon den Mund wäßrig macht, bei all den Informationen, über die er mit Sicherheit verfügt.«

»Warum holen Sie ihn dann nicht aufs Revier und verhören ihn?« fragte Woollcott ungeduldig.

»Weil er an der Oberfläche sauber ist.«

»Besitzt er überhaupt eine Approbation?«

»Klar hat er die. Fragen Sie mich nicht, wer sie ihm frisiert hat, aber er hat eine. Der Kaffee ist unter aller Sau.«

»Das ist er immer. Ertränken Sie ihn in Sahne. Wie steht's mit Horathys Sprechstundenhilfe?«

»Das ist das Schätzchen, hinter dem ich her bin. Cora Gallagher. Man muß sie mit Samthandschuhen anfassen, aber ich glaube, ich habe gestern ihre Angst gerochen, als wir in der Praxis waren. Sie weiß, wer der Mann ist, der bei Horathy war, als auch Vera DeLee dort war. Aber mit diesen Dingern muß man behutsam vorgehen. Eine potentielle Zeugin darf man nicht einschüchtern. Mach ich sie nervös, kann es sein, daß sich Gallagher entschließt, ihre Schwester in Oregon zu besuchen.«

»Ich hatte keine Ahnung, daß sie eine Schwester hat.«

»Ich auch nicht. Aber in einem Notfall passiert es immer wieder, daß irgendein entfernter Verwandter aus der Versenkung auftaucht. Oregon, Manitoba, Passaic, New Jersey - mit tödlicher Sicherheit. Sehr irritierend, aber auch eine Herausforderung.«

»Und wie sieht's mit dem aalglatten Tänzer aus, den wir gestern abend kennengelernt haben?«

»George Raft?«

»Ja, Raft.«

Singer hing einen Augenblick lang seinen eigenen Gedanken nach. »Raft ist ein ziemlich merkwürdiger Fall. Die Bande benutzt ihn als Kurier. Er ist übrigens auch ungarischer Herkunft.«

»Stellt das eine Verbindung zu Horathy und Mercury her?«

»Nur zufällig, denke ich mal. Außerdem habe ich meine Zweifel, ob Ilona Mercury wirklich Ungarin war oder ob sie eine andere Staatsangehörigkeit hatte.«

»Ein falscher Fuffziger, genau wie ich vermutet habe.«

»Wahrscheinlich. In Hollywood hat sie sich eine Zeitlang Magda Moreno genannt; Gott allein weiß, als was und unter welchem Namen sie ihr Leben begann. Früher oder später wird's schon rauskommen. Aber Raft hat eine große Klappe. Sie haben ja gesehen, wie er sich gestern abend an unseren Tisch geschleimt hat, ohne daß ihn jemand darum gebeten hat.«

»Ich hatte den Eindruck, daß Van Weber von seiner Gegenwart nicht sonderlich angetan war.«

»Van Weber.« Singer schüttelte den Kopf, als wollte er ihn freimachen. »Ich wünschte, ich könnte den Kerl irgendwie festnageln.«

»Wir werden wohl warten müssen, bis Dottie heute abend wieder in der Stadt ist.«

»Sie wollte um sechs zurück sein. Das hat sie mir versprechen müssen. Nur eine Vorsichtsmaßnahme. Ich wollte nicht, daß sie Van Webers Charme erliegt und dort mehr Zeit verbringt, als für sie gut ist.«

»Und wie steht's mit Van Weber?«

»Sie meinen als potentielles Opfer?«

»Nun, er kommt viel herum. Er kennt eine Menge Leute. Er erfährt so einiges.«

»Wissen Sie, was ich glaube, Mr. Woollcott? Ich glaube, daß Van Weber ganz bestimmt ein Opfer ist.«

»Aha!«

»Aber nicht die Art Opfer, wie Sie denken. Ich kann es nicht genau sagen. Nur soviel - er ist nicht echt, verstehen Sie, was ich meine? Was ich auch schon zu Mrs. Parker gesagt habe, und was sie Ihnen sicher erzählt hat, es ist, als ob er die Rolle einer künstlich geschaffenen Figur spielt. Hier haben wir also Lacy Van Weber als Jay Gatsby. Warum sollte er sich ausgerechnet einen Schmalspur-Gangster, der nach Höherem strebt, zum Vorbild nehmen? Warum nicht jemand Grandioses, verstehen Sie, was ich meine?«

»Vielleicht jemanden wie mich«, sagte Woollcott mit einem Augenzwinkern. »Mrs. Parker sagte mir, ich sei ihre literarische Lieblingsgestalt. Meinen Sie, sie wollte mir damit sagen, daß sie mich unwirklich findet?«

»Nun ja, dem bloßen Auge und dem Uneingeweihten mögen Sie schon ein klein wenig abgehoben erscheinen.«

»Abgehoben, wie entzückend«, sagte Woollcott, der wieder zu seiner alten cholerischen Natur zurückgefunden hatte. »Ich bin gerne etwas abgehoben. Ich wünschte, ich wäre abgehoben genug, damit mich niemand mehr überfährt.« Empörung schüttelte ihn beim Gedanken daran, daß er eben noch dem Tod ins Auge gesehen hatte.

»Jedenfalls werden wir hoffentlich mehr über Van Weber wissen, wenn Mrs. Parker wieder in der Stadt ist.«

»Oje, oje.« Woollcott prahlte ein wenig. »Warten wir ab, bis sie erfährt, was mir zugestoßen ist. Wenn sie das nicht aus den Socken haut. Übrigens, was machen Sie heute abend?«

»Wer weiß?«

»Neysa McMein gibt eine Party. Mit ihrem eigenen Badewannen-Gin. Glauben Sie mir, das ist ein erlesener Jahrgang. Es wird die Hölle sein. Alle werden hingehen. So wie ich Mrs. Parker kenne, wird sie wahrscheinlich Van Weber dazu einladen. Das könnte hilfreich sein.«

»Wo wohnt Mrs. McMein?«

»Gleich gegenüber von Mrs. Parker!« verkündete Woollcott mit einer Stimme, der nur noch die Begleitung einer Trompetenfanfare fehlte.

»Das wird uns weiterhelfen. Ich werde Mrs. Parker ohnehin einen Besuch abstatten, um mir ihren Bericht über den Tag auf dem Land anzuhören. Warum kommen Sie nicht mit? Wollen wir uns um acht verabreden? Paßt Ihnen das, Mr. Woollcott?«

»Sieht aus, als würde mir das ganz prächtig passen. Und ganz nebenbei, Jacob, soviel Altersunterschied besteht doch gar nicht zwischen uns beiden, oder? Es macht mich verlegen, wenn man mich mit Mr. Woollcott anredet. Mrs. Parker tut es zwar, aber bei ihr ist es eine Marotte. Die hat sie sich schon vor ein paar Jahren zugelegt, als sie mit Benchley bei *Vanity Fair* gearbeitet hat. Damals haben sie sich in aller Förmlichkeit angeredet, und, wie Sie vielleicht bemerkt haben, es auch beibehalten. Sie werden noch feststellen, daß Mrs. Parker eine Vielzahl der merkwürdigsten Marotten hat, von denen die eine oder die andere einen zuweilen ganz schön aus dem Gleichgewicht werfen kann. Falls Sie also nichts dagegen haben, Jacob, nennen sie mich Alec. Nicht Alex, was ich auf den Tod nicht ausstehen kann, sondern Alec. Glauben Sie, das könnten Sie schaffen?«

»Das schaffe ich, Alec.«

»Ich hoffe, ich störe nicht.« George S. Kaufman klang besorgt.

»Setz dich«, befahl Woollcott, »und da du mir ein Mittagessen schuldest, kannst du gleich diese Rechnung bezahlen.«

Kaufman quetschte sich auf die schmale Bank neben Singer.

»Bitte hört mir mal zu, ihr beiden. Ich bin euch sehr dankbar für das, was ihr bisher für mich getan habt, aber der Mordanschlag auf Alec rückt die Geschichte in ein neues Licht. Mr. Singer, ich glaube, ich sollte öffentlich zugeben, wo Ilona ermordet wurde, um Alec keiner weiteren Gefahr auszusetzen.«

»Nanu, Georgie Kaufman«, sagte Woollcott mit einem deutlich spürbaren feindseligen Unterton, »unter diesem Eisberg atmet ja doch noch eine Seele. Jetzt ist es aber zu spät, du Schafskopf. Wie der Priester zum Matrosen sagte, ich stecke zu tief drin. Und ich bin sicher, daß Jacob in diesem Punkt mit mir übereinstimmt, daß du am besten deine Meinung für dich wie auch einen kühlen Kopf behältst. Wir haben alle nichts davon, dich auch noch in diesen Schlamassel hereinzuziehen. Sie stimmen mir doch zu, nicht wahr, Jacob?«

»Unbedingt. Gehen Sie nur weiter Ihrer Arbeit nach, Mr. Kaufman, und lassen Sie uns unsere Arbeit weiterführen.«

»Ich kann es nicht ertragen, daß diese Sache auf meinem Gewissen lastet«, beharrte Kaufman.

»George, warum gehst du nicht einfach zu Ferber und entspannst dich ein bißchen mit ihr im Bett?« schlug Woollcott vor.

»Dann hätte ich doch lieber ein schlechtes Gewissen.«

»Eben. Ich nehme an, du hast es fertiggebracht, daß auch Harold Ross und Robert Benchley Verdacht geschöpft haben?«

»Überhaupt nicht. Noch bevor du mit Mr. Singer den Raum verlassen hast, haben sie schon vergessen, daß ihr jemals da wart. Wir haben Poker zu dritt gespielt. Ich habe dreißig Dollar an Benchley verloren.«

»Sind meine Freunde nicht wunderbar?« fragte Woollcott Singer, und jedes einzelne Wort spritzte Gift. »Sie sind die Liebe in Person. Kaufman, sehe ich dich und Beatrice heute abend bei Neysa?«

»Wahrscheinlich. Hat sie dich eingeladen?«

»Das wird sie tun, sobald ich sie anrufe. Ober! Die Rechnung für Mr. Kaufman, bitte!«

Mrs. Parker hatte das Gefühl, daß die Reifen des Pierce Arrow kaum den Asphalt berührten. Fast als würde sie wieder mit Van Weber in der Jenny sitzen und in die Stadt zurückfliegen. Sie war froh, daß sie es nicht taten. Sie schaute auf ihre Armbanduhr. Sie würden noch vor sechs in der Siebenundfünfzigsten Straße ankommen und sogar noch ein bißchen Zeit haben. Van Weber war merkwürdig wortkarg. Er blickte andauernd in den Rückspiegel, und sie fragte sich, ob darin irgend etwas Besonderes zu sehen sei.

»Nichts allzu Besonderes«, sagte er milde lächelnd, als sie die Frage schließlich laut stellte. »Wir werden verfolgt.«

»O Schreck! Von jemand Interessantem?«

»Das weiß ich nicht. Er hält einen beträchtlichen Abstand. Er ist uns schon auf der Hinfahrt von New York gefolgt.«

»Nun denn«, sagte Mrs. Parker freundlich, »dann ist er sicherlich froh, zu einer menschlichen Uhrzeit in die Stadt zurückzukommen.«

Van Weber brüllte vor Lachen.

Das Gelächter ist nicht echt, dachte Mrs. Parker. Es paßt überhaupt nicht zu ihm. Es ist zu laut, zu unbändig. Es gehört nicht zu Lacey Van Weber. Sie erinnerte sich, wie er gelacht hatte, weil sie sich all seine Charaktereigenschaften und Bewegungen in der kurzen Zeit ihrer Bekanntschaft genau eingeprägt und ihm vorgeführt hatte. Laceys Lachen war sanft und introvertiert, ein charmantes Glucksen. So, wie er im Garten gegluckst hatte, als sie ihm ohne eine Miene zu verziehen mitgeteilt hatte, daß seine Sonnenuhr nachging. Sie hatte nicht bemerkt, daß er gesprochen hatte. »Wer, glaubst du wohl, würde uns von New York und wieder zurück verfolgen?«

»Ein Abenteurer?« schlug sie vor.

»Ein Polizist.«

»Ach wirklich? Das ist mir noch gar nicht in den Sinn gekommen.« Es war ein schwacher Versuch, und sie wußte, daß er sie durchschaute.

»Du wirst bewacht, Mrs. Parker. Man traut mir nicht. Und wenn man mir nicht traut, warum hast du dann den Tag mit mir verbracht?«

»Weil ich es wollte. Wirklich, Mr. Van Weber, so altmodisch kannst du doch gar nicht sein. Wir sind miteinander ins Bett gegangen. In manchen Teilen dieses Landes würde das bedeuten, daß wir praktisch verlobt sind, wenn nicht gesellschaftlich geächtet. Du bist ein äußerst seltsamer Mensch, Mr. Van Weber. Und ich bin eine sehr neugierige Frau. Du faszinierst mich. Ich möchte dich näher kennenlernen. Und du willst eben, daß ich und jeder andere nur soviel weiß, und nicht mehr.« Seine Augen klebten auf der Straße vor ihnen. Sie hatte nicht die leiseste Ahnung, was in ihm vorging. Was sie betraf – den letzten beißen die Hunde. Sie fuhr fort, ihn weiter zu bearbeiten, weil sie langsam glaubte, daß dies wahrscheinlich ihre einzige Gelegenheit sein würde. Die Erkenntnis, daß sie drauf und dran war, sich in ihn zu verlieben, machte sie unglücklich. Es war ganz falsch; es konnte gar nicht gut gehen. Es war immer ganz falsch, und es ging nie gut. Irgend jemand hatte einmal gesagt, in die Hölle geraten immer die anderen. Ach ja? Dorothy Parkers Liebhaber, das war die Hölle. Nun, wenn es wirklich so sein sollte, bitte sehr, dann war sie entschlossen, aus dieser hier Kapital zu schlagen. Nach einem kurzen Schweigen nahm sie das Gespräch wieder auf. »Die Leute mögen es nicht, wenn jemand etwas zu verbergen hat. Das ist unmoralisches Verhalten. Man verachtet sie, aber man fühlt sich davon auch hochgradig provoziert. Was ist dein Geheimnis? Wer bist du? Wo kommst du her? Hast du Familie? Wie hast du all den Mammon gescheffelt?« Pause. »Wie in ›Um dein Lächeln zu sehn, würd ich tausend Meilen geh'n, mein Mammon‹.«

»Ich spreche nicht gern über mich«, sagte er mit einer Stimme, die sie nicht erkannte und die sie nicht mochte. »Das einzige Leben, das ich mag, ist das, das ich jetzt führe. Du siehst das, was es zu sehen gibt.«

»Scott Fitzgerald würde sich fürchterlich geschmeichelt fühlen; er wäre hingerissen, wenn er wüßte, daß du dir dieses neue Leben genau nach dem Vorbild von Jay Gatsby geschaffen hast.«

»Es sieht schon ein bißchen nach Fitzgerald aus, nicht wahr? Aber Gatsby ist ein mieser kleiner Schieber. Glaubst du, daß ich ein mieser kleiner Schieber bin?«

»Mr. Van Weber, ich bin doch nicht naiv. Und ich glaube auch nicht, daß du mies und klein bist. Du bist ein ganz schön schlaues Kerlchen. Das mußt du auch sein, um all diesen Reichtum anzuhäufen.« Sie wollte noch hinzufügen, falls es wirklich dein eigener Reichtum ist, aber dann warnte sie ihr Instinkt, besser den Mund zu halten.

»Ich habe Glück gehabt.«

»Ist unser Schatten immer noch da?«

»O ja, er hängt noch hinter uns. Hartnäckige kleine Sau. Wir haben's fast geschafft.«

Wir vielleicht, aber nicht ich, dachte Mrs. Parker zerknirscht. Bei diesem Mann komme ich einfach nicht weiter. Trotzdem habe ich eine ganz gute Vorstellung davon, was er ist und was er nicht ist. Das klingt, als ob ich mich mit meinen Gedanken im Kreis bewege, aber das stimmt nicht. Jetzt brauche ich Jacob Singer und Woollcott, um alles mit ihnen zu besprechen; ich brauche ihre Köpfe, damit sie mir beim Sieben, Sondieren und Prüfen helfen. Denn ich bin mir ziemlich sicher, daß dieser Mann *nicht* seine eigene Schöpfung ist. Und jetzt bleibt uns noch ein bißchen Zeit für small talk. »Aus welchem Teil Englands kommst du?«

»Ich wurde in London geboren.« Das kam zwar nicht wie aus der Pistole geschossen, aber es war draußen.

»Und danach?«

»Bin ich aufgewachsen.«

»Ich nehme mal an, als du noch ein junger Mann warst, bist du in dieses Land ausgewandert, und nach einem Aufenthalt in New York, wo nicht viel geschah, das dich finanziell weiterbrachte, hast du den Weg nach Westen eingeschlagen, wo du deine Zelte in Los Angeles aufschlugst.«

»Ein interessantes Szenario.«

»Irgendwie kamst du dann mit Leuten vom Film zusammen, und du lerntest Bela Horathy und Ilona Mercury kennen. Hast du jemals eine Frau namens Magda Moreno getroffen?« Sein Unterkiefer klappte eine Etage tiefer.

»An eine Magda Moreno kann ich mich nicht erinnern.« Ein Punkt für Mrs. Parker. Sie war sehr zufrieden mit sich. Allmählich begann sie, die hohe Kunst des Polizeiverhörs zu beherrschen. »Magda Moreno« hatte gesessen. Es bewies, daß er in Los Angeles gelebt hatte. Sie war überzeugt, daß ihr Szenario stimmte. Von London nach New York nach Los Angeles. Sie mußte sich beeilen. Sie hatten die Brücke überquert und fuhren jetzt auf der Siebenundfünfzigsten Straße Ost in westlicher

Richtung zu ihrem Apartment-Haus. Es war zehn Minuten vor sechs.

»Hast du Valentino dort kennengelernt, oder kanntest du ihn noch aus der Zeit, als er und Raft Eintänzer waren?«

»Du meine Güte«, sagte er mit einem mißmutigen Seufzer. »Ich kann mir gut vorstellen, daß du eine fürchterlich nörgelnde Ehefrau abgeben könntest.«

Hier ist er also, der Tritt in den Hintern, dachte sie mutlos. Die letzte Abblende. Musik schwillt an, Publikum verläßt den Saal. »Ich bin eine sehr schlechte Ehefrau«, sagte sie. »Ich habe nicht die leiseste Ahnung, wo mein Mann ist, und falls es mir jemand erzählen sollte, werde ich mich in einer Depression verkriechen und mich hüten, wieder herauszukommen, nicht einmal, um einen Schatten zu werfen. Ich habe dir nie von Ed erzählt, nicht wahr? Aber wie konnte ich auch? Wir hatten ja gar keine Zeit. Ed war Alkoholiker. Ein Liter pro Tag. Dann stieg er auf Drogen um. Hauptsächlich Morphium. Gelegentlich ein Zug Opium, und ab und zu ein Schuß Kokain. Als ich das letzte Mal von ihm hörte, hatte er gerade gelobt, sich in ein Sanatorium einweisen zu lassen, um eine Ausnüchterungskur zu machen, oder wie immer das heißen mag, was Süchtige machen, um Gevatter Tod von der Schippe zu springen. Ich hoffe, er schafft es. Im Grunde ist er nämlich ein netter Kerl. Todlangweilig, aber nett.«

Sie hielten vor ihrem Haus. »Vielen Dank für einen interessanten Tag, Mr. Van Weber.«

»Ist es nicht langsam Zeit, daß du Lacey zu mir sagst und ich zu dir Dottie?«

»Offen gestanden hatte ich schon das niederschmetternde Gefühl, daß du nie mehr etwas zu mir sagen würdest.«

»Nicht doch, junge Frau. Du mußt lernen, mehr Selbstvertrauen zu haben. Ich bin daran gewöhnt, daß man mir Fragen stellt und Leute versuchen, in meiner Vergangenheit herumzustöbern. Es hat mir großen Spaß gemacht, dem *Graphic* das Interview zu geben, obwohl mir stark davon abgeraten wurde.« Von wem wohl, fragte sich Mrs. Parker. »Ich habe das Interview gegeben, um allen weiteren Fragen über mich einen Riegel vorzuschieben.«

»Du konntest ja nicht ahnen, daß ich alte Klette aus dem Hinterhalt angekrochen kommen würde.«

»Eine charmante Wende der Ereignisse. Du bist eine reizende Begleiterin, ich genieße deinen Witz, und es war herrlich, mit dir zu schlafen.«

»Ich bin so froh, daß du das gesagt hast«, sagte sie leicht vorwurfsvoll. »Meistens bin ich auf Matinées noch nicht in Bestform.«

»Was dein Frage- und Antwortspiel betrifft« - er lächelte wie ein satter Kater, womit er ihr nebenbei kundtat, daß er wieder ganz Herr der Lage war -, »ich fand es amüsant. Hast du erfahren, was du wissen wolltest?«

Freches Schwein, dachte sie, als sie aus dem Wagen ausstieg. »Lacey, alter Junge, ich glaube, ich habe ein paarmal ins Schwarze getroffen.«

»Bin ich immer noch eingeladen, dich heute abend auf Neysa McMeins Party zu begleiten?«

»Wenn du bereit bist, natürlich. Die Stimmung heizt sich meistens nicht vor zehn Uhr auf. Warum klopfst du nicht einfach um die Zeit an meine Tür, und dann können wir Arm in Arm fröhlich über den Flur zu Neysa hüpfen.«

»Also bis später.« Er fädelte sich in den Verkehr ein und ließ sie in einer Abgaswolke auf dem Bürgersteig stehen.

Zehn Minuten vor sechs rief Jacob Singer von einem öffentlichen Telefon in einem Zigarrenladen, der sich unweit von Bela Horathys Praxis befand, den Doktor an. Wie er es gehofft hatte, war Cora Gallagher am Apparat. Kurz zuvor hatte er den diensthabenden Sergeant vom Revier aus anrufen und sich die Sprechstunden des Doktors durchsagen lassen. Von zwei bis sechs Uhr nachmittags, die Vormittage nach Vereinbarung. Er war sich sicher, daß sie seine Stimme nicht wiedererkennen würde, da sie ja am Vortag kaum ein paar Sätze gewechselt hatten. Er fragte, ob er innerhalb der nächsten zehn Minuten den

Doktor sehen könne, woraufhin sie ihm kurz angebunden mitteilte, daß die Praxis gerade geschlossen würde. Ob er einen Termin für den nächsten Vormittag vereinbaren wolle? Singer sagte, er werde es sie wissen lassen, und legte auf. Er verließ den Zigarrenladen, überquerte die Straße und stellte sich in einen Hauseingang, von dem aus er unbemerkt nach Cora Gallagher Ausschau halten konnte. Nach einer Viertelstunde kam sie mit großen Schritten aus dem Gebäude. Ohne ihre Schwesternuniform und in normalen Straßenkleidern sah sie aus wie eine Hausfrau aus der Gegend, die eben noch ein paar letzte Einkäufe erledigt. Sie lief, ohne Singer zu erkennen, an ihm vorbei und ging gezielt auf einen U-Bahn-Eingang am Ende der Straße zu. Dort holte Singer sie ein und bot ihr galant den Arm. Verschreckt hielt sie im Gehen inne und blickte von seiner Hand, die ihren Ellbogen hielt, auf sein Gesicht, das sie mit einem freundlichen Lächeln begrüßte. Irgendwie kam er ihr bekannt vor, aber sie konnte ihn nicht einordnen. »Was wollen Sie?« fragte sie barsch.

»Ich möchte mit Ihnen reden. Wir sind uns gestern in Ihrem Büro begegnet. Ich war mit Dorothy Parker und Alexander Woollcott dort.«

Ihr Gesicht wurde aschfahl. »Ich erinnere mich. Sie sind der Detective. Also, was wollen Sie?«

»Ich hätte jetzt gern ein Sodawasser mit Eiskrem. Auf der Lexington gibt's eine nette Eisdiele.«

»Ich bin schon spät dran. Ich muß nach Hause.«

»Sie werden eher nach Hause kommen, wenn sie mir ein bißchen Ihrer Zeit schenken. Und wenn wir uns nicht bald von diesem Eingang wegbewegen, besteht die Gefahr, daß man uns zu Tode trampelt. Also, wie steht's? Ein Erdbeersoda mit Vanilleeis. Genau die Krönung für einen heißen Tag wie diesen.«

»Sie haben kein Recht, mich in dieser Weise zu belästigen.«

»Ich dachte, eine Eisdiele wäre weitaus freundlicher als mein Büro auf dem Revier. Da ist es öde, schmuddelig, heiß, und es stinkt. Seien Sie nett, und vielleicht lade ich Sie ja zum Polizeiball ein.«

Bela Horathy stand unter dem Vordach vor seinem Gebäude. Er klemmte sich ein Monokel in sein rechtes Auge und versetzte seinem grauen Derbyhut einen kessen Klaps. Er brachte seinen Spazierstock, der von seiner rechten Hand herabhing, in Position und schaute plötzlich scharf zum U-Bahn-Eingang hinüber, wo er seine Praxishilfe wahrnahm, die sich gerade mit einem Mann unterhielt. Erst nachdem die beiden um die Ecke und außer Sichtweite in die Lexington Avenue eingebogen waren, fiel ihm ein, daß der Mann in Coras Begleitung Detective Jacob Singer war. Horathy beeilte sich, in sein Büro zurückzukehren.

Lacey Van Weber hatte sich in die Einsamkeit des Arbeitszimmers in seinem Penthouse am Central Park South zurückgezogen. Er trug seinen Lieblingsmorgenrock, den Paul Poiret aus Paris für ihn entworfen hatte. Eins der Fenster ließ sich zur Terrasse hin öffnen, die den Blick über den Central Park freigab. Er hielt ein hohes Glas Scotch mit Wasser und nur einem kleinen Stückchen Eis in der Hand, das perfekte Bild des perfekten Gentleman, der die Abenddämmerung vor ihrem perfekten Hintergrund genießt. Alles an ihm war perfekt, nur nicht sein Gemütszustand. Sein Butler hatte ihm eine Nachricht überreicht, die während seiner Abwesenheit eingetroffen war. Er würde einen wichtigen Telefonanruf eines sehr wichtigen Gentleman erhalten, der eine besondere Gabe besaß, andere wichtige Gentlemen zu kreieren. Van Weber nahm einen Schluck von seinem Drink und sah den Spaziergängern im Park zu. Von dem Verkehrsbrausen der Straßen, die unten entlangliefen, hoben sich die fernen Klänge eines Orchesters ab, das zum Tanztee im Park-Casino aufspielte. Aus einer anderen Richtung vernahm er die Drehorgelklänge eines Karussells und von einer weiter unten gelegenen Terrasse das verführerische Lachen einer Frau. Hinter ihm klingelte das Telefon; er beeilte sich, den Hörer abzunehmen. Es war ein Privatanschluß, zu dem sein Personal keinen Zugang hatte. Er setzte sich an seinen Schreibtisch und meldete sich. Die Stimme am anderen Ende war herzlich und melodiös, sie zeugte von guter Erziehung und perfekten Manieren. Sie stellte eine Frage, und Van Weber beschrieb seinen Tag mit Mrs. Parker, wobei er nichts ausließ. Er war präzise und geschäftsmäßig, als ob er das Protokoll einer vorhergegangenen Vorstandssitzung eines respektablen Unternehmens verlesen würde. Ja, Mrs. Parker schnüffele in der Tat ziemlich viel in der Gegend herum. Ja, er sei ihren Fragen mit der Präzision eines Meisters im Gesellschaftstanz ausgewichen. Ja, sie sei eine ziemlich clevere Frau und ja, sie sei eng mit Jacob Singer in Angelegenheiten verstrickt, in denen es um Mord und Rauschgift ging, und er stimme zu, daß sie gefährlich werden könne. Sein Gesicht verriet nichts, als er erfuhr, daß ein Anschlag auf Woollcotts Leben fehlgeschlagen war. In der Abendzeitung, die er sich gekauft hatte, hatte nichts darüber gestanden. Auch er fand es klüger, an Mrs. Parker dranzubleiben und fortzufahren, sie bis zum Wochenende auf die falsche Fährte zu lenken und sein Bestes zu tun, um etwaige Pannen zu vermeiden. Jacob Singer sei etwas anderes. Darauf habe er keinen Einfluß. Ihm wurde mitgeteilt, daß dies von seiner Seite aus nicht nötig sei. Auf die Frage, ob er eine kleine Schwäche für Mrs. Parker entwickele, hielt er sich eben noch zurück, »ganz gewiß nicht!« zu rufen. Er sagte, daß sie charmant und witzig und im Bett außergewöhnlich begabt sei, und daß es ihm keine Mühe bereite, die Zeit mit ihr zu verbringen. Er sagte, daß er sie in wenigen Stunden auf eine Party bei Neysa McMein begleiten würde, woraufhin er eindringlich gewarnt wurde, dort auf der Hut zu sein; diese Clique kämpfe mit harten Bandagen. Er erfuhr auch, daß Bela Horathy ein kleines Problem mit seiner Sprechstundenhilfe habe, da er sie zusammen mit Jacob Singer gesehen hatte. Van Weber gab dazu keinen Kommentar ab und wartete.

Er bekam noch mehr zu hören. Raft hatte von dem »Mann« eine Warnung bekommen, und diesmal bestand Anlaß zur Hoffnung, daß das kleine vorwitzige Arschloch seine Lektion gelernt habe. Darüber hinaus würde die größte Schiffsladung, an die sich das Unternehmen jemals herangewagt habe, am Samstagabend eingeschmuggelt werden. Ob es ihm möglich sei, ein improvisiertes Wochenende in East Cove zu organisieren, zu der Mrs. Parker, Woollcott und einige andere geladen würden, so daß ihr grandioser Coup, an dem sie jahrelang geübt hatten, jetzt mit einem herausragenden Erfolg abgeschlossen werden konnte? Van Webers Mund war trocken, seine Stimme rauh. Er würde wegen des Wochenendes sein Bestes tun. Aber diese Leute seien wie Quecksilber. Die Stimme am anderen Ende war höflich, aber bestimmt. Das improvisierte Wochenende sei notwendig, um die Ankunft der Ladung zu tarnen. Es folgte ein Versprechen, daß Van Weber bald ein sehr reicher Mann sein würde, reich genug, um nach Europa zurückzukehren und eine endgültige Identität für sich aufzubauen. Ob Van Weber verstanden habe? Van Weber verstand.

Ein zartes Klopfen machte sich an der Tür bemerkbar. Sein Diener verkündete, daß sein Badewasser eingelaufen sei. Van Weber rief, daß er in wenigen Minuten kommen würde. Ins Telefon sagte er Auf Wiedersehen, bis später, und nachdem er eingehängt hatte, nahm er einen sehr tiefen Schluck von seinem Drink und starrte aus dem Fenster in den Park hinaus.

Mrs. Parker. Was sollte er mit Mrs. Parker machen? Was tun? Was tun? So habe ich nicht mehr für eine Frau empfunden, seit ... ach, kommt es darauf an? Aber Mrs. Parker ist etwas anderes, und ich traue mich nicht, es ihr zu sagen. Ich werde mich niemals trauen, es ihr zu sagen. Ich darf nicht soviel für Dorothy Parker empfinden.

Zwölftes Kapitel

Cora Gallaghers Zitronenlimo wurde langsam warm. Sie hatte sie noch nicht einmal probiert. Sie stand vor ihr auf dem Tisch, unbeachtet, ungewollt, wie ein Waisenkind ohne Zukunft. Sie und Jacob Singer teilten sich eine ruhige Nische am rückwärtigen Teil der Eisdiele. Jacob hatte die Bestellung aufgegeben und sich die langen Vorreden gespart.

»Miss Gallagher, Sie haben ein Vorstrafenregister.«

»Das ist mir nicht neu. Ihnen?«

Sie war offenbar entschlossen, die Sache offensiv anzugehen. Das gefiel Singer. Er wollte, daß sie Mut zeigte, denn am Ende ihrer Unterredung würde sie ihn brauchen. »Miss Gallagher, seit ich festgestellt habe, daß ich anders gebaut bin als die Mädels, wundere ich mich über gar nichts mehr. Ich weiß, daß Sie es eilig haben; ich hab's auch eilig, verschwenden wir also keine Zeit und kommen wir zur Sache. Wer war vorgestern Horathys letzter Patient?«

»Vera DeLee.«

»Ich sagte doch, wir wollen keine Zeit verschwenden. Ein Mann war auch da. Der Fahrstuhlführer hat ihn gesehen. Er fuhr mit DeLee im Lift herunter. Sie verließen zusammen das Gebäude. Sie gingen zu ihr. Der Liftboy dort bestätigt die Aussage, daß der Mann mit zu DeLees Wohnung raufgefahren ist.« Die Limo und das Eiskrem-Soda waren serviert worden, und ein ungeduldiger Singer hatte der Kellnerin gesagt, sie solle bloß nicht so ein Gewese machen. Sie hatte mit ihrem Gewese aufgehört und war verschwunden. Cora Gallagher hatte den Wunsch, sich in Luft aufzulösen, aber sie wußte, daß das nicht ging; sie arbeitete für einen Doktor und nicht für einen Zauberer. Singer löffelte ein wenig von seinem Eis und beschloß, daß sie genug Zeit zum Nachdenken bekommen hatte. »Zwingen Sie mich nicht, ungemütlich zu werden, Miss Gallagher. Dieser Mann steht im Verdacht, DeLee ermordet zu haben.« Er wartete zwanzig Sekunden. »Wann haben Sie zuletzt Ihren Bewährungshelfer gesehen?«

»Ich weiß nicht, wie der Mann heißt, das ist die Wahrheit. Er ist einer der Patienten, die Horathy nach Sprechstundenschluß empfängt, wie DeLee. Er gibt ihnen ihre Auffrischungsspritzen.«

»Geben Sie mir eine, Miss Gallagher. Beschreiben Sie ihn.«

Sie beugte sich vor. »Wollen Sie mir bitte glauben, wenn ich Ihnen sage, daß ich sein Gesicht noch nie genau gesehen habe? Wollen Sie mir bitte glauben?«

»Wieso nicht?«

»Weil er immer ein Taschentuch vor seine Nase hält. Und zwar hält er es so, daß es den größten Teil des Gesichts bedeckt. Außerdem bin ich nicht immer nach sechs Uhr in der Praxis. An manchen Abenden gehe ich, bevor Horathy Schluß macht, und ich weiß nicht, was da abläuft, das ist die Wahrheit, so wahr mir Gott helfe!«

»Ich glaube Ihnen ja, ich glaube Ihnen. Mögen Sie Ihr Getränk nicht?«

»Ich habe keinen Durst. Darf ich jetzt gehen?«

»Noch nicht. Ich fühl mich immer so einsam. Wie groß ist der Knabe?«

»Nun, er ist ungefähr so groß wie Sie.« Singer nickte und saugte an seinem Strohhalm. »Breite Schultern, ich meine echte, nicht ausgestopfte; so was kann ich beurteilen.« Singer machte mit seinem Strohhalm gurgelnde Geräusche. Er hatte Gurgelgeräusche mit Soda-Strohhalmen gemacht, seitdem er begriffen hatte, worum es bei Eiskrem-Soda ging. »Kein Dickwanst. Ich schätze, er müßte etwa in Ihrem Alter sein.«

»Auf was ist er drauf?«

»Das weiß ich nicht.«

»Horathy hat doch seine Unterlagen, oder?«

»Es gibt da einen abgeschlossenen Aktenschrank, zu dem ich keinen Zugang habe. Er behält den Schlüssel. Und es gibt nur einen Schlüssel.«

»Hat Ihnen der Mann neulich abend nicht seinen Namen genannt?«

»Er sagte so was wie Der Mann oder Mr. Man. Ich schwöre, so wie er den Lappen über seinen Mund hielt, konnte ich gar nicht richtig verstehen, was er sagte.«

»Wie klang seine Stimme?«

»Heiser. Unangenehm. Ich schwöre bei Gott dem Allmächtigen, ich war schon völlig außer mir, weil DeLee im kleinen Empfangszimmer ohnmächtig geworden war, und ich hatte eine rasende Angst, daß sie vor meinen Augen abkratzt.«

»Spritzt Horathy normalerweise mehr als gut ist?«

»Was meinen Sie damit?«

»Überdosis.«

»Himmel, nein! Er ist sehr vorsichtig. Er will ja keine Mumie am Hals haben. Er ...« Sie lehnte sich vollkommen niedergeschlagen zurück. Nun hatte Singer bekommen, was er gesucht hatte. Sie hatte zuviel geredet. Er war sehr zufrieden mit sich und spielte mit dem Gedanken, ihre Zitronenlimonade zu übernehmen, aber er fühlte sich schon von seinem Eiskrem-Soda ein bißchen unwohl. »Geben Sie mir eine Chance, Mr. Detective. Wenn Horathy erfährt, daß wir hier zusammensitzen, kann ich den Good-Bye-Blues singen.«

»Schwester, Sie werden sich um Horathy bald keine Sorgen mehr machen müssen. Sprechen wir noch mal von DeLee. Der Autopsiebericht hat festgestellt, daß sie bis über beide Ohren in Stoff schwamm.«

»Wir glauben, daß sie etwas eingenommen hatte, bevor sie in die Praxis kam. Das hat sie vorher auch schon gemacht. Horathy hat sie gewarnt. Aber sie hatte dieses Nierenleiden. Ich glaube, es hat sie nach und nach umgebracht. Sie hatte fürchterliche Schmerzen.«

»Wie stand Horathy zu Rudolph Valentino?«

»Ich kann da nur raten. Ich glaube, daß sie sich vor Jahren in Hollywood kennengelernt haben. Horathy mochte ihn nicht.«

»Und wie war das mit Ilona Mercury?«

»Sie war damals Horathys Freundin.«

»Als sie noch Magda Moreno hieß?«

»Davon weiß ich nichts. Ilona war ein falscher Fuffziger. Sie lebte in einer ganz anderen Welt. Sie hatte eine Menge Welten. Ein paar waren ungarisch. Manche russisch. Einmal war sie Französin. Sie verfügte über ein breites Repertoire an Akzenten.«

»Und Einbildungskraft.«

»Und Einbildungskraft. Wir waren ziemlich erstaunt, daß sie in einer Ziegfeld-Revue untergekommen war. Denn sie war ja mindestens zehn Jahre älter als seine anderen Showgirls, verstehen Sie. Sie hatte aber einen fabelhaften Körper.«

»Auf dem Seziertisch sah sie gar nicht so fabelhaft aus.«

»Ich weiß nichts darüber, wie sie gestorben ist, das schwöre ich beim Grab meiner Mutter.«

»Ihre Mutter lebt draußen in Bensonhurst.« Immerhin hatte sie den Anstand zu erröten. »Schwören Sie lieber beim Grab Ihres Mannes.«

»Da spuck ich drauf.«

»Das ist es, was mir an manchen von euch Weibsbildern so gefällt. Dieses Herzliche. Was war zwischen Mercury und Horathy? Wofür hat er sie bezahlt? War es banale Bestechung oder irgendwas Anspruchsvolleres?«

»Ein bißchen von beidem. Sie führte ihm Patienten zu.«

»Also Junkies.«

»Nehme ich mal an.«

»Muß ich erst bitte bitte sagen?«

»Also gut, verdammt noch mal, ja.« Sie sackte in ihrem Sitz zusammen. »Glauben Sie mir, wenn ich Ihnen erzähle, daß ich versucht habe, da rauszukommen? Glauben Sie mir das?«

»Ich glaube Ihnen, Miss Gallagher. Ich glaube Ihnen wirklich. Warum tun Sie's nicht?«

»Ich habe Angst.« Sie schaute sich um, als wäre es ihr zum erstenmal in den Sinn gekommen, daß jemand ihr Gespräch mitanhören könne.

»Wie sind Sie überhaupt an Horathy geraten?«

»Schon mal auf Bewährung gewesen, Mr. Detective? Schon

mal mit einem Vorstrafenregister einen anständigen Job gesucht? Prostitution, Diebstahl, das waren die Angebote, in der Reinigung an der Mangel stehen. Davon hab ich im Knast genug gehabt. Ich kannte Sid Curley. Kennen Sie ihn?«

»Kannte ihn. Er steht auf der Liste der vermißten Personen.«

»Mein Gott«, flüsterte sie.

»Wir nehmen an, daß man ihn auf der Mitte des Hudson beerdigt hat. Ich wünschte, sie würden damit aufhören. Es verscheucht die Fische, habe ich gehört. Also Curley hat Sie bei Horathy untergebracht.«

»Ja.«

»Wer hat Ihnen Ihre Zulassung als Sprechstundenhilfe verschafft?«

»Jemand mit einer direkten Leitung zum Rathaus.«

»Jemand wie vielleicht Richter Crater?«

»Vielleicht.« Sie sah müde und abgespannt aus. Singer schätzte sie nicht älter als knapp über dreißig. Im Moment sah sie aus wie fünfzig.

»Kennen Sie Lacey Van Weber?«

»Horathy hat mal seinen Namen erwähnt.«

»Ist er ein Patient?«

»Nein.«

»Aber sie sind befreundet.«

»Ich glaube, ja.«

Singer wurde langsam ungeduldig. »Was heißt, Sie glauben? Horathy war genau an dem Abend auf Van Webers Party, als man Valentino was ins Glas geschmuggelt hat. Valentino hat ihn wüst beschimpft, Ihren guten Doktor.«

»Sie mochten Valentino nicht.«

»Da wette ich drauf. Er hat zuviel über die Nadelparties damals in Hollywood gewußt. Wahrscheinlich wußte er genausoviel über die Dinge, die sich hier abspielen. Wissen Sie, ob Van Weber ein guter Tänzer ist?«

Sie schnaubte. »Was für eine blöde Frage. Bis jetzt waren Sie klasse. Woher soll ich wissen, ob er ein guter Tänzer war? Er hat mich noch nie zum Tanztee ins Plaza eingeladen.«

»Vielleicht wird es eines Tages irgend jemand tun.«

»Klar. Cora Gallagher. Die Ballkönigin. Was wollen Sie sonst noch wissen?«

»Macht es Ihnen langsam Spaß, ja?«

»Ich stecke schon bis zum Hals im Wasser, da kann ich ruhig noch ein bißchen schwimmen.«

»Erzählen Sie mir, wen er mit Stoff versorgt. Ich will große Namen hören.« Sie spulte einige Namen herunter. »Das war wirklich ausgezeichnet, Miss Gallagher. Setzen, eins. Wer ist sein Verbindungsmann bei der Polizei?«

»Ich schwöre Ihnen, das weiß ich wirklich nicht.«

»Aber es gibt jemanden.«

»Muß ja wohl, oder?«

»Richtig. Das ist der springende Punkt. Es muß jemanden geben. Cora, sie waren ein braves Mädchen. Ist zwar schade, daß Sie Ihre Limo verschmäht haben, aber mir haben Sie gutgetan.« Er erklärte ihr, wie sie sich mit ihm in Verbindung setzen könnte, falls sie ihn brauchte. Sie hoffte, daß es nicht nötig sein würde, aber beide wußten es besser. »Jetzt gehen Sie lieber allein hier raus. Sie können nach Hause gehen.«

»Ich gehe nicht nach Hause. Ich werde mir Gloria Swansons neuen Film ansehen. Da fühle ich mich gleich besser. Sie gerät immer in noch größeren Schlamassel als ich. Tschüs. Und danke für die nette Karussellfahrt.«

Sag ihm, daß der Mann hier ist. Oder Mr. Man. Oder vielleicht Mr. Mann. Wer weiß.

Mrs. Parker, von einem kühlenden Bad erfrischt, kam endlich bei Woollcott durch. »Deine Leitung war fast eine Stunde lang besetzt«, schimpfte sie. »In der Zeit hätte ich empfangen und abtreiben können.«

»Na und, hast du?« schnarrte Woollcott.

»Ich hatte vielleicht einen Tag.«

»Kein Vergleich zu meinem!« Er malträtierte ihre Ohren mit einer dramatischen Wiedergabe von dem Anschlag auf sein Leben, die Mrs. Parker ihrerseits mit einem gelegentlichen »O nein!«, oder »Um Himmels Willen, nein!«, oder »O armer Alec« unterbrach. Nachdem er geendet hatte, hörte sie Woollcott nach Luft schnappen. Sie hätte ihm einen tosenden Beifall von Herzen gegönnt. Immerhin bot sich jetzt die Gelegenheit, ihren eigenen Senf dazuzugeben.

»Ich bin froh, daß Jacob dich unter Polizeischutz gestellt hat.«

»Polizeischutz! Ich weiß ja nicht einmal, wie der Mann aussieht. Ich habe die Befürchtung, daß ich den Rest meines Lebens damit zubringen werde, über meine Schulter zu gucken!«

»Nun ja, Alec, immerhin bist du ein Held. Und der Himmel weiß, daß wir unter einem schweren Mangel an Helden leiden. Hast du eine Ahnung, wo Jacob steckt? Ich habe ihn pflichtschuldigst um sechs im Revier angerufen, aber er war nicht da. Übrigens hat er mich auch den ganzen Tag beschatten lassen.«

»Das möchte ich auch stark hoffen, jetzt, wo unsere beiden Köpfe auf dem Schaffot liegen.«

»Ich sehe mich zwar nicht ganz als Ann Boleyn, doch ich schweife ab.« Sie fragte sich außerdem, ob der Mann, den man auf sie angesetzt hatte, durch irgendein Wunder mitbekommen hatte, was in Lacey Van Webers Schlafzimmer geschehen war. »Ich muß euch beide noch vor Neysas Fete sehen.«

»Siehst du auch. Um Punkt acht Uhr, bei dir in deiner Bude. Jacob hat das beim Lunch mit mir ausgemacht.«

»Oh, wie nett, ihr habt zusammen Mittag gegessen.«

»Es war sehr freundlich und aufmerksam von ihm, mir in der Stunde der Not zur Seite zu eilen. Auf jeden Fall, mein beflecktes Veilchen, es ist jetzt schon nach sieben, und ich habe meine Abendtoilette noch nicht ganz beendet. Gib mich frei, und wir sehen uns um acht.«

»Sei bitte sehr vorsichtig.«

»Das sagt sie mir jetzt.« Sie hängten gleichzeitig ein. In einer seltenen Anwandlung von Zuverlässigkeit rief Mrs. Parker Charlotte Royce an, und hatte sie gerade verpaßt. Sie war schon auf dem Weg ins Theater. Mrs. Parker hinterließ eine Nachricht und bat dann das Fräulein vom Amt, die Nummer von Lily Robson festzustellen. Die Nummer wurde festgestellt, aber Miss Robson war ebenfalls nicht zu Hause.

In einem Schlafzimmer in der Baracke für die Angestellten auf Van Webers Anwesen in East Cove fragte der Mann mit der Stahlplatte im Kopf und dem fehlenden Ohrläppchen seinen Zimmergenossen, den Mann mit der Narbe, die über seiner rechten Wange vom Ohr bis zum Mund verlief, ob er mit nach Great Neck fahren wolle, um sich einen Film anzusehen.

»Was für'n Film?«

»Dachte da an *The Black Pirate*.«

»Wer spielt mit?«

»Douglas Fairbanks.«

»Diese Schwuchtel.«

»Is keine Schwuchtel. Er ist mit Mary Pickford verheiratet.«

»Viele Schwuchteln heiraten.«

»Aber nicht Mary Pickford. Also was is, kommste mit oder nich?«

»Ich komm nich. Zu müde. Die Nacht auf dem Fluß gestern hat mich umgehauen. Wo nimmst du bloß diese viele Energie her? Du rennst zuviel in der Gegend rum. Mach mal halblang. Weißte, hier wirste bald lernen, halblang zu machen. Weißte doch, daß wir Sonnabend ne große Nacht haben. Jede Menge Kilos zum Abladen. Oder weißte nich?«

»Doch, hab ich gehört.«

»Willste also immer noch ins Kino?«

»Klar geh ich. Is doch noch früh, oder?«

»Du wirst ne Genehmigung brauchen.«

»Hab ich schon.«

»Okay. Mach nich so'n Lärm, wenn du nach Hause kommst.«

Yudel Sherman war erschöpft. Jemanden in der Stadt zu beschatten war eine Sache, ein Kinderspiel mit all den Hauseingängen, in denen man Schutz suchen konnte, wenn man meinte, daß der Beschattete Verdacht schöpfte. Aber draußen im Freien gab es keine Hauseingänge, vielleicht mal einen Baum, hinter dem man sich verstecken konnte, nicht aber hinter dem Steuer eines Ford, dessen Notsitz klapperte. Das einzige, was ihm an der Sache Freude machte, war das starke Fernglas, mit dem man ihn ausgestattet hatte. Damit hatte er ein paar Dinge zu sehen bekommen, die er nicht erwartet hatte, und er genoß den Anblick von Jacob Singers errötenden Wangen, als er ihn darüber informierte, was er ganz nebenbei im Schlafzimmer eines gewissen Jemand in East Cove beobachten konnte. »Wahrscheinlich haben sie gedacht, da draußen wäre es nicht nötig, die Rollos herunterzuziehen.«

»Hast du eigentlich gar keinen Respekt vor dem menschlichen Privatleben?« fragte Al Cassidy.

»Ich hab sie zufällig gesehen«, verteidigte sich Yudel.

»Klingt in meinen Ohren nicht sehr nach Zufall«, sagte Cassidy.

»War auch kein Zufall, sondern ein Unfall – eine Art Frontalzusammenstoß.«

Singer tippte seine Notizen über das Interview mit Cora Gallagher ins reine. Hin und wieder schaute ihm Cassidy über die Schulter. Singer bat ihn, endlich damit aufzuhören, ihm seinen heißen Atem in den Nacken zu pusten und schlaue Kommentare abzugeben.

»Ist irgendwas Besonderes für heute abend geplant?« fragte Cassidy.

»Nein. Aber bleib mit dem Revier in Kontakt.«

»Wo bist du, Jake?« fragte Yudel.

»Ich gehe mit Woollcott auf eine Party.«

»Gehst du jetzt fest mit ihm?« fragte Cassidy.

»Nein«, antwortete Singer, »er hat mir noch keinen Antrag gemacht.«

»Warum eigentlich nicht, frag ich mich«, beharrte Cassidy.

»Ich glaube, er ist nur schüchtern. Und warum gehst du jetzt nicht Abend essen oder fickst dich selbst, was immer du dringender nötig hast.«

»Okay. Bis später.« Cassidy war gegangen.

»Willst du noch mehr hören«, fragte Yudel, »oder habe ich dir genug erzählt?«

»Du hast mir nichts über das Anwesen erzählt, was wir nicht schon vorher wußten.«

»Sieht wirklich hübsch aus. Lauter Faune aus Marmor und solche Geschichten. Wirklich schade, daß man es nicht für was Sinnvolles verwendet.«

»Für sie ist es sinnvoll. Yudel, du mußt hier nicht rumhängen.«

»Ich weiß nicht, wo ich hingehen soll.«

»Geh nach Hause zu deiner Frau!«

»Ach ja, die hab ich ganz vergessen.«

»Warum versuchst du nicht, sie anzurufen. Vielleicht ist es ja immer noch dieselbe Nummer.«

»Sehr witzig.«

Texas Guinans Apartment in Greenwich Village war ein Ausbund an schlechtem Geschmack. An der Stelle von Türen gab es Perlenvorhänge, die, wie ihr einmal ein alter Beau geschmeichelt hatte, wahrscheinlich von ihren runden, glänzenden Augen inspiriert worden waren. Die Möbel waren mit ausgefranstem altem Plüsch bezogen, wobei die Farben Orange, Rot und Braun dominierten. Über das ganze Zimmer verstreut fand sich eine Ansammlung pausbäckiger Kewpie-Puppen und Teddybären jeglicher Couleur. Der Flügel stöhnte unter dem Gewicht zahlreicher gerahmter Fotografien von Prominenten und Verwandten (sie betete ihren Bruder, Tommy Guinan, an, einen Schmalspur-Gangster, der bei Larry Fay in Lohn und Brot stand), einige signiert, einige gefälscht, wie zum Beispiel die des Präsidenten Calvin Coolidge, der Indianerkopfschmuck trug. Von den Fenstern fiel ein in dekorativen Falten drapierter grüner Samtstoff, der kunstvoll von zwei Ex-Prostituierten genäht worden war. Sie hatte ihnen die Nähmaschinen zur Verfügung gestellt (genauer gesagt, hatte sie sie einem Sproß der Singer-Familie abgeschwindelt, der ihr einen Gefallen schuldete). Der Teppich, der den Fußboden des Wohnzimmers bedeckte, war mit schamlosen Faunen und Satyren durchwoben. Texas ruhte in diesem Moment auf einer Chaiselongue, wobei sie wünschte, daß Raft aufhören würde, einen Trampelpfad in ihren liebsten Fußbodenbelag einzutreten.

»Also, was soll ich jetzt für dich tun?« knurrte Guinan, während sie nach einer Ginflasche griff, um das Glas, das sie in der Hand hielt, wieder aufzufüllen.

»Ich will, daß du ihnen sagst, sie sollen mich in Ruhe lassen. Dieses Schwein hätte mir fast die Rippen gebrochen! Stell dir vor, ich hätte heute abend tanzen müssen, stell dir das mal vor!«

»Du mußt ja heute abend nicht tanzen, und kannst du dich um Himmels willen nicht mal irgendwo hinsetzen, mir wird von deinem Hin und Hergelaufe ganz schwindlig. Wenn du hin und herlaufen willst, geh zum Roosevelt Krankenhaus rüber und warte, daß irgendeine dumme Pute ein Kind kriegt.«

Raft sank verdrießlich in einen Lehnstuhl. »Van Weber hat mir was versprochen. Er hat mir ne Menge Dinge versprochen.«

»Na klar. Genauso wie dir Valentino was versprochen hat.«

»Rudy wollte immerhin eine Talentprobe für mich arrangieren, oder?«

»Wollte er?«

»Hat er jedenfalls gesagt.«

»Jetzt wirst du's nie erfahren.«

Er sprang wieder auf. »Ich sag dir, ich muß aus dieser Stadt raus.«

»Warum gehst du nicht für ein paar Monate nach Chicago?«

»Willst du mich loswerden?«

»O Mannomann, du bist doch derjenige, der andauert rumjammert, daß er abhauen will!« Sie nahm einen kräftigen Schluck Gin, zwinkerte vergnügt und schnalzte genüßlich die Lippen. »Was für eine köstliche Art zu sterben!«

»Die sollen mich bloß in Ruhe lassen, die sollen mich wirklich lieber in Ruhe lassen.«

»Sonst . . .?«

»Werden sie schon sehen.«

»Werden sie gar nicht sehen. Sonst siehst du nichts. Jetzt setz dich hin und erzähl mir, wie umwerfend ich bin. Und wenn du dann vielleicht ein guter Junge bist, nehme ich dich auf eine richtig wilde Party mit. Verstehst du, Georgie, es ist so, wie ich dir immer wieder sage. Du bist zu ungeduldig. Du drängelst dich wo rein, wo man dich nicht haben will. Man hat dir gesagt, du sollst es gut sein lassen und erst mal die Segel streichen. Man hat dir gesagt, wenn du wie ein guter Junge ihre Botengänge besorgst, dann würden sie auch das Geld investieren und dich für die große Stunde vorbereiten. Aber du darfst sie nicht hetzen. Du mußt ihnen erlauben, es dann zu tun, wenn sie den Zeitpunkt für gekommen halten. Guck mich an. Guck mal, wie weit sie mich gebracht haben. Und guck dir Van Weber an. Ihn haben sie ziemlich groß rausgebracht.« Er wollte etwas sagen, aber sie machte eine Handbewegung, die besagte, daß sie nicht unterbrochen werden wollte. »Ich war nicht ungeduldig, und Van Weber war nicht ungeduldig. Also sei du's auch nicht. Du mußt außerdem noch lernen, erst zu denken, bevor du redest.«

»Was soll das heißen?«

»Du denkst nicht. Du redest einfach drauflos. Die Hälfte der Zeit klingst du so, als wüßtest du nicht, was du sagst. Und ein bißchen zu oft sagst du die falschen Sachen. Kleine Sachen, aber die falschen kleinen Sachen. Ich habe von deinem Versprecher über Denny erfahren.«

»Mehr war's auch nicht! Ein Versprecher!«

Sie schwang ihre Beine von der Chaiselongue und setzte sich wütend auf. »Ein verdammt gefährlicher Versprecher! Darum haben sie dir auch den Mann auf dein Zimmer geschickt.«

»Du hast gewußt, daß man ihn mir schickt, und hast mich nicht gewarnt?«

»Tex Guinan kümmert sich um Nummer Eins, und zwar nur um Nummer Eins, und das ist Tex. Das hab ich dir gesagt, als wir miteinander angefangen haben. Ich bin kein kleines Küken mehr, Bürschchen. In jeder anderen Gesellschaft wäre ich eine Remittende, der Schnee von gestern. Dank dieser Typen, Gott segne jeden einzelnen dieser mordenden Mistkerle, bin ich die einzige und einmalige Texas Guinan! Die Königin der Nachtclubs!« Sie schwenkte kaiserlich ihre Ginflasche - ihr Zepter. »Und eines Tages wird die ganze Welt erfahren, wer Georgie Raft ist. Aber in der Zwischenzeit, während sie noch auf die Nachricht warten, komm mal hier rübergekrochen und gib mir einen dicken fetten, schweinisch feuchten Kuß.«

Mrs. Parker hatte in weiser Voraussicht chinesisches Essen für ihre Besucher bereitgestellt. Neysa McMein verköstigte ihre Partygäste selten mit mehr als Erdnüssen und anderen Knabbereien, da sie nicht von ihrer Hauptattraktion, dem selbstgemachten Gin, ablenken wollte. Woollcott war kein Fan von chinesischem Essen, aber bald umgarnte und bezirzte ihn der vorzügliche Duft, und er packte sich den Teller voll. Jacob Singer liebte chinesisches Essen, er konnte es mühelos sieben Tage die Woche zu sich nehmen, und diese Woche schien eine solche Woche zu sein. Mrs. Parker knabberte geistesabwesend an einem Häppchen, nachdem ihr aufgefallen war, daß sich Essen auf ihrem Teller befand. Während die Männer aßen, beschrieb Mrs. Parker das Anwesen, den beeindruckenden Schiffsanlegeplatz, die überwältigende Landschaft, wobei an diesem Punkt Woollcott gereizt feststellte, daß ihre Ausführungen in eine Ausgabe von *Vanity Fair* gehörten. Dann erzählte sie ihnen von ihrer Rundfahrt mit dem Auto und wie sich Van Weber in das Grundstück im Grundstück verfahren hatte, auf dem ein imponierendes Steingebäude mit dem rauchenden Schornstein gestanden war.

»Das ist ihr Labor«, sagte Singer.

»Woher wissen Sie das?« fragte Woollcott.

»Ich weiß es. Ich weiß einiges. Ich weiß, was sie da mit Morphium machen. Verstehen Sie was von Morphium?« Er schob seinen Teller beseite. »Es ist geruchslos, geschmackslos. Es bedarf großen Könnens und großer Geduld, um es in Kokain umzuwandeln.«

»Warum machen sie sich die Mühe?« fragte Woollcott. »Wirkt denn Morphium nicht auch als Morphium?«

»Im Kokaingeschäft steckt mehr Kohle. Der Chemiker, der

die Umwandlung vornimmt, muß wirklich was von der Sache verstehen. Denn bei der Herstellung des Pulvers setzt man sich der Gefahr von tödlichen Dämpfen und Explosionen aus.«

»Kein Wunder, daß das Gebäude so isoliert dasteht«, stellte Mrs. Parker fest.

»So ist es«, bekräftigte Singer. »Bitte fahren Sie fort.«

Er widmete sich wieder seinem Essen, während sie den Faden ihres Berichts wiederaufnahm. »Vor dem Labor habe ich zwei unglaublich häßliche Männer gesehen. Ziemlich häßlich und ziemlich bedrohlich, wie ich finde.« Sie schilderte die Narbe auf der Wange und das halb fehlende Ohr. Woollcott schnitt eine angewiderte Grimasse. Singer fuhr fort zu essen; im Moment fischte er in seinem Chop Suey nach Krabbenstückchen herum.

»Erzählen Sie uns über Van Weber«, trieb Singer sie weiter. »Was haben Sie aus ihm herausgeholt?«

»Nicht allzuviel, aber ich glaube, das, was ich bekommen habe, war erste Qualität. Das wird Ihnen bestimmt nicht gefallen, Mr. Singer, aber ich habe ihm so ungefähr alles erzählt, was in den Berichten aus Los Angeles stand.«

»Das ist schon in Ordnung. Manchmal muß man sie mit Mohrrüben füttern, damit sie den Kiefer bewegen.«

»Einmal habe ich ihn über sein Leben befragt, und ich bekam immerhin das folgende, jedenfalls vermute ich mal, daß es stimmt, und eigentlich bin ich mir ziemlich sicher. Er wurde in London geboren, kam noch als Jugendlicher nach New York, wo er, wie ich glaube, Valentino zum erstenmal getroffen hat . . .«

». . . und Raft«, steuerte Singer bei.

Woollcott schnipste mit den Fingern. »Natürlich! Wahrscheinlich waren sie alle zusammen kleine Tanzsaal-Gigolos.«

»Ganz bestimmt«, sagte Singer, als sei es eine Selbstverständlichkeit, »darum war ja auch Van Weber sicherlich nicht sehr glücklich, als Valentino an jenem Abend mit Ilona Mercury auf seiner Party aufkreuzte. Ich habe so ein Gefühl, daß Raft die beiden auf die Party mitgebracht hat. Ich werde ihn fragen müssen, aber so wichtig ist es nicht. Wir wissen jedenfalls, daß sie da waren und eine kleine Explosion auslösten.«

»Van Weber hat sich wahrscheinlich seit jenen Jahren sehr verändert«, mutmaßte Mrs. Parker. »Ich meine äußerlich.«

»Oh, sicher«, stimmte ihr Singer zu, »er hat eine andere Ausstrahlung, weil er jetzt mehr Klasse hat.« Er lächelte Mrs. Parker an. »Machen Sie weiter. Von New York wohin - nach Hollywood?«

»Ja.«

»Hat er versucht, beim Film unterzukommen? Das Aussehen hat er ja.«

»Ich glaube, daß er dorthin gegangen ist, weil er jemanden aufsuchen wollte, den er ziemlich gut kannte, jemanden, der in dieser ganzen Drogenszene steckte. Desmond Taylor, Mabel Normand, diese Vergnügungs-Clique.«

»Okay. Klingt gut. Er trifft da draußen Horathy und Mercury, unter welchem Namen auch immer, den sie damals benutzt hat. Und dann?«

»Ich glaube, daß er in große Schwierigkeiten geriet und untertauchte.« Woollcott war von Mrs. Parkers Schlußfolgerungen hingerissen.

»Was für große Schwierigkeiten?«

»Nun, die einzige große Schwierigkeit, die ich mir vorstellen kann, wäre der Mord an Desmond Taylor. Der hat bei einer ziemlich großen Anzahl von ihnen dazu geführt, daß sie sich schleunigst verkrochen haben.«

»Mrs. Parker, wenn ich nicht gerade auf etwas Lo Mein herumkauen würde, bekämen Sie jetzt einen dicken Kuß von mir.«

»Das ist schon in Ordnung«, sagte Mrs. Parker mit einem ungewöhnlich süßen Lächeln, »ich nehme den Willen für die Tat.«

»Und was haben Sie uns noch zu erzählen?« fragte Singer.

»Hat er dir einen unsittlichen Antrag gemacht?« fragte Woollcott.

»Alec«, sagte Mrs. Parker sanft, »das hier ist meine Wohnung, kein Porzellanladen.«

»Naja, hätte er dir einen solchen Antrag gemacht und du

ihm nachgegeben, wäre das ein Weg gewesen, seine Zunge zu lockern.« Er dachte einen Moment lang nach. »So wollte ich das eigentlich gar nicht formulieren.«

»Egal wie du es formuliert hättest, Alec, es wäre sowieso immer falsch gewesen.« Sie begutachtete kritisch einen Fingernagel. »Ja, er hat mir einen unzüchtigen Antrag gemacht, ja, ich habe ihm nachgegeben, und nein, es hat seine Zunge nicht gelöst, sondern meine.« Singers Augen hafteten an seinem Essen. Sie hoffte, daß es ihm nicht peinlich war. Schließlich waren sie alle erwachsen, und was war schon ein kleines Schäferstündchen in diesen modernen Zeiten. »Wir befinden uns jetzt in seinem Auto, das mich in die Stadt zurückfährt, ich stark darauf bedacht, meinen Sechsuhr-Termin einzuhalten.«

»Einer der wenigen, den du je geschafft hast«, sagte Woollcott, während er versuchte, ein Bein über das andere zu schlagen.

»Ich bin aufs Ganze gegangen«, sagte sie, wobei sie sich nicht darum kümmerte, ob ›aufs Ganze gehen‹ die rechte Wortwahl war oder nicht. »Ich fragte ihn, wieso er sich ausgerechnet einen Schmalspur-Schieber wie Jay Gatsby zum Vorbild genommen hat.«

»Wie tapfer, meine Liebe«, war Woollcotts Kommentar.

»Nun ja, unser Junge ist nicht gerade eine Plaudertasche. Er hat etwas sehr Liebenswertes, Süß-Trauriges an sich, wenn man mal von seinen ziemlich grausamen Augen absieht, aber was seine Konversation angeht, da ist er bestenfalls eine Witzkanone. Jedenfalls hat er die Unterstellung ziemlich gut heruntergespielt, trotzdem konnte ich sehen, daß ich ins Schwarze getroffen hatte. So auch die Art, wie er auf meine Frage reagierte, ob er jemals eine Magda Moreno in Hollywood kennengelernt hätte.«

Singer schaute auf. »Sie haben uns nicht erzählt, daß Sie ihn das gefragt haben.«

»Habe ich nicht?« Sie sah aus, als hätte man sie beim Stehlen erwischt. »Ich könnte schwören, daß ich es getan habe, aber ich schätze, daß ich einfach wild hin und herspringe. Ich habe mich nicht getraut, mir Notizen zu machen, es ist alles nur in meinem

Kopf - irgendwo. Jedenfalls habe ich ihm diese Frage gestellt, und ich bilde mir ein, daß er vorübergehend Schwierigkeiten hatte, das Lenkrad zu halten.« Sie blickte ihre Freunde ernst an. »Wir verscheißern ihn ja nicht, versteht ihr. Er weiß genau, was wir vorhaben.«

»Das ist kein Geheimnis«, sagte Singer, der endlich mit seinem Essen fertig war. »Ich will, daß er Bescheid weiß. Ich will, daß sie alle Bescheid wissen. Ich will, daß sie nervös werden, unruhig ...«

»Oder einfach nur wütend und mir nachstellen«, versetzte Woollcott übellaunig. »Liebe Güte, ist euch eigentlich klar, daß Neysas Party mein Leichenschmaus hätte werden können?«

»Was für ein entzückender Gedanke«, sagte Mrs. Parker.

Singer kam wieder zum Thema. »Ihr Freund scheint sich ziemlich sicher zu sein, daß er uns übers Ohr hauen kann, wie?«

»Allerdings. Er kommt auch zur Party.«

»Schön. Das gefällt mir«, beglückwünschte sie Singer.

»Ja, das gibt der Sache einen netten Anstrich, nicht wahr?« sagte Mrs. Parker liebenswürdig. »Ich glaube, er ist ziemlich für mich entflammt.«

»Ich glaube eher, du bist ziemlich für ihn entflammt«, konterte Woollcott.

»Es könnte leicht sein, wer weiß. Oje, ich stelle fest, daß Mr. Singer mit dieser Wende in unserer Unterhaltung gar nicht einverstanden ist. Darum werde ich euch jetzt meine Theorie unterbreiten.« Die anderen lauschten ihr aufmerksam. »Ich glaube nicht, daß irgend etwas von dem Wohlstand, den Mr. Van Weber zur Schau stellt, ihm gehört.«

»Wirklich?« Woollcott blickte starr zum Fenster hinaus und versuchte all das zu verdauen, was Mrs. Parker ihnen gerade darbot.

»Ich glaube, daß er das Aushängeschild einer Organisation ist. Er wurde von ihnen geschaffen, Lacey Van Weber zu sein, reicher Lebemann, Mann mit Geheimnissen, Landadel, obwohl keiner so recht weiß, von welchem Land und welchem Adel, ein verführerischer Prominenter, der jeden von Rang und Namen kennenlernen kann, wenn er will.« Sie fügte ein wenig traurig hinzu: »Ich glaube, eines Tages werden sie mit ihm fertig sein, und dann wird man ihn abstoßen.«

»Wie schade«, sagte Woollcott mit geheucheltem Bedauern, »wo ich gerade angefangen habe, ihn zu mögen.«

»Was glauben Sie, Mr. Singer?« Das schmachtende Element in ihrer Stimme war nicht zu überhören.

»Ich glaube, wenn Sie beide jemals mit dem Schreiben aufhören würden, könnten Sie ein verdammt gutes Detektivpaar abgeben.«

»Ist das nicht reizend. Alec, das ist doch wirklich reizend, oder?«

»Übertreib nicht, Dottie. Die Rolle der Little Eva steht dir überhaupt nicht.«

Singer lenkte die Unterhaltung auf Cora Gallagher und den Mann, der sein Gesicht hinter einem Taschentuch verbarg. Er spickte seine Informationen mit gelegentlichen Andeutungen, wobei er seine Theorien darüber aufstellte, was Ilona Mercury für eine Rolle in diesem hundsgemeinen Melodram spielte.

»Ich glaube, daß sie Lacey Van Weber in Hollywood gekannt hat«, sagte Mrs. Parker.

»Mehr als wahrscheinlich«, stimmte Singer zu. Er dachte einen Augenblick nach, dann sagte er: »Für diesen Sonnabend ist in East Cove eine heiße Nacht angesagt.«

Mrs. Parkers Augen weiteten sich erstaunt. »Sie haben da draußen einen Informanten!« Sie hörte nicht, daß er die Sache bestritt. »Ich wette, daß Sie schon alles wußten, was ich Ihnen zu erzählen hatte, bevor ich es erzählt habe.«

»So gut bin ich auch wieder nicht, Mrs. Parker.«

»Aber Sie versuchen es auf jeden Fall«, antwortete sie.

»Ich hoffe jedenfalls, daß mir mein Schutzengel immer noch im Kielwasser folgt«, sagte Woollcott grantig.

»Ganz bestimmt. Und für Sie ist auch einer da, Mrs. Parker.«

»Wie bitte, Mr. Singer, wollen Sie mir damit sagen, Sie glauben, daß ich – wie sagt man in Verbrecherkreisen – auf der Abschußliste stehe?«

»Sie werden vielleicht ein bißchen mehr Aufregung bekommen, als Sie eingeplant haben.«

»Wie komisch. Ich habe nicht die leiseste Angst«, sagte sie.

»Warum auch!« polterte Woollcott. »So oft wie du dich schon an die Schwelle des Todes begeben hast!«

»Nun, mein Liebling, wir beide wissen doch, daß zwei Dinge im Leben völlig unvermeidlich sind, der Tod und die Steuer!« Sie ging zu einem bis auf den Boden herabreichenden Spiegel hinüber, um ihr Kleid auf Falten zu überprüfen. »Gefällt euch mein Kleid? Ich hab es in Paris gekauft. Es ist von Edward Molyneux.«

»Es ist ne Wucht«, sagte Singer.

»Ich bin so froh, daß es Ihnen gefällt.«

»Ich bin sicher, ihm wird's auch gefallen«, sagte Woollcott.

»Wem?« fragte sie.

»Mr. Van Weber.«

»Oh. Ja. Sicher wird es ihm gefallen. Er holt mich um zehn Uhr ab.«

»Es ist gleich zehn«, sagte Singer zu Woollcott, während er aufstand. »Sind wir noch zu früh dran, um uns unter die Gäste zu mischen?«

Woollcott hatte sich erhoben und putzte sich vor Mrs. Parkers Spiegel heraus. »Es ist nie zu früh, sich unter die Gäste zu mischen. Es wird zweifellos Neysas übliches Tollhaus sein. Der totale Wahnsinn. Ein Turmbau zu Babel. Aber ich paß auf Sie auf, Jacob, ich paß ganz gewiß auf Sie auf.«

Mrs. Parker stand am Fenster. Wenn er in seinem Auto käme, würde Van Weber Schwierigkeiten haben, einen Parkplatz zu finden. Ein Taxi war unter der Eingangsmarkise vorgefahren und spuckte, wie es aussah, Franklin P. Adams und seine Frau Esther aus. »Ich glaube, Frank Adams ist gekommen. Ohne meine Brille kann ich es nicht genau erkennen.« Lächelnd sagte sie zu Singer: »Ich bin so kurzsichtig. Jetzt komm schon, Alec, was soll dieser verdrießliche Gesichtsausdruck? Woran denkst du?«

»An Reißverschlüsse«, antwortete Mr. Woollcott.

Dreizehntes Kapitel

Der Mann. Mr. Man. Mr. Mann. Mein Mann?

Mrs. Parker ging noch einmal im Geiste Singers Verhör von Cora Gallagher durch, während sie in die Küche eilte, um die Überreste des chinesischen Abendessens wegzukippen. Was für ein seltener Anblick, eine Dorothy Parker, die ihre Wohnung aufräumte. Sie fand es sehr schade, daß keine eingebaute Filmkamera das historische Ereignis aufzeichnete. Sie öffnete die Fenster und versuchte, wie ein wild gewordener Matrose beim Handflaggensignal, mit einem Seidentaschentuch den abgestandenen Essensgeruch aus dem Zimmer zu wedeln. Um das Maß vollzumachen, rückte sie auch noch mit einem Parfümzerstäuber gegen die Luft an, deren Aroma sie jetzt an jenen französischen Puff erinnerte, zu dem sie die Murphys an einem launigen Abend in Cap d'Antibes mitgenommen hatten. Sie zog die spanische Wand vor, die die winzige Küche von ihrem Studio trennte, und beschloß, die Möbel umzustellen. Es gab nicht sehr viele Möbel, die umgestellt werden konnten, so daß diese Aufgabe in weniger als fünf Minuten erledigt war.

Sie war unruhig. Sie setzte sich. Ihr Herz klopfte wild. Sie fuchtelte mit dem Taschentuch unter ihrer Nase herum. Das hier war schlimmer als der Versuch, ein Gedicht zu komponieren oder den Plot für eine Kurzgeschichte zu entwerfen. Die Unruhe, die sie ergriffen hatte, rührte von einer Angst her. Am Ende hatte sie doch die Angst gepackt. Das war kein Spaß mehr. Auf Woollcotts Leben war ein Attentat verübt worden; ein Attentat könnte auch auf sie verübt werden. Indirekt, so glaubte sie, war es schon geschehen. Van Weber war mit ihr ins Bett gegangen. War es echtes Gefühl, oder nur ein Schachzug, sie in einer Art falscher Sicherheit zu wiegen, damit sie denken sollte, ihr drohe keine Gefahr, weil er sich in sie verliebt hatte? Liebe, seliges Vergehen, wo war da der Unterschied. Sie schaute ihre Handgelenke an.

Woran denkst du?

Reißverschlüsse.

Dottie hat ihren Handgelenken wieder den Krieg angesagt. Köstlicher Scherz. Ross lacht über Dottie, und Benchley lacht über Dottie, und Ferber lacht über Dottie. Ferber mit ihrem Bisonkopf. Sie gehört auf ein Fünfcentstück. Ferber schlitzt sich nicht aus Liebeskummer die Handgelenke auf; sie schreibt noch einen Bestseller und poliert ihr Bankkonto auf. Sie ist nicht nur reich, sie ist *steinreich*. Und was mach ich, wenn der Typ abhaut? Ich schreibe ein trauriges kleines Gedicht mit einem schnuckligen kleinen Schlenker, und fast alle frohlokken und sagen: »Die liebe kleine Dottie, wie süß und schlau sie ist.«

Auch das noch. Ihre Augen wurden feucht. Sie eilte zu ihrem Frisiertisch, um sie neu zurecht zu machen. Es klopfte an der Tür. »Einen Moment noch«, trällerte sie, während Lacey Van Weber schon hören konnte, wie gegenüber bei Baragwanaths die Party in Schwung kam. Mrs. Parker machte ihre Tür weit auf und lächelte: »Hallo, da bist du ja.«

»Nicht zu früh, hoffe ich.« Er trat ein, und sie zog die Tür ganz sachte hinter ihm zu. Er trug einen hellblauen Anzug und dazu elegante blauweiße Schuhe. Sein Hemd stand am Kragen offen und sie wünschte sich, er würde sie hier und auf der Stelle nehmen. Aber nein, man durfte nicht zu schludrig aussehen, wenn man bei Neysa seinen Auftritt machte.

»Überhaupt nicht. Wie gut du aussiehst. Möchtest du einen Drink, oder sollen wir gleich zu Neysa hinübergehen?«

»Ich möchte erst noch mit dir reden.« Er nahm sie bei der Hand und führte sie zur Couch, wo sie sich setzten, während er ihre Hand noch fester umklammerte.

»Es könnte sein, daß ich bald fortgehe.«

»Oh?«

»Für eine ziemlich lange Zeit.«

»Na, ich schätze, das wär's dann wohl auch mit dem Feature, das ich über dich schreiben wollte. Feuer gefangen und abgestürzt.«

»Komm mit mir.«

Die drei Worte gingen ihr durch Mark und Bein. So war es immer, wenn sie von einem Überraschungsangriff überrumpelt wurde. Zu einer solchen Gelegenheit wünschte sie sich einen hauchfeinen rosa Spitzenfächer, den sie mit der einstudierten Geschicklichkeit einer Südstaatenschönheit vor den Sezessionskriegen aufschlagen und unter ihrem Kinn hin- und herwedeln könnte; unter schamhaft klappernden Augenlidern würde ihr Blick ängstlich in die Ferne schweifen. Was sie jetzt sagte, entsprach sogar den Banalitäten, die ihr gerade durch den Kopf gingen. »O Lacey, das kommt ein bißchen plötzlich.«

»Es ist etwas geschehen, und ich habe beschlossen fortzugehen.«

Fortzugehen. Sich aus dem Staub zu machen, meint er wohl. »Lacey, wir kennen uns doch kaum. Du kannst das doch nicht ernst meinen. Um gemeinsam fortzugehen, müssen wir uns doch lieben, müssen wir ... ich weiß auch nicht, was. Ich kann jetzt nicht logisch denken.«

»Wir könnten irgendwo hingehen, wo uns niemand kennt.«

»Uns nicht kennt?« Dorothy Parker sein und sich bis in alle Ewigkeit zur *Anonymität* verdammen? Ist er verrückt vor Liebe, oder ist er einfach nur verrückt? »Ich weiß nicht, was ich sagen soll. Das ist jedenfalls keine Entscheidung, die ich von einem Augenblick auf den anderen fällen kann. Du kannst doch nicht von mir erwarten, daß ich mein Leben, meine Freunde über Bord werfe, und um Himmels Willen, ich habe auch noch einen Mann ...« Sie hatte ja geahnt, daß er ihr eines Tages nützlich sein würde. »Stell dir vor, er verliebt sich in eine andere und möchte sich von mir scheiden lassen. Und dann kann er mich nicht erreichen und, o Schreck, fängt er wieder an zu trinken oder zu koksen oder noch was Schlimmeres.« Sie entzog ihm ihre Hand, stand auf und ging zum Fenster hinüber. Eine Brise säuselte leise, und vom Broadway her hörte man das Summen der Taxis, kreischende Hupen und das herzerfrischende Rattern einer Straßenbahn. Aus einem offenen Fenster über ihr drang das Geklimper einer Ukulele und die Stimme eines Mannes, der schmachtend »Somebody Loves Me« vortrug, hoffentlich jemandem, der ihn liebte. All das sollte sie aufgeben, für eine unbekannte Größe, für Anonymität und ein Leben auf der Flucht?

Sie hatte ihn nicht kommen hören. Er stand hinter ihr, und seine Hände preßten sich auf ihre Schultern. Ihr Herz hämmerte wie wild. So einfach wäre es jetzt, wurde ihr bewußt. Nur ein sanfter Stoß, und ab über das Fensterbrett und ins Leere ... *auf zum Haus der Großmutter.*

»Was summst du da?« fragte er.

»Ich summe immer, wenn ich nachdenke.« Lüge. Ich summe immer, wenn ich Angst habe. Ich summe, wenn ich abends in ein dunkles und leeres Apartment nach Hause komme, und meistens ist es etwas Fetziges wie »Ausgerechnet Bananen«.

»Denk nicht nach. Sag ja. Komm mit mir.«

»Komm flieh mit mir und sei meine Braut.« Ein Zitat, von dem sie im Zustand ihrer Verwirrung nicht sofort wußte, woher sie es hatte. »Ich könnte ja nicht mal eine Braut sein. Wie sollte ich denn gegen Ed die Scheidungsklage einreichen?« Er bewegte sich von ihr fort, und sie gab einen kleinen, winzigen, sehr winzigen Seufzer der Erleichterung von sich. Sie folgte ihm bis in die Mitte des Zimmers. »Ich brauche Zeit, um nachzudenken.«

»Soviel Zeit hab ich nicht.«

»Warum muß es so schnell gehen?«

»Das kann ich dir nicht erklären.« Eine Aussage, die sie zu all den anderen Dingen packen konnte, die er nicht erklären wollte.

»Ich brauche aber Zeit, Lacey. Es ist so, wie ich gesagt hab, wir kennen uns ja kaum. Gib mir ein paar Tage.«

Sein Gesicht wurde ausdruckslos. Als hätte er sich in diesem Augenblick in Marmor verwandelt, ein perfekt gemeißeltes Gesicht, das man bewundern durfte, obwohl es kalt und ohne Leben war. »Na schön«, sagte er. »Sollen wir zur Party gehen?«

»Au ja! Eine Party ist jetzt das einzig Wahre!«

Als man ihnen die Tür zu Neysa McMeins riesigem Atelier öffnete, kamen sie sich vor wie die Zeugen eines Vesuv-Ausbruchs. Aus dem Grammophon dröhnten die scheppernden Rhythmen von »Black Bottom«, und erstaunlicherweise befand sich George Raft in der Mitte des Raums, wo man den Teppich zusammengerollt und zur Seite geschoben hatte. Er tanzte einen sinnlichen Shimmy, während ein Kreis von bewundernden »Flapper«-Backfischen den Takt klatschte und mit den Fingern schnipste und ihn zu immer lüsterner werdenden Bewegungen seiner Hüften anstachelte. Texas Guinan stand mit Horace Liveright in einer Ecke des Studios, anscheinend in eine ernsthafte Unterhaltung vertieft, bis er vor Lachen aufbrüllte. Mrs. Parker war klar, daß es sich wohl wieder um eine von Guinans notorisch dreckigen Anekdoten handeln mußte. In einem anderen Teil des Raumes hatte Marc Connelly sein eigenes schmachtendes Publikum in den Bann geschlagen, und zwar mit seinem Party-Dauerbrenner, dem »Tod der Cleopatra«. Eine imaginäre Giftschlange an seine Brust pressend, schrie Connelly »Jeee . . .sses!«, wonach alle in seinem Umkreis vor Lachen zusammenbrachen. Mrs. Parker wünschte, er hätte einmal einen anderen Partygag auf Lager. Dieser war schon so abgegriffen, daß er Fransen hatte. Sie erkannte Franklin P. Adams und seine Frau Esther, und man tauschte laute Hallos über das Zimmer hinweg aus. Rufe wie »Da ist ja Dottie!« und »Oh, Lacey Van Weber ist auch gekommen!« waren zu hören. Von ihren jeweiligen Kommandoposten in verschiedenen Ecken des Raumes registrierten Woollcott und Singer die Neuankömmlinge. Singer wurde von einem Mädchen mit rötlichem Gesicht und einer Stubsnase auf seinem Stuhl festgeklemmt, als ob sie mit seinem Schoß verwachsen wäre. Sie war dabei, ihm Gin einzuflößen, und hielt den Becher so lässig in der Hand, daß Singer befürchtete, er würde jeden Augenblick in seinem Schritt landen. Auf dem Balkon standen knutschende und trinkende Pärchen und John Baragwanath, der mit einem von Neysas Hüten reichlich albern aussah. Neysa kam mit einem Krug Gin hoch über ihrem Kopf aus dem Badezimmer und schrie zu Mrs. Parker hinüber: »Wo zum Teufel hast du gesteckt?« Mrs. Parker stellte sie Lacey Van Weber vor, der sich höflich bei ihr bedankte, daß sie ihm erlaubt hatte, auf die Party mitzukommen. Neysa schlug vor, er möge sich auch bei ihrem Mann bedanken, denn niemand bedanke sich bei ihrem Mann für irgend etwas, außer wenn er ging. Mrs. Parker hoffte auf eine Gelegenheit, Woollcott und Singer sprechen zu können, um ihnen über die letzte und aufrüttelnde Wende der Ereignisse zu berichten. Jemand drückte ihr ein Glas Gin in die Hand, und als sie sich nach Van Weber umdrehte, sah sie, wie er ebenfalls mit einem Glas Gin in der Hand auf jemanden an der anderen Seite des Raumes zusteuerte, den er offenbar kannte. So schnell schon stehengelassen, dachte sie niedergeschlagen; auf Männer ist einfach kein Verlaß, diese Hunde. Ich habe es satt, wie sie immer auf meinen Gefühlen herumtrampeln.

Durch den Lärm hindurch hörte sie eine bekannte Stimme sagen: »Ich hab Ihre Nachricht bekommen, hatte aber keine Zeit, zurückzurufen.« Charlotte Royce sah in ihrem Perlenkleidchen aus wie etwas, das man an einer Schießbude gewann.

»Wie haben Sie es geschafft, schon so früh vom Theater herzukommen?«

»Ich hab den zweiten Akt geschmissen.« Sie zwinkerte ihr zu. »Der Chef is 'n Kumpel von mir. Bis bald.« Sie schlängelte sich fort, und Mrs. Parker bemühte sich, das Zimmer zu durchqueren, um zu Woollcott zu gelangen. Sie wurde von einem leichenblassen Mann aufgehalten, der sie zu einem ihrer letzten Beiträge für F.P.A.s Spalte, »The Conning Tower«, beglückwünschte. Während sie den Mann anstarrte, hatte sie das Gefühl, in einen offenen Sarg hineinzuschauen.

Ein Arm packte sie am Ellbogen, und sie drehte sich um und blickte in Robert Benchleys lächelndes Gesicht. Er flüsterte ihr ins Ohr: »Wer hier eintritt, der lasse alle Hoffnung fahren.«

»Ich dachte, du gehst nach Hollywood.«

»Das ist mein Abschiedsauftritt.«

»Du gibst mehr Abschiedsauftritte als Sarah Bernhardt.«

Das Grammophon grölte jetzt »The Sheik of Araby«. Mrs. Parker fragte sich, wessen grandiose Idee das wohl gewesen sei, da das Lied von Rudolph Valentino inspiriert worden war. Ihr zur Rechten hörte sie Liveright zu einem Mädchen sagen: »Ich würde dich wahnsinnig gern schlagen!«

»Wobei?« erkundigte sich das ausgewählte Opfer ruhig.

Mrs. Parker blickte an Benchley vorbei, dem sie nicht zuhörte, zu Woollcott hinüber. Sie wollte unbedingt mit ihm sprechen. Neysa fragte Woollcott gerade: »Was kann ich dir besorgen?«

»Einen Einlauf.«

Aus dem Stimmengewirr heraus hörte Mrs. Parker den Satz: »Kennen Sie wirklich Texas Guinan?«

»Ich kannte sie schon vor Jahren, als sie noch jung und fast hübsch war.«

Mrs. Parker fühlte, wie zwei fleischige Arme sie von hinten umarmten. Sie drehte den Kopf herum und erkannte den bärenhaften Heywood Broun. Sie war entzückt. Sie mochte Broun, und nicht zuletzt seine hervorragende Kolumne »It Seems to Me«, die er für die *New York World* schrieb. »Broun, wo zum Teufel hast du dich rumgetrieben?«

»Ich habe versucht, eine Broadway-Revue auf die Beine zu stellen. Und wieso bist du nicht zu Hause und schreibst ein paar Sketche für mich? Das Arschloch da neben dir« – er zeigte auf Benchley – »läßt uns wegen der Fleischtöpfe im Babylon des Westens im Stich.«

»Wir brauchen das Geld«, verteidigte sich Benchley.

»Wo ist deine Frau?« fragte Mrs. Parker Broun.

»Sie schlängelt sich gerade durch diese Haufen verwesenden Fleisches. Ich hab ihr gesagt, sie soll eine Leuchtrakete loslassen, wenn sie Ärger bekommt.«

»Ruth bekommt nie Ärger«, sagte George S. Kaufman, der sich zu ihrer Überraschung zu ihnen gesellt hatte.

»Und wo ist *deine* Frau, Kaufman?« fragte Broun.

»Irgendwo, wo sie Ärger kriegt«, gab Kaufman verdrießlich zurück. Sie zeigten ihm einen Tisch, wo er ein alkoholfreies Getränk und vielleicht einen warmen Körper finden konnte, und er schob sich in die Richtung davon.

Ein »Flapper«-Backfisch packte Kaufman am Jackettaufschlag und quietschte: »Hallo Süßer, wohin so eilig?«

»Zum Herzversagen.«

»Kann ich mit?«

Kaufman zuckte die Achseln und schlüpfte in die Rolle des Rattenfängers von Hameln, obwohl er nur eine kleine Maus abschleppte.

Broun, der über ihre Köpfe schauen konnte, machte sie darauf aufmerksam, daß Woollcott mittlerweile ein nicht zu übersehendes Publikum um sich versammelt hatte. »Er spielt sich auf wie ein·Kurienkardinal beim Konzil.«

»Ihr müßt nett zu Alec sein«, sagte Mrs. Parker, »er hat einen fürchterlichen Schock erlitten.«

»Ich hab's schon gehört«, sagte Broun.

»Wir haben's alle schon gehört«, sagte Benchley gelangweilt, und mit dem entsprechenden Gesichtsausdruck.

»Sei nicht so unfreundlich, Mr. Benchley, das war eine traumatische Erfahrung. Der arme Junge hätte leicht umgebracht werden können.«

»Nichts kann Woollcott umbringen«, sagte Broun, »nicht einmal eine silberne Kugel.«

Zwei Mädchen schoben sich an ihnen vorbei. Eine von ihnen sagte: »So ein Langweiler! Er erzählt immer wieder denselben Witz.«

Mrs. Parker unterbrach die beiden mit dem zarten Hinweis: »Vielleicht liegt er auf der Kalauer.«

»Dottie«, sagte Benchley, »du brauchst Nachschub.«

Nachdem er außer Hörweite war, fragte Broun Mrs. Parker: »Hast du Benchleys letzten Text gelesen?«

»Ein bißchen.«

»Mir hat er nicht gefallen. Was so leicht und locker wie ein Sahnebaiser daherkommen sollte, entpuppt sich als so schwerfällig und unheilverkündend wie eine erste Liebesaffäre.«

»Streich diese Metapher«, sagte Mrs. Parker.

Ein Mann mit einem dichten Bart und Schnurrbart zwängte sein Gesicht vor das von Mrs. Parker. »Sind Sie nicht Lillian?« polterte er.

»O nein. Lillian ist heute früh von uns gegangen.« Der Mann

taumelte davon, und Mrs. Parker fächelte sich mit der Hand Luft zu. »Das letzte Mal, als ich so ein Gesicht sah, hat es Tarzan mit Bananen gefüttert.«

»Mrs. Parker! Wie schön, Sie so bald wiederzusehen!« Es war Florenz Ziegfeld. »Und wie gefällt Ihnen dieses römische Gelage?«

»Ungefähr so wie Ihre Show gestern abend.«

Jacob Singer schubste das Mädchen von seinem Schoß, und sie glitt angetrunken zu Boden. »Hey!« schrie sie, »so benimmt man sich aber nicht gegenüber einer Dame!« Er stieg über sie hinweg und kämpfte sich auf der Suche nach Mrs. Parker seinen Weg nach vorn. Er konnte hören, wie Franklin P. Adams ein junges Ding fragte: »Und aus welchem Teil des Südens kommen Sie?«

»Aus West Vagina.«

»Guten Abend, Mr. Singer.« Singer drehte sich herum und blickte in das lächelnde Gesicht von Lacey Van Weber. »Wie amüsieren Sie sich?«

»Ich weiß nicht genau, wie«, antwortete Singer. »Mrs. Parker hat mir erzählt, daß sie sich jedenfalls heute bestens mit Ihnen amüsiert hat.«

»Ja, es war ein wunderbarer Ausflug. Sie müssen auch einmal herauskommen und sich das Anwesen anschauen.«

»Ich hätte nichts dagegen«, erwiderte Singer galant.

Van Weber schien nachzudenken. »Vielleicht ließe sich etwas für dieses Wochenende arrangieren. Wir könnten Mrs. Parker und Woollcott und ein paar andere dazuladen. Ich erwarte einige Freunde aus Europa. Sie segeln auf ihrer Yacht und werden in meinem Privathafen einlaufen.«

»Etwas übertrieben.«

»Sie können es sich leisten. Lord und Lady Wussex. Fred und Elfreda. Sie haben sicherlich von ihnen gehört.«

»Also ehrlich gesagt, ich bewege mich nicht viel in Yachtkreisen, aber trotzdem, ich habe von ihnen gehört. Sie werden also irgendwann Samstagabend bei Ihnen anlegen.«

»Wäre das nicht nett, eine kleine Willkommensfeier für sie zu veranstalten?«

»Sind Sie sich sicher, daß sie nicht lieber von ihren eigenen Freunden willkommen geheißen werden wollen?«

»Fred und Elfreda interessiert es nicht, wer sie willkommenheißt, solange sie überhaupt willkommen geheißen werden.«

»Nun ja, warum nicht?«

»Eben, warum nicht, alter Junge? Sollen wir die anderen fragen?«

»Klar, wenn wir sie finden können. Die Bude hier ist ja so voll wie Madison Square Garden an einem Freitagabend.«

»Hör endlich auf, Broun beleidigen zu wollen«, kritisierte Mrs. Parker Benchley, der mit neuen Getränken zurückkehrte. »Da könntest du gleich Papierkügelchen nach einem Elefanten schmeißen.« Hinter Brouns imposanter Gestalt, die tatsächlich an ein zerzaustes Mastodon erinnerte, erblickte Mrs. Parker Lily Robson, die zusammengekauert und allein an einer Wand lehnte. »Ich sehe jemanden, den ich kenne. Amüsiert euch mit jemand anders.« Sie ließ sie abrupt stehen und bahnte sich mit den Ellbogen einen Weg zu der kleinen Robson.

»Hallöchen«, sagte eine ölige Stimme, die zu dem schmierigen George Raft gehörte, »erinnern Sie sich an mich?«

»Wie an das Massaker von Fort Alamo.«

»Ich habe gehört, daß Sie einen Besuch draußen bei meinem alten Kumpel Lacey gemacht haben.«

»Oje, ein anständiges Mädchen ist einfach nirgendwo mehr sicher.« Mrs. Parker fehlte nur noch der Klumpen Kaugummi, um ihre Nachahmung einer jungen Verkäuferin perfekt zu machen. »Was für ein alter Kumpel ist eigentlich Ihr alter Kumpel Lacey genau?«

Rafts Gesicht lief rot an. Er hatte sich schon wieder verplappert. Nur ein paar Worte, aber er hatte zuviel gesagt. »Sie wissen doch, was ich meine, wenn ich alter Kumpel sage. Ich sage immer alter Kumpel, wenn ich von einer Zufallsbekanntschaft spreche.«

»Lacey ist keine Zufallsbekanntschaft. Er ist ein richtiger alter Kumpel.«

»Ach ja?« Raft versuchte, die Sache ins Lächerliche zu ziehen. »Sie wissen wohl was, was ich nicht weiß.«

»Mr. Raft, jedes dreijährige Kind weiß etwas, was Sie nicht wissen.« Sie schubste sich an ihm vorbei, wobei ihr das Knurren entging, das sich um seine Mundwinkel zu formen begann.

Franklin P. Adams deklamierte vor einer Gruppe, die er in seinen Bann geschlagen hatte, ein neues Gedicht. Benchley hörte eine Minute lang zu und erkundigte sich dann lautstark: »Hat irgend jemand Lust auf Tennyson?«

Ein Mann zwängte sich vor Mrs. Parker. Sie erkannte ihn. Es war Carl Van Vechten, der hochaufgeschossene, gertenschlanke Romanschriftsteller und Fotograf. »Oje, Mrs. Parker, Sie sind das« - er lächelte affektiert -, »ich wollte mich wirklich nicht vordrängeln.«

»Nur zu, Mr. Van Vechten«, sagte Mrs. Parker, »Scheintote haben Vortritt.«

Lily Robson lächelte, als sie Mrs. Parker erkannte. »So wahr mir Gott helfe«, keuchte Mrs. Parker, »Peary hat es wahrscheinlich schneller zum Südpol geschafft als ich zu Ihnen. Wie geht es Ihnen, Liebes, Sie sind doch nicht etwa allein hier?«

»Mr. Connelly hat mich mitgebracht, aber ich habe ihn verloren.«

»Hoffen wir, daß Ihr Glück anhält. Wie fühlen Sie sich?«

»Verdammt viel besser, das kann ich Ihnen sagen.«

Mrs. Parker senkte verschwörerisch ihren Kopf, so daß sich die größere Frau leicht zu ihr hinunterbeugen mußte, um sie besser verstehen zu können. »Die Pille war unschuldig. Die hat sie nicht krank gemacht.«

»Oh, danke, daß Sie mir das sagen. Ich war so fertig mit den Nerven, daß ich schon den ganzen Tag versucht war, eine zu schlucken.«

»Außerdem sind sie wirkungslos.«

»Wie meinen Sie das?«

»Sie sind wie Bonbons. Schmecken gut, aber wirkungslos.«

»Sie meinen also, Horathy hat mich übers Ohr gehauen.«

»Es ist schwer zu sagen, was der böse Doktor im Schilde führt, weil er eine so undurchsichtige Figur ist. Wenn ich Sie wäre, würde ich in Zukunft einen Bogen um ihn machen.«

»Das müssen Sie mir nicht zweimal sagen. Glauben Sie mir, das war das letzte Mal, daß er meinen Rücken zur Tür hat rausgehen sehen. Scheiße, Texas winkt mir zu.«

»Winken Sie zurück.«

»Sie hat jemanden bei sich, den ich kennenlernen soll.«

»Das ist Horace Liveright. Er ist mein Verleger.«

»Ist er nett?«

»Das dachte ich mal.«

»Was meinen Sie damit?«

Mrs. Parker erzählte ihr von Liverights Orgien.

»Das ist aber wirklich nicht nett!« sagte Lily.

»Meine Liebe, untertreiben Sie immer so maßlos?« Mrs. Parker schnalzte die Zunge. »Die meisten seiner Gespielinnen holt er sich aus Polly Adlers Serail, aber ab und zu hat er gern ein bißchen frisches Blut. Seien Sie sehr vorsichtig.«

»Vielen Dank für die Warnung. Ich seh Sie später.«

»O ja, ich bin hier.« So wahr mir Gott helfe, dachte sie, ich bin ganz bestimmt hier.

»Wir haben dich überall gesucht.« Van Weber und Singer hatten sie gefunden.

»Glaubt mir, ich hatte mich nicht versteckt. Laßt uns zum Fenster hinübergehen. Ich ersticke.« Am Fenster wiederholte Van Weber seine Einladung für Samstag. Singer sah so unschuldig aus wie eine Katze, die einen Kanarienvogel verschluckt hat.

»Habt ihr auch Woollcott eingeladen?« fragte sie, während ihr etwas flau wurde.

»Ich bin sicher, daß er gerne kommt«, sagte Singer mit der Gewißheit eines Henkers, der eben die Falltür öffnet.

»Sie sind sicher, daß *wer* gerne kommt, und *wohin*?« Woollcotts Ankunft war ein gelungener Zufall. Er wischte sich mit einem Papiertaschentuch die Stirn. Van Weber wiederholte seine Einladung. »Lord und Lady Wussex? Fred und Elfreda? Sie haben eine *Yacht*? Wo zum Teufel haben *die* eine Yacht her? Als sie zuletzt im letzten Sommer in Südfrankreich gesehen wurden, pfiffen sie absolut auf dem letzten Loch! Ja, es sah fast so aus, als läge ihre *Pension* gleich um die Ecke vom Armenhaus! Unglaublich, wie das Unglücksrad sich manchmal zurückdreht!« Woollcott war nicht mehr zu bremsen, er sprudelte Wortkaskaden wie ein Marktschreier, der ein verloren geglaubtes Publikum zurückerobern will.

»Wie nett, daß Sie sie kennen!« sagte Van Weber schmeichlerisch. Und dann zu Singer: »So wird auf jeden Fall ein alter Freund zu ihrer Begrüßung da sein.«

»Wer sagt, daß ich da bin, um sie zu begrüßen? Sie sind unglaublich grauenhafte Leute. Sie hat verfaulte braune Zähne und lispelt, und er leidet unter Gicht und einer schiefen Nase.«

Singer unterbrach ihn. »Van Weber meint, daß sie eine Meute von Prominenten mitbringen.«

»Na bitte, Alec. Ist das nicht verlockend?« Mrs. Parker erklärte Van Weber: »Alec schwärmt für Massenauftritte berühmter Leute. Schauen Sie nur, wie er jetzt in seinem Element ist. Kaum zu glauben, daß dieser Inbegriff guter Laune heute fast sein Leben verloren hätte.«

»Ich bin froh, daß du meine schauspielerische Leistung zu würdigen weißt«, sagte Woollcott, der sich majestätisch aufrichtete. »Es ist unwahrscheinlich schwierig, dies die ganze Zeit über durchzuhalten.« Er gönnte Van Weber ein halbherziges Lächeln. »Ich bin hocherfreut, mich am Samstag zu Ihrem erlesenen Zirkel zählen zu dürfen. Ich nehme an, daß es Limousinen gibt, die uns hin- und wieder zurückfahren werden.«

»Mit livrierten Chauffeuren, wenn wir unsere Karten richtig ausspielen«, fügte Mrs. Parker hinzu. Vom Grammophon her vernahm sie die Klänge von »Poor Butterfly«, die sie traurig stimmten. Sie war froh, daß Singer sie zum Tanzen aufforderte, und berichtete ihm, sobald sie sich von Van Weber und Woollcott entfernt hatten, von Van Webers Angebot, mit ihr durchzubrennen, was sie mit den Worten kommentierte: »Ich bade im Glück, und womöglich ertrinke ich darin.«

»Kommt das nicht ein bißchen plötzlich?«

»Genau das ich habe ich auch gesagt.«

»Irgendwas ist im Busch. Es hat mit der Yacht zu tun.«

»Von dem, was Woollcott erzählt hat, könnte man eher meinen, daß jeder vor den Wussexes fliehen müßte.«

»Die Yacht ist nur Tarnung. Ich kann Ihnen jetzt schon sagen, was sich im Schiffsbauch befindet.«

»Schwarz gebrannter Schnaps?«

»Und vieles mehr. Kiloweise Morphium. Kokain. Das ganze Zeugs. Man hat uns einen Tip gegeben, daß jemand mit der dicksten Ladung, die wir je gesehen haben, einfahren will.«

»Und wir sind eingeladen, um uns das Ganze mit anzusehen?«

»Wir sind eingeladen, um es mit anzusehen und nie zu melden.«

»Sie meinen, man will uns umbringen? So böse kann doch Lacey gar nicht auf mich sein, nur weil ich ihn ein bißchen zappeln lasse!«

»Wir sind die Versicherung. Wenn irgendwas schiefgeht, sind wir da draußen, und zwar mitten im Gefechtsfeuer. Genau dann hauen Van Weber und seine Knaben ab. Die Yacht ist wahrscheinlich mit frisierten Motoren ausgerüstet und kann die Küstenwache abhängen.«

»Mr. Singer, gerade ist mir eingefallen, daß ich am Samstagabend schon zu einem Nähkränzchen eingeladen bin.«

»Sie werden doch jetzt nicht etwa kneifen, Mrs. Parker. Glauben Sie denn, ich lasse uns ohne jeden Schutz in so ein Wespennest hineinlaufen?«

»Nein, das glaub ich nicht. Aber andererseits waren Tapferkeit und Opferbereitschaft noch nie meine Stärke.«

»Denken Sie daran, was für ein Spaß das wird.«

»Ich kann's gar nicht erwarten, Alecs Gesichtsausdruck zu sehen, wenn Sie es ihm beibiegen.«

»Ich werd's ihm nicht beibiegen.«

»Ich hatte schon so eine Ahnung, daß Sie das sagen würden. Die Musik ist zu Ende.« »Poor Butterfly« mußte »Bambalina« weichen.

Mrs. Parker hörte, wie Florenz Ziegfeld eine dralle, überschminkte und überjuwelenbehangene mittelalterliche Frau fragte: »Und wie geht es Ihrem Mann?«

»Meinem Mann?« Sie kreischte vor Lachen. »Aber er ist doch mit der *Titanic* untergegangen! Irving war immer so umsichtig.«

Mrs. Parker und Singer gesellten sich wieder zu Woollcott und Van Weber. Woollcott verkündete: »Die Wagen werden uns Samstagabend pünktlich um sechs Uhr abholen. Freizeitkleidung.«

»Ich wollte noch ein paar andere einladen«, sagte Van Weber, und beehrte dann Mrs. Parker mit seiner Aufmerksamkeit. »Hast du irgendwelche Vorlieben?«

»Buffalo Bill und General Pershing.« Van Weber lachte. Singer unterdrückte im letzten Moment seinen Drang, sie warnend in die Seite zu kneifen. »Ich brauche einen Drink«, bat Mrs. Parker, »einen sehr großen Drink.« Van Weber bot sich an, sie in die Küche zu begleiten. Während sie sich von den anderen entfernten, fragte Mrs. Parker: »Ist das nicht ein bißchen komisch, Lacey?«

»Ich entscheide mich immer von einem Augenblick auf den anderen. Ich hoffe, deine Antwort am Samstag ist ›ja‹. Du hast also Zeit, es dir zu überlegen.«

»Genau. Ich kann in Zeit geradezu baden.«

Auf den Stufen saß ein junges Pärchen, das sich leidenschaftlich knutschte. »Wer sind denn die?« fragte Charlotte Royce George S. Kaufman.

»Ach, das sind die Wilmots, vor einer Woche getraut und benehmen sich immer noch wie Frischvermählte. Kommen Sie häufig hierher?«

»Ich bin mit Flo Ziegfeld hier.«

»Oh. Naja, er kommt jedenfalls nicht sehr häufig.«

Woollcott hatte Singer an einer Wand festgenagelt. »Also, was werden hier für Ränke geschmiedet?«

»Es ist ja nur eine Einladung. Warum sollten wir uns groß darüber den Kopf zerbrechen?«

»Es gibt solche und solche Einladungen, und diese hier ist eine der verdächtigen Sorte. Was führt dieser finstere junge Mann eigentlich im Schilde?«

»Keine Ahnung. Klingt doch ganz lustig. Ich werde nicht oft gebeten, mich auf den Spielplätzen der Reichen zu tummeln.«

»Es wird Sie wahrscheinlich bis ins Mark verderben. Ausgerechnet die Wussexes! Sie war eine Akrobatin im Palladium, und er ist ein gescheiterter Playboy!« Hinter sich konnte er eine Gruppe von Leuten hören, die hitzig über Sacco und Vanzetti diskutierten, und ob sie es verdient hätten, hingerichtet zu werden. Singers Augen waren auf George Raft geheftet. Während Woollcott noch erwog, in die Debatte einzusteigen, ließ ihn Singer stehen und bahnte sich einen Weg zur Raft.

»Hallo, George.«

Raft erbleichte, als er den Detective erkannte. »Oh, hallo zurück, Jake. Wußte gar nicht, daß Sie hier sind.«

»Jetzt weißt du's. Ich wollte mich sowieso mit dir in Verbindung setzen.«

»Ach ja? Worum geht's denn?« Raft schwitzte und lockerte seinen Kragen.

»Ach, um dies und das, hauptsächlich dies. Du und Valentino, ihr kanntet euch schon lange, was?«

»Wie ich schon gesagt habe, wir haben damals die alten Tanten aufgemischt.«

»Darum hast du ihn und Ilona Mercury auch auf Van Webers Party mitgenommen, ja?«

»Naja, es lief gerade nichts Besseres, darum . . .« Er bremste sich zu spät. »Eigentlich hatte Ilona die Einladung bekommen.«

»Nein, hatte sie nicht. Zufällig weiß ich, daß sie Van Weber, gleich als sie ankam, die Hölle heißgemacht hat, weil er sie nicht eingeladen hatte.«

»Sie hat ihm nicht wirklich die Hölle heißgemacht, sie hat so ne Art Witz draus gemacht.« Er konnte Texas Guinan nicht sehen, aber intuitiv fühlte er, daß ihre heißen Augen auf ihm ruhten. O Gott, nicht noch so eine Sitzung mit dem Mann, nur das nicht. Gott erbarme dich; sonst hilft mir ja keiner.

»Van Weber mochte Valentino nicht.«

»Ach hören Sie auf, Jake. Was sollen denn plötzlich die Daumenschrauben? Wir sind hier auf ner Party, erinnern Sie sich?«

»Ich erinnere mich wohl, daß es ne Party ist. Es gibt ein paar Dinge, von denen ich gern hätte, daß du dich auch daran erinnerst.«

»Unterbreche ich gerade ein wichtiges Gespräch?« gurrte Texas Guinan, als sie sich bei Raft einhakte. »Baby braucht einen Drink, mein Schätzchen, warum gehst du mir nicht einen holen?« Raft ergriff bereitwillig die Flucht.

»Wie geht's, wie steht's, Texas?«

»Es wird mir besser gehen, wenn mein Schuppen wieder aufmacht. Gibt's ein paar neue Spuren in den Mordfällen?«

»Ich würde vielleicht ein paar kriegen, wenn Leute wie Sie nicht dauernd unterbrechen würden.«

»Sie meinen Georgie? Georgie hat doch von nichts ne Ahnung. Der ist doch nur ein dummer Eintänzer aus der Unterwelt.«

»Georgie hat doch ne Ahnung. Ich vermute mal, daß man ihn gewarnt hat, er solle lieber vergessen, was er weiß.« Er sah sich in dem Raum um. »Ich sehe ja Dr. Horathy gar nicht. Wie kann er sich so eine Party entgehen lassen?«

»Weiß ich nicht. Warum rufen Sie ihn nicht an und fragen ihn.« Sie ging davon, um Raft den Weg abzuschneiden, der mit ihrem Drink zurückkam. Singer konnte sie nicht verstehen, aber so, wie ihr Mund arbeitete, konnte er sich gut vorstellen, daß Raft am nächsten Morgen mit einem akuten Hörsturz aufwachen würde.

»Haben Sie Mrs. Parker gesehen?« Van Weber renkte sich den Hals aus.

»Nicht, seitdem Sie mit ihr davongegangen sind«, sagte Singer.

»Mr. Benchley hat sie in Beschlag genommen, das war das Letzte, was ich von ihr gesehen habe. Übrigens, ich habe Neysa und ihren Mann zu Sonnabend eingeladen. Sie sagte, sie würde liebend gern kommen – wenn sie daran denkt.«

»Oh, fantastisch. Sie ist eine prima Puppe.«

Unter den Stufen, die zum Balkon hinaufführten, hatten Mrs. Parker und Robert Benchley eine vorübergehende Zuflucht gefunden. Sie teilten sich ein zerschlissenes kleines Zweiersofa und hielten Händchen.

»Werde ich dir fehlen, wenn ich fort bin, Mrs. Parker?«

»Du wirst mir sehr fehlen, Mr. Benchley.« Sie klangen wie die beiden Clowns in einer Minstrel Show, es fehlte nur der Sprecher.

»Ich hätte dich heiraten sollen, Mrs. Parker.« Er drückte ihre Hand.

»Ich habe es von Zeit zu Zeit auch erwogen. Wir waren aber nicht dafür bestimmt, einander zu heiraten, Mr. Benchley. Ich fürchte, wir sind auf ewig dazu verdonnert, nur gute Freunde zu sein.«

»Ich liebe ja meine Frau, aber, o du Herzchen.« Sie lächelte. »Wird das allmählich ernst, die Sache zwischen dir und Van Weber?«

»Ich glaube, er hätte es gern.«

»Und du?«

»Du kennst mich doch, Mr. Benchley. Ich muß immer jemanden haben.«

»Ich finde ihn vollkommen farblos.«

»Oh, da irrst du dich. Er hat sehr viele Farben. Er ist weitaus interessanter als die meisten meiner vorhergegangenen Eroberungen.«

»Tu dir diesmal einen Gefallen, Mrs. Parker. Denk lange, angestrengt und ernsthaft über die Sache nach, bevor du dich in seine Landschaft malen läßt.«

»Nanu, Mr. Benchley, das ist ja fast poetisch.«

»In mir ist schon immer Poesie gewesen, Mrs. Parker; du wolltest sie bloß nie wahrnehmen.«

Sie küßte ihn sanft auf die Wange. »Laß dich von denen da drüben nicht korrumpieren.«

»Ich werd mir große Mühe geben. Aber wenn Geld spricht, dann hör ich zu.«

»Wer tut das nicht? Es spricht bloß nicht so oft in meine Richtung.«

Sie wurden von Neysa McMein unterbrochen. »Ist der Detective hier? Offensichtlich ist er nicht hier, es sei denn, er versteckt sich unter dem Sofa.«

»Was ist los?« fragte Mrs. Parker.

»Ein Anruf für ihn. Irgendeine Frau, die sich absolut hysterisch aufführt. Man hat ihr auf dem Polizeirevier gesagt, daß er hier ist.« Sie folgten ihr ins Zentrum des Tollhauses. Mrs. Parker erblickte Singer, der sich mit Lily Robson unterhielt. Sie winkte, um Singers Aufmerksamkeit zu erheischen. Lily Robson sah sie und winkte zurück. Mrs. Parker zeigte auf Singer. Lily Robson sagte etwas zu Singer, der sich umdrehte und Mrs. Parkers lockende Gesten wahrnahm. Mit den Ellbogen bahnte er sich einen Weg durch die Meute, und von Neysa McMein erfuhr er, daß ihn jemand am Telefon verlange. Der Apparat sei in der Küche. Singer nahm Kurs auf die Küche, mit Mrs. Parker im Kielwasser.

Er nahm den Hörer auf: »Jacob Singer.« Er lauschte. »Nun mal ruhig, ganz ruhig. Wo sind Sie? Das ist gar nicht weit von hier.« Er nannte ihr Mrs. Parkers Adresse. »Ich warte in der Lobby auf Sie. Okay. In fünf Minuten.« Er hängte ein und sagte zu Mrs. Parker: »Das war Horathys Praxishilfe, Cora Gallagher. Jemand hat versucht, sie zu ermorden.«

»O Schreck!«

»Jemand hätte sie beinahe vom obersten Balkon im Paramount Theater runtergestoßen.«

»Ausgerechnet da«, sagte Mrs. Parker, und sie fühlte, wie eine kalte Schweißperle langsam ihren Rücken herunterrann.

Vierzehntes Kapitel

Während der fünf bangen Minuten, in denen Jacob Singer und Mrs. Parker auf das Eintreffen von Cora Gallagher warteten, setzten sie Woollcott über das fehlgeschlagene Attentat ins Bild. Zur selben Zeit schwappte eine neue Welle von Gästen über Neysas riesige Wohnung. »Dottie! Dottie!« - ein weinerliches Jaulen zog Mrs. Parker in die ausgebreiteten Arme von Edna St. Vincent Millay. Nachdem sie Mrs. Parker umarmt hatte, glitten ihre Augen zur Decke, und sie deklamierte mit Verve: »O seht, seht, seht nur, wie die riesigen Türme der Wolkenkratzer den Himmel durchbohren!«

Den Stückeschreiber Robert E. Sherwood überredete man, seine Party-Spezialität zum besten zu geben, und während Marc Connelly von seiner Ecke des Zimmers aus schmollend zuschaute, stellte man das Grammophon ab, Vincent Youmans setzte sich an das blecherne Piano, und Sherwood schmetterte die Weise von »When the Red, Red Robin Comes Bob, Bob Bobbing Along«. Lily Robson flüsterte Neysa ins Ohr, daß Charlotte Royce gerade ein Bad im Gin nehmen wollte. Mit einem Aufheulen, den ein Pekinese nicht besser zustandegebracht hätte, bahnte sich Neysa einen Weg zum Badezimmer und kam gerade noch zurecht, die nackte Miss Royce mit Gewalt davon abzuhalten, den Gin zu verunreinigen. Lily hatte Ziegfeld gefunden, und beide standen Neysa bei.

Harold Ross und Jane Grant trafen in dem Moment ein, als Jacob Singer an ihnen vorbeieilte, um in der Lobby auf Cora Gallagher zu warten. Der Schlüssel zu Mrs. Parkers Apartment steckte in seiner Tasche. Er war aufgeregt. Er hatte nicht beabsichtigt, Cora Gallagher als Zielscheibe aufzubauen, als er sie auf der Straße abgefangen hatte; er hatte nur mit ihr sprechen müssen und sie erwischt, als sie nicht darauf gefaßt war. Das

Überraschungsmoment funktionierte meistens zu seinen Gunsten. Trifft man mit einem Zeugen oder einem Verdächtigen eine Verabredung, gibt man ihm Zeit, sich eine Geschichte auszudenken, die haarsträubender ist als die Vaterschaftsklage eines Bastards. Cora und auch er selbst hatten Glück gehabt, daß sie ihrem Angreifer entkommen war. Er fühlte ein Kribbeln in seinen Fingerspitzen; die Puzzlesteine, die zur Lösung eines Falles erforderlich waren, begannen, zueinander zu passen und Gestalt anzunehmen. Dies war die komplizierteste Aufgabe, die er jemals in Angriff genommen hatte, und das mit einer Besetzung wie aus einem Rube-Goldberg-Comic. Doch er genoß jede einzelne Minute. Er war sicher, daß sie eines Tages seinen Memoiren einen gewissen Pep verleihen würde.

Auf Neysas Party drängte Harold Ross Mrs. Parker in eine Ecke. »Ich habe mir die Sache mit dem Feature über Lacey Van Weber durch den Kopf gehen lassen. Ich halte das für gar keine so schlechte Idee. Glaubst du, er macht mit?«

»Lieber Harold«, sagte Mrs. Parker. »Ich frage mich allmählich, ob es nicht leichter wäre, Baron Münchhausen in den Griff zu kriegen.«

Am Piano legte Vincent Youmans aus dem Repertoire seiner eigenen Schöpfungen tapfer ein Stück nach dem anderen vor. Horace Liveright prahlte vor George S. Kaufman: »Meine Lebensversicherung ist mittlerweile über zwei Millionen Dollar wert. Was sagst du dazu?«

»Ich würde mir einen Vorkoster anschaffen«, erwiderte Kaufman.

Lacey Van Weber bemerkte, wie Ziegfeld und Lily Robson versuchten, Charlotte Royce anzuziehen, die sich wie ein Aal wand. Van Weber besah sich die Szene so angeekelt, als habe er einen faulen Fisch gerochen. Mrs. Parker beobachtete ihn, und als er plötzlich ihren Blick auffing, pustete er ihr einen Kuß zu. Sie lächelte und machte sich dann auf die Suche nach Woollcott. Sie wollte dabeisein, wenn Jacob Singer Cora Gallagher in ihre Wohnung brachte. Andererseits hätte sie gern in aller Ruhe ihre Gedanken geordnet, weil es ihr langsam dämmerte, wer Lacey

Van Weber wirklich war. Fast den ganzen Tag lang hatte sie in ihrem Hinterkopf herumgespukt, diese Lösung, die sie ständig aus den kleinen Informationsteilchen zusammenfügte, die Lacey Van Webers unfreiwilligen Hinweisen und den Berichten der Polizei in Los Angeles zu entnehmen waren. Sie wollte diese Lösung weder mit Singer noch mit Woollcott besprechen, solange sie sich nicht als handfester, begründeter Verdacht herauskristallisiert hatte. Ebenso wie sie ein Gedicht oder eine Kurzgeschichte nur dann einreichte, wenn sie ganz sicher war, daß jedes Wort richtig saß, präzise und treffend. Sie erspähte Woollcott und winkte ihn zu sich herüber.

In der Lobby stand Singer und ballte unablässig die Fäuste. Es waren jetzt fast zehn Minuten vergangen, seitdem er mit Cora Gallagher gesprochen hatte. Ein Taxi nach dem anderen fuhr vor und entlud entweder Bewohner des Miethauses oder frischen Nachschub für Neysas Party. Der Portier versuchte, die Beschwerden, die von Neysas Nachbarn auf ihn niederprasselten, taktvoll entgegenzunehmen. Singer ging auf die Straße hinaus, als hoffte er, seine Anwesenheit dort würde Cora Gallaghers Ankunft beschleunigen. Er erwog eben, wieder nach oben zu gehen, sein Revier anzurufen und eine stadtweite Fahndung nach Cora Gallagher anzuordnen, als er sah, wie sie vom Broadway her auf ihn zulief.

»Ich habe kein Taxi bekommen«, keuchte sie, als sie bei ihm war. Er nahm ihren Arm und begleitete sie eilig ins Gebäude.

»Ich hatte gerade beschlossen, die Bluthunde auf Sie zu hetzen.«

Auf der Party brüstete sich in diesem Moment Marc Connelly vor George S. Kaufman, daß ihm eine Wasserstoff-Blondine einen Antrag gemacht habe. Kaufman bemerkte mit Kennermiene: »Schau niemals einem geschenkten Pferdchen ins Maul. Wo geht denn ihr beiden hin?« Mrs. Parker und Woollcott hatten versucht, sich an ihm und Kaufman vorbeizudrängeln.

»Endlich ist es soweit«, keuchte Mrs. Parker. »Ich nehme Alec mit in mein Apartment, wo er mich vergewaltigen wird.«

»Oh, wie wunderbar«, sagte Kaufman. »Ich hoffe, du hast irgendwo eine Gebrauchsanleitung herumliegen.«

Mrs. Parker und Woollcott erreichten die Halle in dem Moment, als Singer und Cora Gallagher aus dem Fahrstuhl stiegen. Singer hatte den Schlüssel zu Mrs. Parkers Apartment gezückt, und nachdem sie eingetreten waren, eilte Mrs. Parker an die Fenster und zog die Gardinen vor.

»Warum tust du das?« fragte Woollcott gereizt. »Sollen wir alle ersticken?«

»In den Gangsterfilmen ziehen sie doch auch immer die Vorhänge vor, stimmt's, Mr. Singer?« Mrs. Parker schenkte Cora Gallagher, die zu entnervt war, darüber nachzudenken, wie man in einer derart spartanischen Umgebung hausen konnte, einen kräftigen Scotch ein. Singer blieb neben Cora Gallagher stehen und blickte erwartungsvoll auf sie herab, bis alle ihre Drinks bekommen hatten. »Sie brauchen jetzt keine Angst mehr zu haben, Cora.« Er wartete, während sie einen ordentlichen Schluck Scotch herunterschüttete. Mrs. Parker und Woollcott saßen nebeneinander auf der Couch.

»Ich weiß nicht, wie ich's geschafft habe, hier zu sein«, sagte Cora. »Er hat mich wirklich beinahe erwischt. Wenn nicht dieser Platzanweiser gewesen wäre . . .« Sie schüttelte den Kopf und fing an zu zittern.

»Möchten Sie eine Beruhigungstablette, meine Liebe?« fragte Mrs. Parker.

Cora lehnte ab. »Mir geht's schon wieder besser.« Sie nahm noch einen tüchtigen Schluck. Mrs. Parker hoffte, daß sie genügend Scotch im Hause hatte, um Coras Bedarf zu decken.

Singer versuchte, ihr mit Fragen den Weg zu bahnen. »Wieso waren Sie da oben auf dem zweiten Balkon?«

»Ich konnte sonst nirgendwo in dem Schuppen einen Sitzplatz kriegen. Es war voll bis oben hin. Sie wissen doch, was bei einem Gloria-Swanson-Film los ist. Wenn Sie mich nicht am Schlafittchen gepackt hätten, wäre ich rechtzeitig zur ersten Vorstellung im Paramount gewesen, so wie ich es vorhatte. Nun mußte ich ungefähr eine Stunde Schlange stehen, bevor ich reinkam. Ich sitze also im zweiten Balkon, erste Reihe, und seh mir den Film an und alles ist pechschwarz. Nach einer Weile fiel mir ein Kerl auf, der die Gänge rauf und runterging, als würde er sich nach einem Platz umgucken. Es gab noch ein paar freie einzelne Sitzplätze, aber er schien sich nicht dafür zu interessieren. Darum dachte ich, daß er nach einer Frau ohne Begleitung Ausschau hielt, neben die er sich setzen könnte, so ein Anmacher, wissen Sie, sicher sind Sie auch schon mal von solchen Typen belästigt worden, Mrs. Parker.«

»Ja, ja. Das Gegrabsche an den Knien.«

»Naja, dann sehe ich, wie er im Gang steht und sich nach einem Sitzplatz in meiner Reihe umsieht. Aber es gab keinen und ich hörte, wie jemand hinter ihm sagte, er soll sich setzen oder abhauen. Also zog er weiter. Später wurde mir klar, daß er *mich* suchte.« Sie nahm noch einen Schluck Scotch.

Singer griff sich einen Stuhl und setzte sich rittlings darauf. »Wer außer mir wußte noch, daß Sie sich einen Swanson-Film ansehen wollten?«

Coras Gesicht nahm einen grimmigen Ausdruck an. »Horathy. Er wußte davon. Er hat gesehen, wie ich die Anfangszeiten in der Zeitung herausgesucht habe, und als ich ihm erzählte, was ich mir ansehen wollte, machte er noch so einen Witz über irgendeinen reichen Laffen aus Boston, mit dem Swanson angeblich was laufen hat.«

»Erzählen Sie weiter. Wie ist Ihr Angreifer vorgegangen?« Singer führte sie behutsam weiter.

»Naja, der Film war wieder an der Stelle, wo ich reingekommen war, und es war schon spät und ich hatte Hunger und ich sah nicht ein, warum ich mir den Rest des Filmes noch mal ansehen sollte, darum stand ich auf und wollte gehen. Ich stehe mit dem Rücken zum Gang, der vom Balkon hinaufführt, und suche in meiner Tasche nach meinem Lippenstift, als ich plötzlich von hinten geschnappt werde und er mich gegen die Brüstung stößt. Dann höre ich den Platzanweiser rufen: ›He, was zum Teufel machen Sie da?‹, und dann liege ich schon schreiend auf dem Boden, und ein paar Leute helfen mir hoch. Zuerst habe ich gedacht, daß der Kerl meine Handtasche grabschen wollte, aber er hat versucht, mich über die Brüstung zu stoßen. Der Platzanweiser sagte auch, daß es so für ihn ausgesehen hätte. Und bei allem, was mir heilig ist, Mr. Singer, ich hab den Platzanweiser gefragt, ob er den Mann beschreiben könnte, aber er konnte es nicht. Er sagte nur, daß er kräftig war und einen großen Hut trug und daß er mich ganz bestimmt über die Brüstung schubsen wollte, und o mein Gott ...« Sie brach in Tränen aus. Mrs. Parker ging zu ihr hinüber und legte schützend und tröstend den Arm um ihre Schultern. Cora wühlte in ihrer Handtasche, fand ein Taschentuch, wischte sich die Augen, putzte sich die Nase und verlangte noch einen Scotch. Woollcott sorgte dafür, daß ihr Glas wieder aufgefüllt wurde. Er hoffte, daß Mrs. Parker noch einen Reservevorrat hatte.

»Horathy muß uns in der Nähe des U-Bahn-Eingangs gesehen haben«, sagte Singer.

»Na klar hat er das«, sagte Cora schniefend. »Er wollte ja auch gehen, als ich ging, nur blieb er noch, um schnell einem seiner Patienten einen Termin am Sonnabend telefonisch abzusagen.«

»Er nimmt am Sonnabend Patienten an?« fragte Singer.

»Klar. Aber an diesem Sonnabend fährt er übers Wochenende weg. Er hat ziemlich große Summen von seinen Konten abgehoben.«

»Warum haben Sie mir das nicht schon früher erzählt?« fragte Singer.

»Sie haben mich nicht gefragt.« Sie dachte einen Moment lang nach. »Sagen Sie mal! Glauben Sie etwa, daß der verduften will?«

»Klingt ganz danach. Haben Sie eine Idee, wohin er an diesem Wochenende fahren wollte?«

Sie biß sich auf die Lippen und sagte dann: »Nach East Cove raus. Zu Van Webers Schuppen. Da fährt er oft hin.«

Zu Mrs. Parker und Woollcott gewandt meinte Singer: »Es gibt solche und solche Schlaue und manchmal solche, die nicht schlau genug sind. Ich habe diese Lady hier länger als eine halbe Stunde befragt und gedacht, ich hätte alles aus ihr rausgekitzelt, was rauszuholen war, inklusive Namen, und jetzt muß ich feststellen, daß ich nicht ein halb so schlauer Bulle bin wie ich immer gedacht hatte.«

»Seien Sie nicht so streng mit sich, Jacob«, schalt ihn Woollcott. »East Cove kam erst vor ein paar Stunden ins Spiel. Mr. Van Webers seltsame Einladung, die - wie ich übrigens erfahren habe - auch für Kaufman und einen Schwarm weiterer Leute gilt, kam eben erst spontan auf der Party.«

»Wollen Sie wetten?« konterte Singer.

»Worauf?« fragte Woollcott, und seine Augen blinzelten schnell.

»Daß das nicht spontan war.« Er ging zum Telefon hinüber und rief sein Revier an. »Singer. Welche Polizistin hat heute abend Dienst? Ja, gut, sie ist genau richtig.« Er gab dem wachhabenden Sergeanten Mrs. Parkers Adresse und Apartmentnummer. »Sie soll sich beeilen, und behalt's für dich. Ich will, daß niemand erfährt, wo sie hinbeordert wurde. Wenn's einer erfährt, bist du dran, klar?« Er hängte ein und bat die Zentrale, ihn mit dem Royalton Hotel zu verbinden, das über die Straße vom Algonquin Hotel gelegen war. Als er seine Verbindung bekommen hatte, verlangte er den Nachtportier. Sie schienen einander recht gut zu kennen. »Ich möchte ein Doppelzimmer mit Bad unter dem Namen Gladys Shea, und zwar weder in der Nähe eines Notausgangs noch des Treppenhauses noch des Fahrstuhls oder mit Blick auf die Vierundvierzigste Straße. Am liebsten wäre mir, es liegt im ersten oder zweiten Stock. Ich möchte das Zimmer bis Sonntag. Und wie immer möchte ich, daß keiner was davon weiß. Schick mir persönlich die Rechnung. Ich werde dich in meine Gebete einschließen. Tschüß, mein Junge.« Singer legte auf und ging durch das Zimmer auf Cora zu. »Ich nehme Sie in Sicherheitsgewahrsam.«

»Ach du Scheiße«, winselte Cora.

»Wollen Sie lieber, daß ich Sie draußen frei herumlaufen lasse, wo ein Killer hinter Ihnen her ist?«

»O Scheiße.«

»Sie werden mit einem meiner besten Mädchen, Gladys Shea, ins Royalton gehen. Sie ist wie ein Panzer gebaut und bewegt sich wie eine Gazelle.«

Coras Stimme wurde mißtrauisch. »Sie ist doch hoffentlich keine Lesbe, oder?«

»Nicht im Dienst«, antwortete Singer.

»Auch das noch. Wie komme ich an meine Kleider?«

»Darüber machen wir uns später Gedanken.« Er wandte sich Mrs. Parker zu. »Sie sollten wieder auf die Party zurückgehen. Wir wollen doch nicht, daß Lacey Van Weber Verdacht schöpft.«

»Dafür ist es längst zu spät, und Sie wissen es«, sagte Mrs. Parker, während sie sich erhob. Woollcott saß da und starrte die plärrende Sprechstundenhilfe an, als sei sie ein Wesen von einem anderen Stern. »Er hat Verdacht geschöpft, die Leute, die hinter ihm stehen, haben Verdacht geschöpft, und am Sonnabend treffen wir uns alle in Gethsemane.«

»Es steht Ihnen frei abzusagen«, sagte Singer.

»Das weiß ich, und Sie wissen auch, daß ich es nicht tue. Die furchtlose Mrs. Parker hat den Ruf, gern am Abgrund zu wandeln. Ist es nicht rasend komisch, Harold Ross hat mir grünes Licht für das Porträt über Van Weber gegeben.«

Woollcott riß sich von Cora Gallaghers Anblick los. »Hat er nicht! Er hat heute abend zu Hause nichts dergleichen erwähnt!«

»Nun, er hat es aber erwähnt, als er bei Neysa ankam. Wer weiß, vielleicht schreib ich's ja auf jeden Fall, egal was am Sonnabend passiert.«

»O Scheiße!« Alle Augen richteten sich auf Cora Gallagher. »Morgen werde ich bezahlt. Was mache ich *jetzt*?« Sie sprang auf die Füße. »Und was passiert, wenn ich nicht im Büro erscheine?«

Mrs. Parker verkündete unschuldig lächelnd: »Vielleicht ist es Ihnen mittlerweile in den Sinn gekommen, daß Ihr tödlicher Quacksalber Sie morgen gar nicht zum Dienst erwartet.«

»Oje. Natürlich. Das Schwein hat mich verladen.« Sie klammerte sich an Singers Arm. »Und was passiert nach dem Sonntag? Wieso glauben Sie, daß ich nach Sonntag in Sicherheit sein könnte?«

»Vertrauen Sie mir, Lady«, Singer klang zuversichtlich, »vertrauen Sie mir einfach.« Ein scharfes Klopfen ertönte an der Tür. Singer machte Mrs. Parker ein Zeichen, nachzufragen.

»Wer ist da?« trällerte Mrs. Parker.

»Gladys Shea«, kam die polternde Antwort, und die Tür bebte. Mrs. Parker ließ Gladys Shea herein, und einen Augenblick lang dröhnte die Kakophonie von Neysas Party durch Mrs. Parkers Apartment. Cora Gallagher starrte Gladys Shea an und schluckte nervös. Gladys Shea war zwar nicht ganz Einsneunzig groß, wirkte aber Einsneunzig breit. Sie hatte die Ausmaße einer Olympiakämpferin, und Cora erfuhr später, daß sie eine Meisterin im Speerwurf, Kugelstoßen und Ringen war. Sie diente bereits mehr als zwei Jahre bei der Polizei. Mrs. Parker fiel hinterher ein, daß sie bei der Razzia auf Texas Guinans Club dabeigewesen war. Gladys salutierte forsch vor Singer, als sie eintrat, und hörte aufmerksam und mit einem intelligenten Gesichtsausdruck zu, während er sie über den Stand der Dinge unterrichtete. Sie war in Zivil gekommen, eine Vorsichtsmaßnahme, die sie in eigener Verantwortung getroffen hatte, als sie der wachhabende Sergeant informierte, daß sie einen Personenschutz übernehmen solle. »Ich habe mir Yudel Shermans Klapperkiste geliehen. Sie parkt unten in zweiter Spur.«

»Lassen Sie den Wagen lieber da stehen«, riet ihr Singer. »Ich laß ihn später abholen. Sie gehen am besten ein paar Straßenblocks zu Fuß und nehmen dann ein Taxi. Fahren Sie nicht direkt zum Royalton. Steigen Sie Vierundvierzigste Ecke Sixth aus und laufen den Rest, wissen Sie, so wie zwei Mädchen, die von einem Zug durch die Kneipen nach Hause kommen.«

»Kapiert«, sagte Gladys. »Möchten Sie, daß ich torkle?«

»Sie müssen nicht übertreiben, Gladys.«

»Gut. Okay, Miss Gallagher, gehen wir.«

»Einen Augenblick noch«, rief Singer. »Wir haben da ein paar Figuren gegenüber, die Miss Gallagher nicht zu Gesicht kriegen sollen.« Er ging zur Tür, machte sie vorsichtig auf, guckte, ob die

Luft rein war, und winkte die Damen hinaus. Nachdem sich die Fahrstuhltür hinter ihnen geschlossen hatte, gab Singer Mrs. Parker ihren Schlüssel zurück und riet ihr, zusammen mit Woollcott wieder zur Party zurückzukehren.

»Und wo gehen *Sie* hin?« fragte Woollcott, ohne sich die Mühe zu machen, seine Enttäuschung zu kaschieren.

»Zurück aufs Revier. Ich habe noch einen Haufen Arbeit zu erledigen. Zwischen heute und Sonnabend bleibt uns nicht mehr viel Zeit. Im Grunde haben wir nur noch morgen.«

»Ich liebe den Freitag«, sagte Mrs. Parker ohne einen erkennbaren Grund.

»Genau wie Robinson Crusoe«, bellte Woollcott.

Lacey Van Weber sah Mrs. Parker und Woollcott zurückkommen, und nachdem er sich mit viel Mühe zu ihnen durchgeschlagen hatte, erkundigte er sich: »Was haben Sie beiden denn getrieben?«

»Och, wir haben ein bißchen herumgeschmust«, sagte Woollcott und strahlte über das ganze Gesicht. Dann brüllte er quer durch den Raum zu Harold Ross: »Ross, du Zitterfurz, ich will dich sprechen!«

»Ob wohl noch Gin übrig ist?« fragte Mrs. Parker laut. Van Weber bot sich an, sie zum Badezimmer zu begleiten. »Ironischerweise, Lacey, hat mir Harold Ross jetzt für das Feature über dich grünes Licht gegeben.«

»Dafür haben wir keine Zeit mehr«, entgegnete Van Weber.

»Es gibt immer noch morgen.«

»Morgen fahre ich nach East Cove hinaus.«

»Oh. Natürlich. Vorbereitungen für Sonnabend treffen.«

»Möchtest du mitkommen?«

»Nein, morgen denk ich nach. Und o Schreck, ich muß sehen, ob ich bei meinem Kosmetiker irgendwie noch einen Termin bekommen kann. Ich werde den alten Zauberfinger brauchen, um mich für Sonnabend in Form zu kneten. Wie ich höre, hast du Neysa und ihren Mann und Kaufman eingeladen.«

»Und noch ein paar andere«, erwiderte er mit einem breiten Lächeln. Das Grammophon war wieder in Betrieb und quietschte »When Francis Dances with Me«. Mrs. Parker bekam ihr Glas Gin. Van Weber drückte sie leidenschaftlich gegen die Wand. »Sag, daß du mit mir kommst. Bitte. Ich kann uns am Morgen bis nach Montreal fliegen, und von dort aus können wir eine Schiffspassage nach Griechenland buchen. *Bitte*, Dottie.«

Sie hatte Schwierigkeiten zu atmen. Sein plötzlicher feuriger Ausbruch war ein Überraschungsangriff, auf den sie nicht vorbereitet war. Benchley rettete sie.

»Mrs. Parker, ich brauche deine Hilfe. Man hat mir soeben eine Frage gestellt, und ich habe gesagt, daß Mrs. Parker eine Autorität auf diesem Gebiet ist. Wie vögelt man im Auto auf einem Notsitz?«

»Mit größter Not«, erwiderte die Autorität. Van Weber machte sich von ihr frei. Sein Gesicht war gerötet, und sie fühlte, wie sein heißer Blick ihre Augen suchte. Als sie ihn ansah, sagte sie: »Bis Samstagabend, Lacey.«

»Natürlich. Ich werde dir noch die Einzelheiten mitteilen. Jetzt muß ich gehen.«

»So früh schon?« sagte Benchley. »Der Abend hat doch gerade erst angefangen. Und die Marx Brothers waren auch noch nicht da.«

»Ich muß morgen früh aufstehen«, sagte Van Weber. Er küßte Mrs. Parker auf die Wange. »Bis Sonnabend.« Er wartete ihre Antwort nicht ab, sondern bahnte sich mit den Ellbogen einen Weg zur Tür und ging.

»Ich mag diesen Mann nicht, Mrs. Parker«, sagte Benchley.

»Wie kommt das?« fragte Mrs. Parker. »Warum magst du diesen Mann nicht, Mr. Benchley?«

»Er hat mich nicht auf seine Soirée am Samstagabend eingeladen.«

»Weil du ihm erzählt hast, daß du an dem Morgen mit dem *Twentieth Century Limited* nach Los Angeles fährst.«

»Ach so.« Er legte nachdenklich sein Kinn in die Hand. »Warum schaust du so düster drein?«

»Sieht man mir das an?«

»Hast du daran gedacht, dich fester mit Van Weber zu liieren? Ist die Sache schiefgelaufen?«

»Ja. Ich habe an eine feste Liaison gedacht, und ja, die Sache läuft schief.«

»Warum willst du dann am Sonnabend zu ihm hinausfahren?«

»Weil ich beim Finale dabeisein möchte.«

Kaufman kam mit seinen Anträgen bei Lily Robson nicht weiter. »Junge Frau, ist Ihnen eigentlich klar, daß ich Ihnen gerade die besten zehn Minuten meines Lebens geschenkt habe?«

»Oh, da ist ja Marc!« Sie winkte Connelly am anderen Ende des Raumes zu.

»Immer Marc«, sagte Kaufman bitter. »Ich verstehe einfach nicht, wie Sie sich mit jemandem abgeben können, der aus reiner Neugier auf die Welt gekommen ist.« Aber Lily hatte ihn schon verlassen. Mürrisch sah er auf seine Armbanduhr und machte sich auf den Weg zum Ausgang, wo er von Woollcott aufgehalten wurde.

»Wie ich höre, hast du dich dazu herabgelassen, mit uns Bauern am Samstagabend Ringelreihen zu tanzen«, sagte Woollcott.

»Beatrice besucht mit der Kleinen die Swopes in Great Neck, da dachte ich mir, daß ich mir Van Webers Räuberhöhle mal ansehen könnte, es ist ja gleich um die Ecke.«

»Es gibt ein Feuerwerk«, verkündete Woollcott bedeutungsschwanger.

»Ich finde Feuerwerke hinreißend, Alec, das müßtest du doch allmählich wissen. Jetzt laß mich hier raus. All diese Ausgelassenheit macht mich depressiv.«

Ein ohrenbetäubender Schrei gellte durch den Raum, gefolgt von einer Reihe von Schmerzensrufen, und Mrs. Parker trat zur Seite, als Charlotte Royce und ein anderes Mädchen mit der Inbrunst zweier Schwertfische aufeinander losgingen. George Raft stand neben Mrs. Parker und sagte etwas Widerwärtiges über Charlottes Gegnerin. »Wie sagten Sie, heißt das Mädchen?«

»Lita Young, und sie ist ein ganz mieses Stück. Wie zum Teufel ist sie überhaupt auf diese Party gekommen?«

»Was ist das Miese an ihr?« wollte Mrs. Parker wissen, weil ihr einfiel, daß sie noch ein Gespräch unter Frauen mit der kleinen Royce führen wollte.

»Sie hängt an der Nadel, das ist das Miese. Sie hat sich den ganzen Abend an Ziegfeld rangemacht, und Charlotte hat kein Verständnis dafür, wenn jemand auf ihrem Territorium herumwildert.« Baragwanath und Ziegfeld versuchten, die Mädchen auseinanderzureißen. Raft stachelte die beiden an. Texas Guinan baute sich vor Raft auf und stieß ihn in die Rippen. Er heulte vor Schmerz auf und hielt sich die Seite. Irgend jemand spielte »The Star Bangled Banner« auf dem Klavier. Die Mieter der anliegenden Wohnungen bummerten auf ihre Heizkörper. Ein aufgebrachter Nachbar stand im Flur und hämmerte gegen die Tür. Mrs. Parker machte Woollcott ausfindig und teilte ihm mit, daß sie jetzt die Party verlasse, bevor die Bude explodierte. Woollcott versprach ihr, sie am nächsten Morgen anzurufen. Dann sauste laut krachend ein Stuhl durchs Fenster, und Mrs. Parker fand Neysa McMein in der Nähe des Ausgangs. Sie saß mit einem Glas Gin da und zog in aller Seelenruhe an einer Zigarette.

»Kennst du das Mädchen, das da gerade Charlotte Royce zerfleischt?« fragte Mrs. Parker Neysa.

»Ich schätze, sie ist das fehlende Glied in einer Kette von Polonaisetänzern.« Neysa war sternhagelvoll.

»Sie heißt Lita Young. Hast du eine Ahnung, wer sie mitgebracht hat?«

»Wie sieht sie aus?«

»Wie ein Trümmerhaufen. Davor war sie eine Wasserstoff-Blondine, die drogensüchtig ist. Das hat mir George Raft erzählt.«

»Ach, Raft. Der hat sie doch eingeladen, für den Fall, daß er Texas Guinan abstoßen kann. Wo ist mein Mann? Wo ist Jack?« Sie kämpfte sich auf die Füße. »Jack!« schrie sie. »*Jack!* Ich möchte diese Scheißbude anzünden!«

Mrs. Parker ging allein aus der Wohnung und schloß sich in ihrem Apartment ein. Sie zog sich schnell aus, schenkte sich den restlichen Scotch ein, setzte sich ans offene Fenster und hoffte, daß Müdigkeit sie überkommen würde. Sie hörte, wie Gäste lärmend die Party verließen, außerdem ein herzzerreißendes Schluchzen, von dem sie annahm, daß es entweder von Charlotte Royce oder Lita Young stammte. Dann verdrängte sie die Party und dachte nur noch an Lacey Van Weber und die Verabredung am Sonnabend. Allmählich verstand sie die Logik, die dieser Party zugrundelag; eine derartige Ansammlung von Prominenten würde das Risiko eines Schußwechsels, falls eine Polizeirazzia stattfinden sollte, auf ein Minimum reduzieren. Während der Festlichkeiten würde die Yacht im Handumdrehen entladen und für die Flucht benutzt werden können, wobei wahrscheinlich Lord und Lady Wussex auf dem trockenen sitzen blieben, was ihnen recht geschah. Sie stellte das Glas Scotch auf dem Fensterbrett ab und betrachtete ihre Handgelenke. Plötzlich fühlte sie einen durchdringenden Kälteschauer und umarmte sich selbst.

Allein. So tödlich allein. So sehr nach Liebe ausgehungert, nach einem Mann, der ihr gehörte. Nach dem ersten besten Mann in stürmischen Zeiten. Aber Lacey Van Weber konnte dieser Mann nicht sein. Nicht er. Denn so sicher wie der liebe Gott die kleinen grünen Äpfel erschaffen hatte, so sicher war sie sich, daß er ein Mörder war.

Unterdessen schnaubte eine wütende Texas Guinan auf der Party: »Wo ist George? Hat irgend jemand George gesehen?« Jemand meinte gesehen zu haben, wie er mit dem wasserstoffblonden Drachen, Lita Young, verschwunden sei. Guinans Augen loderten wie ein Waldbrand, und sie verließ die Party in großer Eile.

Auf der anderen Seite der Stadt steckte George Raft seinen Schlüssel in das Türschloß seines Hotelzimmers, während Lita Young leise schmachtend obszöne Liedertexte sang. Ihr zerkratztes Gesicht und ihre zerzauste Frisur waren ihr offenbar egal.

In seinem Büro plante Jacob Singer emsig seine Strategie für Samstagabend. Am Morgen würde er seinen Kollegen in Nassau

County und den Captain der Küstenwache von Long Island anrufen. Er hatte Nachricht von Gladys Shea erhalten, die ihm berichtete, daß Cora Gallagher wie ein Baby schlief, obwohl Babies nicht schnarchten, und daß sie sich ihr Essen aus einem Café in der Nähe bestellen mußten, da das Royalton keinen Zimmerservice anbot. Singer versicherte ihr, daß sie und ihr Schützling gut versorgt werden würden, und daß sie sich hinlegen und tüchtig ausschlafen sollte. Er rief Yudel Sherman an, entschuldigte sich, ihn zu dieser nachtschlafenen Zeit zu wekken, aber es handele sich um einen Notfall. So kam es, daß Yudel Sherman im Morgengrauen auf dem Revier aufkreuzte und eine Tüte mit dem selbstgemachten Apfelstrudel seiner Frau und mehreren Bechern Kaffee bei sich trug, die er beim Griechen um die Ecke erstanden hatte.

Im zweiten Stock des Ross'schen Backstein-Hauses saß Alexander Woollcott in einem zerschlissenen Bademantel in seiner Bibliothek. Er versuchte, seine Gedanken zu ordnen und machte sich Notizen. Nach vielem Nachdenken, Überdenken, Aufschreiben, Durchstreichen und Nachschauen in seinem Notizbuch, das seine Aufzeichnungen über die Polizeiberichte aus Los Angeles enthielt, kam er, ein klein wenig traurig, weil er dem Mann ein gewisses Maß an Bewunderung entgegenbrachte, zu dem Schluß, daß Lacey Van Weber sehr wahrscheinlich ein Mörder sein könnte.

In ihrem teuren, verkommenen Apartment tätigte Texas Guinan einen Anruf, und im ersten Licht der Morgendämmerung verschaffte sich der fleischige Mann Eintritt in George Rafts Hotelzimmer. Raft schlief nackt, er hatte seine Arme über Lita Youngs Körper geworfen. Der Mann nahm sich ein Kissen von der Couch und hatte binnen weniger Minuten alles Leben in Lita erstickt. Der Mann verließ den Raum. Raft hatte überhaupt nichts gehört.

Früh am Freitagmorgen verließ eine Prozession Frank Campbells Bestattungsinstitut und machte sich in Richtung

Grand Central Station auf den Weg. Der Leichenwagen führte den Zug an und barg Rudolph Valentinos Sarg. Die Limousine, die dem Sarg folgte, enthielt Pola Negri und Valentinos Bruder Alberto. Zwischen den beiden saß Valentinos ehemaliger Presseagent, S. George Ullman. In der St. Malachy's Kirche hatte es einen bombastischen Begräbnisgottesdienst für den Schauspieler gegeben, bei dem zahlreiche Größen des Films, Theaters und der Welt der Politik anwesend gewesen waren. Nita Naldi hatte mit Jean Acker, Valentinos erster Frau, in der letzten Reihe gesessen, wo sie unfreundliche Bemerkungen über die polnische Schauspielerin austauschten. Das Gerücht war umgegangen, daß die Leiche im Sarg gar nicht Valentino sei, sondern eine Nachbildung aus Wachs, während man die eigentliche Leiche heimlich nach Kalifornien habe verschwinden lassen.

Mrs. Parker verbrachte eine unruhige Nacht. Sie wachte früher auf, als es ihre Gewohnheit war, trotz der beeindruckenden Menge unterschiedlichster alkoholischer Getränke, die sie am Vorabend konsumiert hatte. Sie mußte einiges erledigen, das stand fest. Ganz oben auf ihrer Liste rangierte ein Treffen mit Charlotte Royce, der Zimmergenossin von Ilona Mercury. Sie würde das Mädchen heute früh sehen, und wenn sie sich vor ihrer Tür häuslich niederlassen müßte.

George Raft erwachte mit einem schrecklichen Durst. Es war noch früh am Morgen, eine ungewöhnliche Zeit für ihn, aber er hatte einfach diesen schrecklichen Durst. Er kroch mit Mühe aus dem Bett und leerte im Badezimmer vier Gläser Wasser, um seinen Brand zu löschen. Im Spiegel untersuchte er den blauen Fleck, den man ihm am Morgen zuvor verpaßt hatte. Texas Guinan hatte ihm auf der Party absichtlich noch einmal darauf gehauen. Der Mann. Dieses widerliche Monster von einem Mann. Er kehrte zum Bett zurück und bemerkte das Couchkissen, das Lita Youngs Gesicht bedeckte. Er schob das Kissen zur Seite. Er hatte vorher schon Mumien gesehen, viele sogar, und er benötigte keinen Tritt in den Hintern, um zu erkennen, daß Lita Young erstickt worden war.

Man hatte ihn gelinkt. Der Mann war dagewesen. Raft wich

zurück. Er sah auf seine Armbanduhr. Es war noch nicht ganz zehn Uhr. Er rief Jacob Singer an und betete, daß man ihn unverzüglich durchstellen würde, betete, daß Singer an diesem Morgen in seinem Büro war. Seine Gebete wurden erhört.

»Was willst du?« fragte Singer, der diesen Anruf lange erhofft hatte, falls Raft zu singen bereit war.

»Man hat mich reingelegt. Ich habe eine Leiche im Bett. Lita Young. Sie wurde erstickt.«

»Alles, während du ihr den Rücken zugewendet hast?«

»Sie müssen mir glauben, Jake! Ich lag noch im Koma, als der Mann mich besuchen kam. Er hat mich nur deshalb nicht auch umgebracht, weil sie mich linken wollen.«

Das klang in Singers Ohren nicht ganz glaubhaft. Die Jungs würden Raft nicht reinlegen. Ihm ab und zu einen kleinen Denkzettel verpassen – ja, aber ihn nicht den Bach runtergehen lassen. Er war als Kurier zu wertvoll, und es dauerte lange, bis man sich einen Kurier ausgebildet hatte. Dahinter mußte Texas Guinan stecken. Eifersucht konnte sehr unvernünftig sein. Er fragte Raft: »Wußte Texas, daß du sie mit der Young betrügst?«

»Gestern abend hätte sie darauf kommen können. Ich habe Lita von der Party mit nach Hause genommen. Sie hat sich mit der Royce-Fotze geprügelt.« Er dachte einen Moment lang nach. »Sie meinen, daß Texas mich vielleicht reingelegt hat?«

»Ich möchte Informationen, Georgie, oder du steckst schwer in der Klemme. Du hast einen Totschlag am Hals.«

»Aber ich sage Ihnen doch, ich hab sie nicht umgebracht!«

»Das ist deine Version, und es wird nicht viele geben, die sie dir abkaufen.«

»Jake, Sie müssen mir helfen!«

»Georgie?«

»Was, Jake, was?«

»Ich hab dich tanzen sehen, Georgie, jetzt möchte ich dich singen hören.«

Stille. Singer wartete.

»Jake, können wir uns irgendwo treffen, wo wir sicher sind?«

»Du kannst herkommen.«
»Da sind wir nicht sicher.«
Genau das hatte Singer gehofft. Daß Raft das sagen würde.

Fünfzehntes Kapitel

Für eine ganze Reihe von Leuten wurde es ein geschäftiger Freitagmorgen. Zwei Beerdigungen lockten die Flennschwestern der Boulevardblätter mitsamt ihren Fotografen im Schlepptau an. Es war kein Zufall, daß Ilona Mercury, deren Leiche auf einem leeren Grundstück in Canarsie gefunden worden war, auf dem Friedhof von Canarsie beerdigt wurde, zumal der Canarsie-Friedhof die billigste Beisetzung von allen sondierten Schindangern zu bieten hatte. Ein kleines Häufchen Trauernder fand sich früh an jenem Freitagmorgen neben dem Grab ein. Es setzte sich aus jenen entschlossenen Seelen zusammen, die sich zu so einer unmenschlichen Stunde, die üblicherweise bei Beerdigungen bevorzugt wurde, zum Aufstehen zwingen konnten. Ungefähr ein Dutzend Menschen gaben Ilona Mercury das letzte Geleit, unter ihnen einer von Ziegfelds Lieblingstenören, John Steele, der in seiner Plärrstimme »A Pretty Girl is Like a Melody« vortrug, ein Lied, das er 1919 in den *Follies* erstmals gesungen hatte. Eines der Mädchen aus *No Foolin'* erkundigte sich, ob irgend jemand die ungarische Nationalhymne singen konnte, fand aber kein Echo. Ein örtlicher Priester aus Canarsie stand unter dem Eindruck, daß es sich bei Miss Mercury um eine Ehefrau und Mutter gehandelt habe, und hielt demzufolge eine völlig unpassende Grabrede, was ihm einiges Kichern und immer wieder unterdrücktes Gewieher eintrug. Der Priester hoffte, die Fotografen würden die vorteilhafte Seite seines Profils aufnehmen, und mindestens drei Leute wunderten sich, warum Charlotte Royce, Ilonas Mitbewohnerin, der Beerdigung gänzlich ferngeblieben war.

Vera DeLee wurde draußen auf Long Island in Polly Adlers privater Grabstätte im Friedhof von Montefiore zur Ruhe gebettet. Pollys Mädchen waren alle zur Stelle und sorgfältig von der Puffmutter selbst für ihre Aufgabe als Ehrengarde gedrillt worden. Ein Sechsmannorchester spielte ein Potpourri beliebter Schlagermelodien, ein Campingtisch bog sich unter der Last von Getränken und Speisen. Polly, die sich über Veras religiöses Bekenntnis nicht ganz im klaren war, hatte das Problem elegant mit einem katholischen Geistlichen, einem evangelischen Pfarrer und einem Rabbi gelöst. Die Herren wechselten sich mit Lobeshymnen auf die verstorbene Hure ab und gaben der Hoffnung Ausdruck, daß sie es ins jeweilige, von ihnen propagierte Jenseits schaffen möge. Pollys Schluchzen war aus echtem Gefühl geboren, doch merkte sie sich vor, Horace Liveright ordentlich dafür die Ohren langzuziehen, daß er nicht den Anstand besessen hatte, Vera durch sein Erscheinen die letzte Ehre zu erweisen. Denn immerhin war ja auch Vera immer erschienen, um *ihm* die Ehre zu erweisen, wenn er sie angefordert hatte; mit Ausnahme der Nacht, in der sie dran glauben mußte.

Nach der Trauerfeier winkte Polly alle Teilnehmer zu den Getränken und Speisen herüber, und das Orchester blieb bei seiner Auswahl von Walzern und Country-Balladen. Eine von Pollys Neuanschaffungen, ein süßes kleines Ding aus dem Bible Belt, der bigotten Gegend in den Südstaaten, war von Ehrfurcht ergriffen und hoffte, daß auch sie eines Tages ein so schönes letztes Geleit bekäme. Polly versicherte ihr, daß sie darauf bauen könne.

Dorothy Parker war in der Stadt geblieben. Im Moment stand sie in der Lobby des Wilfred Arms und belagerte den Tresen des Portiers. Sie hatte das Apartmenthotel mehrmals von ihrer Wohnung aus angerufen und bekam jedesmal zu hören, daß Charlotte Royce die Anweisung hinterlassen hatte, nicht gestört zu werden. Als Singer sie anrief, um ihr zu erzählen, daß Rafts Widerstandskraft allmählich zusammenbrach, bat ihn Mrs. Parker um Rat, was sie bezüglich der kleinen Royce unternehmen solle. Er schlug vor, sie möge doch versuchen, sie auf ihrem eigenen Terrain zu stellen. Daraufhin versuchte sie Woollcott für ihren Feldzug zu gewinnen, aber er war der Meinung, daß sie allein mit der Situation fertig werden könne. Begeistert erfuhr er, daß Raft es wagte, die Gangster zu hintergehen, und er wollte diese Information aus erster Hand von Singer bekommen. Er erwischte Singer gerade noch, als er das Revier verlassen wollte, um sich mit Raft in dessen Hotelzimmer zu treffen, von dem sie beide annahmen, daß es sicher sein würde. Singer versprach Woollcott, ihm die vollständige Geschichte später zu erzählen.

Mrs. Parker fand, daß der Hotelportier mit seinem hervorspringenden Unterkiefer und seinen bedrohlich bleckenden Zähnen wie ein junges Krokodil aussah. »Miss Royce ist krank geworden«, krächzte der Portier mit einer Stimme, die einmal geölt werden müßte. »Sie mußte heute früh die Hilfe unseres Hausarztes in Anspruch nehmen.« Mrs. Parker hatte das Gehacke zwischen Royce und Lita Young auf Neysas Party nicht vergessen.

»Ich weiß, daß sie krank geworden ist«, log Mrs. Parker. »Ich bin ihre Masseuse. Ich bin gekommen, um ihren Rücken wieder in Form zu kneten. Sie muß heute abend noch in ihrer Show auftreten, wissen Sie.«

»Nicht in dem Zustand, in dem sie jetzt ist, Süße.« Er beäugte Mrs. Parker mißtrauisch. »Ne Masseuse, ja? Und wie kommt's, daß ich Sie noch nie hier gesehen habe?«

»Ich mache für gewöhnlich keine Hausbesuche.«

»Also, dann soll sie sich hüten, hier unten anzurufen und mir die Hölle heiß zu machen, sagen Sie ihr das. Sie hat strikte Anweisung gegeben, daß sie auf keinen Fall gestört werden will, aber na ja, wenn's so ist, gehen Sie rauf.« Er gab Mrs. Parker Royces Zimmernummer.

Ein paar Minuten später klopfte Mrs. Parker energisch an die Tür von Charlotte Royce. Sie hörte keine Antwort. Sie klopfte noch einmal, lauter. Sie glaubte zu hören, daß sich das Mädchen in ihrem Zimmer bewegte. »Miss Royce? Ich bin's, Dorothy Parker! Ich werde den ganzen Tag hier draußen stehen, wenn es notwendig ist. Ich muß mit Ihnen sprechen! Miss Royce?« Sie hörte, wie sich der Schlüssel im Schloß umdrehte. Die Tür öffnete sich ein paar Zentimeter.

»Sie haben vielleicht Nerven«, schnarrte Charlotte Royce.

»Ich muß mit Ihnen sprechen.« Mrs. Parker stieß die Tür nach innen auf und betrat den Raum. Auf dem Schreibtisch standen Reste eines halbgegessenen Frühstücks. Die Vorhänge waren zur Hälfte zugezogen, so daß das Zimmer im Halbdunkel lag. Das Bett war ungemacht, und Royces Kleidung vom Vorabend lag im Zimmer verstreut herum. Auf dem zweiten Bett im Zimmer, von dem Mrs. Parker korrekterweise annahm, daß es Ilona Mercury gehört hatte, lag ein offener Koffer. Sie hatte Miss Royce offensichtlich beim Packen ertappt. »Wollen Sie die Stadt verlassen?«

»Was schert Sie das?« knurrte Charlotte. Sie stand neben dem Schreibtisch und goß sich eine Tasse lauwarmen Kaffee ein. Ein Lichtstrahl vom Fenster her erfaßte ihr Gesicht, und Mrs. Parker unterdrückte ein Schauern. Charlottes rechtes Auge war blau und aufgedunsen. Ihre rechte Wange war geschwollen. Fleischwunden bedeckten ihren Unterkiefer. Mrs. Parker fragte sich, ob Lita Young ihre Strafe ereilt hatte, weil sie diesem Mädchen so schlimm zugesetzt hatte.

»Ich fasse mich so kurz wie möglich«, sagte Mrs. Parker und nahm Platz. »Wie lange haben Sie mit Ilona Mercury zusammengewohnt?«

»Schon seitdem wir mit der Revue von Florida nach New York gezogen sind. Man hat mich als Ersatzschauspielerin aus einem Club da unten angeheuert. Flo hat mich ausfindig gemacht, das Arschloch.« Sie nahm einen Schluck Kaffee, schnitt eine Grimasse, knallte die Tasse auf ein Tablett und zündete sich mit zitternden Händen eine Zigarette an.

»Also sind Sie und Ilona enge Freundinnen geworden.«

»Wir teilten uns das Zimmer, weil ich es mir nicht leisten konnte, allein zu leben, und weil sie ein gutes Herz hatte. Hat ihr ja irre was eingebracht, wie man sieht.« Sie fläzte sich in einen Sessel und schnipste die Asche auf den Fußboden.

»Wie war ihr Verhältnis zu Valentino?«

»Sie kannten sich von Hollywood. Sie arbeitete sich da drüben in den Clubs durch. Wissen Sie, Lady, sie war kein unbeschriebenes Blatt mehr. Ich bin neunzehn, und glauben Sie mir, sie muß mindestens zehn Jahre älter gewesen sein, besonders ohne Make-up.«

»Was war mit Dr. Horathy?«

»Was soll mit ihm gewesen sein?«

»Hat sie nie davon gesprochen, daß sie in Hollywood für ihn gearbeitet hat?«

»Sie hat mir erzählt, wie Valentino ihn auf der Party auseinandergenommen hat, soviel hat sie mir erzählt.«

»Hat Sie Ihnen jemals von der Zeit erzählt, die sie in Mexiko verbracht hat?«

»Davon weiß ich auch nichts.« Sie starrte mürrisch auf das brennende Ende ihrer Zigarette. »Doch jetzt, wo Sie's sagen, sie hat ziemlich oft ›La Cucaracha‹ gesummt.«

»Hat sie je den Namen Hans Javor erwähnt?«

»Mensch verdammt noch mal, sie hat einen Haufen Namen erwähnt. So wie sie daherredete, bekam man ja den Eindruck, daß sie jeden kannte, angefangen mit Aimee Semple McPherson bis hin zum Prince of Wales. Sie hatte eine große Klappe, jawohl, sie wollte mich andauernd mit ihren grandiosen Beziehungen beeindrucken!«

»Sie meinen so grandiose Beziehungen wie Lacey Van Weber?«

»Jedenfalls war sie mächtig sauer, daß er sie nicht auf seine Party eingeladen hatte. Ich meine, sie kam ja nur rein, weil Georgie Raft sie und Valentino mitgenommen hat, aber trotzdem war sie mächtig sauer, daß sie keine eigene Einladung bekommen hatte. Sie kam stockbesoffen nachts nach Hause, oder morgens sollte ich besser sagen, denn es war schon nach fünf, und ich war selbst gerade erst gekommen. Erst mal war sie sauer, weil Raft auch keine Einladung hatte, er hat sich einfach reingedrängelt und noch die beiden anderen mitgebracht. Was der für ne Chuzpe hat, dieser George Raft.« Und was der für Probleme hat, wollte Mrs. Parker hinzufügen, aber sie hielt es für besser, nicht gerade jetzt eine Bombe explodieren zu lassen. Das Mädchen war am Reden, vielleicht würde sie ihr ja etwas erzählen, was von Wichtigkeit war.

»Worüber war sie an dem Abend sonst noch sauer?«

»Valentino, was glauben Sie denn? Er wurde doch krank, oder? Das hat ihr den Abend versaut. Sie haben ihn in sein Hotel gebracht, und dann sind Ilona und Raft noch zu Texas Guinans gezogen, wo Ilona alles bezahlen durfte, weil Raft sich eher die Hand abhacken läßt, als einen auszugeben. Der hat noch nie jemandem was spendiert. Da drüben war sie, da lag sie« - sie zeigte auf das zweite Bett - »und fluchte sich ihre kleine Seele aus dem Leib. Drohte, sich an allen zu rächen, vor allem an dem Schwein, mit dem sie verheiratet war.«

Mrs. Parker richtete sich interessiert auf. Da haben wir es, dachte sie, da haben wir das Stückchen Information, das ich brauche. »Mit wem war sie verheiratet?«

»Ich weiß nicht, mit wem, und ich weiß auch nicht, wo, aber alles, was sie sagte, war, wenn sie es an die große Glocke hängt, daß das Schwein ein Bigamist ist . . .«

»Bigamist . . .!«

»Bigamist! Zwei Frauen! Und was noch schlimmer ist, die andere Frau hat ein Kind. Und glauben Sie mir, ich bin überzeugt, das war der Kerl, der sie über den Jordan geschickt hat! Das habe ich auch Flo erzählt, und der hat mir gesagt, ich soll schön die Klappe halten, und Scheiße, jetzt sitz ich hier und plappere alles vor Ihnen aus.«

»Ich verrate nie etwas, was man mir anvertraut«, sagte Mrs. Parker. »Ob sie diesen Mann wohl in Mexiko geheiratet hat?«

»Ich sagte Ihnen doch schon, ich hab keine Ahnung von Mexiko. Ich weiß ja nicht mal, wo das liegt.« Sie ging zum Frisiertisch hinüber, wo sie ihre Zigarette ausdrückte. »Gucken Sie sich das an! Gucken Sie sich doch an, wie die mich zugerichtet hat! Ich könnte diese Lita Young umbringen.«

»Das hat schon jemand für Sie erledigt.«

Charlotte wirbelte herum, aufrichtig schockiert. »Was?«

»Jacob Singer, der Detective, ist ein Freund von mir. Er war gestern abend auf der Party. Sie haben ihn bei Texas Guinan kennengelernt.« Das Mädchen nickte geistesabwesend. »Ich habe heute früh mit ihm gesprochen. Er hat mir erzählt, daß Lita ermordet wurde. Erstickt.«

»O du meine Güte. O du meine Güte. Ich muß hier raus. Ich muß sofort aus der Stadt raus.« Sie begann, Kleidungsstücke in den Koffer zu werfen. Mrs. Parker ging zu ihr hinüber und packte sie am Handgelenk. »Lassen Sie los! Ich muß hier raus! Ich hab Ihnen genug erzählt.«

»Sie waren einfach wunderbar. Was war mit Lita Young? Weswegen haben Sie sich gestern abend geprügelt? Und warum macht Ihnen ihr Tod solche Angst?«

Charlotte wurde von trockenen Schluchzern geschüttelt und setzte sich aufs Bett. »Hören Sie zu, Mrs. Parker, ich sage Ihnen die Wahrheit. Ich hab keine Ahnung von gar nichts. Lita ist eins von Flos Häschen. Sie hat sich gestern in die Party reingeschummelt, weil Flo ihr erzählt hat, daß er mit mir hingeht. Solche Scherzchen macht er gern, der Fiesling.«

»Sie war drogensüchtig.«

»Und außerdem eine Natter. Sie brauchte immerzu Geld. Gestern abend war sie besonders scharf drauf. Darum drängelt sie sich in die Party rein, um Geld von Flo zu kriegen, und weil er ihr keins gibt, läßt sie's an mir aus.«

»Sie ist zusammen mit George Raft gegangen.«

»Klar. Der weiß doch, wo sie ihre Dröhnung bekommt! O Mann. Ich muß sehen, daß ich abhaue.« Sie war schon wieder beim Packen.

»Wo wollen Sie denn hin?«

»Weiß ich nicht.« Sie wimmerte wie ein kleines Kind. »Ich weiß es nicht. Ich weiß nicht, wo ich hingehen soll.«

»Was ist mit Ihrer Familie?«

»Die haben mich vor drei Jahren rausgeschmissen.«

»Haben Sie denn keine Freunde?«

»Ich habe niemanden. Und so wie ich aussehe, will mich auch keiner haben.«

»Sie Unglückswurm«, sagte Mrs. Parker. Sie schrieb hastig einen Namen und eine Adresse auf einen Zettel und gab ihn dem Mädchen. »Gehen Sie dorthin, das ist das Barbizon Hotel für Frauen.«

»Nur Frauen?«

»In Ihrer Lage wäre ich nicht allzu wählerisch. Steigen Sie dort ab, und halten Sie sich bis Sonntag bedeckt.«

»Was passiert am Sonntag?«

»Mit einem bißchen Glück die Wiederkunft Christi. Kommen Sie, ich helfe Ihnen beim Packen.« Als Charlotte begann, Kleider aus dem Schrank herauszutragen, kam ihr etwas in den Sinn. »Übrigens, meine Liebe, hat Ilona jemals jemanden namens Den erwähnt? Oder vielleicht Denny? Oder Dennis?«

Das Mädchen antwortete erschöpft: »Mrs. Parker. Geben Sie mir Ihre Telefonnummer. Wenn mir noch irgendwas einfällt, rufe ich Sie an. Können wir jetzt bitte zusehen, wie ich hier rauskomme, verdammt noch mal?«

George Raft hatte eine Heidenangst. Jacob Singer ließ sich genüßlich Zeit, um zu Rafts Hotelzimmer zu gelangen; er wollte, daß Raft schwitzte, seine Nägel kaute und unruhig auf und ab lief, daß er Litas Leiche anstarrte und bei jedem Geräusch draußen auf dem Flur vor Angst zusammenzuckte. Singer sah Raft förmlich vor sich, wie er die Tür mit jedem greifbaren Möbelstück verbarrikadierte und bange auf das Eintreffen Singers wartete. Singer telefonierte mit Mrs. Parker und mit Woollcott, außerdem mit dem Polizeichef in Nassau und dem Captain der Küstenwache. Nachdem er alles erledigt hatte und er endlich zu seinem Rendezvous mit Raft aufbrechen konnte, war er mit seiner Leistung sehr zufrieden und voller Tatendrang; er bemühte sich sehr, nicht allzu selbstgefällig auszusehen.

Als Al Cassidy sich auf dem Revier zum Dienst meldete, hatten Singer und Yudel Sherman schon die Arbeit für einen ganzen Tag erledigt. »Und was passiert hier so?« fragte Cassidy.

»Du hast ja mächtig lange gebraucht, um herzukommen«, fuhr Singer ihn an. »Wo zum Teufel hast du den ganzen Vormittag gesteckt?«

Cassidy schaute betreten drein. »Ich habe Vera DeLee die letzte Ehre erwiesen. Sie haben sie heute früh beerdigt. Zum

Gottesdienst bin ich zu spät gekommen, aber Fraß und Drinks waren fabelhaft. Polly Adler weiß wirklich, wie man was Feines auftischt.«

»Da bin ich sicher«, sagte Singer. »Polly stand schon immer in dem Ruf, für jeden Appetit etwas parat zu haben.«

»Wo gehst du hin?« fragte Cassidy Singer, der sich seinen Schulterhalfter festzurrte.

»Ich muß mich um ein entlaufenes Schoßhündchen kümmern.«

»Was habt ihr heute für mich in petto?« fragte Cassidy.

»Du hältst hier einfach die Stellung, bis ich wieder da bin.«

Auch Dr. Bela Horathy hatte einen sehr geschäftigen Morgen. Er räumte seine Aktenschränke aus. Eine Reihe von Bankfilialen hatte er bereits besucht, um Konten aufzulösen und Geld auf diverse Bankhäuser in Europa und Südamerika zu überweisen. Damit war die Arbeit, die er Anfang der Woche begonnen hatte, beendet. Es überraschte ihn nicht, daß Cora Gallagher morgens nicht zur Arbeit erschienen war. Was ihn allerdings überraschte, war eine telefonische Warnung, daß sie noch am Leben sei. Der Portier rief an, um ihn wissen zu lassen, daß sein Auto und der Chauffeur eingetroffen seien. Horathy sagte ihm, er solle den Chauffeur heraufschicken.

Als der Chauffeur sich im Büro meldete, begrüßte ihn Horathy barsch und befahl ihm, mehrere handliche Kisten hinunterzutragen, die seine privaten Unterlagen enthielten. Der Chauffeur machte einen mißmutigen Eindruck und schien Probleme mit seinem schlecht sitzenden Gebiß zu haben. Ein Teil seines rechten Ohres fehlte. Er trug die Packkisten, als seien sie federleicht. Horathy war froh, den Mann an seiner Seite zu wissen.

Der Detektiv, der Mrs. Parker beschattete, fragte sich, was sie wohl jetzt wieder im Schilde führte. Sie war zusammen mit Charlotte Royce, deren Koffer sie trug, aus dem Hotel getreten, hatte ein Taxi herbeigewunken und Charlotte hineingesetzt.

Dann folgte ihr der Detektiv zu einer Drogerie, wo sie einen Anruf tätigte. Mrs. Parker informierte Woollcott. Als nächstes rief sie Singer an, aber der war nicht mehr in seinem Büro. Nein, sie wollte weder mit Cassidy noch mit Sherman sprechen. Schließlich ließ sie sich mit ihrem Schönheitssalon verbinden. Man versprach ihr, sie gegen Mittag einzuschieben. Mrs. Parker kam aus der Drogerie heraus, ging mit kühnem Schritt auf den Mann zu, der im Eingang eines Blumenladens herumlungerte, und sagte zu dem Detektiv: »Ich habe noch eine Stunde totzuschlagen. Wie wär's mit einer Tasse Kaffee?«

Bigamist.

Woollcott trug das Wort sorgfältig in sein Notizbuch ein. Ilona Mercury war – so stand es in dem Polizeibericht aus Los Angeles – zu dem Zeitpunkt aus Hollywood geflohen, als William Desmond Taylor ermordet wurde. Warum sie davonlaufen mußte, war nie geklärt worden. Vielleicht war sie nur fortgegangen, um zu heiraten, und das zeitliche Zusammentreffen mit dem Mord an Desmond Taylor war reiner Zufall. Hatte sie Hans Javor geheiratet, oder war Hans Javor in Wirklichkeit Bela Horathy, wie Mrs. Parker, der gute Jacob und er selbst annahmen? Wenn sie ihn geheiratet hatte, warum kreuzte sie dann aber wieder in Los Angeles als Magda Moreno auf? Warum überhaupt dorthin zurückkehren ... es sei denn ... es sei denn ...

Er klatschte vor Freude in die Hände. Natürlich. Das mußte es sein. Sie war schon verheiratet, *bevor* sie nach Mexiko ausriß. Und in Mexiko ließ sie wahrscheinlich jener Schuft von einem Ehemann sitzen, der irgendwann gestand, daß er woanders noch eine Frau (und ein Kind) in Reserve hatte. Darum hatte sie sich mit Hans Javor eingelassen und war mit ihm nach Los Angeles zurückgekehrt, wo er Dr. Bela Horathy und sie Magda Moreno wurden, weil es immer noch nicht sicher war, Ilona Mercury zu sein. Er erhob sich von seinem Stuhl, gähnte, streckte sich und goß sich selbstzufrieden ein herzhaftes Glas Port ein. Er ging zum Fenster und blickte auf die Straße hinaus. Sein Wachhund, der Detektiv, der zu seinem Schutz eingesetzt worden war, saß auf einem Pfeiler und las die Zeitung. Er schaute auf und sah Woollcott am Fenster stehen. Woollcott hob sein Glas und prostete dem Mann still zu, und der Detektiv zwinkerte. Woollcott tänzelte wieder an seinen Schreibtisch zurück, um dort auf Singers Anruf zu warten.

»Ich bin's. Singer.«

Raft erkannte seine Stimme und räumte die Barrikaden von der Tür. Singer trat ein, und Raft verriegelte die Tür hinter ihm. Die Fenster standen weit offen, der Ventilator blies den verräterischen Geruch des Todes hinaus. Raft fragte nervös: »Sind Sie allein gekommen? Wartet noch irgend jemand draußen?«

»Ich bin allein. Als du mir erzählt hast, daß es bei mir auf dem Revier nicht sicher ist, hast du mir ja wohl mitgeteilt, daß da jemand sitzt, der dir die Kehle durchschneiden würde, wenn er dich reinkommen sieht.« Er betrachtete die Leiche. Er sah die Einstiche auf ihren Armen. »Die hier hing wirklich an der Nadel, was?«

»Eine Verrückte. Vielleicht haben Sie gehört, wie sie gestern abend Charlotte Royce zugerichtet hat.«

»Ich muß dich im voraus warnen, George. Ich werde dich auf jeden Fall wegen Mordverdachts einbuchten.«

»Wieso? Wieso, verdammt noch mal? Ich hab Ihnen doch gesagt, daß ich sie nicht getötet habe!«

Singer setzte sich und schob seinen Hut in den Nacken. »George, dein Wort reicht mir aus. Aber für meinen Chef ist dein Wort soviel wert wie ein Grundstück auf Atlantis. Deshalb, George, reden wir jetzt Tacheles. Und wenn du nicht mitspielst, wirst du hier auf der Stelle festgenommen, und dann kannst du dir einen cleveren Rechtsverdreher suchen. Nur daß mir kein cleverer Rechtsverdreher einfällt, der nicht im Dienst der Jungs da oben steht, mit Ausnahme von Clarence Darrow, und von dem habe ich gerade gehört, daß er woanders zu tun hat. Aber du siehst ja, daß ich gekommen bin. Das bedeutet, daß ich an einem kleinen Geschäft interessiert bin, und du weißt, daß ich zu meinem Wort stehe.«

»Das weiß ich, Jake, das weiß ich. Ich schwöre bei Gott, daß ich es weiß.«

»Okay, hör auf herumzutanzen, du machst mich nervös. Und laß uns das hier schnell abhandeln, weil die Mumie langsam ein bißchen Hautgout kriegt, und ich hab noch nicht Mittag gegessen. Wer ist Lacey Van Weber?«

»Sie müssen mir glauben, Jake, wenn ich Ihnen sage, daß ich nicht allzuviel über ihn weiß.«

»Dann sag mir, was du weißt. Sag mir alles, wovon du meinst, daß ich es vielleicht hören möchte. Mach es so, daß es sich für dich lohnt, George. Setz dich hin, George, da drüben, wo wir uns tief in die Äuglein sehen können.«

»Ich hab ihn vor zehn Jahren kennengelernt, als Rudy und ich Eintänzer waren. Er sagte, daß er gerade aus England gekommen wär.«

»Damals war da drüben Krieg. Hat er sich vor der Armee gedrückt?«

»Vielleicht. Davon weiß ich nichts. Jedenfalls taucht er eines Tages in dem Tanzschuppen auf und sagt, daß er Dennis Byron heißt, nur redet er da noch nicht so hochgestochen wie heute. Ich meine, er klang so richtig nach Straße.«

»Wahrscheinlich Cockney.«

»Ja, genau! Cockney! Jetzt fällt's mir wieder ein, Cockneys werden in Reichweite vom Glockengeläut der Bow Bells geboren.«

»He, George, ich wußte ja gar nicht, daß du eine Schulbildung hast.«

»Na hören Sie mal, 'n bißchen hab ich schon was gelernt.«

»Erzähl mir mehr über Dennis Byron.«

»Wollen Sie sich keine Notizen machen?«

»Ich hab ein ausgezeichnetes Gedächtnis. Also Dennis Byron.«

»Er war vollkommen pleite. Er brauchte ein dickes Sümmchen, um zur Westküste rüberzumachen, wo er eine Anlaufstelle hatte, wie er sagte.«

»Hat er den Namen der Anlaufstelle erwähnt?«

»Irgendein namenloser Verwandter.«

»Weiter.«

»Na ja, er war gar nicht mal so schlecht auf den Beinen. Aber an manchen Tagen verdiente er mehr als Rudy und ich, deshalb dachten wir, daß er nebenbei herumhurte. Den Damen noch einen Besuch abstatten, nachdem der Tanztee vorbei war, wissen Sie, um einen extra Zwanziger einzusacken.«

»Du nicht?«

Raft grinste. »Haben wir alle gemacht. Aber Denny zog sein Ding am schnellsten. Wir nannten ihn ›Rein-und-raus-Byron‹. Jedenfalls geht's ein paar Monate so, und dann verschwindet er. Das nächste, was ich hörte, geschah letzten Sommer. Ich hatte mich gerade bei Texas eingeklinkt und schob meine Tanznummer in ihrem Schuppen, da in der Nähe von Macy's, erinnern Sie sich?«

»Klar. Mach weiter.«

»Und da kommt plötzlich eine große Gesellschaft rein, die Art Schnorrer, die Tex gern ausnimmt, nur daß sie gar keine Schnorrer sind, sondern das Feinste vom Feinen. Die großen Jungs. Mit einem Akzent frisch aus Sizilien. Und was nicht aus Sizilien kommt, kommt aus Chicago. Da dachte ich mir, daß muß das Syndikat sein, die Jungs, die Tex und Broadway-Revuen finanzieren ...«

»Und den größten Drogenschmuggel der Welt betreiben.«

»Das haben Sie gesagt, nicht ich.«

»Hör auf mit den Sperenzchen, George.«

Raft wischte sich seine schweißgetränkte Stirn mit einem Taschentuch.

»Mitten in dieser Truppe, sogar am Kopf des Tisches, um genau zu sein, sitzt Lacey Van Weber. Ich erfahre den Namen von Tex, weil sie vor Stolz platzt, daß die Jungs ihr einen Besuch abstatten. Na ja, Van Weber sieht mich, und mit einemmal guckt er mich an, als wäre ich ein verfaulter Kohlkopf. Ich frage mich, was dem wohl für ne Laus über die Leber gelaufen ist. Ich grüble und grüble und dann fällt's mir wie Schuppen von den Augen. Der Typ ist Dennis Byron. Ich meine, diese Ähnlichkeit, obwohl er sich ziemlich verändert hat. Ich meine, er hat ganz schön angesetzt. Vorher war er ein Klappergerüst, und jetzt hat er Muskeln und Fleisch auf den Knochen. Sein Gesicht ist runder geworden, und er sieht verdammt gut aus, ich meine, gucken Sie ihn sich doch an, er ist ein attraktiver Kerl. Also warte ich mal ab, bis ich sehe, daß er aufs Klo will, und da gehe ich ihm auf die Toilette nach und stelle mich vor. Mann, war der sauer auf mich. Dann haben wir uns geeinigt, also weiterhin alte Kumpel, aber ich soll meine Klappe über Dennis Byron halten . . .«

»Sonst.«

»Die Warnung kam gar nicht von ihm. Sie kam von Tex. Na ja, Van Webers Geschichte seitdem kennen Sie ja. Sie wissen über das Grundstück, sein Stadtbüro, seine Parties im Penthouse Bescheid . . .«

»Er ist ein Strohmann für das Syndikat.«

»Einer von ihnen. Sie haben sie auf der ganzen Welt. Sie lancieren sie. Sie bilden sie aus.«

»Wo?«

»Überall, Herrgott noch mal. Europa, Südamerika, Mexiko . . . Kapieren Sie nicht? Mich wollten sie in Hollywood einsetzen. Sie wollten einen Star aus mir machen.«

»Wurde Valentino vergiftet, weil er Van Weber wiedererkannte?«

»Rudy wurde nicht ermordet. Was ihn umgebracht hat, war echt.«

»Das glaube ich dir nicht.«

»Das kann ich Ihnen nicht verdenken. Aber ich glaube nicht, daß Lacey irgendwas damit zu tun hatte.«

»Valentino könnte ihn in Hollywood gesehen haben.«

»Vielleicht hat er das ja.«

»Hör auf, mich zu verscheißern. Du bist ohne Einladung in Van Webers Party reingeplatzt. Du hast Valentino und Ilona Mercury mitgenommen. Das war ein großer Fehler. Van Weber wollte keinen von euch auf seiner Party dabeihaben, er wollte euch nicht einmal mit einer Feuerzange anfassen. Das hat dir mächtig Ärger eingebracht, stimmt's, George?«

»Ja, ja, stimmt, mächtigen Ärger.«
»Kannte die Mercury Van Weber von Hollywood her?«
»Ich wußte gar nicht, daß sie mal da drüben war.«
»Lüg mich nicht an.«
»Ich schwöre bei Gott, daß ich es nicht wußte.«
Singer erzählte Raft von Mercurys Beziehung zu Horathy in Hollywood, als sie sich Magda Moreno nannte.
»Das ist mir völlig neu«, beharrte Raft, »ich schwöre.«
»Du schwörst zuviel. Wie tief steckt Horathy in der Organisation drin?«
»Er ist einer ihrer besten Handwerker.«
»Wie meinst du das?«
»Im Labor. Er weiß, wie man Morphium in Kokain umwandelt.« Singer stieß einen Pfiff aus. »Die Praxis ist nur ein Aushängeschild. Gut, er verabreicht da oben seine Spritzen und schreibt Rezepte aus, aber das ist für die Organisation alles Kleinkram. Davon wollen sie nichts wissen. Er bunkert die Kohle für sich selbst. Sie lassen ihn; wissen Sie, das ist, wie wenn man einem Oberkellner fünf Dollar rüberschiebt.«
»Weißt du, wer Ilona Mercury ermordet hat?«
»Ich glaube nicht.«
»Vera DeLee?«
»Könnte sein.«
»Wer, glaubst du, hat Lita erstickt?«
»Dieselbe Sau, die mich schon viel zu oft verprügelt hat.«
»Ist er von meinem Revier?«
»Er ist Ihr Mann.«
»Spann mich nicht auf die Folter, George.«
»Al Cassidy.«
Singer stand auf und vergrub die Fäuste in den Taschen. Al Cassidy. Der Mann mit dem großen Hut. Dem Stetson. Al Cassidy. Fünf Jahre haben wir zusammengearbeitet. Ich und Al und Yudel. Cassidy, ein Schurke. Der Mann mit dem Taschentuch vor der Nase. Der Mann, der wahrscheinlich Vera DeLee umgebracht hat. Der Mann, der Raft und der Teufel weiß wie viele andere zusammengeschlagen hat. Der Mann, der versucht hat,

Cora Gallagher vom zweiten Balkon im Paramount hinunterzustoßen. Der Mann, der wahrscheinlich Ilona Mercury getötet hat. Cassidys Frau. Cassidys zwei Kinder. Der Mann, der Lita Young erstickt hat.

»Sie nennen ihn den ›Mann‹«, fuhr Raft fort. »Er ist ihr Mann fürs Grobe. Wenn sie jemand für einen Job brauchen, holen sie sich den ›Mann‹.«

Der Mann. Mr. Man. Singer schüttelte traurig den Kopf und atmete aus. Jetzt kam es darauf an, den Fall unter Kontrolle zu halten, ohne daß es einen Skandal gab. Man mußte der Polizei einen weiteren Schandfleck ersparen. Es gab so viel verdammte Korruption in der Stadt, fast schlimmer als eine Seuche. Wie sollte er mit einem seiner besten Freunde verfahren, Al Cassidy. Singer war erschüttert.

»George, ich nehm dich mit ins Stadtgefängnis.«

Raft sprang auf die Füße. »Das kann doch nicht wahr sein!«

»Jetzt piß dir nicht in die Hosen und beruhige dich. Es dient deinem eigenen Schutz. Stell dir einfach vor, du fährst übers Wochenende weg.«

»Ich fahre nie übers Wochenende weg. Niemand lädt mich ein.«

»Ich lade dich ein. Ich lade dich ins Stadtgefängnis ein, übers Wochenende, das jetzt beginnt. Pack dir einen Handkoffer. Nimm deine Stepschuhe mit, vielleicht kannst du ja den Jungs was vortanzen. Ich lege dich bis Sonntag auf Eis.«

»Tex wird sich fragen, wo ich geblieben bin.«

»Du vergißt wohl, daß Tex dir den Mann auf den Hals geschickt hat?«

Rafts Gesicht verzog sich zu einem rachsüchtigen Knurren. »Diese mottenzerfressene alte Fotze.«

»Fang an zu packen, George. Und stell keine Fragen. Du hast deine Sache gut gemacht. Ich werde noch eine unterschriebene Aussage von dir brauchen. Ich kümmere mich um alles, wenn ich wieder in der Stadt bin. Darf ich mal dein Telefon benutzen?«

Er rief im Revier an, verlangte Yudel Sherman und fragte, ob Al Cassidy da sei. Cassidy war ausgegangen, um ein Sandwich zu essen. Singer beauftragte Sherman, ein paar Jungs und den Leichenbeschauer in Rafts Hotel zu schicken. Er werde Raft in geheimen Gewahrsam nehmen. Sherman sagte, er werde in einer halben Stunde unten im Stadtgefängnis sein. Nein, er würde Cassidy bestimmt nichts davon erzählen. »Ist irgendwas faul mit Cassidy?« fragte Yudel.

»Sehr faul ...« und er konnte sich nicht verkneifen, »alter Junge« hinzuzufügen.

Mrs. Parker verließ den Schönheitssalon und stellte fest, daß sie nicht besser aussah als beim Betreten des Ladens, aber sie war ja immer viel zu bescheiden, wenn es um sie selbst ging. Sie war niedergeschlagen und fragte sich, ob Lacey Van Weber versucht hatte, sie zu erreichen. Sie winkte ein Taxi heran, sah sich um, um sicherzugehen, daß sich ihr Schutzengel auch eines gewinkt hatte, und fuhr Richtung Zuhause davon.

Dort rief sie das Barbizon an, um sich zu vergewissern, daß es Charlotte Royce gutging. Charlotte dankte ihr für die Anteilnahme. Sie wählte die Nummer des Reviers an, wo man ihr mitteilte, Singer sei für den Rest des Tages nicht zu erreichen. Aber er lasse ihr ausrichten, daß er eine Nachricht für sie bei Mr. Woollcott hinterlassen habe. Sie läutete bei Woollcott an, der sie barsch anfuhr: »Na, das wird aber auch Zeit! Wo zum Teufel hast du gesteckt?«

»Ich war im Schönheitssalon, weil sich das für morgen als notwendig erwiesen hat. Also, was war los?«

»Jacob Singer möchte, daß wir heute abend mit ihm essen gehen.«

»Bitte nicht schon wieder chinesisch.«

»Nein, er hat Tony's vorgeschlagen, wo wir nach dem Theater gegessen haben, was mir sehr recht ist. Ich habe übrigens mit Lacey Van Weber gesprochen.«

Ihr Herz schlug einen Purzelbaum. Verdammt sei ich und verdammt sei er. Ich mag ihn, ich mag ihn, und ich darf ihn nicht mögen. Mein Geliebter könnte mein Mörder sein. Mein Mörder. O Gott, o Gott. »Ja? Wie habt ihr euch verabredet?«

»Der Wagen holt uns jeweils um sechs beziehungsweise um Viertel nach sechs ab. Du bist um sechs dran. Sei pünktlich, ja, kleine Lotusblüte?« Seine Stimme war ungewöhnlich freundlich und sanft. Es war ihm nicht entgangen, daß sie sich in einem ihrer häufigen Zustände emotionaler Zerbrechlichkeit befand.

»Ich werde pünktlich sein. Schließlich bin ich ja die Königin vom Abschlußball.«

»So gefällst du mir schon besser! Ich sehe dich um sieben bei Tony's.«

Das gab ihr noch genügend Zeit, in der Badewanne herumzuplätschern. Sie hängte ein und setzte sich an ihren Frisiertisch. Du bist dreiunddreißig Jahre alt, und heute siehst du auch so aus. Dabei ist das eigentlich gar nicht so alt. So alt wie Edna Ferber zum Beispiel. Ich wette, auch Neysa ist älter. Neysa! Mein Gott, ich habe noch nicht einmal nach ihr gesehen. Wie hat sie wohl die Nacht überlebt? Sie eilte über den Flur, aber an der McMeinschen Tür hing ein Schild, auf dem BITTE NICHT STÖREN stand. Sie ging wieder in ihre Wohnung zurück und ließ das Badewasser einlaufen. Wassertropfen fielen in die Wanne, und Mrs. Parker schaute auf, um zu sehen, ob die Decke leckte. Die Decke war aber völlig in Ordnung. Nur Mrs. Parker nicht. Sie weinte.

Bei Tony's war es nicht besonders voll, und der Oberkellner verrenkte sich fast vom vielen Katzbuckeln, als er Mrs. Parker zu dem Tisch geleitete, an dem Jacob Singer und Alexander Woollcott seit mehr als fünfzehn Minuten ihr Eintreffen erwarteten. Sie bestellte einen Jack Rose on the rocks und sagte beiden, wie gut sie aussähen. Dann erzähte sie ihnen von ihrem Vormittag bei Charlotte Royce.

»Bigamist«, sagte Singer. »Ich hätte gern gewußt, wer er war.«

»Ist«, erwiderte Mrs. Parker. »Ich bin ziemlich sicher, daß er noch lebt.«

Jacob Singer erzählte ihnen von seinem Tag mit George Raft. Lita Young war im Leichenschauhaus, wo am nächsten Morgen eine Autopsie vorgenommen werden würde. Der Mord an ihr war den Zeitungen verschwiegen worden und würde auch nicht vor Sonntag, jedoch rechtzeitig für die Abendausgaben, bekanntgegeben werden. Er berichtete ihnen, daß er Raft zu seiner eigenen Sicherheit im Stadtgefängnis festhielt.

»Ich habe Miss Royce im Barbizon Hotel für Frauen untergebracht«, flocht Mrs. Parker ein. »Habe ich das richtig gemacht?«

»Das haben Sie gut gemacht«, versicherte ihr Singer. Der Kellner, der sich in der Nähe herumdrückte, fragte, ob sie schon das Dinner bestellen wollten, aber keiner von den dreien schien Appetit zu haben. Sie beschieden ihn, später wiederzukommen, aber nicht ohne vorher noch eine Getränkerunde aufzutischen.

»Offen gestanden«, klagte Mrs. Parker, »bin ich schrecklich nervös wegen morgen.«

»Ich nicht«, betonte Woollcott stoisch. »Ich verspreche mir einen absolut fabelhaften Zeitvertreib und den Stoff für einen glänzenden Essay über Betrug, Unterschlagung und internationales Verbrechen.«

»Alles wird glattgehen«, sagte Singer, wobei er hoffte, daß keiner von den beiden bemerkte, daß er heimlich beide Daumen drückte. »Ich hab einen schlimmen Sonntag vor mir. Sehr traurig.«

»Ist irgendwer gestorben?« fragte Woollcott.

»Hhm. Einer meiner Partner. Selbstmord. Hat sich in einer unserer Zellen umgebracht. Schwer depressiv. Al Cassidy.«

»O Gott, wie traurig«, seufzte Mrs. Parker. »Wann war das?«

Singer warf einen Blick auf seine Armbanduhr. »Müßte jeden Augenblick passieren.«

Mrs. Parker war entgeistert. »Wollen Sie damit sagen, Sie wissen, daß er Selbstmord begehen wird, und Sie nichts unternehmen werden, um es zu verhindern?«

»Mrs. Parker, er war ein faules Ei«, sagte Singer unglücklich. »Er war einer meiner besten Freunde, und er hat mich betrogen. Er hat die Polizei betrogen. Er hat seine Familie betrogen.« Er starrte in seinen Gin. »Er hat sich selbst betrogen. Er war morphiumsüchtig. Er hat es mir gegenüber zugegeben. O mein Gott, was war das für eine furchtbare Szene. Ich und er und Yudel in meinem Büro, wie die drei Musketiere, und ich hab Al auseinandergenommen und mit allem konfrontiert, was mir Raft erzählt hat.«

»Sie vertrauen diesem Blutsauger?« fragte Woollcott.

»Ich vertraue jedem, der eine exakte Täterbeschreibung liefert. Raft hatte Angst. Man hat ihn gelinkt. Tex hat es arrangiert, daß Cassidy Lita Young in Rafts Bett erstickte. Sie wird ein paar Fragen beantworten müssen.«

»Werden Sie sie verhaften?« wollte Mrs. Parker wissen.

»Ich werde zusehen, daß die großen Jungs ihr die Fragen stellen. Das war Cassidys großer Fehler, daß er Tex für einen Hunderter einen Gefallen getan hat.« Er lehnte sich in seinem Stuhl zurück und seufzte. »Man stelle sich vor, Cassidy, ein Zwei-Spritzen-am-Tag-Junkie, und wir haben nichts geahnt. Trotzdem hätte ich seinen Arbeitsstil erkennen müssen. Er war ein Genie darin, sich ungehört und ungesehen überall Einlaß und Ausgang zu verschaffen. Der Mann mit dem Taschentuch vor der Nase. Der Mann, der versucht hat, Cora Gallagher zu töten. Vor einer Stunde saß dieses massige Ungeheuer auf dem Fußboden meines Büros und heulte Rotz und Wasser wie ein kleiner Junge, der sein Fahrrad verloren hat. Es war fürchterlich. Und der arme Yudel. Ich meine, die beiden waren wie Brüder. Sie sind zusammen bei der Polizei groß geworden. Einmal habe ich Yudel dabei ertappt, wie er mich von der Seite anguckt, als ob ich auch schon verdorben sein könnte. Und ich nehm's ihm nicht mal übel. Wem kann man noch vertrauen, wenn man schon einem Kerl nicht mehr trauen kann, der mehr als ein Bruder war? Wem vertrauen Sie, Mrs. Parker?«

»In meinen Kreisen ist das nicht einfach«, antwortete Mrs. Parker trocken.

»*Mir* vertraust du ja wohl«, polterte Woollcott.

»Bei schönem Wetter«, antwortete Mrs. Parker. »Also stand Mr. Cassidy in ihren Diensten. Wie machen sie das? Wie kommen sie an einen Mann wie ihn heran?«

»In seinem Fall war es der Stoff. Bei anderen ist es die Gier.«

»Es gibt noch andere?« fragte Mrs. Parker.

»Wahrscheinlich. Niemanden, den ich kenne, aber wahrscheinlich. Jedenfalls können wir Cassidy abschreiben. Gehen wir zu den wichtigeren Angelegenheiten über.«

Mrs. Parker staunte über die Art, wie der Detective seine Gefühle abschalten konnte. Cassidy können wir abschreiben. Gehen wir zu den wichtigeren Angelegenheiten über. Trinken wir noch eine Tasse Kaffee, und essen wir noch ein Stück Kuchen. Sie fing Woollcotts Blick auf. Er sagte ihr, man solle Cassidy auf der Sollseite im Hauptbuch vermerken und sich anderen Dingen widmen. Während Singer weitersprach, zerkrümelte er ein Brötchen. Er wiederholte Rafts Bericht über seine frühere Bekanntschaft mit Lacey Van Weber.

»Dennis Byron. Wie poetisch«, sagte Mrs. Parker. »Aber schließlich war Byron auch scheiße.«

»Er war fies, mies, und es war gefährlich, ihn zu kennen«, deklamierte Woollcott honigsüß. »Und falls Sie sich fragen, woher diese schreckliche Zeile stammt, ich zitiere einen Zeitgenossen Lord Byrons, dessen Name mir glücklicherweise entfallen ist.«

»Gentlemen, ich habe eine Theorie.« Mrs. Parker klang wie ein Auktionator, der gerade dabei ist, den Hammer auf ein teures Grundstücksangebot niedersausen zu lassen. »Ich gebe zu, daß viel davon durch Charlotte Royces Enthüllungen über Ilona Mercurys Ehe mit einem Bigamisten inspiriert wurde. Eine Heirat, von der ich geneigt bin anzunehmen, daß sie in Mexiko stattfand.«

»Wenn sie stattgefunden hat«, warf Woollcott ein.

»Sie hat stattgefunden. Die kleine Mercury klang mir nicht so, als würde sie groß herumfantasieren. Wenn sie verheiratet war, dann war sie verheiratet. Weißt du, Alec, du kannst dir das nicht vorstellen. Du hast dir ja nie mit einer Freundin ein Zimmer geteilt.«

Woollcott sah aus, als lägen ihm all seine tödlichen Erwiderungen auf der Zungenspitze, aber glücklicherweise blieb er friedlich.

»Freundinnen schütten sich häufig gegenseitig das Herz aus. In den frühen Morgenstunden, vor allen, wenn Schnaps die Mauern der Vorsicht zum Einsturz gebracht hat und die eine ihr Haar bürstet und die andere sich fragt, warum sie allein nach Hause geschickt wurde. Geht es Ihnen gut, Mr. Singer?«

»Seh ich nicht so aus?«

»Sie sehen traurig aus. Wir brauchen noch was zu trinken.« Woollcott bellte einen Kellner an. Mrs. Parker kehrte zu ihrer Theorie zurück. »Rufen Sie sich den Polizeibericht aus Los Angeles in Erinnerung. Ilona und eine Reihe von anderen fanden es ratsam, nach Mexiko zu fliehen, als William Desmond Taylor ermordet wurde. Ich glaube, daß Desmond Taylor ein Strohmann war, ebenso wie Lacey Van Weber heute einer ist. Ich glaube, daß er das Aushängeschild war, hinter dem sie ihren Rauschgifthandel in Hollywood abgewickelt haben. Zweifellos hat er es sich aus irgendeinem Grund mit seinen Leuten verdorben. Ich persönlich glaube, daß er aussteigen wollte, weil er sich ernsthaft in einen seiner kleinen Stars verliebt hatte, vielleicht in Mary Miles Minter, und weil er sich als Regisseur einen Namen zu machen begann. Desmond Taylor hatte einen Bruder, wie wir erfahren haben. Wir haben auch erfahren, daß Taylors wirklicher Name William Deane Tanner lautete. Ist das nicht schlau? Dieselben Initialen. Jetzt zum Bruder. Es bestand der

Verdacht, daß Sands, Taylors Butler, der zu denjenigen gehörte, die verschwanden, sehr gut dieser Bruder hätte sein können. Der Bruder hieß Dennis Deane Tanner. Ich glaube, daß er Dennis Byron war, auch als Lacey Van Weber bekannt. Und irgendwann zwischendurch heiratete er Ilona Mercury.« Die neue Lage traf ein, und Mrs. Parker war äußerst zufrieden mit sich. »Sind meine Schlußfolgerungen so umwerfend? Ihr seid ja beide so still. Alec? Willst du mich widerlegen?«

»Ich glaube, daß die Heirat stattfand, bevor sie nach Mexiko gingen«, sagte Woollcott und zog seine Notizen aus der Tasche. »Ich habe den ganzen Tag daran gearbeitet. Meine Ergebnisse decken sich zum größten Teil mit deiner Theorie, Dottie, aber jetzt hört euch das mal an.«

Singer ging es schon besser. Er war stolz auf seine Schüler. Mrs. Parker entging nicht der überlegene Ausdruck, der sich auf dem Gesicht des Detectives abzeichnete. Wie gut er seine Gefühle beherrscht. Warum kann das nicht ansteckend sein, wie ein Virus, den ich mir von ihm holen könnte, dachte sie.

»Fräulein Eklig! Du hörst nicht zu«, wütete Woollcott.

»Glaub mir, Alec, du hast die Bühne ganz für dich allein.« Sie betupfte ihre Nase mit einem Taschentuch und sah dabei ungefähr so verschämt aus wie eine Axtmörderin.

»Mercury hat Dennis in Hollywood geheiratet. Eine stille kleine Feier, würde ich meinen, du nicht auch, Dottie?«

»Vermutlich, um die Nachbarn nicht zu stören.« Sie nippte an ihrem Jack Rose und nahm sich vor, später für alle illegalen Schnapsbrenner ein Gebet zu sprechen.

»Desmond Taylor hat wahrscheinlich von dieser Heirat nichts geahnt, weil er wußte, daß irgendwo eine Ehefrau lauerte, die einen Aufstand gemacht hätte. Nach dem Mord an Desmond Taylor war es gelinde gesagt angebracht, daß Dennis verschwand. Er wußte zuviel. Er durfte nicht in die Hände der Polizei fallen. Wenn sie ihn verhört hätten, wäre das ganze Spielchen aufgeflogen. Darum haben sie ihm das Geleit gegeben.«

»Das Geleit gegeben?« Singer lehnte sich über den Tisch. »Was meinen Sie mit ›das Geleit gegeben‹?«

»Ich glaube, daß man ihm den Job angeboten hat, seinen Bruder für die Organisation zu ersetzen. Sie boten ihm an, die Person zu spielen, die wir heute kennen. So ein Angebot war natürlich für einen Mann, der sich einmal quer über den ganzen Kontinent gehurt hat und dann eine Stelle als Dienstbote annehmen mußte, die ihm ein naher Verwandter antrug, unwiderstehlich. Stell dir vor, du bietest deinem Bruder an, dein Butler zu sein.«

»Durchaus eine Überlegung wert«, meinte Mrs. Parker. Woollcott funkelte böse zu ihr hinüber.

»Nachdem er das Angebot der Bande angenommen hat, haut er nach Mexiko ab und hält sich ein Weilchen bedeckt. Aber jetzt hat er ein Problem. Er hat Ilony Mercury auf dem Hals. Er trifft eine kleine geschäftliche Vereinbarung mit ihr, daß sie im Austausch gegen gewisse zukünftige pekuniäre Gefälligkeiten sanft im Hintergrund entschwinden möge, was sie bereitwillig annimmt. Denn mittlerweile hat Hans Javor, wie ich glaube, der spätere Bela Horathy, ihr Augenmerk auf sich gelenkt. Wahrscheinlich hatte Mercury, als sie unter dem Namen Magda Moreno zu leben begann, erkannt, daß Horathys Begabung weit über seine Heilpraktikerei, oder was immer er damals tat, hinausging, und sie machte Van Weber auf sein seltenes Talent aufmerksam, Morphium in Kokain zu verwandeln. Damit schließt sich der Kreis, nicht wahr, meine Freunde?«

»Unser kleiner Kreis ist auch ganz schön zu«, bemerkte Mrs. Parker und nahm einen Schluck von ihrem Drink.

»Horathy tauchte lange vor Van Weber in der New Yorker Szene auf«, warf Singer ein.

»Die Vorhut«, bemerkte Woollcott, dem man ansah, wie zufrieden er mit sich war. »Bis auf den roten Teppich war alles für ihn vorbereitet. Er richtet sich sein Büro ein, Mercury richtet sich in Ziegfelds Show ein, und schon herrscht von seiten der Rauschgiftsüchtigen starker Andrang. Wer also hat Ilona Mercury umgebracht?«

»Lacey Van Weber«, flüsterte Mrs. Parker so leise, daß die anderen sie nur mit Mühe verstanden. »Denn Miss Mercury, wie uns unter anderem auch Charlotte Royce zu verstehen gab, steht nicht mehr hoch im Kurs. Sie hat ihren Zenit bereits überschritten. Der Körper ist noch gut, aber die Schönheit beginnt zu verwelken. Ich nehme an, daß sie einen größeren Anteil haben wollte, als sie bekam, weil sie die Absicht hatte, sich ein kleines Nest zu bauen, irgend etwas in Südfrankreich vermutlich, wo schwindende Schönheiten noch gefragt sind. Maxine Elliot und Pearl White haben sich dort niedergelassen.«

»Und Somerset Maugham«, fügte Woollcott hinzu.

»Sei nicht so zickig, nur weil du noch nichts im Magen hast, Alec.« Mrs. Parker wandte sich Singer zu. »Lacey hat es wahrscheinlich bereut, daß er Miss Mercury in Mexiko nicht abgeschüttelt hatte, aber ich kann mir vorstellen, daß damals nichts anderes in seinem Kopf vorging, als sich die glorreichen Zeiten auszumalen, die vor ihm lagen. Übrigens ist es typisch für Miss Mercury und ihre Arroganz, sich ausgerechnet Georges Absteige für den Tatort ihrer kleinen Erpressung auszusuchen. Es legt den dringenden Verdacht nahe, daß auch sie die Gesellschaft eines Mannes von Ruhm und Macht zu schätzen weiß.«

»Kaufman hat soviel Macht wie ein Katzenfurz«, schnaubte Woollcott.

»Ihr habt Van Webers Hände nicht gesehen. Sie sind lang und sehnig, sehr kräftig; ich weiß es, ich habe sie gefühlt.« Sie machte Jacob Singer unbehaglich. Woollcott spitzte die Lippen und glaubte eine unsichtbare Fackel in Mrs. Parkers Hand aufleuchten zu sehen. »Ich schäme mich nicht, Ihnen zu gestehen, daß ich sehr deprimiert bin und daß mich meine Gefühle für ihn sehr unglücklich machen. Ich bin mir sicher, daß irgend jemand auch Jack the Ripper geliebt hat. Ihnen ist ja hoffentlich klar, daß Miss Mercury nicht sein erstes Opfer war. Er war es, der seinen Bruder ermordet hat. Klingt das nicht alles ganz schrecklich nach Nietzsche?«

Woollcott seufzte. »Jeder braucht eine kleine Nietzsche.«

Singer verschränkte die Arme und sagte: »Jetzt müssen wir das Ganze nur noch beweisen.«

»Das machen wir morgen«, sagte Mrs. Parker entschlossen.

»Er hat mich gebeten, mit ihm durchzubrennen. Wenn das Angebot noch steht, sage ich ihm, daß ich mit ihm gehe.«

»Untersteh dich!« schäumte Woollcott.

»Ach, sei still, Alec, und trink deinen Drink. Natürlich gehe ich nicht mit ihm. Ich tue nur so, um ihn in Sicherheit zu wiegen. Wenn wir dann zum Abmarsch blasen, werde ich meinen Geliebten fröhlich fragen, warum er Miss Mercury, seinen Bruder und Gott weiß wie viele andere umgebracht hat.«

»Worauf er, wenn er ein bißchen Grips im Kopf hat, auch dich umbringen wird.«

»Ich weiß«, sagte Mrs. Parker, »und Mr. Singer wird zur Stelle sein, um mich zu beschützen, nicht wahr, Mr. Singer? Alec, du bist so ein Unschuldsengel. Man hat uns doch genauso reingelegt wie Raft. Wir sind der Käse in der Mausefalle. Deshalb nehmen wir morgen abend an einem Abenteuer teil, das vermutlich unwahrscheinlich bizarr wird. Mr. Singer ist drauf und dran, den größten Triumph seiner Karriere zu feiern, und nichts darf ihn daran hindern. Da geht er über Leichen. Mr. Singer ist ein ehrgeiziger Mann, so ehrgeizig, daß es schon Shakespeareanische Ausmaße annimmt. Er verkehrt gern mit Prominenten, und wenn er zufällig Gelegenheit hat, eine Heldentat zu vollbringen, und mal richtig Punkte machen kann, dann packt er diese Gelegenheit ohne zu zögern beim Schopf. Mr. Cassidy hätte fast einen Strich durch Mr. Singers Rechnung gemacht, aber die Götter standen letzten Endes doch auf Mr. Singers Seite, und so gehört es sich auch. Er ist ehrlich und aufrichtig und hat es verdient, und Mr. Cassidy kann man abschreiben.«

»Lady«, fragte Mr. Singer, »verurteilen Sie mich, weil ich weiterkommen will?«

»Aber nein, Mr. Singer. Ich bin neidisch. Ich scheue den Ehrgeiz. Ich will nicht in die Geschichte eingehen, ich will nur vor Liebe eingehen. Hin und wieder treffe ich andere, die auch vor Liebe eingehen wollen, aber nie auf Dauer. Darum werden Sie wahrscheinlich nicht verstehen, wie ich so leidenschaftlich für einen Lügner, Betrüger und Mörder empfinden kann. Der Grund ist, daß einen kurzen Augenblick lang das Paradies vor meinen Augen aufflackerte; und das, was hätte sein können, wäre einfach wunderbar gewesen.«

Woollcott verkündete pompös: »Wir hörten soeben einen kleinen Diskurs von Pollyanna, dem Glücklichen Mädchen.«

»Oh, ich bin ein sehr glückliches Mädchen, Alec. Sehr glücklich, um diese Erfahrung reicher zu sein. Es ist neu, es ist erfrischend . . .«

»Und es ist gefährlich«, brummte Woollcott.

»Du würdest um nichts in der Welt darauf verzichten wollen, und ich ebensowenig. Wir können uns darauf freuen, monatelang davon zu zehren. Und stell dir vor, ich werde langsam hungrig und betrunken, oder auch umgekehrt. Ich nehme an, Alec, daß Mr. Singer sorgfältige Vorbereitungen für morgen abend getroffen hat. Wir werden bis zum Hals in Schutz- und Rette-Engeln stehen, nicht wahr, Mr. Singer?«

»Sie werden sich königlich amüsieren«, versicherte ihr Singer. Er sah, wie Yudel Sherman durch den Raum auf sie zukam. »Da haben wir einen meiner Mitarbeiter«, sagte Singer und stellte Yudel vor. Yudel setzte sich.

»Entschuldige die Unterbrechung, Jake, aber ich habe schlechte Neuigkeiten.« Singer wartete. »Al Cassidy hat sich eben erschossen. Durchs Herz.«

»Hat er eine Nachricht hinterlassen?«

»Hhm«, antwortete Yudel und unterließ es hinzuzufügen, genauso, wie du sie ihm diktiert hast, Jake. »Er war deprimiert und fühlte sich nicht sonderlich.«

»Hast du's seiner Frau gesagt?«

»Hhm. Sie hat's ganz gut aufgenommen. Sie sagte, daß er sich schon seit einiger Zeit komisch benommen hat.«

»Das kannst du laut sagen«, stimmte ihm Singer zu. »Wirklich eine schlimme Nachricht. Wirklich traurig. Wann ist die Beerdigung?«

»Sonntag, genau, wie du's dir ausgerechnet hast.« Singer wurde rot. Yudel hielt die Luft an, weil er sich verplappert hatte.

»Ist schon gut, Yudel«, beruhigte ihn Singer, während er dem Kellner ein Zeichen machte, eine Runde Drinks zu bringen, »die

Leute hier sind im Bilde. Wissen Sie, Mrs. Parker, wenn die Drinks ankommen, möchte ich einen Toast auf Al Cassidy aussprechen. Auf einen Al Cassidy, wie wir ihn einmal kannten, nicht auf den, wie er später wurde. Ich werde ihn immer für das lieben, was er früher einmal war.« Sherman erhob sich hastig vom Tisch und suchte die Herrentoilette. Mrs. Parker legte ihre Hand auf Singers.

»Ist das Leben nicht einfach furchtbar?« seufzte Mrs. Parker.

Die Drinks trafen ein, als Yudel Sherman mit einem frisch gewaschenen Gesicht zurückkam. Mrs. Parker war tief in Gedanken versunken, und Woollcott wollte wissen, was sie da beschäftigte. »Stell dir vor, ich habe über George Raft nachgedacht. Gestern abend hat er auf Neysas Party einen blöden Witz darüber gemacht, daß er nicht wüßte, was Lita Young dort zu suchen hätte, und dabei hat er die ganze Zeit gewußt, was sie dort tat.« Sie war offensichtlich empört. »Ich wünschte, Sie würden ihn nie mehr aus dem Knast entlassen.«

»Leider, Mrs. Parker, wäre das gegen das Gesetz.« Singer fing den Blick des Kellners auf. »Ich glaube, wir sollten jetzt essen.«

Am Samstagmorgen, kurz vor zwölf Uhr, wurde Mrs. Parker vom Läuten des Telefons geweckt. Es war Robert Benchley, der von der Grand Central Station anrief. »Ich hatte eigentlich erwartet, daß du mich zum Zug bringst, die Arme mit Lilien und anderen Zierblüten beladen.«

»Du fährst wirklich?« fragte sie schlaftrunken.

»Das hat mich meine Ehefrau auch gefragt, nur daß sie verdächtig fröhlich klang. Schade, daß ich die Party heute abend versäume.«

»Du wirst für den Rest deines Lebens noch in allen Einzelheiten davon zu hören bekommen. Wie ist denn das Wetter da draußen?« Mrs. Parker hatte die Vorhänge zum Schutz gegen das Tageslicht und die Wirklichkeit zugezogen.

»In den finsteren Tiefen des Grand Central ist es trübe und trostlos und ... hey, was für ein süßes kleines Ding da gerade mit einer Hutschachtel vorbeiläuft.«

»Hutschachteln im Grand Central enthalten meist abgetrennte Schädel.«

»Mein Zug wird angesagt.« Er klang traurig. »Auf Wiedersehen, Mrs. Parker. Ich werde daran denken, dir hin und wieder hübsche Ansichtskarten zu schicken. Bleib ein braves Mädchen. Laß dich nicht auf dumme Beziehungen ein.«

»Das Problem dabei ist, Mr. Benchley, ich weiß immer erst dann, daß eine Beziehung dumm ist, wenn ich mich schon zu sehr eingelassen habe.« Es klopfte an der Tür. »Es ist jemand an der Tür.«

»Ich bin's! Neysa!«

»Es ist Neysa«, übermittelte Mrs. Parker.

»Neysa, heißa«, sagte Mr. Benchley und legte auf. Mrs. Parker erhob sich aus dem Bett, kämpfte sich in ein Negligé, schloß die Tür auf und ließ Neysa herein, die eine Kanne kochend heißen Kaffees mitbrachte.

»In dieser Bude sieht es aus wie in einer Gruft«, bemerkte Neysa.

»Wann warst du jemals in einer Gruft?« erkundigte sich Mrs. Parker, während sie die Vorhänge an beiden Fenstern zurückzog.

Neysa ignorierte die Frage. Nachdem sie die Kaffeekanne auf dem Tisch abgestellt hatte, stöberte sie in der Küche nach Tassen und Untertassen. »Jack und ich fahren heute abend bei dir mit, wenn der Aufmarsch losgeht. George Kaufman auch.« Mrs. Parker war im Badezimmer und putzte sich die Zähne. »Dein Mr. Van Weber hat gestern abend angerufen, um diese brandneuen Instruktionen durchzugeben. Ich habe so eine Ahnung, daß er zu viele Leute eingeladen hat und ihm allmählich die Limousinen ausgehen.«

»Wenn ihm die Limousinen ausgehen«, sagte Mrs. Parker und steuerte auf eine Tasse Kaffee zu, »müssen wir ihn leider fallenlassen.«

»Wo warst du gestern abend? Van Weber hat dich gesucht.«

»Er hätte es mal bei Tony's probieren sollen. Schließlich war er es, der uns das Restaurant empfohlen hat.«

»Mit wem warst du da?«

»Mit Woollcott und Jacob Singer. Dann kam noch ein Detective hinzu, Yudel Sherman.« Sie saß jetzt am Tisch und genoß das Aroma des frischen Gebräus.

»Haben sie ihren Kollegen betrauert?«

»Woher weißt du von der Sache mit Al Cassidy?«

»Es steht in der Morgenausgabe der *World.* Kleine Meldung unten auf der ersten Seite. Du weißt doch, daß ich immer das Kleingedruckte lese.«

Kleine Meldung, dachte Mrs. Parker. Kleine Meldung und großer Verrat. »Ja, es war so etwas wie ein Leichenschmaus gestern abend, aber nach der vierzehnten Runde Schnaps waren wir alle ausgesprochen fröhlich.«

»Was macht dein Kopf?«

»Keine Ahnung. Ist er noch da?«

»Was ziehst du heute abend an?«

»Ich dachte an das flotte kleine Teil, das ich mit Sara Murphys Hilfe in einem Discount-Laden in Paris abgestaubt habe. Ein netter kleiner Tand, den sich Worth erdacht hat, fleischfarbene *peau de soie.*«

»Was immer das auch heißen mag.«

»Und was ziehst du an?«

»Ich dachte an eine Matrosenbluse und Gymnastikhosen. Nicht sexy, aber praktisch.«

»Das klingt nach einer hübschen Grabinschrift. Der Kaffee ist gut.«

»Es ist ein Schuß Schnaps drin.«

»Ich weiß.«

»Hast du vor, mit Lacey Van Weber durchzubrennen?«

Mrs. Parker senkte ihre Kaffeetasse. »Wo hast du denn das her?«

»Er hat es erwähnt, als er gestern abend anrief.«

»Ein Mädchen ist doch heutzutage nirgendwo mehr sicher. Nun, was denkst du darüber? Soll ich mit ihm durchbrennen?«

»Warst du mit ihm im Bett?«

»Ja.«

»Gute Leistung?«

»Vom Feinsten.«

»Das hilft. Er sieht schrecklich gut aus, und er ist so wunderbar weltgewandt und so fürchterlich wohlhabend.«

»Aber ja, meine Liebe«, stimmte Mrs. Parker zu, um sich dann verschmitzt zu erkundigen: »Aber *reicht* das?«

Sie lachten sich beide herzlich aus, doch Neysas Frage lag düster und unbeantwortet in der Luft.

»Was denkst du?« fragte Neysa.

»Ich wünsche.«

»Was wünschst du?«

»Ich wünschte, es wäre Sonntag.«

Um zehn Minuten vor sechs am selben Abend rief George S. Kaufman Mrs. Parker an, um ihr mitzuteilen, daß das Beförderungsmittel unten auf ihn wartete und daß man bald ihre Gruppe abholen würde. Mrs. Parker versicherte ihm, daß sie und die Baragwanaths bereit wären. Dann rief sie Woollcott an, um ihn zu benachrichtigen.

»Nervös?« fragte er.

»Sind wir das nicht alle vor einer Premiere?«

Ihr Transportmittel war beeindruckend. Es war ein Isotta-Fraschini-Viertürer mit einem getrennten Fahrgastraum. Mrs. Parker erkannte den Chauffeur wieder. Er hatte eine Narbe auf seiner rechten Wange, die von seinem Ohr bis zum Mund verlief. Nachdem sie Woollcott aufgelesen hatten und auf die Brücke nach Long Island zusteuerten, fragte Woollcott Mrs. Parker mit einem niederträchtigen Gesichtsausdruck: »Kein Köfferchen für die Nacht dabei, meine Liebe?«

»Aber nein doch, Alec, Mr. Van Weber hat alles, was man braucht da draußen; falls es sich ergibt, daß man es braucht.« Sie wünschte, daß jemand das Fenster hochdrehen würde, das sie von dem Chauffeur trennte. Nicht aus Snobismus, sondern als Vorsichtsmaßnahme.

Woollcott fragte sich, ob Jacob Singer schon in East Cove

war, irgendwo in der Nähe des Grundstücks. Er glaubte sich zu erinnern, daß Van Weber auf Neysas Party auch Singer eingeladen hatte. Singer zog es wahrscheinlich vor, in seinem eigenen und nicht in einem von seinem Gastgeber zur Verfügung gestellten Wagen zu fahren. Er hatte Groschenhefte gelesen, in denen Limousinen wie diese so präpariert worden waren, daß sie die Fahrgäste mit Giftgas erstickten, und unwillkürlich begann Woollcott, schnüffelnd die Luft einzuziehen.

»Alec«, sagte Kaufman, »brauchst du einen Feuerlöscher?«

»Nein, du Pustelarsch, ich dachte nur, ich hätte etwas Merkwürdiges gerochen.«

»Jack«, Neysa beugte sich zu ihrem Ehemann vor, »hast du schon wieder dieses grauenhafte Haarwasser benutzt?«

»Nein, Liebling«, sagte er freundlich, »nur eine Spur Hühnchenfett.«

Der Mann hinter dem Steuer war ein unglaublich guter Fahrer. Sie hatten in weniger als einer Stunde East Cove erreicht.

»Alec?« Neysa hatte wieder das Wort ergriffen. »Versprichst du uns, dich so anständig wie möglich zu benehmen? Ich weiß, wie du dich inmitten einer zügellosen Gesellschaft aufführen kannst.«

»Ich dachte daran, den Abend damit zu verbringen, Scharade zu spielen.«

»Er hat ein Flugzeug«, sagte Mrs. Parker. »Vielleicht nimmt er dich ja mal hoch.« Sie konnte sich vorstellen, mit wieviel Schwierigkeiten der beleibte Woollcott sich in die Kabine zwängen würde.

Woollcott sagte verächtlich: »Mich nimmt niemand hoch.« Mrs. Parker sah den Chauffeur im Rückspiegel; sein Gesichtsausdruck gefiel ihr gar nicht.

Als sie die Straße, die zum Hauptgebäude führte, entlangfuhren, rief Mrs. Parker aus: »Willkommen im Abaddon.«

»So nennt er sein Haus?« fragte Baragwanath.

»Abaddon«, erläuterte Kaufman, »ist der Name des biblischen Jenseits.«

»George, du bist so belesen«, sagte Mrs. Parker.

»Weiß ich«, stimmte der Stückeschreiber ihr zu, »aber schlau bin ich nicht.«

Die Bäume entlang der Auffahrt zur Villa waren hübsch mit japanischen Lampions geschmückt. In ihren Zweigen hingen bunte Glühlampen von berauschender Vielfalt. Im Näherkommen konnten sie die Klänge eines Orchesters hören, und in der Ferne strahlte, ja glühte der Leuchtturm, wie Mrs. Parker fand. Sie konnten erkennen, wie Gäste über den Rasen vor dem Haus schlenderten, und zwischen ihnen trugen Dienstmädchen und Kellner mit Speisen und Getränken beladene Tabletts hin und her.

»Wirklich eine kleine spontane Party«, grummelte Mrs. Parker. »Ich hätte gern gewußt, was er zustande bringt, wenn man ihm Zeit läßt.«

»Woran denkst du, George?« fragte Woollcott.

»Ich glaube, daß Mr. Van Weber einfach nur ein großer Angeber ist.«

»Pst, mein Kleiner«, warnte ihn Mrs. Parker, »Chauffeure haben Ohren.« Sie fragte sich, wo der andere Gauner steckte, dem ein Teil des Ohres fehlte. Wahrscheinlich übt er gerade im Schießstand. »Neysa, was soll dieser seltsame Gesichtsausdruck?«

»Ich bemühe mich gerade, sittsam und reserviert auszusehen. Es ist ein Zeichen von schlechtem Geschmack, wenn man sich vom Wohlstand anderer Leute beeindrucken läßt, besonders, wenn die anderen Leute schlechten Geschmack haben.«

Die Limousine fuhr vor dem Haus vor. »Also gut, ihr Erdferkel«, herrschte Woollcott sie an, »ordnet eure Herzen und Sinne und dann auf ins Gefecht.«

Lacey Van Weber sah durch ein Fenster des Speisezimmers, wie der Wagen eintraf. Er eilte hinaus, um sie zu begrüßen. Er lief die Stufen der Veranda hinab und legte seinen Arm um Mrs. Parker. »Wie umwerfend du aussiehst.«

»Sehr weise von dir, das zu sagen«, antwortete Mrs. Parker, »denn bei mir wirst du mit Schmeichelei weit kommen.«

»Willst du damit sagen, daß du eine gute Nachricht für mich

hast?« Er drückte sanft ihre Schulter, und sie wünschte sich, er hätte es nicht getan. Etwas Falsches lag in dieser Geste. Auch seine Begrüßung und seine Eile, zum Thema zu kommen, stimmten nicht. Er hat es eingeübt, und nur ich muß wieder meine Rolle in dieser Komödie improvisieren.

Sie blickte zu seinem Matinée-Star-Gesicht auf, mit einem Lächeln, das sie wohl zuletzt in der Nacht aufgesetzt hatte, als sie beschloß, ihre Jungfräulichkeit zu opfern. »Wenn du eine gute Nachricht hören willst, bitte. Aber dies ist nicht der Augenblick, darüber zu sprechen.«

»Wir müssen aber bald darüber sprechen.« Das Drängen in seiner Stimme beunruhigte sie.

»Willst du damit andeuten, daß du vorhast, deine Gäste zu verlassen, noch bevor der Abend vorbei ist?«

Woollcott unterbrach sie. »Haben Sie denn keinen freundlichen Willkommensgruß für uns?« Sie folgten ihm die Treppe hinauf und ins Haus hinein, wobei Woollcott die Ornamente der riesigen Eingangshalle durch seinen Kneifer anstarrte, den er ungefähr einen Zentimeter über seinem Nasenrücken in seiner rechten Hand hielt. »Was für ungewöhnliche Ornamente!« Van Weber rang sich ein Lächeln ab. »Wer hat denn diese Bruchbude hier eingerichtet, Graf Dracula?«

Ein Lakai eilte auf Lacey Van Weber zu. Er sagte etwas, das die anderen nicht verstehen konnten. Van Weber verkündete: »Die Yacht der Wussexes läuft in die Bucht ein. Sie werden in ein paar Minuten anlegen.«

»Oh, himmlisch. Der gute alte Fred und die gute alte Elfreda«, flötete Woollcott mit unverhüllter Gehässigkeit.

»Bist du ein Freund von Fred?« fragte Kaufman.

»Die meisten Freunde von Fred sind entweder tot oder entehrt.«

Van Weber geleitete sie über einen langen Weg zum rückwärtigen Teil des Hauses, der über Terrassengärten bis zur Anlegestelle entlangführte, wo die Yacht festmachen würde.

»Die letzte Meile«, flüsterte Woollcott Mrs. Parker zu.

»Er hat vor, sich frühzeitig von der Party abzusetzen«, sagte sie hastig und in der Hoffnung, daß die anderen sie nicht hören konnten.

»Ich verstehe. Vielleicht hat er ja vorausgeahnt, daß sein kleiner Coup schiefgehen könnte.«

»Heute früh stand eine Notiz über Cassidys Selbstmord in einer Zeitung. Das könnte zu Veränderungen in ihrem Spielplan geführt haben.«

»*Könnte* geführt haben?« Woollcott gelang es nicht, sein Entsetzen zu kaschieren.

Neysa sagte atemlos: »Habt ihr in den Speisesaal geschaut? Er hat Stühle von Marcel Breuer!«

»Neysa, hör auf, dich wie das kleine Streichholzmädchen aufzuführen.« Kaufmans Gesichtsausdruck verriet tiefe Verachtung und Abscheu. »Wann zum Teufel ist dieser Geländemarsch endlich zu Ende?«

Van Weber hatte sie zu den Terrassen hinter dem Haus geführt, wo sich ein Sechsmannorchester polternd mit »It Ain't Gonna Rain No Mo'« anbiederte. Irgendwie gelang es Baragwanath, sich einen Kellner zu schnappen, und sie wurden mit Drinks versorgt. Es war wie eine Wiederaufführung der Party am Donnerstagabend bei Neysa. Mrs. Parker kannte fast jeden der Anwesenden, nur daß Florenz Ziegfeld heute von seiner Frau begleitet wurde, der umwerfenden rotschopfigen Billie Burke. Sie trug ein strahlend schimmerndes Kleid, das Mrs. Parker an einen prächtigen Kerzenhalter erinnerte, den sie in Versailles gesehen hatte.

»Mein Gott!« rief Woollcott aus, »ist das ein Flugzeughangar, was ich da drüben sehe?«

»Stimmt genau«, sagte Mrs. Parker. »Vielleicht nimmt dich Lacey in seiner Jenny mit nach oben.«

»Wer ist Jenny?« erkundigte sich Woollcott.

»Das ist Laceys Flugzeug, nicht wahr, Lacey?«

»Bereit zum Start«, sagte Van Weber zu Mrs. Parker, und der Wink war ihr nicht entgangen.

»Was für ein wunderbares Orchester«, bemerkte Neysa. »Hat man die Musiker erst kürzlich miteinander bekannt gemacht?«

Van Weber antwortete: »Sie sind eine Gruppe aus der Gegend hier. Das Beste, was ich so kurzfristig zusammenbekommen konnte.«

»Ich finde sie wunderbar«, sagte Neysa, »besonders den Geiger. Ich wünschte, irgend jemand würde ihm sagen, daß seine Matte rutscht.« In der Tat bewegte sich das Toupet des Mannes langsam auf seine Augenbrauen zu, als würde es von einer unsichtbaren Hand nach vorne geschoben.

Mrs. Parker entdeckte den Mann, dem ein Teil seines Ohres fehlte. Er war als Butler gekleidet und sah aus, als suche er jemanden. Sie hätte gern gewußt, wo sich Bela Horathy versteckte. Singer war sich sicher, daß er hier Zuflucht gesucht hatte. Ob er wirklich in seinem Labor ist, fragte sie sich, und noch einmal eine letzte Ladung Kokain herstellt, wie ein eifriger Schwarzbrenner, der darauf wartet, daß die Steuerfahnder in seine Destillerie eindringen. Ohneohr verschwand hinter einer perfekt geschnittenen Hecke.

Das Orchester hatte »God Save the King« angestimmt. Die Yacht legte an und wurde von der Besatzung festgezurrt, die sich an Bord versammelt hatte.

»Nicht ganz die *Aquitania*«, sagte Mrs. Parker, »aber ich schätze, sie tut's auch.«

Van Weber zischte ihr ins Ohr: »Wir müssen miteinander *reden*. Wir treffen uns in fünfzehn Minuten am Aussichtspunkt.« Er eilte davon, um die ankommenden Gäste zu begrüßen, die sich jetzt auf Deck eingefunden hatten und darauf warteten, daß der Landungssteg heruntergelassen würde.

»Er sieht ein bißchen enerviert aus«, bemerkte Woollcott zu Mrs. Parker.

»Er drängt mich. Er will, daß ich mich in fünfzehn Minuten mit ihm am Aussichtspunkt treffe. Das gefällt mir nicht. Das gefällt mit überhaupt nicht.«

»Wo ist der Aussichtspunkt?«

»Auf halber Höhe zum Hangar.«

»Aha. Und das Flugzeug ist startbereit. Ich werde dich zum Aussichtspunkt begleiten.«

»Van Weber darf dich auf keinen Fall sehen.«

»Das wird er nicht, meine süße kleine Göre.« Er klopfte sich auf die breite Brust. »Ich war so klug, meinen alten Militärrevolver mitzubringen.«

»Ich hoffe, er funktioniert besser als du.«

»Heute früh frisch geölt und gereinigt. Ah! Und schau mal, wen wir da haben! Wer da hinter dieser wunderschön geschnittenen Hecke hervorkommt.«

Mit Erleichterung erkannte Mrs. Parker Jacob Singer. Und dann fiel es ihr ein. Der Mann mit dem fehlenden Ohr war genau hinter dieser Hecke verschwunden. Vielleicht hatte er ein Rendezvous. Aber mit Jacob Singer?

Singer sah sie und eilte zu ihnen. Er wirkte aufgeregt und nervös. »Die Dinge entwickeln sich schneller, als ich dachte. Sie wissen, daß Cassidy tot ist, und sie kaufen uns die Geschichte mit dem Selbstmord nicht ab.«

»Woher wissen Sie das?«

»Das hat mir gerade ein kleines Vögelchen gesungen.«

Mrs. Parker verspürte eine Welle der Erleichterung. Der Mann mit dem halben Ohr war einer von den Guten, er arbeitete für Singer. So mußte es sein. Sie berichtete Singer, daß Van Weber darauf bestand, sie beim Aussichtspunkt zu treffen. Das beunruhigte Singer.

»Ich muß ihn aber treffen«, beharrte Mrs. Parker. »Ich muß die Wahrheit aus ihm herausholen.«

»Sind Sie so sicher, daß er gestehen wird?«

»Davon bin ich felsenfest überzeugt.«

Woollcott steckte seinen Kopf zwischen die beiden. »Was beunruhigt Sie, Jacob? Geht irgend etwas schief?«

»Wie ich schon sagte, die Dinge entwickeln sich zu rasch. Ich hoffe bei Gott, daß meine Leute darauf vorbereitet sind. Ich habe nicht erwartet, daß es so früh losgeht. Schauen Sie sich mal an, was da auf der Anlegestelle passiert. Sie fangen schon an abzuladen, das geht mir alles ein bißchen zu schnell. Verdammt noch mal, wo bleibt die Küstenwache?«

»O nein«, stöhnte Woollcott, »wollen Sie bitte einen Blick auf

Fred und Elfreda werfen, die da den Landesteg herunterkommen! Sehen sie nicht aus wie frisch exhumiert? Huhu! Fred! Elfreda! Hier entlang zum Mausoleum, meine Lieblinge!«

Siebzehntes Kapitel

Yudel Sherman hatte mit drei Polizisten aus Nassau County in der Nähe des Labors Stellung bezogen. Er war nervös und brannte darauf, endlich losschlagen zu können. Die Jungs aus Nassau County sahen aus wie Pfadfinder, und er fühlte sich alt genug, ihr Fähnleinführer zu sein. Aus der Ferne drang »God Save the King« an sein Ohr, gefolgt von »Land of Hope and Glory«. Er fand es eine Schande, daß Van Weber nicht in der Lage war, eine so schwungvolle Truppe zu engagieren wie die, die bei der Bar Mitzwah seines Neffen aufgespielt hatte. Er unterdrückte ein nervöses Gähnen, ein Reflex, der in der Regel der langen Wartezeit vorbehalten war, während der er seiner Frau beim Ausziehen zusah. Er konnte sich nicht vorstellen, daß sich heute abend auch nur ein Mensch amüsierte. »Give My Regards to Broadway«. Diese alte Schnulze. Er unterdrückte ein weiteres Gähnen.

Zumindest Woollcott hatte einen Heidenspaß. Er war sich nicht sicher, ob sich Fred oder Elfreda an ihn erinnerten; es war schon so viele Jahre her, seitdem er sie zum letzten Mal beleidigt hatte. »Elfreda, Liebling, du siehst wieder genauso aus wie früher, altes Haus«, gurrte er. »Was ist schiefgelaufen?« Mrs. Parker betrachtete mit Abscheu die schwarzen Zähne der Frau. Vielleicht war das Schmelzen von Eisenerz ihr Hobby. Sie fragte sich außerdem, ob das Ehepaar allein gereist sei, und stellte bald fest, daß dies nicht der Fall war. Sie erkannte zwei Frauen, die eben den Landesteg hinunterliefen, wobei die widerwärtige Fette, die voranging, Dutzenden von Menschen lautstarke Begrüßungsworte zuträllerte, als ob sie ihre engsten Freunde seien.

»Der Abend ist perfekt«, sagte sie leise zu Jacob Singer, der das Löschen der Fracht beobachtete. »Die beiden, die gerade ankommen, sind Elsa Maxwell und ihre bessere Hälfte, Dorothy Fellows-Gordon mit einem Bindestrich. Dorothy ist in ihren

Kreisen eher als »Dickie« bekannt. Man verdaut sie besser, wenn man sie sich als zwei Figuren aus einer Gilbert-und-Sullivan-Komödie vorstellt.«

»Huhu, Alec! Du alter Schützenpanzer! Ich bin's! Marie!«

Der nächste Passagier, der an Land ging, war Marie Dressler. Sie war eine große und überwältigende Gestalt, die mehr Gewicht mit sich herumtrug, als gut für sie war. Ihre Trauermiene hatte sie in früheren Jahren zu einer beliebten Komödiantin der Konzerthallen gemacht. Woollcott ging ihr zum Fuß des Landestegs entgegen und drückte ihr einen Kuß auf die Wange. »Was machst du denn bei diesem Haufen?«

»Ich trampe, Baby, genauso wie Maxwell und ihre bittere Hälfte. Was haben die sich während der letzten fünf Tage für Kräche geliefert.« Sie breitete die Hände in einer schwungvollen Geste aus. »Ich bin pleite! Ohne einen roten Heller! Von Armut zerfressen! Die einzige Art, aus Europa herauszukommen, war, mir von diesem Methusalem und seiner Braut die Überfahrt zu erbetteln. Es ist nicht gerade appetitlich zuzusehen, wie Leute vor deinen Augen verwesen. Jeden Morgen, wenn sie aus ihrer Suite kamen, war es, als hätte man Tut-Ench-Amons Gruft geöffnet. Wie sehe ich aus? Sei ehrlich, sag mir die Wahrheit. Ich habe schon jahrelang nicht mehr in einen Spiegel geguckt. Ich hasse es, wenn man mich anlügt.« Sie stürmte nach vorn, ohne seine Antwort abzuwarten. »Was soll der ganze feierliche Tingeltangel? Wieso müssen wir nicht durch den Zoll? Und wer ist dieser Barrymore-Typ, der die Hoheiten begrüßt, oder wie immer man sie auch nennen soll?«

»Ich pflege sie ›es‹ und ›jenes‹ zu nennen«, sagte Woollcott beißend. »Und was die Frage anbelangt, was hier gespielt wird, da bist du in einem Hornissennest gelandet, meine Liebe.«

»Ach ja? Schieß los! Worum geht's?« Woollcott erklärte gerade so viel, wie er in weniger als einer Minute erklären konnte. Er wußte, daß er dieser gestandenen Frau vertrauen konnte. Sie grunzte, stöhnte, und zuckte dann mit ihren imposanten Schultern. »Zeig mir den nächsten Unterstand, und ich werde dort Schutz suchen.«

»Ich glaube, ich sehe nicht richtig«, murmelte Mrs. Parker. »Sieh mal, wer da den Landesteg herunterkommt.« Woollcott trat neben Mrs. Parker, während Miss Dressler von einem Lakai zur Villa geleitet wurde.

»Perfekte Besetzung für unser kleines Abenteuer«, bemerkte Woollcott im selben Moment, als Jacob Singer glaubte, eine wunderschöne Berühmtheit entdeckt zu haben.

»Ist das Jeanne Eagels?« fragte er.

»Das ist in der Tat Miss Eagels«, bemerkte Woollcott mit einem weihevollen Unterton, »die garantiert echte Sadie Thompson aus *Rain*. Sie sieht gar nicht so schlecht aus, nicht wahr, Dottie?«

»Keinesfalls, wenn man bedenkt, daß ihre Seele eine Kloake ist.« Sie sagte zu Singer: »Miss Eagels ist eine notorische Drogenkonsumentin.«

»Ich weiß«, sagte Singer, »mit der großzügigen Hilfe von Richter Crater ist sie ein paarmal mit knapper Not davongekommen.«

»Dottie, Dottie, und der liebe Alec. Wie reizend von euch beiden, mich hier willkommen zu heißen.« Ihre Hände streckten sich ihnen entgegen, und Woollcott ergriff sie beide. »Wo sind wir?«

»In Amerika«, sagte Mrs. Parker.

»Aber wo in Amerika?«

»Du befindest dich in East Cove auf Long Island. Auf dem Anwesen von Mr. Lacey Van Weber«, erklärte Woollcott.

»Aha. Wo ist Elsa? Sie sollte sich eigentlich um mich kümmern. Dottie, wie entzückend du aussiehst. Ist das Modellkleid echt?«

»Ja, echt teuer«, antwortete Mrs. Parker. Jacob Singer hatte sich von ihnen abgesetzt. Er hatte am Horizont etwas erspäht, das sich Van Webers Bucht näherte. Er glaubte Schiffe zu erkennen, die sich in den weißen Strahlen des Leuchtturms widerspiegelten. Arschlöcher, dachte er, es wird ja wohl Zeit. Nach all dem »Laßt-uns-die-Uhren-abstimmen«-Scheiß.

Miss Eagels sagte soeben: »Ich habe Tallulah in London getroffen. Sie macht sich so gut in *They Knew What They Wanted*. Maugham wollte sie ja für *Rain* nicht haben. Sie glaubte, ich hätte ihm das eingeredet. Würde ich jemals so etwas Häßliches tun?«

»Ja«, sagte Mrs. Parker. Woollcott übergab die Schauspielerin hastig einem Lakai, der geduldig in der Nähe wartete. Das Orchester lieferte gerade ein krächzendes »Yes, Sir, That's My Baby«. Mrs. Parker sah Van Weber eilig in Richtung des Aussichtspunkts entschwinden. Sie rannte zu Singer hinüber und informierte ihn, daß sie sich davonmachte, um ihre Verabredung mit Van Weber einzuhalten. Als sie Van Weber nacheilte, rief ihr Singer noch zu, daß sie auf Woollcott warten solle.

Das durchdringende Schrillen einer Sirene erschütterte den Festlärm. Es kam vom Leuchtturm. Die Mannschaft, die die Fracht entlud, war bewaffnet und zog jetzt ihre Pistolen. Woollcott hatte Mrs. Parker fliehen sehen und nahm die Verfolgung auf.

Yudel Sherman und seine Männer stellten sich in Gefechtsformation auf, um den rückwärtigen Teil und die Eingangstüren des Labors im Visier zu haben. Er warnte seine Leute, nicht auf das Innere des Gebäudes zu zielen, falls es zum Schußwechsel kommen sollte. Die Laborgeräte waren wahrscheinlich hochempfindlich und könnten bei Beschuß leicht explodieren und alles in Brand stecken.

Van Weber konnte vom Aussichtspunkt aus hören, wie die Jenny warmlief. Im Hangar hatte der Mann, dessen Narbe vom Ohr bis zum Mund verlief, seine Aufgabe erledigt und verschwand mit einem Revolver in der Hand so schnell er konnte aus dem Gebäude.

Van Weber sah Mrs. Parker näher kommen. Ihre Silhouette zeichnete sich gegen die Lichter der Party ab. Atemlos betrat sie den Aussichtspunkt. Sie konnte die Sirene hören, die sich mit dem Klang anderer Sirenen mischte, die die Ankunft der Streifenwagen aus Nassau County verkündeten. Sie hörte Pistolenschüsse und Menschen, die brüllten und schrien, und sie traute ihren Augen nicht: Van Weber lächelte, als hätte man ihm soeben ein Kompliment gemacht. Er ergriff ihre Hand und sagte:

»Wir haben keine Zeit zu verlieren. Das Flugzeug ist startbereit!« Sie entzog ihm ihre Hand und scheute zurück, bis sie ein Geländer hinter sich verspürte.

»Heiraten wir?« Sie hatte ihre Sprache wiedergefunden. Da ihre Gestalt teilweise von Schatten verdeckt wurde, sah sie aus wie ein Gespenst, aus dem eine körperlose Stimme sprach.

»Natürlich heiraten wir, Liebling.«

»Und was ist mit deiner Frau?« Sie hörte, wie er die Luft einzog.

»Wie hast du von ihr erfahren?« Sie erkannte seine Stimme nicht. Sie war rauh und häßlich. Das war nicht Lacey Van Weber, das war Dennis Deane Tanner.

»Lacey, ich habe viele Dinge über dich erfahren, die einer Erklärung bedürfen.« Es überraschte sie, wie ruhig und gelassen sie wirkte, daß sie kein bißchen Angst vor diesem Mann hatte, der mit Sicherheit in der Lage war, sie jeden Augenblick zu ermorden.

»Ich dachte, du liebst mich.« Er klang immer noch falsch. Mrs. Parker hätte gern gewußt, ob Woollcott und sein treuer ausgedienter Armeerevolver in Schußweite waren.

»Ein Teil von mir wird dich immer lieben.«

»Du wolltest gar nicht mit mir fortgehen.«

»Ich wäre vielleicht mit Lacey Van Weber fortgegangen, aber Lacey Van Weber existiert in Wahrheit nicht. Lacey Van Weber ist eine schwache Imitation von Jay Gatsby, eine wunderbare Idee, aber jetzt schlägt sie gegen sich selbst zurück. Ja, Lacey Van Weber liebe ich, aber nicht Dennis Deane Tanner.« Er sagte nichts. »Du hast deinen Bruder erschossen. Du hast Ilony Mercury erwürgt.«

»Das macht zwei«, sagte er. »Ich bin abergläubisch. Drei ist besser.« Er zog eine kurzläufige Automatic aus der Tasche und richtete sie auf sie. Mrs. Parker verstand auch später nie, warum sie einige Schritte auf ihn zuging, aus dem Schatten heraustrat und es ihm damit leichter machte, sie zu töten.

»Sei kein Idiot. Du kannst nicht ewig so weitermachen.«

Er hob die Waffe. Ein Schuß knallte. Die Waffe fiel ihm aus

der Hand. Er umklammerte seine Schulter, machte kehrt und floh zum Hangar. Woollcott ging zu Mrs. Parker, in der Hand hielt er den rauchenden Revolver.

»Ich danke dir, Alec, ich danke dir vielmals.«

»Ist alles in Ordnung? Schwache Knie oder ein flaues Gefühl in der Magengrube?«

»Ich fühle mich ganz in Ordnung. Hast du gehört, was er gesagt hat? Er hat nichts abgestritten.« Sie sahen, wie das Flugzeug auf die Startbahn zusteuerte. »Er kommt davon. Das stand nicht im Drehbuch, oder? Schurken dürfen im allgemeinen nicht davonkommen.«

Die Explosion war von einer derart erschreckenden Intensität, daß sie den Aussichtspunkt erschütterte. Woollcott warf seine Arme um Mrs. Parker und schrie: »Ein Erdbeben!«

Auf der Anlegestelle und auf der Yacht unterbrach die Explosion den Schußwechsel zwischen Singers Leuten und ihren Gegnern. Zwei Boote der Küstenwache hatten sich in der Bucht postiert und der Yacht jede Fluchtmöglichkeit abgeschnitten. Singer fluchte und hoffte, daß nicht Yudel Sherman ein Opfer der Detonation geworden war.

Yudel Sherman kauerte hinter einer großen Eiche und verwünschte den blöden Esel, der nicht in der Lage gewesen war, richtig zu zielen. Die Flammen schossen wie in einem höllischen Inferno empor und setzten die Baumspitzen in Brand. Ein Wind von der Bucht trug das Feuer und glühende Ascheteile gegen das Haus. In der Villa schrie Elsa Maxwell nach Dickie, und Marie Dressler, von der hereinbrechenden Katastrophe gänzlich unbeeindruckt, stand am Buffet und knabberte an einem Truthahnschenkel. Jeanne Eagels ergriff ihren Handkoffer, der ihre Schminkutensilien, ihren Paß, ihr Bargeld und ihr Rauschgift enthielt, und eilte aus ihrem Boudoir in die Halle hinaus. George S. Kaufman saß mit verschränkten Armen in einem Gartenstuhl, während das Orchester ungerührt »Nearer My God to Thee« anstimmte und Neysa und John Baragwanath dazu auf dem Rasen Walzer tanzten. In seiner Suite erlitt Lord Wussex einen Herzanfall und brach auf dem Bett zusammen, während seine Frau wie angenagelt vor dem Frisiertisch sitzenblieb, wo sie ihre Perücke zurechtrückte. Florenz Ziegfeld und seine Frau schlängelten sich unter dem häßlichen Rattern von .45er Maschinengewehren zu ihrer Limousine durch.

Mrs. Parker und Woollcott standen im Licht des Mondscheins und sahen der Jenny nach, die langsam an Höhe gewann. Woollcott hatte seinen Arm um ihre Schulter gelegt, und er fühlte, wie sie am ganzen Körper zitterte, als der Motor der Jenny zu stocken begann und aussetzte. Mrs. Parker schlug die Hände vor den Mund. Irgendwo auf dem Rasen hörte der Mann mit der Narbe auf der Wange, wie der Motor aussetzte, und er lächelte. Dann spürte er, wie ihm jemand eine Pistole in den Rücken stieß, und das Lächeln erstarb, wenn auch langsam, wie bei der Cheshire Cat aus *Alice im Wunderland*. Der Mann mit dem halben Ohr befahl: »Okay, Killer, setz dich in Bewegung, und keine Sperenzchen.« Das Opfer erkannte die Stimme des Jägers und fluchte. Ein Bulle. Hätte er sich denken können.

Lacey Van Weber kämpfte, um das trudelnde Flugzeug unter Kontrolle zu bringen. Es gab keinen Fallschirm. Er hatte dem Idioten mit der Narbe eingetrichtert, einen Fallschirm einzupacken, und jetzt wurde ihm klar, was gespielt wurde. Plötzlich kam Ruhe über ihn. Sein Tod war vorbereitet worden. Er hätte sich denken können, daß eine Flucht unmöglich war. Sie hatten seinem Bruder gesagt, daß eine Flucht unmöglich sei, wie konnte er sich anmaßen zu glauben, daß es für ihn anders sein würde? Mrs. Parker. Meine liebe Mrs. Parker. Wie weise du warst, es vorzuziehen, mich nicht zu begleiten, aber was hätten wir für herrliche Schlagzeilen gemacht. Das Flugzeug schlingerte in einer Spirale abwärts. Er lehnte sich zurück und schloß die Augen, in der Hoffnung, daß es schnell gehen würde.

Das Flugzeug krachte gegen die Spitze des Leuchtturms und ging in Flammen auf. Das Flugzeug und die Leiche, die darin lag, fielen langsam zu Boden.

»Oh, schaut mal«, sagte George S. Kaufman, »ein Feuerwerk.«

Achtzehntes Kapitel

Die Razzia auf Lacey Van Webers Anwesen und die sie begleitenden tragischen Ereignisse bestimmten die Schlagzeilen des folgenden Abends und den ganzen Montag. Am Dienstag wurden die Schlagzeilen wieder von einem brutalen Sexmord beherrscht, der in einem Hotel in Midtown verübt worden war.

Woollcott vergaß diese schreckliche Nacht nie mehr. Wie Mrs. Parker schrie und wie bitterlich sie weinte und wie er und Singer ihr Bestes taten, um sie zu trösten. Traurig gestand sich Singer ein, daß er, sollte er vor Mrs. Parker sterben, kein Wehklagen und keine bitteren Tränen erwarten könne, wahrscheinlich nur ein leichtes Schnalzen, ein wehmütiges Kopfschütteln, gefolgt von einem vernichtenden Bonmot ihrer spitzen Zunge. Widerstrebend überließ er die Trauernde Woollcott, der in seinem Element zu sein schien, ganz die Henne, die ihr Küken tröstet.

Singer hatte noch das Bild vor Augen, wie er innehielt, als sich plötzlich eine seltsame Stille über das Anwesen legte. Die Villa hatte Feuer gefangen, und niemand unternahm etwas, um sie zu retten. Am Schauplatz des Labors übergab sich Yudel Sherman. Vier verkohlte Leichen lagen im Gras; sie waren so schwer verbrannt, daß man zu ihrer Identifizierung die Unterlagen ihrer Zahnärzte benötigen würde, falls es sie gab. Er wußte, daß einer von ihnen Bela Horathy war. Er hatte ihn vorher durch das Fenster beobachtet und erkannt. Jetzt erkannte er ihn nicht mehr.

Am Sonntag nahmen Jacob Singer und Yudel Sherman pflichtgetreu an Al Cassidys Beerdigung teil. Sherman weinte offen, während Singer es nicht erwarten konnte, zum Revier zurückzufahren und das Puzzle zusammenzusetzen, das sich aus der Razzia am Vorabend ergeben hatte.

George Raft wurde aus dem Knast entlassen, ging in sein Hotel zurück und verlangte ein besseres Zimmer. Man konnte ihm nicht zumuten, daß er in einem Raum logierte, wo man eine Mumie gefunden hatte.

Texas Guinan hielt es plötzlich für notwendig, eine Überfahrt auf der *Mauretania* nach London zu buchen, angeblich wegen dringender Geschäfte. Sie überließ die Geschäftsführung ihrer wiedereröffneten Flüsterkneipe ihrem Bruder Tommy, mit der strikten Anweisung, nicht zuviel vom Gewinn abzusahnen, sonst würde sie ihm alle zehn Finger brechen lassen.

Horace Liveright ließ sich heimlich in ein Krankenhaus einweisen, um einen Ausschlag behandeln zu lassen, der seit dem vergangenen Wochenende seinen Körper überzog. Der Doktor hatte ihn nachdrücklich vor der Gefahr einer schlimmen Infektion gewarnt; Liveright versetzte die Vorstellung einer möglichen Blindheit oder einer Gehirnoperation in panische Angst. Er verlangte und bekam auch eine hübschere Krankenschwester mit üppigem Busen.

George S. Kaufman wurde von einem zuvorkommenden Florenz Ziegfeld zu Ring Lardners Grundstück nach Great Neck gefahren. Dort angekommen, küßte Kaufman pflichtschuldigst Lardners Frau und Tochter, und auf die Frage seines Gastgebers, was auf Van Webers Party vorgefallen sei, antwortete er lakonisch: »Nichts Besonderes.«

Nachdem Gladys Shea Cora Gallagher informiert hatte, daß es ihnen jetzt freistünde, das Royalton zu verlassen, und daß Bela Horathy verstorben sei, packten die Damen ihre Sachen. Sie zogen aus dem Hotel aus und kauften sich eine *New York Times*, um eine Wohnung zu einem vernünftigen Preis zu suchen, die sie, hoffentlich für den Rest ihres Lebens, gemeinsam anmieten wollten.

Am Montagmorgen telefonierte Lily Robson mit Marc Connelly. Der Stückeschreiber war betrübt zu erfahren, daß der sinnliche Rotschopf sowohl von Texas Guinan als auch den Banden und New York die Nase voll hatte. Statt dessen wollte sie das Angebot eines Nachtclubs in Chikago annehmen, der von einem charmanten jungen Italiener geführt wurde. Sie hatte ihn am Vorabend auf einer Party kennengelernt. Sein Name war Al Capone, und sie glaubte ihm aufs Wort, als er sagte, daß er sich um sie kümmern werde. Connellys Schreibsperre war vorüber, und er setzte sich wieder an sein Manuskript.

Stella Crater las den Bericht über die Razzia auf das Anwesen Van Webers und blickte dann ihren Mann, den Richter, über den Frühstückstisch hinweg streng an. »Ich weiß, was du denkst, Joseph Crater, und ich werde dir was sagen: Wag es bloß nicht, mit dem Gedanken zu spielen, abzuhauen!«

Robert Benchley lag in Hollywood in seinem Bett und blickte nachdenklich aus seinem Fenster, das den Blick auf eine dürre Palme freigab. Er hatte die Berichte über die Razzia immer wieder gelesen. Über Mrs. Parker hatte nichts darin gestanden. Er nahm an, daß sie sich gut amüsiert hatte und aus der Geschichte noch wochenlang Kapital schlagen würde. Er stand auf, zog sich an, aß sein Frühstück und rief sich ein Taxi, das ihn zum Studio bringen sollte. Er hatte nicht vor, länger in Hollywood zu bleiben als irgend nötig war.

Jacob Singer saß an seinem Schreibtisch in seinem Büro und ließ sich Mrs. Parkers Ausführungen über seine ehrgeizigen Ziele durch den Kopf gehen. Es wunderte ihn, daß er sie so schlecht verbergen konnte, besonders vor ihr. Er glaubte nicht, daß er ihr sehr viel bedeutete, oder irgend jemand anderem. Er erkannte, daß ihm genau das im Leben fehlte, einem anderen Menschen wichtig zu sein. Aber ob das so erstrebenswert sei, war noch die Frage. Denn es würde bedeuten, sich mit Verantwortung zu belasten, eine tiefe emotionale Bindung mit jemandem aufzunehmen. Aus vergangenen Erfahrungen hatte er gelernt, daß dies eine Last war, an der er keinen Gefallen fand. Wer allein fährt, fährt am besten, stimmt's, Singer? Stimmt!

Am Montag, kurz vor zwölf Uhr mittags, saß Mrs. Parker an ihrem Fenster. Der Himmel war verhangen, und ihr Herz war es auch. Sie hatte sich seit ihrer Rückkehr am Samstagabend aus East Cove in ihr Apartment zurückgezogen, wenig gegessen und viel getrunken. Neysa McMein hatte sich mit ihren flehenden Rufen im Flur heiser geschrien und schließlich auf ihren Mann gehört, der meinte, daß es letztendlich das Beste sei, Mrs. Parker sich selbst zu überlassen, damit sie mit sich ins reine käme. Woollcott rief an.

»Ich habe gestern und heute vormittag die ganze Zeit an diesem Telefon verbracht. In den freien Minuten habe ich meine Notizen ins reine getippt. Wir treffen uns zum Mittagessen und stellen einen Terminplan für unsere Zusammenarbeit auf die Beine. Wir müssen uns an die Arbeit machen, solange diese Geschichte noch heiß ist. Mein Weidenkätzchen, bist du noch dran?«

»Ich denke gerade an meinen Mann.«

»Du meinst, dein Gehirn ist vollkommen leer?«

»Das Schöne an der Ehe mit Ed war, daß ich nicht nachdenken mußte.«

»Jetzt hör mir mal zu«, ereiferte sich Woollcott, stachlig vor Ungeduld, »ich weiß, daß du ein traumatisches Erlebnis hinter dir hast, und ich empfinde mehr als Mitleid für dich. Aber es ist doch sonnenklar, daß eine Beziehung mit Lacey Van Weber, selbst wenn er kein Betrüger und Mörder gewesen wäre, keine Zukunft gehabt hätte.«

»Alec, glaubst du, daß man ihn in einem anonymen Armengrab beerdigen wird? Wer wird Anspruch auf seine Leiche erheben?«

»Die Wissenschaft, ganz bestimmt nicht du. Jetzt wirf dich in einen deiner hübschen kleinen Kittel und triff mich im Algonquin. Ich verspreche dir auch, daß du dir genügend Zeit lassen darfst. Dottie?« Schweigen. »Dorothy?« Schweigen. »Mrs. Parker!« brüllte er.

»Auf Wiedersehen, Alec«, sagte sie wehmütig und legte auf.

Woollcott knallte den Hörer auf die Gabel und begann sich mühsam aus seinem zerschlissenen Morgenrock herauszuschälen. Er hatte sich nach dem Mittagessen mit Polly Adler auf ein Spiel Backgammon in ihrem Haus verabredet. Bei Mrs. Adler hatten die tragischen Ereignisse unverhüllte Freude ausgelöst. Aber sie hatte Woollcott auch gewarnt, daß bald ein neuer Lacey Van Weber in der Stadt aufkreuzen werde. »Die Jungs sind Experten in der Herstellung dieser Art von Schmarotzern. Es besteht immer eine Nachfrage. Und wo es eine Nachfrage gibt, gibt es auch ein Angebot.« Ihre Kehle krächzte, als würde sie mit Sandpapier bearbeitet.

»Also, ich kann nur hoffen, daß ein neuer Lacey Van Weber Dottie nicht unter die Augen kommt. Sie ist diesen Dingen einfach nicht gewachsen. Können Sie sich vorstellen, daß sie einen hysterischen Anfall bekam, als das Flugzeug dieses Mistkerls abstürzte?«

»Alec«, sagte Polly Adler weise, »das Herz einer Frau ist ein sehr seltsames Organ. Es erfordert besonderes Verständnis. Glauben Sie mir, Sie sprechen mit einer Dame, die aus leidvoller Erfahrung hysterische Anfälle kennt. Ich weiß genau, wie sie sich jetzt fühlt. Ich würde sie ja anrufen und es ihr sagen, aber in diesem Moment läßt man die Dame am besten allein. Sie wird sich schon bald genug damit abfinden.«

»Das denken Sie! Sie kennen unsere Dottie nicht, so wie ich unsere Dottie kenne. Wahrscheinlich beäugt sie schon das scharf geschliffene Rasiermesser mit einer Inbrunst, die nur ihr eigen ist!«

Woollcott betrachtete sich im Spiegel, während er seine Krawatte band. Die Worte, die er vorhin an Mrs. Adler gerichtet hatte, spukten noch in seinem Kopf herum. Scharf geschliffene Rasierklinge. Ihr eigene Inbrunst.

»Verflixt und zugenäht!« schrie Woollcott, während er sein Jackett von der Stuhllehne riß und aus dem Zimmer stürzte.

Mrs. Parker saß im Badezimmer, die Rasierklinge über eines ihrer Handgelenke erhoben, ihre Augen und ihre Seele waren tränenfeucht. Sie drückte die Klinge an die Narben des vorausgegangenen Schnitts.

Sie würde warten, bis Rettung eintraf.

ANMERKUNGEN

Die legendäre Tafelrunde im Rose Room des ALGONQUIN-Hotels auf der 44. Straße war ein Literatenstammtisch, dessen Mitglieder im vorliegenden Roman als mehr oder minder tragende Protagonisten auftreten. Die Blütezeit erlebte die Vereinigung von New Yorks führenden Literaten und Theaterkritikern Anfang bis Mitte der 20er Jahre – später dann verkam die vielzitierte esprit- und wortwitzgeladene Bande zu einer alkoholseligen Pokerrunde, die sich aus dem harten Kern der alteingesessenen männlichen Teilnehmer rekrutierte. Sie setzte sich wie folgt zusammen (in der Reihenfolge ihres Erscheinens im Roman):

DOROTHY PARKER (1893–1967) machte im Jahre 1919, als sie noch als Redakteurin bei *Vanity Fair* unter Vertrag stand, ihren ersten Auftritt am Round Table des Algonquin (auch »Vicious Circle« genannt). Zum Zeitpunkt der Handlung schrieb sie neben ihren Gedichten und Kurzgeschichten Beiträge für die Zeitschrift *The New Yorker*. Eine Auswahl ihrer Werke erschien in deutscher Sprache im Haffmans Verlag, zwei Bände mit Kurzgeschichten, *Eine starke Blondine* und *Die Geschlechter*, sowie zwei Theaterstücke: *Close Harmony oder Die liebe Familie* (mit Elmer T. Rice) und *Ladies im Hotel* (mit Arnaud d'Usseau).

ALEXANDER WOOLLCOTT (1887–1943) begann seine journalistische Karriere als Polizeiberichterstatter bei der *New York Times*, wo er 1914 zum Theaterressort wechselte. 1922 ging er zum *New York Herald* und im folgenden Jahr zur *Sun*; 1923–1928 schrieb er die Theaterkritiken für die *New York World*. Er war zu der Zeit der bekannteste und gefürchtetste Kritiker New Yorks, da seine Besprechungen notorisch launisch ausfielen. In Zusammenarbeit mit George S. Kaufman (s. u.) entstanden die Stücke *The Channel Road* (1929) und *The Dark Tower* (1932).

HAROLD ROSS (1892–1951) gründete 1925 die Zeitschrift *The New Yorker*, die zuerst als eleganter Zeitgeistspiegel der modernen Metropole konzipiert war, später aber mehr und mehr ein literarisch-satirisches Image bekam. Herausgeber Ross mußte seine Freunde vom Algonquin ständig um Manuskripte angehen. Berühmte Mitarbeiter waren u. a. Janet Flanner mit ihren »Paris Letters«, einer Kolumne, die sie von 1922 bis 1936 regelmäßig schrieb, und James Thurber, der mit seinen Zeichnungen ebenfalls das Gesicht der Zeitschrift prägte. Woollcott und Parker beteiligten sich mit ihren Kolumnen »Shouts and Murmurs« bzw. »Constant Reader« (Buchbesprechungen), Robert Benchley (s. u.) mit Theaterkritiken.

Seward Collins (1899–1952) gehörte nicht zum Stammtisch der Algonquin-Runde, war jedoch mit einigen ihrer Miglieder befreundet. Als Erbe einer Kette von Tabakläden investierte er in literarische Projekte und betätigte sich selbst als Journalist, u. a. als freier Mitarbeiter für *Vanity Fair* und später als Herausgeber der Zeitschrift *Bookman*, in der 1927 Parkers preisgekrönte Kurzgeschichte *Big Blonde* erschien.

Charles MacArthur (1895–1956), Theaterschriftsteller, Regisseur und später Drehbuchautor, wurde vor allem durch seine Broadway-Hits *The Front Page* und *Twentieth Century* berühmt, die Anfang der 30er Jahre in Zusammenarbeit mit Ben Hecht entstanden.

George S. Kaufman (1889–1961) schrieb während der 20er Jahre zusammen mit Marc Connelly (s. u.), Edna Ferber (s. u.) und Ring Lardner (s. u.) eine Reihe von erfolgreichen Broadway-Stücken, u. a. *Dulcy* (1923), sowie die Marx-Brothers-Komödien *Cocoanuts, Animal Crakkers* und *A Night at the Opera*, die später auch verfilmt wurden (Harpo Marx war ein festes Mitglied der Algonquin-Tafelrunde). Mit George Gershwin entstand das Musical *Of Thee I Sing* (1931), für das er den Pulitzerpreis erhielt.

Franklin P. Adams (1868–1940) trug sehr zum Ruhm seiner Kollegen bei, indem er deren Bonmots beim Lunch am nächsten Tag in seiner Kolumne »The Conning Tower« abdruckte, die gleichzeitig in *Life, The Smart Set, Vanity Fair* und *The Literary Digest* erschien. F.P.A. veröffentlichte Parkers Gedichte und zitierte sie in »The Conning Tower«, mitunter im Tagebuchstil und in der Sprache von Samuel Pepys. Nicht zuletzt dank dieser Publicity galt Parker im Alter von 27 Jahren als die witzigste Frau New Yorks.

Ring Lardner (1885–1933) war ein erfolgreicher Autor satirischer Kurzgeschichten, die sich durch selbstentlarvende Monologe ihrer Protagonisten und den freizügigen Gebrauch der Umgangssprache auszeichneten, u. a. *Gullible's Travels* (1917), *How to Write Short Stories* (1924), *The Love Nest* (1926), von Robert Sherwood (s. u.) für die Bühne adaptiert, und *June Moon*, eine Satire über die Musiker von Tin Pan Alley (1929), die in Zusammenarbeit mit Kaufman entstand. Eine deutsche Auswahl seiner Kurzgeschichten, *Das Liebesnest*, erschien bei Diogenes.

ROBERT BENCHLEY (1889–1945) wurde nach dem Ersten Weltkrieg Chefredakteur von *Vanity Fair*, später Kolumnenschreiber für *The New York World*. Von 1920–1929 hatte er das Theaterressort der Zeitschrift *Life* inne und schrieb später die Theaterkritiken für *The New Yorker*. Von 1920 bis zu seinem Tod war er der Autor und mitunter auch Akteur einer Reihe von abgrundwitzigen Kurzfilmen, in denen er absurde Themen abhandelte, z.B. *The Sex Life of a Polyp, How to Take a Vacation* u.a. Für den Zehn-Minuten-Film *How to Sleep* (1935) erhielt er einen Oskar.

MARC CONNELLY (1890–1980), Stückeschreiber, Bühnendirektor und später Drehbuchautor, schuf während der 20er Jahre zusammen mit Kaufman mehrere erfolgreiche Broadwaystücke. 1930 erhielt er den Pulitzerpreis für sein berühmtestes Stück *The Green Pastures* (1930).

ROBERT SHERWOOD (1896–1955) begann seine Karriere 1919 als Kollege von Dorothy Parker und Robert Benchley als Theaterkritiker und Mädchen für alles bei *Vanity Fair*. Später wechselte er zu *Life* und *The New York Herald*. Viele seiner Theaterstücke wurden verfilmt; *Idiot's Delight* bekam 1935 den Pulitzerpreis. Er verfaßte außerdem einige Originaldrehbücher, für *The Best Years of Our Lives* (1946) wurde er mit dem Oskar ausgezeichnet. Außerdem war er einer der Drehbuchautoren von Hitchcocks *Rebecca* (1940).

HEYWOOD BROUN (1888–1939) war bekannt für seine sozial engagierten Leitartikel in *Tribune* und *World*. Eine Sammlung seiner Theaterkritiken, *Seeing Things at Night*, erschien 1921, eine Auswahl seiner Kolumnen, *Sitting on the World*, 1924.

EDNA FERBER (1887–1968) schrieb erfolgreiche Unterhaltungsromane und bekam 1925 den Pulitzerpreis für *So Big*. 1926 eröffnete die Musical-Adaption ihres Romans *Show Boat* am Broadway. In Zusammenarbeit mit Kaufman entstanden die Stücke *Royal Family* – eine Satire über die Schauspielerfamilie Barrymore (1928) – *Dinner at Eight* (1932) und *Stage Door* (1936). Der später im Roman erwähnte Gaylord Ravenal ist eine Figur aus *Show Boat*; sie schuf aber auch »Sabra Venable Cravat« und »Clio Dulane Maroon«. Parker über Ferber: »I understand Ferber whistles at her typewriter. And there was that poor sucker Flaubert rolling around on his floor for three days looking for the right words.«

George Baxt hat sich in der Behandlung seiner hier agierenden Romanfiguren, auch wenn es auf den ersten Blick nicht so erscheint, fest an biographische Fakten und Überlieferungen gehalten. Beispielsweise sind die Liebesaffären Dorothy Parkers und Woollcotts Freßsucht historisch belegte Tatsachen, ebenso die Freundschaft einiger Algonquin-Mitglieder mit Polly Adler - bis hin zum Backgammonspiel u.v.a.m. Allerdings hat es der Autor vermieden, Originalzitate zu verwenden, und besonders bekannte Wortspiele abgewandelt.

Seite 37
Die rosa Puderdose: 1926 erschien in der *Chicago Tribune* ein Leitartikel unter dem Titel »The Pink Powder Puff«. Darin hieß es u. a.: »When will we be rid of all these effeminate youths, pomaded, powdered, bejewelled and bedinized, in the image of Rudy - that painted pansy?«

Seite 54
Nancy-Drew-Kriminalromane: Nancy Drew war und ist die Heldin einer Serie von Teenager-Krimis, die von unzähligen anonymen Autoren geschrieben wird. Ende der 30er Jahre wurden sie von den Warner Brothers mit Bonita Granville in der Hauptrolle verfilmt, in den 70er Jahren liefen sie kurz als Fernsehserie in den Vereinigten Staaten.

Seite 74
Walter Winchells Kolumne: Der Journalist Walter Winchell (1897-1972) etablierte 1924 beim New Yorker *Evening Graphic* mit großen Erfolg die Klatschspalte. Sie erschien später landesweit in mehreren Zeitungen gleichzeitig. 1932 führte er seine ebenso beliebten Radiosendungen ein.

Seite 89
Mary Astor: Wurde 1926 als Partnerin von John Barrymore in *Beau Brummel* ein Star. 1936 kam während eines Scheidungsprozesses ihre heimliche Affäre mit George Kaufman ans Licht - der größte Hollywoodskandal der 30er Jahre.

Seite 89
Little Eva: Das kleine blonde Mädchen in *Onkel Toms Hütte*, zeichnet sich durch besonderen Sanftmut aus.

Seite 100
Clara Bow, Beiname »The It Girl«: Eleanor Glyn (1864-1943), Verfasserin schwülstiger Liebesromane, lancierte mit *It* einen neuen Frauentyp, den die Darstellerin der Verfilmung Clara Bow verkörperte. »It« bedeu-

tete das »gewisse Etwas«, das in einem populären Vers der Zeit folgendermaßen wiedergegeben wurde: »Would you like to sin/With Eleanor Glyn/On a tiger skin/Or would you prefer/To err with her/On some other fur?« Am 26. 11. 1927 schrieb Dorothy Parker in ihrer *New Yorker* Kolumne »Constant Reader« unter dem Titel »Madame Glyn Lectures on ›It‹, With Illustrations« einen Verriß, der sich gewaschen hatte. Die Schauspielerin Clara Bow (1905–1965) wurde mit dem Film 1927 zum Prototyp der modernen jungen Frau, des »Flapper«: weltgewandt, furchtlos, sexoffen, mit Bubischnitt und gewagter Aufmachung. Bows Beliebtheit versiegte bald wegen übler Nachrede.

Seite 126
Moran und Mack, als Neger geschminkte Weiße: Polly Moran (1884–1952) und Mack Sennet (1880–1960) drehten Stummfilm-Slapsticks und traten Anfang der 20er Jahre als Komikerpaar am Broadway auf.

Seite 152
Teapot-Dome-Skandal: Präsident Calvin Coolidge (1872–1933) war in den Teapot-Dome-Ölskandal während der Amtszeit seines Vorgängers Präsident Harding verwickelt, den er zu vertuschen suchte.

Seite 155
Schon mal von den apokryphischen Reitern gehört: Mit *The Four Horsemen of the Apocalypse* wurde Valentino 1921 berühmt.

Seite 162
Tiny Tim: Eine Gestalt aus Charles Dickens' *A Christmas Carol.*

Seite 167
Jolie »Nur-auf-einem-Knie«: Al Jolson (1886–1956) war einer der berühmtesten Sänger und Entertainer seiner Zeit. 1927 machte er mit seinem Auftritt im ersten Tonfilm *The Jazz Singer* Filmgeschichte, in dem er ein paar Sätze sprach, u. a. die unsterbliche Wendung »You ain't heard nothin' yet«. 1928 heiratete er Ruby Keeler. Jolsons Markenzeichen war es, am Ende eines Liedvortrags auf ein Knie zu gehen.

Seite 169
»Missjöh Beaucaire«: The Sheik (1921) und *Monsieur Beaucaire* (1924) sind Titel von Valentino-Filmen.

Seite 199
»Hat was von Faith Baldwin«: Faith Baldwin (1893-1978) schrieb über 75 Romane, leichte romantische Kost für Frauen.

Seite 244
Pausbäckige Kewpie-Puppen: Kewpie-Puppen hatten blondes kurzes Haar, große blaue Augen und rote Wangen und Lippen. Die Damen pflegten sie auf ihre Kopfkissen zu legen. Sie waren ein Synonym für Blödheit.

Seite 258
Ein Kreis von bewundernden »Flapper«-Backfischen: Siehe Anm. zu Seite 100.

Seite 274
Rube-Goldberg-Comic: Rube Goldberg (1883-1970) war von 1907-1921 Cartoonist für *The New York Evening Mail* und berühmt für seine verrückten Zeichnungen von extrem verwickelten Bewegungsabläufen.

Seite 317
Pollyanna, das Glückliche Mädchen: Pollyanna, ein berühmter Roman der Jahrhundertwende, beschreibt ein Mädchen, das ekelhaft süß ist und sich über alles freut. Mary Pickford spielte sie in der Stummfilmversion, Hagley Mills im Tonfilm der Walt Disney Productions.

GEORGE BAXT, geboren am 11. 6. 1923 auf einem Küchentisch in Brooklyn, veröffentlichte seinen ersten Text mit neun Jahren in der in Brooklyn erscheinenden ›Times-Union‹. Sein erstes Theaterstück wurde produziert als er achtzehn Jahre alt war. Es erlebte eine Aufführung. Er schrieb von da an am laufenden Yard Stücke für die Bühne und einige Drehbücher, die bevorzugt *nach* dem Kinderprogramm gesendet werden *(Circus of Horrors; Horror Hotel; Burn, Witch, Burn).* George Baxt lebt heute in Los Angeles.
Im Haffmans Verlag erschienen: *Mordfall für Dorothy Parker* (Krimi, deutsch von Ruth Keen). – Weitere Fälle folgen für: Greta Garbo, Tallulah Bankhead und Alfred Hitchcock.